1901~1976

앙드레 말로

소설로 쓴 평전

앙드레 말로—소설로 쓴 평전

ⓒ레미 코페르, 2001

초판 1쇄 인쇄일 · 2001년 10월 29일
초판 1쇄 발행일 · 2001년 10월 31일

지은이 · 레미 코페르
옮긴이 · 장진영
펴낸이 · 김현주
펴낸곳 · 이룸

출판등록 1997년 10월 30일 제10−1502호
121−210 서울시 마포구 서교동 395−101 우신빌딩 5층
전화 (02)324−1570 | 팩스 (02)324−2348
e−mail · erum9@hanmail.net
ISBN 89−87905−65−9 (03860)

값 12,000원

1901~1976 André Malraux
le roman d'un flambeur

1901~1976

앙드레 말로

소설로 쓴 평전

레미 코페르 지음 | 장진영 옮김

이룸

감사의 글

나는 앙드레 말로를 한 번도 만나본 적이 없다. 이 감사의 글은 내게 그의 작품과 그의 인물 됨됨이를 말해 주었던 사람들, 즉 에밀 비아시니, 앙드레 브랭쿠르, 조프레 하리, 장 라쿠튀르, 알랭 말로, 피에르 메스네, 레이몽 몰리니에, 그리고 자닌 무쉬 라보에게 보내는 것이다.

실비 피에르-브로솔레트가 제안한 책

André Malraux le roman d'un flambeur by Rémi kauffer

Copyright ⓒ Hachette Littératures, 2001
Korean Translation Copyright ⓒ Erum Publishing Co., 2001
This Korean edition is published by arrangement with Hachette Livre
through Shin Won Agency, Seoul.

이 책의 한국어판 저작권은 신원 에이전시를 통해
Hachette Livre와의 독점계약으로 도서출판 이룸에 있습니다.

"그래서 당신은 마침내 장관이 되었군요……."

이 말은 프랑스 정부의 일원이라는 뜻이 전혀 아니었다. 약간은 발자크를 닮고, 특히 인도의 글을 닮은 이 말의 의미는 그것이 마지막 역할이라는 것이었다.

난 그에게 답했다. 말라르메는 이런 이야기를 하곤 했지요. 어느 날 밤 그는 처마 밑에서 고양이들이 주고받는 말소리를 들었답니다. 캐묻기 좋아하는 검은 고양이 하나가 말라르메의 고양이, 말 잘 듣는 라미나그로비스에게 물었습니다.

"그런데 넌 무슨 일을 하니?―요즘 나는 말라르메 씨 댁의 고양이인 척하고 있다……."

―인도 수상 네루와 만난 말로, 《반회고록 *Antimémoires*》 중에서

1980년대에 들어서 완전히 상반된 삶의 여정을 지닌 채 잊혀져 간 두 인물로 인해 나는 앙드레 말로를, 그의 모험과 투쟁과 현실 참여 행위들을 재발견하게 되었다.

우선 말 한마디로도 오랫동안 수백만의 중국인들을 떨게 만들었던 캉성(康生)이 그중 하나다. 인간적인 발자크와 위고 그리고 말로주의자, 경찰의 수뇌이자 마오쩌둥 비밀 정보 기관의 책임자이고, 문화혁명 동안 '4인방'의 배후였던 그가 죽음으로써 크메르 루즈(Khmers rouges: '붉은 크메르'라는 뜻으로 1967년에 시아누크가 조직한 캄보디아의 급진적인 좌익 무장단체−역주)는 성공의 발판을 맞이하게 된다. 하지만 마오쩌둥 정권의 최고 재판관이 되기 전에 캉성은 젊은 투사로서 1927년 4월 상하이 공산당 비밀 기관의 책임자였다. 그 당시는 장제스 휘하의 군인들이 《인간의 조건 *La Condition humaine*》에서처럼 그의 동료들을 학살하던 때였다…….

그는 대중들에게까지는 아니지만 적어도 중국 전문가들 사이에서는 이름이 알려져 있었다. 하지만 1920년대에 프랑스 공산당의 정책위원이자 소련의 첩자였고 후에 상하이에서 적군(赤軍)의 비밀 정보 요원이 된 장 크르메(Jean Cremet)를 기억하는 사람이 누가 있을까? 크르메는 1930년대 즈음에 공산주의 신조를 버린 후 가명으로 제2의 삶을 살게 되었고 《인간의 조건》에 영감을 준 사람들 중 하나—아마도 가장 중요한 사람이리라—가 되었다.

어쨌거나 결국 나는 항상 말로에게 되돌아오곤 했다. 만년필과 연대표를 손에 쥔 채 《정복자 Conquérants》, 《왕도 La Voie royale》, 《인간의 조건》, 《희망 L'Espoir》, 《알텐부르크의 호두나무 Noyers de l'Altenburg》를 읽으며 나는 이 위대한 작가가 그려낸 반쯤은 현실적이고 반쯤은 환상적인 너무나 독특한 세계에 빠져들었다. 내가 그 소설들의 열쇠를 찾아낸 것은 바로 미래의 문화성 장관이 된 그의 삶에서였다. 그의 삶은 그의 모든 소설들보다 더 소설적이었던 것이다…….

이미 두 개의 말로 전기가 평판을 얻고 있었다. 프랑스에서는 장 라쿠튀르가 쓴 전기(1973)가, 미국에서는 악셀 매드슨이 쓴 전기(1976)가 그것이었다. 나는 독자적인 길을 모색하기로 마음먹었다. 그것은 앙드레 말로의 방식을 빌려 불꽃처럼 타오르는 그의 삶의 여정 속으로 들어가는 것, 다시 말해서 소설의 형식으로 그를 따라가는 것이었다.

그것은 객관적인 사실에 토대를 둔 진짜 소설이 될 것이다. 그렇다고 해서 너무나 자주 자기 만족적이었던 그에 대한 전설이 퇴색될 리는 없으니까. 그의 작품 속 등장인물들, 사건 전개, 대화들이 담겨 있는 소설이지만 어떤 것들은 확증이 될 것이고 어떤 것들은 재구성될 것이다. 그렇다면 과연 어떤 소설이 될 것인가! 독학자, 댄디, 사원 약탈자, 열대 지방 모험가, 참여 작가, 공산주의의 적극적인 동조자, 스페인 내전의 투사, 기회주의자, 항독 지하운동가, 드골주의자, 장관, 드골 장군의 버려진 아이로서의 앙드레 말로 소설이 될 것이다…….

이 비범한 인물에게 경의를 표하기 위해선 그를 너무 진지하게 다루지 않아야 한다. 그러나 한편으로는 그를 너무 가볍게 다루지 않는 예의도 보여야 한다. 인류애에 관한 그의 꿈보다 더 진지한 것은 없었다. 공포의 경계가 확장되던 세기에 말로는 육체적인 용기를 입증할 줄 알았을 뿐만 아니라—그것은 그다지 흔한 경우가 아니었다—다른 많은 지식인들처럼 살인에 호소함으로써 스스로를 타락시키기도 거부했다. 드골주의자이며 드골 장군의 열렬한 지지자로서, 마찬가지로 반파쇼주의자이며 공산주의의 적극적인 동조자로서 그는 분명히 동원령과 투쟁에 호소하는 경우가 많았지만 결코 증오의 외침이나 살인의 환희를 내비친 적은 없었다.

요컨대 말로에게는 인간미가 있었다. 그리고 유머 감각 또한 있었다. 그가 프랑스에서 그리고 외국에서 여전히 대중적인 인기를 누리는 것은 아마도 그 때문일 것이다. 빈정거리기 좋아했을 뿐 아니라 특유의 문체를 가진 작가, 그리고 사자들이 우글대는 구덩이에 뛰어들어 전부를 걸고 승부수를 던지며 상투성을 거부하는 삶을 살았던 작가, 즉 승부사이자 천재였기 때문에 말로는 대중적인 인기를 누리고 있는 것이리라.

차 례

제1장

독학자

L'autodidacte

약간은 대담한 태도였다. 그렇다. 그러나 그 멋진 태도는 이번엔 거의 폭력에 가까웠다. 그렇게 젊은이는 앞으로 나아가서 너무도 힘차게 창 달린 책방 문을 밀었고, 그로 인해 깊이 사색에 잠겨 있다 놀란 서점 주인은 가늘고 기다란 손가락 사이에 끼고 있던 가죽 장정의 희귀본을 하마터면 왁스칠한 마룻바닥에 떨어뜨릴 뻔했다.

"어떻게 오셨습니까?"

서점에 들어온 사람의 실루엣을 확인하자마자 르네 루이 두아용이 머뭇거리는 목소리로 물었다.

호리호리하고 사지가 길쭉길쭉한 이 어리숙해 보이는 젊은이, 구김이 거의 없는 완벽한 윗도리, 전세계를 통째로 집어삼키려는 듯한 태도들은 이곳 파리의 마들렌 상가(商街)에서 이미 보았던 것들이었다. 그런데 그게 언제였던가?

어제였나 아니면 그저께였나……. 1919년 어느 여름날 오후, 그 방문객이 라 코네상스(La Connaissance : '지식'이라는 뜻—역주) 서점에 들른 것은 우연이 아니었다. 그 이전에 두세 차례 방문한 적이 있기 때문에 그는 이미 책 수집가들에게 잘 알려진 그 조용한 왕국의 진가를 알고 있었다. 장서 애호가들 사이에서 '망다랭'이라는 별명으로 유명한 두아용은 그곳에서 상당한 평판을 누리고 있었다. 그는 영리하고, 교양 있고, 사려 깊으며, 어떤 면에서는 심지어 정직하다고…….

갑작스런 침입자가 어색하면서도 단호한 걸음으로 다가오는 사이에 자질구레한 것들까지도 자세히 살핀 '망다랭'은 경계심을 가졌다. 그 손님은 평범한 손님이 아니었다. 희귀본이나 초판본과는 아주 다른 무언가를 찾고 있었다.

"두아용 씨죠, 맞습니까?"

이렇게 말을 던진 그 침입자는 마치 "백작, 내게 답하시오"라거나 "젊은이 좀 건방지군"이라고 말하는 듯했다(이것은 17세기 프랑스 작가 코르네유의 유명한 연극 〈르 시드〉에 나오는 대사들이다—역주).

40대 특유의 기계적인 움직임으로 그는 길고 강인해 보이는 코 위로 안경을 밀어올렸다.

"그렇습니다. 무엇을 도와드릴까요?"

"곧 설명드리겠습니다. 우선 제 이름은 앙드레 말로라고 합니다."

"그런데요……"

"설명드리죠. 당신은 희귀본 서적들을 찾죠? 요컨대 전 당신이 원하는 모든 희귀본들을 제공할 수 있습니다. 그러니까 우리는 분명히 거래를 할 수 있을 겁니다."

"그러니까 당신은 희귀본 공급자가 되고 싶다는 건가요?"

자기보다 손아래인 말로의 눈을 쳐다보면서 두아용은 그 속에 자신감과 흥분이 놀랄 만큼 뒤섞여 있다는 것을 알아차렸다. 말로는 제대로 치료받지 못한 비염의 결과로, 이후에 우스꽝스런 버릇으로 악화되는 콧소리를 벌써부터 내뱉고 있었다. 그렇지만 태도는 단호했다.

"당신의 파트너지요, 두아용 씨. 우리는 서로를 잘 알게 될 겁니다. 매일 아침마다 전날의 탐색 결과를 가져다드리겠습니다. 값은 나중에 말씀드리지요."

"값이라고 했소?"

"그렇습니다. 당신은 그 값을 적당하다고 생각할 겁니다."

이러한 만남이 있었던 다음날 열한 시에 그 젊고 큰 남자는 두아용의 서점 문을 밀고 다시 안으로 들어섰다. 그가 견본으로 가져온 여섯 권 가량의 책들은 모두 마들렌 상가의 고객들 취향에 맞는 것이었다. 두 권의 고전주의 작가의 작품과 졸라, 로티, 지드, 바레스, 그리고 심지어는 작자 미상이긴 하지만 아주 유명한 에로틱한 소책자까지도.

"13프랑입니다, 두아용 씨."

그의 어조가 너무나 단호했기에 서점 주인은 웃음 반 놀람 반으로 책상 서랍을 열고 돈을 치렀다. 말로는 무심한 태도로 돈을 주머니에 집어넣었다. 마치 이처럼 돈이 걸린 더러운 문제에는 중요성을 두지 않는다는 듯한 태도였다. 그러나 실은, 그에게는 쓸 돈이 단 한 푼도 남아 있지 않았다.

"내일 뵙겠습니다, 두아용 씨."

손을 한번 쭉 펴 보이면서 그는 지하철 쪽으로 사라져갔다. 분노한 듯도 하고 꿈꾸는 듯도 한 그의 커다란 걸음걸이는 글자 그대로 보도를 집어삼키는 듯했다. 그는 마음이 급했다. 삶은 기다려주지 않는다. 그도 역시 기다리지 않는다. 열여덟 개의 양초와 6개월 이내의 기간이 남아 있을 뿐이다. 지금부터 그때까지 대단한 인물이 되지 못한다면 아마 그는 결코 위대한 인물이 될 수 없을지도 모른다. 그래서 그는 뒤도 돌아보지 않고 걸어가는 것이다……

1901년 11월 3일 조르주 앙드레 말로가 파리에서 태어났을 때 니체는 눈을 감은 지 얼마 되지 않았다. 간디는 겨우 서른두 살이었고 레닌은 그보다 한 살 적었다. 처칠은 이미 하원에 입성해 있었고, 스탈린은 스물한 살을 넘기고 있었다. 아라비아의 로렌스는 열네 살이었고 히틀러는 열세 살이었으며, 드골은 겨우 열한 살이었다. 마오쩌둥은 베이징의 의화단원들을 내몰았던 서양의 '양코배기 마귀들'에게 저주를 퍼붓는 일곱 살짜리 꼬마에 불과했다……

벨 에포크(La Belle Époque: '좋은 시절'이라는 뜻으로 19세기 말에서 20세기 초에 걸쳐 풍요와 평화를 누리던 파리의 모습을 표현하는 말-역주)는 여전히 최고조에 달해 있었다. 하지만 말로의 삶에 이정표를 세우게 될 기나긴 일련의 가족 드라마 가운데 첫번째는 이미 펼쳐지고 있었다. 말로가 태어난 지 일 년 반 만에 동생 레이몽이 소아병으로 사망했다. 동생의 죽음으로 인해 가족은 해체되었다. 바람기 있는 남편 페르낭과 그의 아내 베르트 사이는 금이 갔다. 말로는 고함과 욕설을 견딜 수 없었다. 완전한 침묵 속에 몸을 숨긴 채 그는 남자와 여자는 결코 함께 살도록 만들어진 것이 아니라고, 절대 그렇지 않다고 확신하게 되었다.

1905년에, 그러니까 러시아에서 혁명주의자들의 봉기로 차르 황제의 권좌가 흔들리던 시기에 파국이 찾아들었다. 페르낭이 가정을 버리고 정부인 릴레트와 살림을 차린 것이다. 겨우 세 살 나이에 말로는 혼자서 외롭게 지내게 된다. 이러한 내면의 상처는 결코 치유되지 않는다. 형제가 하나도 없는 그는 일생 동안 어떠한 형제애적인 형태를 찾아 헤매게 된다. 거의 없는 것과 마찬가지인 아버지 때문에 끊임없이 강력한 인물들을 찾아 나서게 되는데, 바로 '역사'를 만들어가는 인물이 그들이라고 생각했던 것이다. 지나치게 전통에 얽매여 사는 어머니로 인해 그는 얼마 안 가서 자신에게 상당한 여성 혐오증이 있다는 것을 발견하게 된다.

생활비가 없는 베르트는 파리를 떠나야만 했다. 그녀는 파리 근교의 봉디로 물러나 자리를 잡았다. 앙드레와 베르트는 그곳에서 외할머니 아드리아나와 이모 마리와 이웃하여 살게 되었다. 칠흑 같은 머리색 때문에 이탈리아 출신임을 알 수 있는 젊은 베르트의 용기에는 존경심을 불러일으킬 만한 것이 있었다. 하지만 말로는 그에 대해 냉담했다. 한마디로 의미가 없었던 것이다. 어머니에 대한 어떤 암시를 말로의 작품들 속에서 찾으려 해도 소용없는 일이다. 일생 동안 머릿속에서 기억을 지운 사람들 가운데 첫번째가 바로 어머니가 될 테니까…….

말로는 어머니의 어떤 점을 용서할 수 없었던 것일까? 권리의 박탈로 느껴졌던 그 봉디로의 '유배'였을까? 슬픈 표정에 빈약한 몸, 그리고 불쑥 튀어나온 귀를 가진 말로에게 아도니스 같은 미남자의 구석이라고는 하나도 없다고 반복해서 말하곤 했던 그녀의 사려 없는 태도였을까? 생계유지를 위해 어쩔 수 없이 맡을 수밖에 없었던 식료품점 점원이라는 그녀의 직업이었을까? 아마도 결혼 생활의 파탄으로 혼이

난 그녀가 말로에게 선사했던 그 무덤덤하고 너무나도 평범한 유년시절 때문이었는지도 모르겠다.

당연한 일이지만, 페르낭은 멋진 역할을 차지했다. 일 주일에 한 번씩 베르트는 중간 지역에서 만나기 위해 아들을 파리로 데리고 갔다. 말로에게는 신나는 날이었다. 기차 속에서 말로는 오직 아버지에 대한 생각뿐이었다. 역에서 나오자마자 말로는 개전의 여지라곤 없는 그 유혹자의 걸음걸이 흉내 내기에 몰두하곤 했는데, 그는 야유조의 말로써 어떤 사람들에게 자신의 무책임한 태도를 잊게 만들곤 했다. 아니 차라리 '어떤 여자들에게'라고 말하는 것이 나을지도 모르겠다. 돋보이는 콧수염을 기른 그 쾌남아는 여자들의 꽁무니를 따라다니기 좋아했으니까…….

베르트에게만을 제외하고 돈을 그렇게 물 쓰듯 한 그의 직업은 정확히 무엇이었을까? 때로는 환전업자이기도 했고 때로는 증권거래소의 중개인이기도 했지만 대개의 경우 그는 단지 소액 증권거래인일 뿐이었다. 그의 우연한 행운에 말로는 열광했다. 위대한 허풍쟁이는 그렇게 해서 태어났다. 소년 말로는 자기 친구들에게 아버지를 증권거래소의 황제라 소개하기도 하고, 때로는 대형 은행 지점장이라고 소개하기도 했기 때문이다. 어떤 경우든지 아버지는 비범한 인물이었다. 그 프로테우스 같은 아버지는 어느 날엔 무소불위의 석유회사 사장이었다가 다음날에는 세상 사람들로부터 인정받지 못한 천재적인 발명가로 변하곤 했다. 말로는 자기 아버지가 '터지지 않는' 자동차 타이어를 발명했는데 그에 대해서는 레핀 콩쿠르(파리 경시총감을 지낸 레핀이 1902년에 개최한 발명품전—역주)의 기록에 아무것도 남아 있지 않다고 둘러대곤 했던 것이다! 그리고 다른 발명품들이 더 있었는데, 예를 들자면 넥타이걸이, 새로운 모델의 시동장치들, 물이 튀는 것을 완벽하게 막아주는 수도꼭지 등이 그것들이었다……

친할아버지인 알퐁스가 있었는데, 그는 딩케르크에서 여름방학을 보낼 때면 수다스럽기가 이루 말할 수 없는 인물이었다. 통 제작자였다가 어선의 선주가 된 이 플랑드르인은 운명에 과감히 맞서는 일에 자신의 명예를 걸었지만 그에 반해 운명은 그다지 너그럽지가 못했다. 뉴펀들랜드로 출항하는 그의 선단이 해난을 당하는 바람에 그는 하룻밤 사이에 파산했다. 그는 보험에 들기를 거부했던 것이다!《왕도》에서 말로는 할아버지를 소설 속의 등장인물로 삼게 된다. 결국 그는《반회고록》속에서 양날 도끼로 자신의 머리를 찍어 자살하는 '늙은 바이킹의 죽음'을 꾸며내 그에게 부여하게 된다!

자그마한 규모의 드강 학교 울타리 안에서 앙드레는 최초의 진정한 친구인 루이 슈바송(Louis Chevasson)을 만나게 된다. 아니, 차라리 그의 첫번째 실험용 모르모트라고 하는 것이 낫지 않을까? 미래의 작가는 순식간에 그 신중하고 조심스러운 동급생을 장악하게 되었다. 말은 본능적인 욕구가 되었다. 말로가 말을 하기로 결정한 이상 다른 사람들에게 발언권이 넘어가는 일은 생각할 수도 없었다. 끊임없이 쏟아져 나오는 거의 이해할 수 없는 말들은 그가 외부 세계와 접촉하는 특별한 방법이 되었다. 그는 말하고, 끌어들이고, 사로잡았다. 화술을 갖고 있는 사람은 지도자 역을 주장할 수 있는 법이었다. 그는 말을 했고 슈바송은 현실에서 대충 해치워진 일들이 상상력에 의해 바로잡아지는 세계에 대해 친구가 하는 이야기를 들으며 입을 다물고 있었다.

말로는 독서를 하기 시작했고 첫번째 소설을 단 몇 시간 만에 독파

했다. 《조르주 *Georges*》는 말로에게 지워지지 않는 흔적을 남기게 되었다. 뒤마 페르(Dumas père: 프랑스 소설가 알렉상드르 뒤마를 지칭. 《삼총사》, 《몽테크리스토 백작》 등의 작품이 있음—역주)의 펜은 모리셔스 섬의 두 흑백 혼혈인을 뒤따라 그를 인도양으로 끌어들였다. 그 혼혈 형제들 중 맏형은 '부아 데벤느(bois d'ébène)', 다시 말해서 흑인 노예 매매에 몸담고 있었고, 반면에 막내인 조르주는 과거 프랑스 귀족 집안인 말메디(Malmédie)가로부터 입었던 치욕을 겉으로는 잊은 체 했지만 결코 잊지 않고 있었다. 그는 체력이 탁월했고 자제력이 뛰어났다. 복수욕에 가득 찬 그는 새로 부임한 영국 총독의 측근 자격으로 고향 섬에 되돌아왔다.

노예 상태에 빠져 있던 회교도 부족 코모르족의 족장 라이자는 조르주의 매력에 이끌려 그와 투쟁의 동지가 될 것을 약속했다. 두 반란자들은 흑인 반란의 초석을 놓았다. 하지만 매복에 걸린 조르주가 적들의 수중에 떨어졌다. 말메디 집안 사람들은 마무리 작업으로 폭도들에게 술을 나누어주었다. 대장들을 잃은 불행한 반도(叛徒)들은 술을 마시고는 곯아떨어졌고 기강을 상실했다. 그들의 병력수는 매우 빠르게 줄어들어 얼마 안 되는 고집 센 사람들만 남게 되었고 라이자는 그들을 이끌고 희망 없는 싸움을 향해 나아간다. 그러나 이러한 종류의 소설 규칙이 으레 그렇듯이 모험은 논리성이 결여된 해피 엔딩으로 끝이 난다.

아, 판도를 어지럽히는 그런 일에 얼마나 능숙한가, 뒤마는! 모든 사람들에게 그 교훈은 잊혀지지 않게 될 것이다. 《조르주》에 담긴 몇 가지 주제들은 이러한 것이었다. 체면을 탐하는 인간들의 폭동, 터무니없는 조건에 대항하여 일으킨 반란은 1914~1918년 이전의 프랑스에서 오래된 영역을 이루고 있다. 당시의 프랑스에서는 '영광의 3일간

(Trois Glorieuses: 1830년 7월 27, 28, 29일의 가두 봉기—역주)'의 반란자들, 트랑스노냉 가(街)의 피학살자들, 혹은 파리 코뮌 유형수들의 망령이 아직도 떠돌고 있었는데, 이는 좌파가 남긴 유산이었다. 다른 주제들로는 대중에게 카리스마를 갖춘 지도자가 결여되어 있을 때 그들 대중의 힘과 의지 그리고 무력함이 있는데, 이는 우파가 남긴 유산에 속했다. 똑같은 움직임으로부터 좌파와 우파의 유산을 받아들이면서 말로는 위대한 인물들의 행위에 특권적 지위를 부여하는 '역사'라는 비전을 나름대로 다시 취하게 되었다. 그의 삶의 지표가 된 모델들, 그리고 나중에 그가 창조해 낸 소설 속의 인물들은 결코 평범한 인물들이 아니었다. 그들은 동시대인들의 운명을 뒤흔들 수 있는 부류에 속하는 천재들이었다. 그들은 바로 피와 살로 이루어진 조르주 형제 같은 인물들이었다.

닥치는 대로 책 읽기에 빠진 소년 말로는 '영국이 제국이고 독일이 민족이라면 프랑스는 개인'이라고 생각하는 애국적 역사학자 미슐레, 사람들이 자신의 구둣발 아래에서 조국을 앗아가지 못하리라는 것을 알고 있었던 당통, 프랑스 대혁명의 천사장이었던 생쥐스트를 섭렵했다. 하지만 어느 누구보다도 그에게 감명을 준 인물은 신에 의해 선택되어 불꽃 같은 삶을 살다 간 여걸 잔 다르크였다. 말로는 그녀에게 언제나 특별한 열정을 품게 된다. 열세 살 하고도 6개월 때 말로는 제3공화국과 카이저의 제국이 무기를 들고 그들간의 분쟁을 해결하게 된다는 것을 알고 열광했다. 프랑스와 독일은 서로 흥망을 건 대전을 선포한 뒤였다.

유럽이 술렁거렸다. 프랑스도 마찬가지였다. 마흔두 살의 나이였던 페르낭은 참전 사무국으로 달려갔다. 몸에 꼭 끼는 제복을 입은 그는 자신에 찬 모습이었다. 아군에게는 단 한 개의 각반 단추도 부족함이 없다고 그는 단언했다. 하지만 벨기에서 동쪽 전선에 이르기까지 '독일 놈들'은 프랑스인들에게 막대한 타격을 가했던 것이다. 애국지사들은 지나치게 탐욕스러운 폰 클룩 상군의 문란한 규율과 자신들이 가진 힘의 총 동원령에 구원을 의지하게 된다. 그것이 바로 마른의 기적이었다. 그것은 주민들의 사기를 진작시키기 위한 심리전의 효과를 노린 것이었는데, 갈리에니 장군에 의해 징발된 500대의 파리 택시들이 신병들을 전선으로 실어 날랐던 것이다. 청소년기에 접어든 말로는 슈바송과 함께 기나긴 자동차 행렬이 지나가는 것을 보았다. 밤이면 대포 소리가 울려 퍼졌다. 독일이 퇴각한 후 그 두 친구와 학급 동료들은 전장을 방문했다. 겁에 질린 그들은 급식으로 받은 빵을 내팽개쳐야 했는데, 그 이유는 죽은 자들의 재가 바람에 실려와 빵을 뒤덮었기 때문이었다……

전쟁과의 이러한 첫 만남으로 인해 말로는 전격적으로 신비주의의 위기에 빠졌고 오를레앙의 동정녀(잔 다르크—역주)의 순교에 대한 기억을 되살렸다. 잔인한 그 '독일 놈들'은 아버지를 죽이려 했고, 집을 불태우려 했으며, 조국을 유린하려 했던 것이다. 치유책은 위기를 감당할 수 있어야 했다. 위에서 초월적인 힘이 굽어보고 있다는 것을 더 열심히 믿는 것 외에 다른 해결책은 없었다.

말로는 책을 통해서 이러한 폭발적인 감정을 극복하게 된다. 즐거움을 가져다주는 순서에서 책은 데생과 재단하기, 그리고 여전히 그가 좋아했던 회화를 앞서게 되었고, 아토스, 포르토스, 아라미스와 다르타냥, 그리고 아이반호, 로브 로이 혹은 쿠엔틴 더워드의 눈부신 무훈에 전율했다. 플로베르의 소설들이 갖고 있는 아름다운 형식미, 특히 드라

마와 역사, 모험, 그리고 이국풍이 뒤섞여 있는 《살람보 *Salammbô*》는 그를 열광시켰다. 빅토르 위고는 정신의 위대함과 비열함이 쌍을 이루고 있는 자신의 소설 세계 속으로 말로를 이끌어갔다. 발자크는 흉악함과 희생의 순수함이라는 세계로 그를 인도했다. 영어에서 프랑스어로 번역된 셰익스피어의 작품들은 비극에 대해 갖고 있는 그의 타고난 감각을 정점에 올려놓았다. 하지만 훗날 그가 슈바송과 함께 코메디 프랑세즈에서 보게 되는 것은 〈앙드로마크 Andromaque〉였는데, 그곳에서 통속적인 멜로드라마에 등장하는 배신자의 분위기를 풍기는 말로의 젊은 나이와 고등학교 모자, 그리고 검은색 외투를 눈여겨 본 것은 단지 몇몇 주의력 깊은 사람들뿐이었다.

연극과 영화를 보고 책을 사는 데는 돈이 매우 많이 들었고, 미래의 문화성 장관 말로는 그러한 사실을 잊지 않게 된다. 페르낭은 전선에 나가 있었고 베르트는 더 이상 그의 꿈을 이루는 데 드는 비용을 댈 방법이 없었다. 다행스러운 것은 말로가 발품을 팔아서 자신의 용돈을 벌 방도를 찾아냈다는 것이다. 그는 이 일에 휴가 기간을 바쳤다. 슈바송을 옆에 거느리고 그는 파리행 열차를 탔다. 역에서 다시 지하철을 탄 그는 자신이 좋아하는 곳, 라틴구로 갔다. 거기서 새롭게 알아낸 지식들에 고무된 채 그들은 중고책 판매상들을 샅샅이 뒤지고 다녔다.

오후 늦게, 그들이 그날 산 책들은 가장 큰 단골인 오데옹 가의 크레 서점이나 쥐베르 쥔 서점에 두세 배 더 비싸게 다시 팔렸다. 상당히 빠르게 수입으로 변하는 도박이었다. 그런 일로 재산을 모을 수는 없지만 열서너 살의 나이에는 몇 푼의 돈이라도 언제나 환영받는 법이었다.

프랑스 영국 연합군이 샹파뉴 전선에서 교착 상태에 있을 즈음인 1915년 10월에 말로는 튀르비고 가의 초등학교 상급반 학생이 되어 있었다. 그곳 파리 동급생들은 그의 검은 머리칼과 아름다운 검은 눈동자를 보고 대뜸 '에스파뇰(스페인 놈)'이라는 별명을 붙여주었다. 동급생들은 그가 너무 두드러진다고 판단한 반면에 선생님들은 그의 영민한 머리와 예술적인 취향을 높이 샀다. 학급 동료 대부분은 마침내 그를 외면하기에 이르렀다. 요컨대 괴상한 놈이라는 악명이 널리 퍼진 탓에 튀르비고에서는 오직 한 학생, 마르셀 브랑댕하고만 우정을 맺게 되었다.

종교에 열광하던 시대는 끝났다. 한가로이 파리를 거니는 리듬에 맞춰 새로운 변신이 시작되었다. 일요일 오후면 세 명의 단짝 친구들은 콜론 음악회나 영화, 또 때로는 연극을 구경하러 갔다. 그러고 나서 그들은 자신들이 본 것에 대해 토론하곤 했는데, 대개 이야기를 하는 것은 말로였다. 그 당시 슈바송과 브랑댕은 말로에게 말을 놓았는데, 그들은 그 예외적인 권리를 일생 동안 갖게 된다. 그들은 주로 말로의 말을 들으면서 가끔 짤막한 지적만을 했고, 그러면 말로는 서둘러 다시 그 지적을 비약시키곤 했다. 그런 식으로 말로는 친구들의 얼굴에서 흥미와 놀라움과 또 때로는 분노를 읽으며 만족해했다……

시대에 대한 그의 생각들은 정말이지 앞으로 그가 쓰게 될 소설들의 독자를 깜짝 놀라게 할 그런 것들이었다. 바레스(Barrès: 프랑스 소설가. 1862~1923. 대표작으로 《뿌리 뽑힌 사람들》 등이 있음—역주)를 읽으면서 그는 이 '청춘의 황태자'가 스스로 가장 열렬한 기수가 되고자 했던 뜨거운 민족주의에 대해서뿐만 아니라 개인적인 반항과 열정에도 매료되었다. 말로는 거의 미학적이라 할 폭력에 대한 매력을 적어도 어느 정도는 바레스의 작품들 속에서 건져내게 되는데, 그로 인해 그는 평생 동안 폭력이야말로 정치적 분쟁을 근본적으로 해결할 수 있는 하나의 '왕도'라고 생각하는 유혹에 빠진다.

도스토예프스키는 신의 문제 또는 허무와 절망과 고독의 문제들이 있는 그대로 제시되는 터무니없는 세계 속으로 그를 끌어들였다. 이제 막 신앙을 잃어버린 열여섯 살의 사춘기 소년 말로에게 도스토예프스키와의 만남은 더더욱 충격적이었다. 오, 미슈킨 황태자와 악의 화신인 로고진(《백치》의 등장인물 ─역주)이 함께 사랑했던 여인의 시체를 굽어보는 장면이라니!

니체의 작품들이 프랑스어로 막 번역되던 때였다. 배척당하고 블랙리스트에 올라 있는 그의 작품들은 금지된 과일의 맛을 지니고 있었다. 말로는 어떻게 이 몇 권의 책들을 손에 넣을 수 있었을까? 방법이야 중요한 게 아니었다. 말로는 경악을 거듭하며 단숨에 《선악의 피안 *Par-delà le bien et le mal*》과 《차라투스트라는 이렇게 말했다 *Ainsi parlait Zarathoustra*》를 읽게 된다.

말로보다 나이가 많은 사람들은 이미 전쟁 속에서 그들의 욕망을 충족시켰다. 페르낭 말로 소위가 바로 그런 사람들 중 하나였는데, 그는 모든 면에서 자신의 취향에 맞는 군대인 '전차 부대', 다른 말로 해서 기갑 부대에 배속되었다. 어쩌다 얻은 휴가 때면 무훈담이 끝이 없었는데, 그 자기 만족적인 이야기들의 주제는 괴물 같은 기계들의 가공할 파괴력에 대한 예찬이었다.

"생 샤몽이랑 슈나이더는 가시철망이건, 기관총 진지건 지나는 길에 놓여 있는 것들은 무엇이든지 으깨어놓지. 보병들은 파리 새끼들처럼 '걸음아 나 살려라' 하고 도망을 치고 말이야. 그건 거대한 기계들인데, 화력만 대단한 것이 아니야! 어느 날 내가 본 것은……."

그러면서 하루하루 되풀이되는 것이었다! 하지만 페르낭이 평소보다 확신이 덜한 태도로 대전차용 함정에 갑자기 빠져서 떨어지고 마는 장갑차와 철갑 속에 들어 있는 생쥐 같은 인간들, 순식간에 가장 오래된 친구들이 되어버리는 단순한 동료들을 묘사하는 그런 저녁도 있었다. 공포와의 만남, 즉 전투는 병사들을 변모시켜서 그러한 상태로 변하게 한다는 것이었다.

페르낭은 가스에 관한 한은 그다지 말이 많지 않았다. 모든 이들이 그것을 수치스럽게 생각했기 때문이었다. 숨이 막힌 채, 입술은 파래지고 눈은 보이지 않고 식식거리며 숨을 몰아쉬는 군인들의 행렬과 더불어, 가스는 예전에 전쟁이 갖고 있었던 인간적인 것을, 그리고 그 기술에서 보이던 매혹적인 것을 빼앗아가 버렸다. 냉혹한 죽음, 그것은 그 무엇보다도 최악의 것이었다.

영웅주의, 전우애, 제복의 매력 같은 이야기들도 있었다. 가족간의 사랑을 통해 확대되고 비극에 대한 취미에 의해 초월을 거듭한 그의 무용담들은 말로의 마음을 지속적으로 사로잡게 된다. 하지만 페르낭이 남긴 그 유산은 전달되는 과정을 거치면서 내용이 변경된다. 왜냐하면 말로는 자기 자신을 비행기와 탱크의 조종사이자 이론가로 내세우기를 좋아했기 때문인데, 솔직히 말해서 그는 기계에 대한 감각이 눈곱만큼도 없었다.

반면에 그는 사람들을 설득하고 열광시키는 기술은 완벽하게 갖추고 있었다. 그리고 인생의 흐름을 바꾸는 결정적인 결심을 단호하게 내리는 기술 역시 갖추고 있었다. 1918년 11월처럼 말이다. 이때 말로는 자신의 열일곱번째 생일과 정전 협정 사인이 이루어진 날 사이의 어느 날 학업을 내팽개치고 방랑자의 생활을 향해 떠났다.

제2장

댄디
Le gandin

"그런데 그 잘난 척이나 하는 보잘것없는 사람에게서 그 여자가 찾아낸 게 뭐야?"

입술에 빨갛게 루주를 칠한 소녀는 몹시 분노한 표정으로 자기 여자친구를 쳐다보면서 섭섭함을 표시했다. 바보 같은 쥘리에트! 그녀는 그 비썩 말라 피골이 상접한 인간이 화려하게 늘어놓는 말을 듣고 뿌듯해하는 것 같았다.

처음엔 괜찮았다. 그는 점성술에 대해 이야기했다. 이상하게도 그는 그것을 훤히 알고 있었다. 젊은 사람치고는 드문 일이었다. 그는 그들 둘을 위해 식탁보 위에 천상도를 그려 보여주었다. 그런 다음부터는 이상해졌다. 도대체 그 이름들은 뭐란 말인가! 시라노 드 베르쥐락,

그래, 그 사람은 알겠어. 그런데 보들레르니 말라르메니 스탕달은 누구야? 위스망스와 호프만은 도대체 어디 사람들이야? 독일 놈들 아닌가? 그리고 조셉 콘래드라니, 미국인인가 영국인인가?

"사람들은 때때로 신기한 발견을 하지. 봐, 쥘리에트. 《알마이어 별장 *La Folie Almayer*》(조셉 콘래드의 소설 – 역주)이라는 소설이 있는데, 그것은 한번 빠지면 헤어나오기 힘든 그런 소설이야……."

병적이로군, 그렇게 거들먹거리며 말할 필요가 있는지 몰라. 그러니까 녀석은 그렇게밖에 할 줄 모르나? 유감이야. 쾌활한 사람은 아니지만 이 말로라는 사람에겐 무언가 심금을 울리는 것이 있어. 잘난 척만 조금 덜 한다면…….

요약해 보자. 쥘리에트는 춤을 추러 가고 싶어했다. 두 소녀는 라프 가에 있는 댄스홀에 갔다. 챙 달린 모자를 쓰고 있는 기둥서방 같은 사람들 틈에서 지나치게 꼭 끼는 옷을 입은 그 키 큰 인간을 발견한 것은 쥘리에트였다. 말로는 지겨워하는 듯한 표정이었다. 춤도 출 줄 모르는 것이 틀림없었다. 쥘리에트가 말을 걸었다. 치명적인 실수였다. 그 다음부터 그는 쉴새없이 지껄였으니까. 게다가 포도주 병도 더 이상 따지 않았다. 치사하게스리!

"에밀 앙리오(Emile Henriot: 본명은 메그로. 프랑스 소설가, 평론가. 1889~1961 – 역주)랑 프랑시스 카르코(Francis Carco: 뉴칼레도니아 태생의 프랑스 소설가, 시인. 1886~1958 – 역주)는 샴 고양이들을 연상시키지. 그들은 각각 아카데미에 들어가는 데 폴 부르제(Paul Bourget: 프랑스 소설가. 1852~1935 – 역주)의 도움을 얻기 위해 그에게 아첨을 하고 있거든. 초록색 옷을 꿰입을 때까지 한 녀석은 노란색 조끼 위에 푸른색 상의를 걸치고 있고, 다른 녀석은 노란색 상의 위에 푸른색 조끼를 걸치고 있어⋯⋯."

그가 웃었다. 그는 알고 있기 때문이었다. 그러고 나서 그는 순식간에 다시 신중해졌다. 심지어 과장스럽기까지 했다.

"두아용이나 슈바송, 브랑댕, 또 가보리에게도 말하지 않은 사실 한 가지를 네게 말해 줄게."

또 사람들 이름이야! 앙드레는 새 담배를 입에 물고 불을 붙였다.

"그래, 그들은 그것에 대해 아무것도 모르고 있어. 너는 일곱 가지 주요 죄악을 알고 있니?"

쥘리에트가 웃었다. 죄악이라, 그것이 그의 소관이었다.

"난 바보가 아냐!"

그러고는 손가락을 꼽아가며 말했다. 태만, 오만, 욕망, 탐욕⋯⋯, 분노⋯⋯, 탐식⋯⋯, 그리고 음⋯⋯.

"사치야."

요컨대 그는 아마 같이 자고 싶어하는 것 같았다. 그의 손은 매우 아름다웠다. 손이 가볍게 떨렸다. 그의 눈도 역시 떨렸다. 안면근육 경련으로 이따금 얼굴에 주름이 생겼다.

"그 일곱 가지 주요 죄악들은 죽음과 더불어 내가 지금 쓰고 있는 이야기의 주요 등장인물들이지. 그 이야기의 처음 몇 줄은 이렇게 시작해. 네게 가장 먼저 얘기하는 거야."

'몇 개의 풍선이 피어오르더니 검붉은색 털로 덮인 꽃잎을 가진 거대한 꽃이 되었다. 그것은 바람이 불 때마다 문 뒤에 달아놓은 차임벨처럼 살랑거리며 땡그랑거렸다⋯⋯.'

두 소녀는 입을 벌린 채 말로를 쳐다보았다. 그는 이야기의 효과에 만족하면서도 동시에 청중의 수준이 형편없다는 것에 부끄러움을 느끼고는 갑자기 인용을 멈추었다. 자기 나이 또래의 젊은 지식인들, 예컨대 사귄 지 얼마 되지 않은 페르낭 플뢰레나 눈빛 속에 끔찍한 고통을 담고 있는 르네 라투슈(그는 얼마 안 되어 자살한다)를 깜짝 놀라게 하고 있지만, 그리고 두아용 같은 사람조차도 침묵하게 만들지만 여자들과의 일에서 그는 거의 운이 없었다. 그가 유혹한 여자들은 아름답지도 않았고 영리하지도 않았다. 그 여자들은 쥘리에트와 그 여자친구와 마찬가지로 중산층에 속해 있었고 책은 주요 관심사가 되지 못했다. 하지만 보다 교양을 갖춘 남성들은 그의 가치를 인정했고, 그리하여 젊은 야심가 앞에 문이 열리기 시작했다……

그가 어떻게 주소를 알았을까? 알 수 없는 일이었다. 중요한 것은 서른네 살의 나이에 이미 점점 커져가는 문학적 명성을 후광으로 두른 프랑수아 모리악이 스스로를 작가라고 생각하는 이 젊은이를 불시에 받아들이기로 허용했다는 것이다.

실내복을 입은 모리악은 의자에 꼿꼿이 앉은 채 말로와 대면했다. 말로는 이에 대비하여 자신이 갖고 있는 가장 멋진 옷을 입었다. 깃은 빳빳했고 넥타이는 독특했으며 흰색 셔츠는 티끌 하나 없었다. 몇 분간의 대화만으로도 집주인이 어느 정도로 죄악의 문제에 집착하고 있는지 이해할 수 있었다. 하지만 종교적 위계 질서와도 닮을 수 있는 모든 것이 공포로 인해 거부된다는 것을 어떻게 설명할 것인가?

"교회는 모든 사람을 자신의 세력 안에 두고 있습니다. 그런데 교회는 그 힘으로 무엇을 하고 있습니까?"

마음이 너그러운 모리악은 뭐라고 말하기 힘든 음색의 쉰 목소리로 교회가 완전하지 않다는 것을 인정했다. 하지만 그럼에도 불구하고 교회는 신의 의지를 실현하는 데 필요한 도구가 되고 있다고 덧붙였다.

"신부들 역시 죄인입니다. 우리 모두와 똑같은 가엾은 죄인들이지요. 인간은 천사도 아니고 짐승도 아니라는 사실을 잊지 마십시오……."

말로가 계속해서 말했다.

"나도 알고 있소. 하지만 당신이 말하는 신부들이 모든 사람들과 마찬가지라면 그들은 도대체 무엇에 필요한 건가요?"

"그들도 인간입니다."

"무슨 뜻입니까?"

"다른 사람들의 현실을 그들도 알고 있다는 뜻입니다. 그 현실을 알지 못한 채 선을 행하려 하는 것은 결국 악을 행하는 길로 인도될 뿐입니다."

"그것이 당신을 두렵게 하는군요……."

"저는 그것이 두렵습니다."

신랄하지만 정중한 토론이 꽤 오랫동안 지속되었다. 그런데 모리악에게는 다른 할 일들이 있었다. 모리악은 뚜렷한 약속을 하지 않고 대화를 마쳤다. 실망에 싸인 젊은 말로는 모리악의 아파트를 떠났고, 자기보다 연장자인 모리악의 아량을 헤아리지 못했다. 보르도 출신의 작가 모리악은 무례하게 불청객으로 찾아온 젊은 친구를 거절할 수도 있었던 것이다…….

말로에게 막스 자콥을 소개한 사람이 누구인지 기억하는 것은 불가능하다. 디자이너이자 화가이고 또 시인인 그를 두고 사람들은 별종이니 기인이니 하고 말들을 했다. 말로에게 그는 무엇보다도 아폴리네르의 후계자였다.

자콥은 자신의 동성애적 사랑을 전혀 감추지 않았다. 그는 스페인 화가 파블로 피카소를 은밀한 친구로 삼으려다 실패한 적도 있었다. 거의 사반세기나 나이 차이가 나는 말로와 함께 있으면 그는 과연 행복해질 것인가? 가브리엘 가로 가기 전에 두아용의 젊은 협력자 말로는 넥타이에 반짝이는 진주를 달고 새 가죽 장갑을 낀 후 황금빛 손잡이가 달린 아주 멋진 단장의 장식끈을 손목에 걸쳤다.

"아, 당신이군요! 누추하지만 안으로 들어오시지요."

시인이 그를 환대했다.

기름 램프가 희미하게 밝혀져 있는 그 뒤죽박죽의 방을 묘사하는 데는 소굴이라는 말이 더 적절할 것이다. 그곳에서는 환상과 독창성이 필수였다. 유혹 역시 꼭 필요한 것이었지만 사람들이 생각하는 그런 것은 아니었다. 말로는 막스 자콥에게서 진정한 봉건 영주의 모습을 발견했다. 자콥은 50대의 리비도에 충실한 인간이 가질 만한 능글맞은 호의로 말로를 영접한 것이 아니라 국왕의 광대 같은 신랄한 유머로써 그를 맞이했다. 무엇보다도 막스 자콥에게는 친근감이 있었다.

그날부터 앙드레와 막스 자콥은 자콥이 좋아하는 싸구려 식당 '라 메르 앙소'에서 양고기 스튜를 함께 먹거나 라마르크 가에서 '라 사부 아야르드' 식당을 빈번히 드나드는 사이가 되었다. 그로 인해 말로는 속쓰림을 느끼면서도 잊을 수 없는 추억으로 가득 찬 채 잠에서 깨어 나곤 했다. 짙은 콧수염을 기른 알코올 중독자 위트리요(Utrillo: 프랑스 화가. 1883~1955-역주)와 처음 만난 것은 막스 자콥이 무언극을 하거나 시를 낭송하거나 아니면 진실이 가득 담긴 초상화폭 귀퉁이에 붓질을 하는 자선 파티에서였다. 이 말장난의 대가가 갖고 있는 특출한 총명함은 그를 괴롭히고 있는 깊은 실존적 번뇌를 감추기엔 거의 역부족이었다…….

"그때부터 열댓 내지 스무 명에 의해 '처음으로 표명되었던' 몇 가지 생각들 이외에도 막스 자콥은 약간의 아이러니와 약간은 샤랑통 사람다운 신비주의, 일상적인 것들 속에 들어 있는 모든 이상한 것에 대한 느낌, 그리고 사실들의 논리적 질서 및 가능성의 파괴를 큐비즘(입체주의)에 가져다주었다. 그는 자신의 주제에 한정된 것이 아니라 자신의 상상력에 의해 유발된 행위들 혹은 그림들을 표현했다."

말로의 분석은 다정스런 찬사와 다름없는 것이었다! 이 몇 줄의 글은 말로 자신이 직접 쓴 것이었다. 그의 글 가운데 출판된 최초의 것인 〈입체주의 시의 기원 Des origines de la poésie cubiste〉이라는 제목의 논문은 단지 문체의 연습일 뿐이었다. 다른 말로 하자면 매너리즘에 빠지고 낡아빠진 문체를 모방함으로써 어떻게 상징주의의 목을 비틀 것인가 하는 것이었다. 심지어 그의 친구들 가운데서도 많은 사람들이 속아 넘어갔다. 그것은 그들이 그를 잘 알지 못했기 때문이었다.

"열여덟에서 스무 살 사이일 때는 인생이란 마치 시장과도 같습니다. 거기서 사람들은 돈으로 가치를 사는 것이 아니라 행동으로 사지요. 대부분의 사람들은 아무것도 사지 않습니다."

그는 쥘리앙 그린(Julien Green: 프랑스 소설가. 1900~1998−역주)에게 확신에 찬 어조로 이렇게 말했다.

그러나 오히려 그 반대라고 해야 할 것이다. 거대한 투기가 점점 고조되었던 것이다! 행운이 그의 발길을 인도한다고 생각해야 했다. 왜냐하면 2월에 비평가 장 발미 바이스가 미숙한 생각으로 문학을 말살시켰다고 그를 고발하며 그의 논문에 공개적으로 반론을 제기하는 것이 좋겠다고 생각했기 때문이다.

논쟁은 축복이었다. 전후의 파리에서 이름이 알려지게 하기 위해서는 아마 그보다 더 적절한 것은 없었을 것이다. 그것은 성공의 시작이었다. 말로는 문학 및 미술 잡지인 《지식 La Connaissance》에 이어 진짜 책들을 출판할 시간이 되었다는 것을 두아용에게 어렵지 않게 납득시켰다. 그러자 새로운 친구들이 나타났다. 철학과 미술에 대한 개인적 연구지인 《행동 Action》의 플로랑 펠스는 랑드뤼를 칭찬함으로써 검열 기관과 아방가르드 진영의 주목을 받고 있었고, 그의 친구인 파스칼 피아는 안경잡이로서 도발의 천재였다.

런던의 뮤직 홀 무대에서 찰리 채플린과 블레즈 상드라르의 옛 동료로 무대에 섰던 시몽 크라는 공모자나 친구가 아니라 단지 동업자가 된다. 대출 신청금으로 무엇인가 독창적인 것을 하려던 이 모험가는 신의 섭리에 의해 부자가 되었다. 크라는 자신이 비순응주의자라고 말한다. 하지만 말로와 함께하면서 그는 순응주의자가 되었다!

"나와 함께 일하지 않겠소?"

"블랑슈 가에 있는 당신 서점에서는 절대로 안 하겠습니다! 하지만 출판 일이라면……."

"바로 그거요, 이쪽은 내 아들 뤼시앵이오. 내 아들은 한정판 출판 시장에 뛰어들려 하고 있소."

계약이 체결되었다. 그들은 함께 사지테르 출판사라는 이름을 세례반 위에 새겨넣었다. 그것은 도판이 들어간 책들을 제작하는 출판사였다. 크라 부자는 돈을 댔고 말로는 전문 지식을 제공했다. 장의 첫머리를 장식하는 글자들을 고르고, 활자의 크기를 결정하고, 조판을 선택하고, 편집하는 데 그만한 사람이 없었기 때문이었다. 여러 동업자들이 돈을 댐으로써 그는 마침내 가족이 함께 살던 봉디의 아파트를 떠나 블랑슈 지하철 바로 옆의 라셸 가에 있는 가구 딸린 집에 머물게 되었고, 그 이후로 그곳에서 어느 누구의 방해도 받지 않고 밤을 보냈다.

심한 갈증에 사로잡힌 그의 모습은 어디에서나 눈에 띄었고 마찬가지로 그의 글은 어디에서나 읽혔다. 르미 드 구르몽의 《성상화가의 소책자 *Le Livret de l'imagier*》이후에 말로는 《보들레르의 한담 *Les Causeries de Baudelaire*》과 로랑 타이야드의 《개인 수첩 *Carnet intime*》을 사지테르 출판사에서 펴냈다. 같은 곳에서 그는 성스러운 사드 후작의 《베니스의 매음촌 *Le Bordel de Venise*》같은 에로틱한 그림이 많이 들어간 몇몇 텍스트들을 소리 소문 없이 펴냈다.

"돈은 중요치 않아. 필요하면 증권거래소에서 거둬들이지."

말로는 이렇게 허세를 부렸다.

실제로 그는 브로냐르관이 아니라 루브르 박물관, 국립도서관, 동양어 학교, 귀스타브 모로 박물관, 그리고 아시아 미술의 요람으로 한때 마타 하리라는 이름의 누드 댄서가 근무했던 기메 박물관에 자주 드나들었다. 댄디즘의 창시자로서 일명 '아르수이유 경'이라 불리는 세이무어 경의 경쟁자로서, 혹은 브뤼멜의 경쟁자로서 말로는 비싼 옷을 차려입고 산책하곤 했다. 망토는 검은색 비단으로 안을 댔고 단추 구멍은 붉은색 장미로 치장되어 있었다.

몽마르트르는 그의 활동 무대였다. 막스 자콥의 집이나 친구 갈라니스의 집에서 그는 폴 모랑, 피에르 르베르디, 콕토와 콕토의 후원을 받고 있던 레이몽 라디게를 만났는데, 특히 라디게와는 뜻이 잘 맞았다. 라디게는 장티푸스에 걸려 때 이르게 문학을 떠나기 전 《육체의 악마 *Le Diable au corps*》와 《도르젤 백작의 무도회 *Le Bal du comte d'Orgel*》라는 섬광처럼 빛나는 두 권의 책을 펴내게 될 젊은 천재였다.

막스 자콥 곁에서 환상적인 분위기의 파티가 끝나고 나면 그의 발길은 종종 피갈의 음탕한 술집들로 향하곤 했다. 그곳은 술, 마약, 포르노 사진들의 대량 소비자인 미군 병사들이 선호하는 곳이자 보다 부유한 내국인들, 새로운 세계에 입문하는 대학생들, 고독한 여인들 혹은 가정생활에 실망한 남자들이 찾는 섹스의 천국이었다. 이들 인간 군상은 주의 깊은 관찰자가 되어 있던 말로를 즐겁게 해주었지만 그들을 낳은 문명에 대한 고차원적인 생각을 그에게 주지는 못했다.

그다지 멀지 않은 곳에 '시라노'가 있었다. 말로는 그곳에서 몇 가지를 신중하게 탐사했다. 그 건물은 훗날 '초현실주의자'라고 불리게 될 반항자들의 사령부로 쓰이고 있었다. 그들은 젊고 총명하고 열정적이었다. 하지만 열광은 오래 지속되지 않았다. 그들 그룹의 기능을 분석하고 난 후 임상 의사같이 냉정한 말로의 시선은 금세 그들의 결함을 찾아냈던 것이다. 무엇보다도 교조주의의 틀 속에 부하들을 가두고 억압하려 애쓰는 정찰대 특무상사 타입의 기생 작가인, 위대한 회유자 앙드레 브르통과 강한 개성을 지닌 두 사람이 대립하고 있었다. 그중 한 명은 아라공으로, 그는 스스로 의식하지 못한 채 스승을 찾고 있었고 훗날 공산주의에서 그것을 발견하게 된다. 또 다른 한 명은 수포로서 그는 특별히 스승을 원하지는 않았다. 좋아하긴 하지만 제자가 되려는 생각은 없고 그가 부러워하던 창조자가 되려고 했던 말로는 브르통과 거리를 두게 된다. 오랜 역사를 지닌, 서로 간에 좋지 않은 관계의 시작이었다……

말로는 불량소년들, 포주들, 그리고 보다 분별력 있는 매춘부와의 접촉을 꿈꾸었다. 그는 시인이면서 동시에 무법자가 되고 싶었다. 그의 주머니에 소구경 권총이 들어 불룩한 날들도 있었다. 밤의 거리에 드나드는 이 까다로운 작자들에 대항하여 자신을 보호할 6.35밀리미터 구경의 권총이었다.

새로운 프랑수아 비용(François Villon: 15세기 프랑스 시인으로 부랑자 생활을 하며 시를 씀—역주)이 된다는 것은 멋진 일일 것이다! 젊은 야심가들에게 이 시대는 커다란 희망의 시대였다. 출판사에서의 두 차례 작업 시간 사이에 그는 생 라자르 가의 오스틴 바에서 위스키를 마셨다. 봉디는 멀리 떨어져 있었다. 그곳은 정신이 말짱해지자마자 잊혀지는 슬픔의 대상이었다. 말로는 젊었고, 이상야릇하게 옷을 차려입었고, 거드름 피우며 말을 했고, 낭랑하게 시를 낭독했고, 저속한 말투로 욕을 했다. 그는 포럼 카페의 깊숙한 소파에 파묻혀 그곳의 맛있는 칵테일에 취했고, 또한 내일이면 관습과 평범함을 날려버릴 이 엘리트층에 속해 있다는 느낌에 취했다. 요컨대 말로는 라비냥 가의 야간 술집 계산대에서 약간은 과장되고 왜곡된 동성애자들과 사귀었다. 돈을 헤프게 쓰는 말로는 술집에서건 식당에서건 어디서나 자신이 계산을 치렀다. 돈을 쓰고 싶어서 손이 근질근질했던 것이 아니라 마치 불운을 무시하듯 돈을 무시했기 때문이었다. 현금으로 보수를 받는 그의 주머니에는 지폐가 가득했고 그는 마치 고역에서 벗어나듯이 무심한 태도로 탁자에 지폐를 던지곤 했다.

"웨이터, 당신 거요."

카페 종업원은 몸을 굽히고 돈을 주머니에 넣었다. 키가 장대처럼 큰 이 청년을 부잣집 아들이라 여기며…….

증원군이 있었다. 새로운 친구의 이름은 마르셀 아를랑이었는데,

그는 라투르 모부르 지역 대학생 소대의 학생장으로서 군 복무의 의무를 행하고 있는 중이었다. 당연히 그도 문학적 명성을 꿈꾸고 있었다. 말로는 샤를 비트락, 크레벨 및 브르통과 옛 리더 트리스탕 차라 신봉자들 사이의 크나큰 대립으로 방향을 상실한 몇 명의 다다이즘 생존자들과 더불어 준비하고 있는 잡지에 기사들을 써주는 데 동의할 것인가? 편집자가 없는 그 잡지의 제목은 《모험 *Aventure*》이었다.

그처럼 멋진 제목을 생각해 낼 수 있는 스물한 살의 젊은이에게 어떻게 싫다고 거절할 수 있을 것인가! 지체없이 말로와 아를랑은 거의 귀족적이라 할 만한 우정을 맺게 되었다.

"마르셀, 당신은 요즘 무슨 책을 읽었소?"

"소설 두세 권하고 청소년 잡지들, 그리고 선언문 하나예요."

"어땠소?"

"그저 그런 것들이었죠."

"그저 그렇지 않은 작품들이 기껏해야 열두어 편 남짓밖에 없다는 건 우리도 알고 있소."

마르셀은 샤갈, 마티스, 클레, 보나르, 브라크, 피카소, 지드, 니체, 도스토예프스키, 그리고 클로델을 좋아한다고 했다.

"그럼 사드는 어떻소, 읽어봤소?"

말로가 물었다.

"여자친구에게 사드를 빌려주었죠."

"그랬더니?"

"여자친구가 수녀원에 들어가버렸습니다."

말로와 크라 부자와의 관계는 긴장된 관계였기 때문에 미칠 듯이 터져나오는 웃음을 낳지는 못했다. 하지만 그에게는 그를 지켜주는 수호천사가 있었다.

"당신은 칸바일러와 인사를 나누고 싶지 않소?"

당연히 그러고 싶었다! 평판이 자자한 화상(畵商)인 앙리 칸바일러는 아방가르드파 화가들의 친구인 동시에 스승이었고, 전쟁 이전에 그랬듯이 다시 미술책 간행자가 되고자 애쓰고 있었으며 특히 아폴리네르를 출판하고 싶어했다.

진정으로 행운이 찾아온 것일까? 말로는 칸바일러에게 《종이 달 *Lunes en papier*》을 보여주었다. 그것은 "친근하지만 이상한 대상들 속으로의 여행담처럼 사람들에게 그다지 알려지지 않은 몇몇 투쟁 이야기를 담은 소책자"라는 부제를 갖고 있었다.

출판이 받아들여져서 재검토되고 조판이 되어 교정을 거친 후 1920년 4월, 100여 부가 출판되었다. 페르낭 레제(Fernand Léger: 프랑스 화가. 1881~1955—역주)의 목판화로 장식된 그 책은 물론 막스 자콥에게 헌정되었다……

말로가 팔레 루아얄의 레스토랑 홀에서 회식을 위해 모인 30명 중 그녀를 눈여겨보았던 것처럼 그녀도 그를 주목했던 것이었을까? 어쨌든 질투심이 여자의 관심을 끌기 위한 최선의 방법이라 믿고 있었기에 말로는 자신의 여자친구인 잔 모르티에한테만 눈길을 주는 척했다.

그의 관심을 끈 사람은 오직 그 미지의 여인뿐이었다. 말로는 그녀의 이름이 클라라라는 것만 알았을 뿐이었다. 모임의 사회자인 플로랑 펠스의 말에 따르면, 몇 달 전부터 아방가르드 잡지 《행동》을 위해 무보수로 일하고 있는 그 여성 번역가는 부유한 프랑스-독일계 유태인 집안인 골드슈미트가의 사람이었다.

"아주 교양이 풍부하고, 두 개의 언어를 완벽하게 구사하며, 문학적 야심도 대단하지."

손님들에게 되돌아가기 전 펠스가 결론을 내리듯 말했다.

《행동》지에서는 그날 저녁처럼 때때로 연회를 열곤 했다. 그래서 잡지에 관여하고 있는 다양한 사람들이 서로를 더 잘 알 수 있었다. 펠스와 그의 친구들은 전쟁 와중에 지식층에서 솟아난 모든 것을 다이너마이트로 폭파하기를 꿈꾸고 있었다. 말로가 그들을 좋아한 것은 그 때문이었다.

식사가 끝나고 난 후 나이트클럽에서 열리는 파티에 참석하는 사람은 다섯 명에 불과했다. 아직까지도 몇 마디 말밖에 나누지 못한 클라라와 말로, 잔, 알자스-로렌의 유태계 시인으로 다른 사람들에 비해 나이가 몇 살 더 많은 이반 골, 그리고 룩셈부르크인인 또 한 명의 번역가. 무도회장의 입구에서 그는 웃음을 삼켰다. 3색 화환으로 온통 장식된 그 건물의 이름이 '혁명 카바레'였기 때문이다.

"즐거운 시간을 보내고 싶어요."

잔이 도발적인 눈으로 말로를 바라보며 외쳤다.

말로는 춤을 잘 추지 못했음이 분명했다. 너무나 서툴러서 잔의 발은 파티 내내 밟혔다. 마침내 말로가 결심을 하고 클라라에게 접근한 것은 아주 늦은 시각이었다.

"탱고 한 곡 추실까요, 아가씨?"

클라라는 자신이 전적으로 리드할 생각을 하며 즉시 승낙했다.

"잔은 나보고 당신에게 아무런 관심도 기울이지 말라고 부탁했지요."

아주 서툴렀던 몇 가지 춤 동작이 끝난 후 말로가 그녀에게 속삭였다.

　다음 일요일에 말로는 클레르와 이반 골의 집에서 클라라를 다시 만났다. 그들은 오퇴이유에 있는 그들의 방 두 개짜리 별장을 일종의 국제적인 문학 살롱으로 변화시켰는데, 그곳에서는 프랑스어뿐만 아니라 독일어로도 대화가 이루어졌다. 치켜세운 머리타래를 신경질적으로 뒤로 넘기면서 말로는 중세의 애가(哀歌)에 대해 말하며 몇몇 프랑스 풍자 작가들을 유창하게 상기시켰지만 그녀는 그들을 알지 못했다.

　"페르낭 플뢰레는 가장 친한 친구들 중 하나지요."

　클라라는 그 말에 동의를 표하고서 횔덜린과 노발리스에 대해서 이야기했다. 물론 둘 다 독일인이었다. 계속해서 니체, 도스토예프스키, 톨스토이, 스페인, 이탈리아, 엘 그레코가 대화의 주제가 되었는데, 그것은 서로를 평가하기 위한 기나긴 설전(舌戰)이었다.

　그녀는 어리석지 않았다! 보잘것없는 여자가 그렇게 많은 문제에 대해 자신보다 더 자세히 알고 있다는 것에 그는 놀랐고 화가 나기까지 했다. 달리 생각하자면 그처럼 영리한 누군가를 만난다는 것은 얼마나 큰 기쁨인가. 클라라는 매혹적이었지만 예쁘지는 않았다.

　말로는 밤새 이런저런 생각을 하다가 결국 명백한 사실을 인정했다. 그 젊은 여성에겐 진정으로 무언가가 있었던 것이다. 그 다음날 더이상 참지 못하고 말로는 클라라에게 전화를 했다. 다음날 말로는 샬레가에 있는 골드슈미트가의 대형 별장까지 갔다. 그들은 만나서 이야기를 나누었고 매력을 느끼는 단계에서 연애 단계로, 그리고 사랑의 단계로 넘어갔지만 그 사랑을 고백하지는 않았다. 말로는 클라라에게 툴루즈 로트렉의 화첩들을 보여주었다. 클라라는 트로카데로의 은밀한 곳으로 그를 데리고 가거나 불로뉴 숲에서 보트의 노 젓는 법을 가르쳐주었다…….

"당신은 댄스홀에 가본 적이 전혀 없나요?"

전혀 없었다. 댄스홀, 대중 무도장, 오케스트라의 음악 소리와 남녀 쌍쌍들이 흘리는 땀에 대해 클라라는 아무것도 몰랐다.

비에브르 계곡에서 있었던 《행동》지의 세미나가 끝나고 돌아오는 길에 말로는 그녀를 브로카 가로 이끌고 갔다. 그곳에는 파리에서 가장 비밀스런 댄스홀 몇 개가 있었다.

클라라는 그런 곳에 가기에는 너무나 화려한 장식품들, 즉 듀베틴 직물로 짠 망토, 작은 진주 목걸이, 다이아몬드 팔찌와 반지로 치장하고 있었다. 그녀에게서는 겔랑사의 '아프레 롱데' 향수 냄새가 났다. 동행한 기사의 등골을 오싹하게 만드는 부의 전시였다. 댄스홀 같은 장소에서 그런 사치품들은 위험한 결말을 초래하기 때문이었다. 다행스러운 것은 말로가 대비책으로 소구경 권총을 가져갔다는 것이었다…….

예견했던 대로 클라라의 보석들은 모두의 탐욕스런 시선의 대상이 되었다.

"거절하지 마세요."

첫번째 춤꾼이 그녀에게 춤을 청했을 때 말로가 속삭였다.

그녀는 쾌히 춤을 추었다. 역시 몇 명의 깡패들이 카페 출구에서 그들을 기다리고 있었다. 수다스런 지식인 말로가 갑작스레 변모했다. 생각지도 않던 단호함으로 그는 클라라를 오른팔로 밀며 그녀의 몸을 자신의 몸으로 감쌌다. 깡패들이 총을 발사하자마자 말로도 그들에게 권총을 겨누었다. 그들 쪽으로 단 한 번 방아쇠를 당겼을 뿐인데도 그들의 욕망을 진정시키는 데는 충분했다. 모두들 부리나케 도망쳤던 것이다…….

왼손에 상처를 입은 말로는 피를 조금 흘렸다. 클라라는 수돗가에서 그의 상처를 대충 씻어주었다. 아픔보다는 두려움이 더 컸다. 탄환이 정확히 두 개의 뼈 사이를 뚫고 지나갔던 것이다. 샬레 가로 되돌아오는 택시 안에서 클라라는 그의 손을 꼭 쥐었다. 하지만 그들이 시끌시끌한 음악 소리와 폭죽 소리를 들으며 연인이 된 것은 약간의 시간이 더 흐른 뒤인 7월 14일 저녁때였다…….

"프뤼니에 식당으로 저녁식사하러 갑시다."

"아래층에서 먹는 줄 알았는데요. 어머니와 함께……."

"오늘 저녁은 아니에요. 친구 피아를 위해 끝내야 할 조그마한 일거리가 남아 있어요."

"어제의 그 책인가요?"

"맞아요. 오! 걸작이라 말할 순 없는 것이지요."

말로가 미소를 지었고 클라라 역시 미소를 띠었다. 클라라는 그렇게 말로가 인쇄 활자와 장식 문양, 그리고 그림 설명이 없는 도판들로 뒤덮인 책장들, 요컨대 포르노 책들을 펼쳐 들고 있는 모습을 바라보는 데 익숙해져 있었다. 말로는 흡사 재단사의 몸짓을 상기시키는 단호한 태도로 책들을 편집했다.

자유주의적이고 또 세심한 어머니인 골드슈미트 부인이 이 젊은 부부에게 빌려주고 있는 샬레 가 별장 3층의 숙소가 그런 종류의 은밀한 작업실로 쓰이고 있다는 것을 알게 된다면 어떻게 생각할 것인가? 아마도 별 문제는 없었을 것이다. 이탈리아에서의 가출과 피렌체 우체국에서 부쳐진 결혼하겠다는 의사를 밝힌 도발적인 전보 이후로, 파란 만장한 가정의 우여곡절들, 분노와 눈물과 웃음 이후로 그녀는 감시의 수위를 낮추었던 것이다.

10월 말에 클라라는 마침내 앙드레 말로의 아내가 되었다. 그 이후로 이들 젊은 부부는 클라라의 지참금 덕분에 화려한 생활, 파리인으로서의 생활을 영위하게 되었다.

어제까지만 해도 먹고살 돈을 벌기 위해 이 서점 저 서점을 뛰어다녔던 사람에게 골드슈미트가의 재산은 큰 힘이 되었다! 샬레 가의 불법 입주자 말로는 최고의 세공인이 만든 옷을 입고 가장 화려한 비단 넥타이를 매고 보란 듯이 뽐내었다. 극장에서 두 차례에 걸친 저녁 모임 중간에 말로는 친구들을 가장 화려한 식당들인 프뤼니에, 라뤼, 마르그리로 초대하곤 했다. 허세가 많고 거만하며 놀라울 정도로 수다스러운 말로는 젊은 졸부가 갖추어야 할 것을 모두 갖고 있었다.

클라라는 오랫동안 말로를 주시했다. 그러고는 아무런 할 일이 없다는 것에 지쳐서 꽃 장식을 한 안락의자에 편안하게 자리를 잡았다. 벽을 장식하고 있는 드랭(Derain: 프랑스의 화가, 조각가. 1880 ~1954—역주)의 사인이 들어 있는 동판화 아래서 클라라는 고딕체로 치장된 자신의 책을 다시 펼쳐 들었다. 독일어로 된 책이었다. 자신의 동반자—그녀는 결코 '내 남편'이라고 말하지 않았다. 그들은 6개월 후에 이혼하기로 서로 약속했던 것이다—에게 오스발트 슈펭글러의 《서구의 몰락 *Le Déclin de l'Occident*》에 담긴 비관주의적 예언을 발견하게 만들었다는 것을 그녀는 무척 자랑스러워했다. 대개 저녁 파티로 늦게까지 연장되는, 칸바일러 집에서의 일요일 오후 모임에서 말로가 아주 새로운 지식을 펼쳐 보일 때면 그녀는 아마 짜증이 났던 것 같다. 레제, 그리, 뤼르사, 몬드리안, 반 동장, 또는 피카소 같은 대가들과 어울려 끝없이 대화를 나누는 행복한 순간들이었다. 찬란하게 빛을 발하고 싶은 욕심에 사로잡힌 말로는 때때로 그 정도를 넘어섰다. 그럴 때면 사람들의 얼굴에 조소가 드리워지곤 했다. 그러나 사람들은 그를 좋아했고, 그의 활기찬 재치와 섬세함, 그리고 예술적인 문제에 대한 지식을 높이 평가했다. 그래서 그가 고심해서 만든 작품들 가운데 가장 형편없는 것까지 마치 복음이라도 되는 것처럼 신성화시켰으니…….

클라라와 앙드레는 나란히 누워 있었다. 말을 하는 것은 앙드레였다. 그는 언제나 엉뚱하고 주제에서 벗어나는 감각을 지니고 있었다. 도대체 왜 전쟁을 상기시켰던 것일까?

"멋지군. 생 시르 사관학교를 갓 졸업한 젊은 소위들이 깃털 장식을 꽂고 흰 장갑을 낀 채 첫 지휘를 하는 동작 말이오, 클라라."

"그게 멋지다고 생각하세요? 내가 보기엔 엉뚱한데. 대다수의 병사들은 명예에 목마른 그 젊은 바보들을 어쩔 수 없이 따랐어요. 그들은 그 때문에 죽었고요. 어리석은 일이었죠."

"동작은 멋있었소. 그러면 충분해요."

"멋지다니요? 바보 같지! 치명적이었고요. 당신이 말하는 생 시르 사관학교 소위들은 살인자들이었어요."

"살인자들이라니! 당신 무슨 말을 하고 있는지 알기나 한 거요! 그리고 누구에 대해서 하는 말인지도! 그래 위대한 것이라면 뭐든지 당신에게 두려움을 주는 것 같군. 당신이 좋아하는 시는 자질구레하고 살롱에서나 읽힐 것들이오. 그들의 동작은 멋진 것이었소. 왜냐하면 삶은 비극적인 거니까."

"당신이 그런 동작을 옹호한다면 당신 역시 생 시르의 바보처럼 어리석은 거예요."

"그런 식으로 말한다면 당신은 유태인처럼 비열한 거요."

안색이 창백해진 그녀가 벌떡 일어서서 옷가지를 챙겨 입고 아파트를 떠났다. 침대에 길게 누운 채 말로는 그녀가 떠나는 것을 바라보았다. 어찌할 것인가? 그녀를 사랑한다고, 그녀가 필요하다고 말할 수조차 없었다. 그는 담배에 불을 붙이고 벌거벗은 채로 방 안을 이리저리 걸었다. 결국 너무나 어리석은 일이었다. 옷을 입고 층계를 내려와 거리를 달렸다. 말로가 클라라를 따라잡았을 때 그들은 거의 오를레앙역 근처에 와 있었다.

"당신은 내게 유태인처럼 비열하다고 비난했어요. 됐어요."*

"먼저 시작한 것은 당신이었소. 내가 마치 생 시르 사관학생처럼 어리석다고 한방 먹였잖소."

"틀렸어요. 하지만 당신을 모욕할 때면 난 상투적인 말로 그러진 않아요……."

말로는 제복을 좋아했다. 하지만 자신에게 제복이 강요되는 것은 참지를 못했다. 바로 며칠 후에 샬레 가의 아파트로 행군 명령서가 도착했다. 소집병 말로는 스트라스부르로 가야 했던 것이다. 그는 제3기병 연대에 편입되었다. 이번에는 영웅주의, 깃털 장식, 흰색 장갑이 더 문제이지 멋진 동작은 문제가 아니었다.

"기병이라니! 기병이 무슨 소용이 있소! 루르 지역이라도 감시하는 데 쓰이나? 그 지역을 점령한 것은 얼마나 어리석은 생각인가! 그

---

* 클라라가 내뱉은 이 말에서 말로가 반유태주의자였다고 생각하지 않기를. 그는 결코 반유태주의자가 아니었다.

것은 우리를 향한 독일의 민족주의를 자극할 뿐이오. 폭행과 습격에 굶주린 비밀 결사들에게는 슐라게테르 중위 같은 영웅이 있는데, 우리는 바보같이 그를 총살형에 처했소. 그리고 내가 《기병 중대의 즐거움 *Les Gaîtés de l'escadron*》(조르주 무아노, 일명 조르주 쿠르틀린의 소설 – 역주)을 연기한다면 나는 라인 강 건너편, 즉 독일에 정면으로 대치하는 셈이 될 텐데? 설마……."

클라라는 아무 말도 하지 않았다. 그녀는 말로가 극우적인 어떤 경향에 이끌리고 있다는 것을 알았고, 그것을 비난했다. 말로는 이탈리아 시인 가브리엘레 다눈치오에 대해 매우 탄복하고 있다는 것을 감추지 않았다. 매우 문학적인 그 '지휘관'은 1917년 10월 이래 행동가로서의 명성을 확고히 했는데, 그때 그는 타렌테에서 출발한 열넉 대의 이탈리아 중폭격기 파견대를 이끌고 3.5톤이나 되는 폭약을 카타로에 있는 오스트리아–헝가리 기지 위에 쏟아부었다. 1918년 2월에 그는 부카리 만에 정박해 있는 오스트리아 장갑 함대들에 대한 대담한 야습을 계획하고 똑같은 일을 다시 시행했다. 같은 해 8월 9일, 그는 다시한 번 더 공군을 동원해서 전투 비행 중대의 선두에 서서 빈의 상공을돌며 그곳에 선전 전단을 뿌림으로써 자신의 이름을 빛냈다.*

이어서 다눈치오가 로마 정부를 상대로 용감하게 대항한 것은 국제 조약을 어기고 '아르디티'에 의해 꼬박 일 년 동안 점령되었던 유고슬라비아의 퓨메 시에서였다. 그곳에서는 무솔리니의 파시즘이 답습하게 될 대중 의식(儀式)이 탄생했다. 즉, 검은 셔츠를 입고 벌이는 분열 행진, 전쟁을 선동하는 찬양, 그리고 복수의 표어로 점철된 끝없는

---

* 다눈치오에 대한 젊은 말로의 경탄은 훗날, 모험과 용기의 상징이며 또한 근대성의 상징이기도 한 공군 전투 비행 중대의 선두에 서서 스페인 내전에 참여하는 데 매우 중요한 일이 된다.

혼잣말들이 그것이었다.

"퓨메는 누구의 것인가?"

"우리 것!"

"우리 것!"

"우리 것! 에야, 에야, 알랄라!"

이미 걱정스럽기 이를 데 없는 전례에 대해 표명된 이러한 취미보다도 훨씬 더 나쁜 것이 있었다. 플로랑 펠스를 기쁘게 하기 위해서 말로는 〈악시옹 프랑세즈 *Action française*〉(드레퓌스 사건을 계기로 하여 생긴 왕당파의 민족주의 운동 겸 그 기관지 이름─역주)'의 아버지인 샤를 모라스의 새 책《마드무아젤 몽크 *Mademoiselle Monk*》에 칭찬 가득한 서문을 막 쓰고 난 뒤였던 것이다. 보다 덜 미묘한 주제를 환기시키는 것이 훨씬 나았을 것이다⋯⋯.

"내가 이해한 것이 맞다면 앙드레, 당신은 군 복무를 수행할 생각이 전혀 없군요."

"내겐 허비할 시간이 없다는 것을 이해해 주기 바라오."

"그렇다면 군의관의 도움을 받아보는 게 어떨까요?"

그는 놀라서 벌떡 일어섰다.

"어떻게?"

"내 동생 조르주가 알자스에서 복무했는데, 그곳의 군의관을 알고 있어요. 괜찮은 사람인 것 같더군요. 그에게 뇌물을 주고 처리할 수 있을 거예요."

말로는 받아들였다. 모든 것을 다. 타락까지도. 속이기 위해 삼킨 카페인 정제들까지도. 그를 '심장 조직 손상' 때문에 퇴역당한 민간인으로 만들어주게 될 가짜 증명서까지도. 그러나 스페인 내전과 레지스탕스, 그리고 프랑스 1군단은 그를 '말로 중령'으로, 그리고 '베르제 대령'으로, 그리고 훗날에는 알자스-로렌 지역 여단장이자 드골 장군의 총애에 의해 프랑스 해방의 동료로서 스트라스부르를 수호한 말로 대령으로 변화시키게 된다.

위대한 미래를 열망하는, 자기 자신으로 가득 찬 젊은 몽상가들의 행로에는 이렇듯 아이러니가 많은 법이다…….

제3장

사원의 약탈자
Le pilleur de temples

　　때로는 자신의 불운을 재빨리 파악해야만 한다. 1923년 여름 말로가 그랬던 것처럼 말이다. 날씨가 유별나게 더운 때였다. 그 어느 때보다도 깡마르고 큰 키에 질식할 듯 꼭 끼는 웃옷을 걸친 말로는 손에 담배를 들고 벽난로 위에 팔꿈치를 기댄 채 침착하게 차 한 모금을 마셨다.

　　"당신에게 할 말이 있는데, 클라라. 우리에겐 이제 한푼도 없소."

　　"어떻게 그럴 수가 있어요? 내 지참금이 잘 간직되어 있는 줄 알았는데요."

　　"오, 전엔 분명히 그랬었소. 하지만 멕시코 광산들이 무너졌고……"

"그럼 당신은 우리 재산을 그곳에 투자했다는 건가요? 난 당신을 훌륭한 투자가라 생각했는데!"

"그 나머지에 대해서는, 그렇소. 내겐 훌륭한 정보가 있었거든……."

불확실한 주식 매매와는 다른 어떤 것을 멕시코가 그의 마음에 심어줄 수 있었을지도 모른다! 일단의 '권총 강도'들이 혁명 지도자들 중 마지막 남은 사람, 판초 빌라에게 총탄 세례를 퍼부은 직후였다. 그런데 그 살인 매복조가 광산의 재정 파탄을 막지 못했다니!

"우리, 이제 어떻게 하죠?"

클라라가 물었다.

"당신은 내가 일하려 한다는 것을 아직도 못 믿겠소?"

그런 것은 아니었다. 그녀는 한 번도 그렇게 생각한 적이 없었다. 게다가 말로가 이런 질문을 한 것은 그 대답이 어떨지를 이미 알고 있기 때문이었다.

기메 박물관을 드나들고, 극동 프랑스 학교 보고서의 글과《캄보디아 유적들의 자세한 목록 *l'Inventaire descriptif des monuments du Cambodge*》혹은《고고학지 *Revue archéologique*》를 꼼꼼히 읽은 그의 상상력은 타이에서 캄보디아까지, 옛날엔 당그렉 산맥에서 앙코르까지 이어지던 길로 그를 인도했다.

그 왕도에는 여기저기 사원들이 늘어서 있었다. 어떤 것들은 너무나 유명하기 때문에 손을 댈 수 없기도 했다. 하지만 어떤 갑옷이든 허점은 있는 법이었다. 여성들의 성채인 반테이 스레이도 마찬가지였다. 크메르 미술 유적이 풍부한 그곳은 역사적 기념물로 지정되지 않았다는 이점이 있었다. 법적으로 제대로 보호받지 못한 그곳은 모든 면에서 유리했다. 말로의 결론은 당연한 것이었다.

"우리는 캄보디아의 어떤 작은 사원으로 갈 거요. 거기서 불상 몇 개를 가져올 것이고, 그것들을 미국에 팔게 될 거요. 그렇게 되면 2, 3년 동안은 편히 살 수 있겠지."

찻잔을 내려놓으며 그가 말했다…….

처리해야 할 몇 가지 사소한 일들이 남아 있었다. 우선은 자금이 문제였고, 다음에는 불상들의 가격에 지나치게 인색하지 않을 만한 구매자가 문제였다. 칸바일러가 자금과 구매자를 알선할 것이다. 그림 상인인 그를 통해서 말로는 부유한 미국인 수집가와 접촉하게 되었다. 동시에 칸바일러는 그림 〈난쟁이 Le Nain〉의 구입을 위한 노력에 대하여 말로에게 1만 8000프랑의 중개료를 지불했다.

"효과가 나타나기 시작하는군."

어떠한 사기 행위라도 할 준비가 되어 있는 말로가 클라라에게 말했다. 이제 약간의 허세만 부리면 되었다. 미소를 머금은 채 말로는 기메 박물관을 방문했다. 관장인 아캥 씨는 말로를 좋아했다. 말로는 그를 이용했다. 약간의 다정한 말은 약간의 진실을 포함하고 있는 만큼 더욱 설득력이 있었다.

"제가 얼마나 크메르 미술에 매료되어 있는지 아시지요? 크메르 미술을 이곳에 알리는 데 기여하고 싶습니다. 현재의 제 재정 능력으로 유물의 운송 비용은 감당할 수 있습니다. 저를 극동 프랑스 학교에 소개시켜 주시겠습니까?"

또 한 번 멋지게 꾸민 말이 행동을 앞섰다. 그리고 그것이 먹혀들었다! 그 멋진 열정에 매혹당한 순진한 관장은 즉시 행동을 개시했다.

아무런 의심도 하지 않고 관장은 하노이 EOFO(극동 프랑스 학교)의 교장인 루이 피노에게 보내는 추천서를 써주었다.

우디노 가의 식민성 장관 곁에서도 거의 똑같은 장면이 되풀이되었다(인도차이나는 당시 프랑스의 식민지였다는 것을 상기하자).

"자, 여기 당신의 파견 명령서가 있습니다. 그것으로 당신은 필요한 경우에 몇 대의 우마차들을 징발할 수 있을 겁니다."

말로의 나이가 젊다는 것에 놀라며 친절한 공무원이 말했다.

유감스러운 것은 그 파견서에 "이 임무에 필요한 모든 비용은 말로 씨가 부담한다"는 내용이 적혀 있다는 것이었다. 그리고 궁극적으로 무언가가 발견되더라도 결코 그것이 발견자의 재산이 될 수 없다는 것이 규정되어 있었다…….

"무시할 수 없는 법적 양식이지요."

이마의 땀을 닦으며 하급 공무원은 단호하게 말했다.

그는 이상하게 창백한 안색을 하고 있었다. 닫힌 채 열 수 없게 된 창문들 때문에 그의 사무실은 한증막 같았다.

말로는 아쉬워하는 기색을 전혀 보이지 않고 서명을 했다. 아쉬워하다니 무슨 소리인가? 모험가로서의 멋진 운명이 시작되려는데 그처럼 사소한 일을 염두에 둘 만큼 어리석은 사람이 있을까? 모든 것이 예상대로였다. 콜크로 만든 모자를 쓰고, 재단사로 일하는 클라라의 친구가 치수에 맞춰 제작한 보기 좋은 베이지색 탐험복을 입은 말로는 자기 스스로가 부여한 '임무'의 중요성에 도취된 채 안절부절못했다. 다만 우기이기 때문에 출발이 지연되고 있을 뿐이었다. 출발은 아무것도 아니었다. 그것을 알리는 것이 중요했다. 그래서 그는 사라진 문명과 동양철학에 대한 예리하고 결정적인 이야기들로 시간을 때우게 된다.

10월 13일, 클라라와 그를 일등석에 태운 '앙코르' 호가 마르세유를 떠났다. 허드렛일을 하기로 예정된 슈바송이 다른 배를 따고 뒤따랐다. 그는 이등칸에 탔다. 클라라는 슈바송에게 '맥빠진 사람'이라는 별명을 붙여주었다. 말로를 짜증나게 하는 그런 별명이었다. 도대체 그녀가 무슨 권리로 친구들을 판단한단 말인가?

그 여행은 기나긴 견습과도 같았다. 바다에 익숙해지고, 더위와 바람에 익숙해지기 위한 여행이었다. 추잡한 그림이 그려진 우편엽서를 파는 포트 사이드의 키 작은 아랍인들에게 익숙해지기 위한 여행이었다. 뱃사람처럼 흰색 옷을 입고 있긴 하지만, 해상 무역에 종사하는 동료들로부터 구분시켜 주는 유일한 특권이라 할 해군 장교 모자를 보란 듯이 자랑하는 관리들에게 익숙해지기 위한 여행이었다. 지부티에서 앙코르 호의 선창들을 집어삼킨 화재처럼 도중에 일어날 수 있는 사고들에 익숙해지기 위한 여행이었다.

마침내 아시아에 도착했다. 싱가포르 항이 그들을 반갑게 맞이했다. 그때 중국배 몇 척이 엇갈려 지나갔는데, 파리 떼 같은 그 배들은 앙코르호의 고동 소리에도 전혀 놀라는 기색이 없었다. 매우 유명하다는 라플 호텔은 화려하지만 현대식 시설이 갖추어지지 않았고, 그곳의 목욕탕은 바퀴벌레들이 득실거렸다. 영국 왕 휘하의 식민지 세계에 첫 발을 내디딘 것이었다. 하지만 앙코르 호는 얼마 지나지 않아 다시 닻을 올리고 메콩 강의 삼각주를 향해 출발, 사이공 강을 따라서 코친차이나(인도차이나 남부의 한 지방으로 프랑스의 식민지였고 지금은 베트남의 일부가 되었다—역주)의 수도에 도착했다. 하노이로 가기 위해서 앙코르 호는 알롱 만과 통킹 만을 향해 다시 항해를 계속했다.

그들은 마침내 현장에 도착했다. 말로에게 조심하라고 말하는 극동 프랑스 학교 교장은 그를 경계하는 것인가 아니면 다정한 것인가? 학교의 임무를 맡았던 두 명의 책임자들이 그와 유사한 출정에서 살아남지 못했다는 것을 교장은 상기시켰다. 도대체 그가 왜 끼어드는 것일까? 대답이 즉시 튀어나왔다. 나팔 소리 같은 큰 소리였다.

"저 때문에 놀라시지 않겠지요, 선생님. 저는 편안함과 평온함을 추구하는 사람이 아닙니다."

기억 속에 새겨둬야 할 멋진 대답이었다. 그처럼 특별한 재능을 유리하게 이용할 기회는 이번이 아니면 다시는 없었다. 마음에 드는 것은 간직하고 귀찮은 것은 잊어야 했다. 클라라와 말로는 사이공에서 슈바송과 다시 합류했다. 홍수처럼 쏟아지는 말로의 느낌과 판단에 압도당한 그 불행한 인물은 정작 자기 자신이 여행중에 겪은 위험에 대해서는 한마디도 꺼낼 수 없었다. 화려한 나비넥타이와 빳빳한 깃으로 장식하고 있는 파르망티에는 보다 더 수다스러운 모습을 보였다. 말로의 '무사 무욕'에 감동한 극동 프랑스 학교 고고학 팀 책임자인 그는 다른 사람들과 마찬가지로 이 젊은 비공식 '동업자'의 매력에 넘어갔다.

"나와 함께 프놈펜으로 다시 가시지요. 여기선 서로 도와야 합니다."

그 순박한 사람은 신이 보내준 것이나 마찬가지였다. 크메르의 옛 도시에서 파르망티에는 오지에서 쓸 물품 구입을 도와주었다. 세 사람에게 허드렛일을 하는 젊은 캄보디아인 크사를 구해 준 것도 그였다. 그 나머지는 말로의 소설, 예컨대《왕도》와 닮았는데, 클라라에게는 기분 나쁜 추억이었다. 그들은 빽빽한 데다 끔찍하기까지 한 밀림 속으로 들어갔다. 목표 지점까지 50킬로미터를 이틀 동안에 가야 했기 때문이었다. 현장에 도착한 짐꾼들은 백인들 홀로 사원 울타리 안에서 힘든 일을 하도록 내버려두었다. 역할을 다시 분배했다. 클라라는 망을 보았다. 말로와 슈바송은 웃통을 벗은 채 땀방울을 흘리며 열심히 일했다.

아아, 손잡이가 달린 작은 톱들로는 사암(砂巖)을 떼어낼 수 없다는 것이 판명되었다. 그들은 돌을 자르는 정을 지렛대로 사용했다. 조각상의 토대가 움직이고 흔들리더니 육중한 소리와 함께 무너져 내렸다. 사흘째 저녁에 조각상들은 일곱 개가 되어 나무 상자 속에 얌전히 들어 있게 되었다. 물소들이 끄는 수레에 실려 그것들은 프놈펜으로 옮겨졌다. 12월 23일에서 24일로 넘어가는 날 밤 그들은 조각상들을 배에 실었다. 그 배는 세 명의 견습 모험가들을 유럽으로 데려갈 예정이었다.

모두가 깊이 잠들어 있었다. 그런데 그들의 잠을 깨운 이 억센 손은 도대체 무엇인가?

"경찰이다, 문 열어!"

세 명의 경관이었다. 사복 차림의 프랑스인 한 명과 제복을 입은 캄보디아 경찰 두 명이 모든 것을 알고 있다는 듯한 태도로 미소 짓고 있었다. 그들은 파리에서 온 사람들을 꼼짝 못 하게 하는 것을 좋아했다. 그것은 식민지에서의 판에 박힌 생활에 짜릿한 자극을 주기 때문이었다.

"따라오시오."

자신의 일이 중요하다는 생각에 젖어 있는 프랑스인이 명령했다.

"어디로요?"

"선창으로 갑시다. 당신들 짐을 조사해야겠소."

나무 상자들이 하나하나 열리자 그들의 좋지 않은 비밀이 낱낱이 드러났다. 수사관의 얼굴에 다시 미소가 떠올랐다. 그러곤 사냥감을 앞에 둔 맹수처럼 말했다.

"내일은 출항 준비를 할 필요가 없겠군. 새로운 명령이 떨어질 때까지 당신들은 출발할 수 없소. 장물들을 법정 기록 보관소에 전달시켜야겠군. 그때까지 부두를 떠나지 마시오. 개인적으로 감시하겠소. 이제 당신들 선실로 돌아가시오."

떠나기 전에 그는 비꼬는 말투로 그들에게 '즐거운 크리스마스'를 보내라고 기원했던가? 부조리가 판을 친 이 추잡한 여행에서 불가능한 것은 아무것도 없었다. 경찰들이 나가자마자 말로는 크게 웃음을 터뜨렸다. 그 웃음소리는 클라라를 놀라게 했고 공공연하게 무관심한 표정을 짓던 슈바송을 깨어나게 했다.

"뭐가 그렇게 재미있는지 모르겠는걸!"

"모든 게 다. 그 친구는 열대 지방의 위뷔 왕(알프레드 자리의 소설과 극에 나오는 등장인물—역주)이로군."

그리고 나서 말로는 놀란 동료들에게 이러한 재난으로부터 이끌어내야 할 교훈들을 서둘러 설명했다. 다음번 모험을 위하여!

"모든 일이 귀찮게 되었군요. 하지만 우리는 곧 사건에서 벗어나게 될 거요. 그렇게 되면 어느 누구도 감히 우리가 가진 크메르 미술에 대한 지식을 의심하지 못할 것입니다. 현장에서 그 증거를 보여준 셈이 될 테니까요. 우리는 다른 출자자들을 찾게 될 것이고 다시 돌아오게 될 것이오. 여러분에게 모든 것을 다 말한 것은 아니었소. 반테이 스레이가 접근 가능한 유일한 사원은 아니니까요. 그런 곳들이 몇 군데 더 있거든요……."

어쩔 수 없는 사실에 대해 그는 터무니없는 자존심을 갖다대었다. 하지만 쓸데없는 짓이었다. 프놈펜은 그들의 감옥이 될 터였다. 생기라곤 전혀 없는 창살 달린 후텁지근한 감옥, 모든 수감자들처럼 그 속에서 날짜를 세며 초조함을 억누르게 될 감옥이었다.

이곳에서 약탈이란 패권을 다투고 있는 몇몇 부족들에게로 엄격히 제한되어 있었다. 그것은 가로챌 수 없고 권력자들에게 구걸해야 하는 그런 권리였다. 그들도 클라라와 두 동료들이 혐의에서 벗어나게 해줄 것을 현장의 동업자에게 미리 신중히 부탁할 수도 있었다. 하지만 말로는 자기 자신의 으뜸패를 믿는 것이 낫다고 생각했다. 대담성과 무도덕주의, 기만 작전, 젊음, 그리고 박식함이 그가 믿는 으뜸패였다. 한 가지 잘못으로 인해 그는 값비싼 대가를 치러야 했다.

우선 사법부는 유예기간을 부과했다. 축제 기간이라서 테미스는 휴가중이었다. 그들에게는 그가 돌아올 때까지 거주지에 머물러 있으라는 명령이 떨어졌다.

"파르망티에 씨가 당신들에게 보증 서기를 거부하고 있음이 확실해요. 프놈펜에서 당신들이 기댈 만한 높은 지위의 다른 인사들이 없으니, 이들 호텔 가운데 하나를 고르세요. 제가 추천하는 곳은 이곳입니다."

'안락함과 맛있는 음식에 관심 있는 여행자들은 그랑 호텔로 오십니다. 지배인 겸 주인 마놀리.'

이상한 일이었다. 그리스식 이름이라니! 일은 서툴지만 신중한 종업원들, 지나치게 더워진 공기를 휘저어주는 커다란 환풍기, 클라라와 함께 쓰는 석회칠한 벽으로 둘러싸인 방을 포함하여 건물은 마음에 들었다. 그의 즐거움이 더욱더 커지게 되는데, 그 까닭은 얼마 안 가서 마놀리의 이름이 아리스토텔레스라는 것을 알았기 때문이었다.

"우리가 아테네에 있지 않다는 것은 확실하군."

즐거움에 싸인 그가 한숨을 내뱉듯 말했다.

땀에 젖어 보낸 며칠 밤 동안 말로는 어떤 아쉬움에 젖어 괴로워하거나 하지는 않았다. 기껏해야 약간 방심했음을 인정했을 뿐이었다. 자신의 잘못이라는 것이었다. 모험대의 대장으로서 그는 모든 것을 예견하고 있었다고 떠벌렸지만 아무것도 하지 않았던 것이다. 나머지 일은 물방울이 땅에 스며들듯 서서히 진행되었다. 호기심에 차 있건 적대감에 차 있건 간에 그랑 호텔에 묵고 있는 다른 손님들이 보내는 시선을 볼 때 그는 아무 일 없이 지나가지 못하리라는 확신까지 갖게 되었다.

새해 첫날이 시작되는 밤에 오케스트라가 〈올드 랭 사인〉을 연주했다. 추문에 싸인 세 사람이 모습을 드러냈다. 말로는 눈처럼 흰 턱시도를 입고 으스댔다. 클라라는 긴 드레스를 입고 있었다. 그들은 춤을 추던 커플들 사이로 들어가서 샴페인을 마시고 서로 껴안았다.

"1924년 새해 복 많이 받으세요!"

새해의 시작은 좋지 않았다. 1월 3일에 마침내 테미스가 침묵을 깨뜨렸다. 클라라와 슈바송, 그리고 말로는 '유적 파손 및 도굴한 부조 조각 횡령' 혐의로 고발당했다. "파괴자와 약탈자", 이것이 일 주일 후 〈랭파르시알 *L'Impartial*〉지에 실린 제목이었으며, 거기엔 너무나 도덕주의적이기 때문에 오히려 정직성이 의심스러운 해설들이 잔뜩 붙어 있었다. 식민지 질서를 지지하는 이 신문은 사이공에서 가장 큰 일간지 중 하나였다. 그 편집장인 앙리 샤비니 드 라 슈브로티에르는 권력을 높이 평가하고 있는 만큼 자기 자신을 사랑했고, 크메르인, 라오스인, 안남인(식민지에서 사용되는 어휘로 베트남 원주민, 특히 중부와 남부 베트남 사람을 가리킨다—역주), 혹은 통킹인 같은 극빈자들을 경멸하는 만큼 건방진 파리인들을 싫어하기도 했다.

어찌 되었든 그러한 지위에 있는 사람이 모욕을 퍼붓는다면, 일단 말로를 강도라고 해두자. 하지만 적어도 말로에게 인정할 것은 인정해주자. 불쌍한 파르망티에를 제외하고 어느 누구도 관심을 보이지 않았던 그 사원에 대해서 말로는 자기 자신이 진정한 발견자라고 생각했다. 샤비니 같은 인간에게는 따끔한 맛을 보여주어야 했다. 먼저 몽마르트르의 가난뱅이 아이의 목소리로 콧소리 섞인 별명이 지어졌다.

"앞뒤가 꽉 막힌 샤비니…… 어때? 그에게 어울릴까?"

"훌륭하군요!"

새로이 동업자가 된 빅토르 골루베프가 소리쳤다. 그는 다름이 아니라 프놈펜의 〈랭파르시알〉지의 통신원이었다.

고고학에 푹 빠져 있는 빅토르는 목청 좋은 독설가였다. 그는 그랑 호텔 안 술집에서 갑자기 토론이 벌어질 때나 클라라의 팔짱을 끼고 시내를 산책할 때 설명해 주지 못했던 프랑스 치하의 인도차이나에 대해 말로에게 모든 것을 가르쳐주기로 마음을 정했다. 빅토르에 따르면 샤비니의 무자비한 모습은 이러했다.

"그는 라 슈브로티에르라고 하지 않고 짧게 줄여서 샤비니라고 합니다. 이름에 '드'라는 말을 붙인 것은 그 자신이 거부했을 정도로 부끄럽게 여기는 혈통을 잊기 위한 수단에 불과합니다. 그는 세네갈계 프랑스 혼혈인 아버지와 베트남 어머니 사이에서 태어났습니다. 인도차이나 출신의 아내와 그 사이에서 난 여섯 명의 자녀들을 버리고 그는 이름난 한 프랑스 여성과…… 음…… 행실이 수상쩍은 여성과 함께 살았습니다. 당신은 그 사람의 경력이 처음에 어땠는지 알고 계십니까?"

"친애하는 골루베프 씨, 저야 아무것도 모르지요."

"당신은 경찰 끄나풀들에 대해 말하는 것을 들은 적이 있으실 텐데요."

"샤비니 씨가 '끄나풀'이란 말인가요?"

"그랬었지요. 시작은 그랬습니다. '첩보부'에 근무했었지요. 하지만 지금은 보다 차원 높은 분야에서 밀고자의 재능을 발휘하고 있습니다. 당신도 그에 대해 판단을 내릴 수 있을 겁니다."

"그는 지금의 성공을 오래 누리지 못할 것이오."

"그에겐 힘이 있어요, 말로 씨. 그것을 잊지 마세요."

"골루베프 씨, 나 역시 강한 사람이오! 그러니 좀더 이야기해 보시오."

이야기를 시작한 골루베프는 말로를 사이공으로 이끌었다. 카티나 거리에는 새하얀 옷을 입은 식민지 거주인들과 그들의 아내이거나 아니면 정부인 우아한 모습의 여성들이 눈길을 마주치지 않은 채 유럽식으로 차려입은 베트남인과 인도차이나인들, 사리(인도의 전통 여자 옷―역주)를 입은 인도인들, 그리고 보다 드물긴 하지만 전통 외투를 걸친 베트남 여성들과 스치듯 지나가고 있었다. 그들은 콘티넨탈 호텔이나 스포츠 클럽의 접대용 안락의자에 털썩 주저앉아 새로 딴 위스키나 쉬즈 또는 아니스 술을 마시고 있었다. 그와 마찬가지로 그들도 기온이 떨어지기를 기다리며 이야기하고 있었다. 똑같은 내용은 아니었지만 때때로 이야기 속에 같은 사람들이 등장했다. 극빈자들에게 폭동을 일으키도록 사주한 판 쇼 프린과 은귀옌 안 닌 집안 사람들, 그리고 그들을 지지하고 있는 드장 드 라 바티와 모냉 집안 사람들이었다.

모냉이 앞뒤가 꽉 막힌 샤비니의 공공연한 적이었기 때문에 말로는 안남인들의 권리를 지칠 줄 모르고 수호하는 그의 이름을 기억해 두었다. 말로는 다비드 드 마이레나를 무척이나 좋아했는데, 그는 1888년 미개한 산악 부족 모이족 틈에서 뻔뻔스럽게 자신의 '왕국'을 세운 사치스러운 모험가였다. 그는 마리 1세라는 이름을 스스로에게 붙였다. 쉴새없이 지껄이는 골루베프는 정글에서 우뚝 솟아난 이 '미개인들의 왕'의 파란만장한 생애와, 콘티넨탈 호텔에 추문을 몰고 나타난 것, '사이공 전체'와의 약속 등의 기억을 되살려 이야기해 주었다. 생각해 보라. 새끼돼지처럼 더러운 몸으로 도착해서 몇 달간 묵은 때로 욕조를 도배해 놓고서는 창문으로 말 그대로 돈을 집어던지는 남자를 말이다.

괴상한 겨울이었다. 미국에서는 익명의 아시아 예술 애호가 한 명이 결코 오지 않을 장물을 기다리고 있었다. 파리에서는 세 가족이 걱정에 싸여 있었다. 모스크바에서는 "레닌 사망, 누가 그 뒤를 이을 것인가?"라는 제목의 신문이 나돌고 있었다. 히틀러는 란트스베르크 요새의 안락한 자기 방에서 《나의 투쟁 *Mein Kampf*》을 썼다. 말로는 미동도 않은 채 거대한 모험을 향해 달려가는 상황을 주시하거나, 골루베프와 담소를 나누거나, 아니면 슈바송과 함께 시를 암송하곤 했다.

봉디에서와 마찬가지로 시립 도서관에서 빌려온 책들은 그의 정신적 자양분이 되었다(그 속에는 니체, 뒤르켐 혹은 레비 브륄의 책들이 들어 있었지만, 대출 목록으로 봐서 알 수 있듯이 《마담 크리장템 *Madame Chrysanthème*》, 《아지야데 *Aziyadé*》, 《토마 라뉼레 *Thomas l'Agnelet*》, 《중국의 매미 *Cigale en Chine*》 혹은 《로조 플뢰리 공주 *La Princesse Roseau-Fleuri*》보다는 훨씬 적었다). 하지만 다른 형태의 상상 역시 필요했고 그로 인해 클라라와의 질척한 오후 낮잠은 에로틱한 방탕으로 변모하곤 했다.

프놈펜에 저녁이 찾아오면 그는 호텔 바에서 얼음을 넣은 위스키를 주문해 마시곤 했다. 스물세 살의 나이에 그는 인생을 망치고 있는 것일까? 그려지고 있는 설계도는 진정으로 새로운 마이레나의 설계도가 될 것인가?

"당신을 실망시켜서는 안 되지. 난 기어코 가브리엘레 다눈치오가 될 거요."

또 하나의 무솔리니 아류였다! 조그만 목소리로 속삭이듯 말한 그 전염성 강한 고백은 클라라를 선잠에서 끌어내기에 충분했다. 클라라는 말로의 정신적 균형 상태를 걱정하면서 그를 쳐다보았다. 퓨메 시에서 보여주었던 조종사-모험가에 대한 끝없는 감탄이, 그렇다면 2년 먼저 있었던 이탈리아에서의 사랑의 둔주곡에서 남아 있는 모든 것이란 말인가? 그녀는 짜증을 내며 외쳤다.

"그 음란한 광대 다눈치오 따위는 상관하지 않겠어요!"

그녀는 기다리는 데 진절머리가 났다. 그녀의 가족으로부터는 소식이 전혀 없었다. 슈바송의 부모는 자기 아들에게 눈물 젖은 편지들을 보내왔다. 베르트와 아드리아나 할머니, 그리고 페르낭의 편지들이 왔는데 말로는 그것들을 혼자서만 읽었다. 그녀와 함께 읽으려 하지 않았던 것이다. 멍해 보이는 상태에서 말로가 루이와 빅토르와의 기나긴 토론으로 낮 시간을 보내는 동안, 클라라는 이러한 곤경으로부터 말로와 함께 빠져나오기 위해 온갖 일을 시도했다. 루미날을 먹고 거짓 자살을 시도하기도 했다. 그 결과 처음으로 병원 신세를 졌다. 단식 투쟁도 했다. 클라라는 몸무게가 겨우 36킬로그램밖에 나가지 않게 되었다. 그러한 시도들이 언제쯤 멎게 될까? 아마 조만간 그렇게 될 것이다. 왜냐하면 클라라 곁에는 중대한 소식을 들고 온 다소 소심한 재판관이 있었기 때문이었다.

"여자는 어느 곳이든 남편을 따라가야 할 의무가 있소."

"무슨 뜻인가요?"

"당신은 기소를 면하게 될 거라는 얘기요, 부인."

열흘 후 클라라는 사이공에서 프랑스행 배를 탔다. 그녀에 대한 소송은 취하되었지만 두 동료의 절도에 관한 소송은 7월에 결국 프놈펜의 법정에서 열렸다. 한바탕 희극이었다. 말로는 분노를 터뜨렸다. 법관들이 크메르 미술도 타이 미술도 모른다는 것, 요컨대 '예술'을 모른다는 것 때문이었다. 그들은 법이라는 터무니없는 장벽 뒤에 숨어서 살고 있었다. 그들이 무슨 권리로 그의 고고학적 지식들을 의심할 수 있을 것인가? 말로가 자신의 삶을 서사시로 만들고자 애태울 때 법관들은 그에게 보통 법을 내세우는 것이었다. 당연히 말로는 그것을 거부했다. 그는 재판장의 질문에 마지못해 대답했다. 어느 누구도 겉모습을 믿지 말기 바란다. 그와 꼭 닮은 사람이 피고석에 나타났지만 말로는 그곳에 없었기 때문이다.

한편, 재판을 맡은 프놈펜의 법관들에게 말로는 어떤 사람이었던가? 수도에서 보내온 경찰 보고서에 적힌 그대로의 인간인가? 정치적으로 의심스럽고 도덕적으로도 의혹의 여지가 있는 사람 말이다. 자콥 막스는 그랬다. 그는 교활하고 늙은 동성애자였다. 파블로 피카소는 속임수에 능했다. 브라크 조르주와 레제 페르낭은 아무 재능도 없는 서투른 그림쟁이들이었다. 칸바일러 다니엘 앙리는 공론을 일삼는 무국적자였다. 펠스 플로랑은 볼셰비키파 선동가였다. 피아 파스칼은 너저분한 포르노 작가였다. 두아용 르네 루이, 그는 지적 방탕에 사로잡힌 트루아덱 씨(프랑스 작가 쥘 로맹의 5막 희곡 〈탕녀에게 사로잡힌 트루아덱 씨〉의 주인공—역주)였다……

말로를 소송에서 구해 내기 위해 슈바송은 대부분의 책임을 자신이 뒤집어써야만 했다. 하지만 불쌍한 슈바송은 연속되는 질문의 포화에 자신이 반테이 스레이 원정대의 제1책임자라는 믿음을 그다지 주지 못했다. 반면에 말로는 원정대의 진짜 핵심 인물처럼 보였다. 조직 단체 사건일 경우 저본 적이 없는 그의 변호사가 인도차이나 미술품 거래를 부인해도 소용없었다. 더 이상 어떻게 해볼 수 없을 것 같았다. '첩보 기관'이 그 두 친구가 동성애 관계를 맺고 있다고 말했기 때문이었다. 그 평판은 공안 경찰의 보고서에 기록되어 오랫동안 말로를 따라다니게 된다……

1924년 7월 21일, 1심에서 구형이 떨어졌다. 말로는 3년 형, 슈바송은 18개월 형이었다! 타격이 컸으리라는 것은 말할 나위가 없었다. 말로는 그들이 감히 그렇게 하리라고 생각한 적이 없었기 때문이다.

"루이, 항소해야겠어."

"고등법원은 사이공에 있는 것 같아."

클라라는 자신의 보석들을 팔았다. 그녀가 파리에서 부쳐준 위임장 덕분에 말로는 프놈펜을 떠날 방도가 생겼다. 선상에서 클라라는 폴 모냉을 알게 되었는데, 그는 반테이 스레이의 불행한 모험가들을 구출하기 위해 일어설 준비가 되어 있다고 공언했다. 처음엔 사태가 우려할 만했지만—골드슈미트 집안에서는 스캔들이 일어날까 두려워서 클라라를 정신병자 수용소에 입원시키려고 했다—프랑스에서 들려오는 소식은 갈수록 나아졌다. 클라라는 가족들 곁을 떠났다. 말로와 슈바송은 전적으로 그녀의 재량에 맡겨져 있었다. 퐁텐 가의 아파트에서 클라라는 사람들을 규합했다. 그리고 페르낭 말로, 베르트, 아드리아나 할머니, 마리 아주머니를 마침내 찾아냈다. 클라라는 이들 세 여자들의 존재를 마치 부끄러운 병이기라도 한 것처럼 말로가 자신에게 감추어왔다는 것에 놀랐다. 그리고 친구들이 있었는데 그들의 갖가지 지원은 변하지 않고 계속된다.

각자가 제 몫을 했지만 가장 중요한 역할을 한 것은 클라라였다. "그녀는 어떠한 일도 귀찮아하지 않았고, 확실한 추리로 나를 놀라게 했다. 의심의 여지가 없는 적절한 때에 그녀는 분명하고 완전무결한 상식으로 기사를 작성했고, 다른 사람들은 그것을 거의 그녀가 부르는 대로 받아적었다"라고 페르낭은 놀라워하며 편지를 썼다. 요컨대 그녀는 대단한 여자였다. 유태인이라기엔 옷을 상당히 잘 입었을 뿐만 아니라 유효적절한 주도권을 쥘 수 있음을 스스로 입증했던 것이다……

말로가 아버지의 편지를 받은 것은 콘티넨탈 호텔에서였다. 말로는 사이공에서 가장 좋은 호텔인 그곳을 사령부로 삼았다. 예전에 마이레나가 그랬던 것처럼 말이다. 프랑스인들이 점유하고 있는 사이공에서 현재 가장 중요한 곳이기라도 한 것처럼 말이다. 그는 매일 아침 식민지 거주민들의 분노에 찬 시선을 받으며 아페리티프를 마셨다. 그것은 식민지 거주민들의 무한한 다양성을 알아보는 하나의 방식이었다. 그들은 모두가 백인들이었는데, 혼혈인들은 비록 부유하거나 지체가 높을지라도 동반 투자가 아닌 이상 그런 장소에 감히 투자하지 못하기 때문이었다. 작고 뚱뚱한 사람들이 땀방울을 뚝뚝 흘리면서 정당치 못한 방법으로 벌어들인 돈 냄새를 풍기고 있었다. 두 배로 계산을 해서 연금을 받는 공무원들. 해군, 해병대원, 원주민 부대 보병, 외인 부대 병사들이라는 네 개의 커다란 범주로 다시 나뉘는 장교들. 도매 상인들. 공증인들. 은행가들. 사업가들. 그리고 물론 여자들도 있었는데, 태양이 쨍쨍 내리쬐는데도 불구하고 눈처럼 흰 살결을 지닌 여자들이었다. 하지만 콩가이(베트남어로 '소녀'라는 뜻—역주)들, 그들이 드러내지 않고 관계를 맺고 있는 이들 아시아의 젊은 정부들에게는 물론 시민권이 없었다.

말로가 오기도 전에 그에 관한 소문이 퍼져 있었다. 짐작대로 그 소문은 좋은 편이 아니었다. 라 슈브로티에르가 개인적으로 신경을 썼고, 그의 친구들도 마찬가지였다. 총독의 배후 조종자인 다를 대령도 당연히 그 속에 들어 있었다. 그 사람의 이름만으로도 안남인들은 공포로 얼어붙었다. 그들은 그에게 '타이 은귀엔의 백정'이라는 별명을 붙였다. 수많은 증언에 의하면 그는 상냥한 척하는 사디스트였다. 하지만 그러한 증언들을 감히 공개적으로 말하는 사람은 아무도 없었다. 그는 무성한 콧수염을 기르고 외눈 안경을 끼고 있었다. 너무나 친절하고 무서울 정도로 음흉한 사람이었다.

다를은 총독의 절친한 친구 드 라 포므레 씨와 이야기를 하고 있었다. 추잡한 이 모리배는 인도차이나 주류 회사들과 고급 호텔 협회를 좌지우지하고 있었고 상업회의소 의장직을 맡고 있었다. 그는 등나무로 만든 의자를 떠나면서 그것을 경찰청장에게 양보했다. 폴 아르누는 기세 좋게 손가락을 튕기며 자신이 좋아하는 음료를 주문했다.* 꼬나풀들과 고문관들, 코르시카 경찰들이 득실거리는 왕국의 왕자로서 그는 무질서를 야기하는 자들에게 악착같은 증오심을 품고 있었다.

---

* 레지 바르니에의 영화 〈인도차이나〉에서 장 안이라는 인물이 바로 폴 아르누를 모델로 한 인물이다.

"파리에는 이 얼빠진 젊은이의 공범자들이 적지 않던데, 알고 있소?" 그가 다를에게 낮은 소리로 속삭였다. "그들은 무책임한 사람들의 공모 집단이오. 차라리 동성애자 집단이라고 하는 게 낫겠군. 그들 중엔 동성애자들이 많으니까. 내겐 정보가 있소. 도대체 그들이 인도차이나에 대해 알고 있는 게 뭐란 말이오? 몇 년이 지나면 이름조차 잊혀지게 될 겁쟁이 작가들이잖소. 아라공, 지드, 막 오를랑, 마르탱 뒤 가르, 모리악, 모루아, 폴랑, 수포."

클라라의 요청에 따라 청원서 하단에 서명을 첨부하며 말로의 문학적 재능과 가치를 보증하고 있는 이들 지식인들의 이름을 알파벳 순으로 발음에 실수 없이 인용하기 위해 기억을 짜내던 폴 아르누는 말을 멈추고는 다시 말로가 있는 쪽으로 독기를 품은 시선을 보냈다.

"걱정마시오, 폴." 다를이 그를 안심시켰다. "우리는 불의의 사태에 대비하기 위해 이곳에 있으니까요. 우리는 이 나라를 너무나 잘 알고 있어요. 우리가 만들었으니까요. 내유외강이지요!"

아르누가 거의 20년 동안 인도차이나를 들볶아왔다는 것은 사실이었다. 그는 모든 것을 알고 있었고 모든 사람들을 붙잡았었다. 하지만 말로는 아니었다.

"어제 무슨 일이 있었나요?"

다를이 걱정하며 물었다.

한 가지 추문이 더 있었다! 한층 더 적대적인 기사에 화가 난 사원 약탈자 말로는 라 슈브로티에르의 문을 강제로 부수고 들어가 기자들 중 한 사람에게 인터뷰를 하게 해달라고 거만하게 요구했다. 그러자 늙은 여우 같은 아르누는 걸핏하면 화를 내는 젊은 수탉 같은 말로를 함정에 빠뜨렸고, 그 결과는 끔찍했다. 결정적일 뿐만 아니라 사실과 다른 선언들이 쏟아져 나왔던 것이다. 반테이 스레이에서 훔쳐낸 부조 조각들은 그렇게 대단한 것이 아니라 "높이가 1미터 20센티미터를 넘지 않는 돌무더기"일 뿐이라는 말은 사실이 아니라는 것이었다. 그리고 그의 아버지가 '증권업계의 전설적인 인물'이었고 '가장 큰 국제 정유 회사 중 하나'의 사장이라는 말은 사실이라는 것이었다. 파리의 지식인 계층 속에서 '자신의 뜻과는 반대로' 돌아가는 여론의 캠페인에 말로가 아무런 관계가 없다는 말은 사실이 아니라는 것이었다.

멀리서 클라라가 피땀 흘리며 애를 쓰고 있는 동안 홀로 남겨진 말로는 허영심 많은 댄디 역할을 하면서 어린애처럼 즐거워하고 있었다. 사이공 보수주의자들의 증오를 몽땅 자신에게 집중시키고 있다는 자극적인 느낌에 그는 도취했다. 그는 가장 기본적으로 갖춰야 할 신중함을 잊고 있었을 뿐만 아니라 열정적인 동반자 클라라에게 지고 있는 신세까지도 잊고 있었다.

자신의 자유를 한 여자에게 맡겨야만 한다는 생각에 그는 두려움을 느꼈다. 마음먹은 대로 파리를 쥐고 흔들면서 클라라는 말로의 운명을 지나치게 크게 지배했던 것이다. 베르트와 아드리아나, 그리고 마리 아주머니를 알게 된 클라라는 그의 어린 시절이라는 추방된 세계 속으로 깊이 침투해 들어왔다. 말로로서는 참을 수 없는 일이었다.

"일 년간의 집행유예."

마침내 법원의 판결이 내려졌을 때 말로는 파리로 간략하게 전보를 쳤을 뿐이다……

제4장

모험가
L'aventurier

　　"친애하는 앙드레, 사이공은 침묵의 법칙이 지배하고 있는 외진 세계요. 나는 반항적인 인간입니다. 개인적인 취미로서 나는 오직 굵직한 사냥감만을 추적하고 있습니다. 그렇지만 안남인과 중국인 친구들과의 유대 관계 때문에 나로서는 이들 돈벌이에 혈안이 된 사람들과 대적하지 않을 수 없습니다. 그 결과는 증오와 소문, 그리고 중상모략입니다. 프랑스인 변호사 한 명은 '그런 사람들'과의 관계를 끊으라고 합니다. 용서할 수 없는 일이지요!"

　"당신이 공산주의자라는 소문은 어디서 나왔는지요."

　"그 문제는 특히 그렇습니다."

　"그럼 당신은 공산주의자가 아니라는 건가요?"

"그렇습니다. 나는 좌파이고 공화주의자에 급진 사회주의자, 프리메이슨 단원입니다만 공산주의자는 아닙니다!"

"당신은 그들을 경계하고 있군요?"

모냉은 어깨를 으쓱했다. 그는 더위에 시달리는 것 같지는 않았다. 강인한 사십 대의 각진 얼굴이 식민지 관리들이 흔히 쓰는 헬멧 아래로 드러났고, 그가 흰색 면 옷을 입고 있는 만큼 검게 그을린 모습으로 보였다. 거동은 어색했고 몸짓은 정감이 없었다. 사법관인 그는 제1차세계 대전 당시에 지냈던 보병 장교의 모습을 간직하고 있었다.

"내가 경계하는 사람들은 모리배들입니다! 공산주의자는 아니지만 나는 그들의 정력에 탄복하고 있지요."

"그들과 동맹자가 될 정도로 말입니까?"

"내 중국인 친구들은 국민당의 당원들입니다. 그들 중 어느 누구도 공산주의에 공감하지는 않지만 모두가 쑨원을 존경하고 있지요. 아시아에서 잘못되고 있는 일은 백인들이 모든 것을 관리할 것을 주장하고 있기 때문입니다."

"그렇다면 인도차이나에서 잘못되고 있는 것은 프랑스가 저 자신의 풍자화를 닮아가고 있기 때문이겠군요!"

"앙드레 씨, 그건 당신 자신의 말이지요. 아마 기후 탓일 겁니다. 이곳에선 사람들이 쉽게 상합니다. 부정선거에다가 금권선거 따위들……."

"라 슈브로티에르 씨에 따르면 그들의 문화지요!"

"그는 비겁한 사람입니다. 나는 두 번이나 그에게 도전했지요. 두 번째에 그는 도망치고 말았습니다!"

"사람들 말로는 아르누가 더하다던데요."

모냉은 말을 멈추고 끝에 쇠를 댄 지팡이로 땅바닥에 원을 그렸다.

"그에겐 적어도 행동력이 있어요. 그 사람은 파렴치하긴 하지만 겁쟁이는 아닙니다."

"그러면 언론은요?"

"그들은 명령에 따르고 있지요."

"그 말은 이곳에선 돈이 지배자란 뜻인가요?"

"그럴 가능성이 다분하다는 말입니다."

"안 그런 사람들은 얼마 없겠군요."

"있습니다. 드장 드 라 바티가 그렇지요."

"그분은 내가 아직까지 만나보지 못한 사람인데……. 그 사람에 대해 말씀해 주십시오."

"외젠은 공식적으로는 프랑스인 의사의 아들로 알려져 있습니다. 그 사건으로 굉장한 스캔들이 일어났는데, 왜냐하면 이곳에선 당신도 아시다시피 아시아 출신의 정부들을 가질 수도 있고 자신이 아버지라는 사실을 교묘하게 감추기만 한다면 그 사이에서 아이들을 가질 수도 있기 때문입니다. 사생아가 태어날 경우 그 혼혈아들은 어머니 곁을 떠납니다. 종교인들이 운영하는 특별 고아원으로 보내지는 거죠. 그곳에서 그 아이들은 금세 잊혀집니다."

"멋진 일이군요!"

"단지 식민지 식일 뿐이지요! 하지만 외젠의 아버지는 고상한 분이었습니다. 그분은 자기 자식을 인정하는 데 만족하지 않고 훌륭한 공부를 하게 해주었습니다. 만일 외젠의 등이 굽지만 않았더라면 그에게는 고위층의 한자리가 주어졌을지도 모릅니다. 하지만 그는 명예를 중시하는 인물입니다. 그는 자기 어머니의 민족, 즉 안남인들 편에 서는 것을 선택했으니까요."

"명예를 중시하는 인물이라, 당신 말이 옳습니다. 그 사람의 이야기를 들으니 생각나는 것이 있습니다. 생각나는 '사람'이라는 것이 낫겠군요. 어린 시절에 나는 그다지 알려지지 않은 알렉상드르 뒤마의 소설 한 권에 심취했었습니다. 그 소설의 주인공은 모리셔스 섬의 혼혈인이었는데, 그는 자기 부족들에 대한 배반을 거절했었지요. 원주민 폭동의 선두에 서기까지 했으니까요."

"외젠은 그런 정도까지는 아닙니다."

"그 주인공의 이름은 조르주였습니다. 책 제목이기도 했지요. 훗날에 내가 뒤마의 진짜 출신을 알게 되었을 때, 즉 그가 공화국 군대 흑인 장군의 아들이라는 것을 알았을 때 모든 것이 명확해졌습니다. 그래서 나는 조르주의 모델인 생 조르주 기사에 대해 흥미를 느꼈습니다. 그는 과들루프 출신의 흑인 노예 여자와 프랑스인 귀족 사이에서 태어났는데, 그 귀족 역시 자신이 아버지라는 것을 인정할 용기를 갖고 있었습니다. 생 조르주는 대단히 매력 있는 사람―그는 오를레앙 공작 부인의 총애를 받았습니다―이었지만 한편으로 작곡가이자 오케스트라 지휘자이기도 하고, 대단한 검객이었으며, 아마 당신에게 좀더 흥미를 줄 만한 얘기일 텐데, 프리메이슨 단원이기도 했습니다."

"초기 흑인 입문자들 중 한 사람이었지요, 이제 생각이 납니다!"
모냉이 소리쳤다.

"첫번째예요, 폴. 최초의 인물이었습니다! 그리고 만일 당신의 친구인 드장 씨가 그와 동일한 역량을 갖고 있다면 앞날이 순탄치 않을 거예요. 두고보아야겠지요."

다시 주도권을 잡았다는 데 만족한 말로는 기다란 시가 끝에 성냥

불을 댕겨댔다. 모냉의 것을 그대로 본뜬 태도였다. 그러고서 말로는 다시 모냉과 나란히 길을 걸어갔다. 말로의 가슴은 감사의 마음으로 쿵쾅거렸다. 뒤따라야 할 규범을 벗어난 모델을 기필코 찾으려는 사람에게, 얼대 지방에서 전쟁을 통해 성숙하고 전투를 통해 강인해진 그 위대한 형제를 발견했다는 것은 기분 좋은 일이었다…….

고등법원의 판결이 있은 지 한 달 후 말로가 다시 프랑스에 돌아왔을 때는 날씨가 그다지 좋지 않았다. 1924년 11월 말이라는 시기에 그가 입고 있는 눈처럼 새하얀 옷은 무언가 기괴한 느낌을 주었다. 습기가 가득 찬 곳에서 냉기가 가득한 곳으로 되돌아오는 항해는 꼬박 3주가 걸렸다.

클라라가 마르세유의 부두에서 그를 기다리고 있었다. 그녀의 모습을 보고 말로는 안심했다. 승리자로서가 아니라 집행유예 판결자로서 하선한 말로는 클라라가 상당히 신경 쓰였다.

"그런데 당신은 내 어머니와 함께 무슨 짓을 한 거요?"

말로는 다짜고짜 소리쳤다. 얼마나 배은망덕한지를 서둘러 보여주려는 태도가 역력했다.

마르세유에서 리옹을 거쳐 파리로 가는 기차 안에서 말로와 클라라는 폴 모냉에 대해 이야기했다. 말로는 특히 그 변호사와의 사이공에서의 첫 만남과 아울러 원주민들을 위해 투쟁적인 신문사를 설립하기로 한 공동 결정을 상기시켰다. 생애 처음으로 말로는 주변 사람들을 매혹시키는 일이 아닌 다른 일을 부여받은 듯한 느낌이었다.

말로가 다시 찾은 파리는 일 년 전 그가 떠났을 때와 달라진 것처럼 보였다. 짧게 깎은 머리와 간단한 치마를 걸친 '사내 같은 여자들'

의 수가 몹시 많아졌던 것이다. 이러한 차림새는 그에게 가소로운 것으로 비쳤다. 아시아에서는 모든 것이 불규칙하게 변동했었다. 구대륙에서 기대할 수 있는 것이라고는 단지 표면적인 동요와 체면 손상뿐이었다.

클라라가 몽파르나스의 가구 딸린 집에 얻은 방 안으로 들어서자마자 말로는 넥타이를 풀어 헤치고, 의자 위에 쌓인 서류 뭉치 위로 윗옷을 집어 던진 후, 싱가포르의 기항지에서 몸이 불편해서 구입했던 흑단 지팡이를 침대 머리맡에 걸쳐놓았다. 그의 가방 속에 든 셔츠와 면도칼, 그리고 갈아입을 바지 사이에는 작은 봉지가 감춰져 있었다. 진짜 재회의 선물이었다.

"사람들은 그것에서 단단한 부분만 남을 때까지 씹은 다음에 뱉어버린다오." 말로가 설명했다. "그러고 나면 멋진 노래가 울려 나오고, 말들에 이어 찬란한 영상들이 나타나게 되지요. 사람들은 내면의 스펙터클을 조종할 수 있다오. 나는 시를 읽으면서 당신이 그렇게 되기를 도와주겠소. 놀라운 것은 이러한 속임수가 결코 중독을 일으키지 않는다는 것이오. 당신은 그것을 복용할 수도 있고 아무런 고통 없이 복용을 중단할 수도 있다오."

"아하? 거기서 그것을 가끔 드셨나요?"

"꽤 먹었소."

"그것을 내게 가져다주시다니 친절하시군요."

클라라는 구름 위로 붕 뜬 기분이었다.

"내가 샤를과 잠자리를 같이했다고 당신한테 얘기했나요?"

약 기운에 사로잡힌 클라라의 입에서 이러한 말이 흘러나왔다. 말로 같은 사람은 그처럼 일시적인 관계 따위를 그다지 중시하지 않을 것이라고 생각했던 것이다.

그녀가 배를 타고 프랑스로 되돌아오던 날 저녁 아덴 바다에서였다…….

보이지 않는 손이 말로의 가슴을 쥐어뜯는 듯했다.

"왜 그런 짓을 했소? 당신이 내 목숨을 구하지 않았다면 난 당신을 떠났을 거요."

말로는 너무나도 열렬히 속마음을 감추려고 했다. 하지만 그 뜻하지 않은 고백은 그의 연약함을 백일하에 드러나게 했다. 그는 분노와 슬픔으로 눈물을 펑펑 흘렸다.

"그놈은 이제 당신을 경멸할 권리가 있다고 생각할 거야."

평소와는 전혀 다르게 그녀에게 반말을 하며 말로가 외쳤다.

"내가 알기론 그 사람은 나를 경멸하지 않을 거예요."

"나는 남자가 자신이 품었던 여자를 어떻게 생각하는지를 알고 있어."

말로의 말에 따르면 거의 좋게 생각하지 않는다는 것이었다! 하지만 말로는 다른 사람들처럼 자존심에 상처를 입은 한 마리 수컷이 아니었다. 그것은 여성과 남성의 싸움, 소유욕과 자유 주장 사이의 싸움이었다. 그 대화는 이미 그의 기억 속에 깊이 새겨져 있었다.*

삶이 권리를 되찾았다. 클라라는 말로가 열광적으로는 아니더라도 그를 도와주었던 사람들에게 감사를 표하기를 바랐던 것 같다. 그는 그럴 의향이 전혀 없었다. 페르낭이 흠잡을 데 없이 일을 처리한 것,

---

* "나는 결국 랑글랑과 잠자리를 같이했어요, 오늘 오후에……. 고통스러운가요?"
  "내가 이미 당신에게 말했잖소, 당신은 자유롭다고……. 너무 많은 것을 요구하지 마시오."
  ─《인간의 조건》에서 기요 지조르와 그의 동반자 메이 사이의 대화

브랑댕, 두아용, 아를랑, 가보리, 피아 그리고 펠스가 가담했던 것을 말로는 아주 당연한 것으로 여겼다. 그에 반해서 쉬잔과 앙드레 브르통이 자신을 위해 행동한 것을 모욕으로 여겼다. 아시아에서의 경험으로 무장한 말로는 떠오르는 초현실주의의 우두머리를 경멸적으로 취급하는 호사를 스스로에게 부여했다. 그들의 첫 만남은 아주 간단했다. 그리고 그들은 두번째 만남을 마지막 순간에 취소하게 된다.

말로는 성공을 거두고 뻐기게 되었다. 클라라가 전개한 캠페인은 반항적 작가로서의 그의 개성을 법의 외곽에 놓이게 하는 데 충분했다. 프랑스에서 '지적 순교자들'이 사교계에서 누리는 명성은 전혀 쇠퇴할 줄 몰랐다. 따라서 파리 전역에서는 그 누구도 감히 말로가 프놈펜이나 사이공에서 감시를 받으며 겪은 시련들을 안남의 민족주의자들이 그들의 주 거주지인 풀로 콘도르 감옥에서 겪은 것들과 비교하지 못하게 된다. 말로는 열의와 호기심을 불러일으켰다. 그것으로 충분하지 않은가?

"여보, 이 사람이 말로요. 인도차이나의 그 어딘가에서 감옥살이를 한 그 작가 말이오! 당신은 그를 어떻게 생각하오?"

"약간 말랐군요. 하지만 사원 약탈자치고는 상당히 잘생겼네요."

말로를 둘러싸고 일어나는 그처럼 많은 동요에는 사람을 도취시키는 무언가가 내포되어 있었다. 소문들이 떠돌기 시작했고 말로는 그 소문들을 부인하지 않도록 조심했다. 사람들이 질문을 하면 할수록 말로는 답변을 점점 더 얼버무렸다. 이러한 전략의 성공으로 인해 그가 언제나 느껴오던 예감이 확인되었다. 신비는 신비를 강화시킨다는 것이 그것이었다. 자기 자신의 전설을 공들여 만들기 위해서는 입증하기 힘든 거짓 고백을 가미한 침묵으로써 그 전설을 유지하기만 하면 되었다.

파리의 총아 역할로부터 얻는 이익을 그 자리에서 거둬들이는 것은 상당히 매력적인 것이었다. 망설임이 있었다. 만일 인도차이나에서 어떤 위대한 운명이 그를 기다리고 있다면? 마침내 어떤 진정한 역할을 수행하고자 하는 소망이 저울판을 기울게 만들 것이다. 말로는 '말로 가족'을 동원했다. 열정에 싸인 목소리, 쓸어 올려도 자꾸만 앞을 가리는 머리타래, 더욱 심해진 안면 근육 경련, 말로는 폭풍에 대처하는 선장의 모든 모습을 갖고 있었다. 경험만이 없을 뿐이었다.

"모냉과 나는 성공하지 않을 수 없소. 우리의 행동은 단호할 것이오. 우리에게 필요한 것은 돈이오. 한두 명의 파리 통신원도 필요하오. 마지막으로 많은 돈을 들이지 않고도 우리 지면에 기사들을 재수록하게 해줄 신문들을 찾아야만 하오."

그 같은 끈질긴 태도는 마침내 보상을 받게 된다. 사실 돈은 페르낭으로부터 나왔다. 5만 프랑의 돈은 주식투자의 행운으로 조달되었고 그것은 싱가포르의 한 은행에 지불해야만 했다. 그리하여 두번째로 문을 두드릴 기회가 찾아왔다. 1925년 1월 12일 클라라와 말로는 마르세유를 거쳐서 사이공으로 가기 위해 짐을 싸고 있을 때 베르나르 그라세의 속달우편이 도착했다. 그 편집자는 스캔들을 일으키는 청년 말로의 뛰어난 재능을 높이 평가했다. 자신에 대해서 말하게 할 줄 아는 재능이었다. 다음날 오후에 그들은 마침내 만났다.

"원고가 너무 늦지 않게 해주시오. 그처럼 많은 작가들이 당신에게 해준 그 놀라운 선전 효과를 생각해 보시오."

그라세는 말로에게 넌지시 말했다.

구체적으로 그것은 3000프랑의 선금을 의미했다. 세 권의 작품을 쓴다는 조건으로 말로가 그라세와 연결되는 것이었다. 3000프랑이라는 돈은 그라세 출판사가 새로운 숭배 대상 중 한 명에게 매월 지불하는 금액이었기 때문에 특별히 위험 부담이 있는 일은 아니었다. 예컨대 폴 모랑 같은 외교관에게…….

"신문의 이름은 〈인도차이나〉로 합시다. 그것은 허섭스레기가 아니라 진짜 신문이 될 것이오. 종이는 고급지를 사용할 거요. 나는 폴, 외젠과 함께 활자를 잘 고르고 사진을 많이 써서 현대식으로 조판을 할 것이오."

1925년 봄, 사이공에서였다. 제안은 전원의 합의를 얻었다. 신문의 이름은 계획대로 〈인도차이나〉로 결정되었다. 논설주간은 모냉과 말로였다. 편집장은 드장 드 라 바티였다. 외신 면의 책임자는 그 팀에서 단 한 명의 확실한 다국어 능통자 클라라였다. 파리 통신원은 부코르였다. 편집자는 고원 지대의 귀족 출신 앵이었다. 인쇄인은 뱅이었다. 언어는 오직 프랑스어만 사용되었는데, 로마자로 표기되는 베트남어 신문 발행 허가는 당국에 의해서 거부되었기 때문이었다. 신문의 목표는 프랑스-안남 간의 화해에 일조하는 것이었다. 동조자들이 있었는데, 그중 첫번째는 프랑스인과 프랑스어권 안남인들의 모임이었고, 두번째는 범위가 훨씬 더 넓은 것으로서 글을 읽을 줄 아는 동포들에 의해 기사의 내용을 알게 될 수많은 문맹인들이었다.

모냉은 돈의 가치를 알고 있었다. 멋진 백색지, 풍부한 사진들, 파리에서 발간되는 신문들에서 뽑아낸 기사들, 그 모든 것들은 값이 비쌌다. 필요한 자본금을 획득하기 위해서 모냉은 사이공의 중국인 거리인 초론의 부유한 상인들에게 접근하는 치밀한 작업에 뛰어들었다. 리옹 견직물업자의 아들인 그는 이러한 만남에 대해서 그다지 많이 말을 하지 않았지만 말로는 그 상세한 내용을 짐작했다. 의례적인 인사말 후에 끝도 없는 토론이 이어지고, 그 와중에 오랜 시간에 걸친 사전 공작, 깔깔거리는 웃음, 발작적으로 터지는 폭소, 그리고 한 모금씩 들이키는 차가 나오고 나서야 비로소 문제의 핵심에 접근했을 것이었다.

"아시아가 잠에서 깨어나고 있음을 알고 싶다면 광저우로 가게, 앙드레. 국민당은 그곳을 총사령부로 삼고 있지만 그곳에선 인도차이나에서 온 혁명가들도 볼 수 있다네. 메를랭을 죽이려 했던 젊은 안남인 같은 민족주의자들도 있고 공산주의자들도 있지. 적어도 보로딘*의 참모부에 속한 사람이 하나는 있을 거야."

"자넨 보로딘을 아나?"

"쑨원의 러시아 조언자들 가운데는 낭만적 기질의 혁명가들도 있고 직업적인 혁명가들도 있네. 보로딘은 그중 두번째 범주에 속하지. 그는 고매한 정신도 신중함도 없는 제2세대 볼셰비키주의자야. 선전에 따르면 그는 '중국의 라 파이예트'지. 그리고 지금도 마찬가지야. 신비는 신비를 강화시키는 법이거든. 자기 자신의 전설에 대한 마지막 손질은, 입증할 수 없는 거짓 고백으로 점철된 침묵으로 그 전설을 유지하는 것, 그것으로 충분했지. 하지만 그는 광저우에 도착하면서 체면을 잃기 시작했어. 가축 운반용 거룻배를 탔거든! 그 후로 그는 만회를 했다는군. 한동안 그를 글래스고의 감옥에 가둬두었기 때문에 그를 잘 아는 영국인들은 모스크바와 광저우 사이의 동맹을 마치 재앙처럼 두려워하고 있네. 홍콩이 불과 수킬로미터밖에 떨어져 있지 않고 인도

---

* 쑨원이 설립한 중국의 국민 정당인 국민당은 1923년부터 소비에트 연합과 국제 공산당 연맹, 그리고 중국 공산당과 밀접한 동맹 정책을 펼친다. 국제 공산당 연맹의 중국 내 대표가 미하일 마르코비치 드뤼젠베르그, 일명 '보로딘'이었다.

는 심각한 동요를 겪었기 때문이지."

"잠깐만. 인도라면 간디가 있는데, 공산주의가 아니잖나!"

"중국은 쑨원이 있지. 그러니까 당분간은 공산주의와 동맹을 맺고 있잖은가!"

중국인들은 행동에 접근하는 방식이 서양인들과 너무나 다르다. 베트남인들 역시 마찬가지다…….

"그들은 안남인들과 사이가 어떤가?"

저녁 나절의 선선한 시간 모냉의 별장 옥상에서 검술을 연마하면서 말로는 모냉에게 물었다.

두 사람은 좋은 몸매를 유지하고 있었다. 그들은 호리호리했다. 그것은 술과 운동 부족으로 뚱뚱해진 일부 식민지인들에 식상해 있는 극빈자들에게 공감을 주는 것이었다.

"황인종들이 모두 서로 닮았다고 믿는 백인은 얼마 안 되네! 사이공은 안남인, 인도인, 크메르인, 혼혈인의 것이고 부수적으로 프랑스의 것이야. 초론은 중국의 것이지. 사이공이든 초론이든 어느 것도 인도차이나 전체를 대표하지는 못해. 우리는 돈이 급하니까 이렇게 지연되는 기간을 유익하게 이용하세. 내가 자네를 그 나라에 갈 수 있게 해주겠네. 자네는 그곳에서 우호적인 민족과 생각보다 훨씬 더 명백한 부당 행위들을 볼 수 있을 걸세. 그들은 단지 가난하기만 한 것이 아니라 모욕까지 받고 있다네. 그것이 아마 더 나쁜 일일 거야."

모냉은 코끼리를 사냥했다. 그가 쫓아다니는 후피 동물만큼이나 인내심이 강한 그는 아주 특이한 한 명의 니므롯(성서 창세기 10장에 나오는 인물로 뛰어난 사냥꾼―역주)이었다. 대개의 경우 그는 방아쇠를 당기기보다는 코끼리 관찰을 더 좋아했다. 식민지 사교계와 마주하고 있는 그는 그들과는 정신 상태가 달랐다.

"우리는 그들이 치부의 수단으로 삼는 것을 공격할 거야. 부동산 투기, 국가 재산의 횡령, 범법, 극빈자들의 토지 강탈 같은 것들 말이야. 그들은 우리를 용서하지 않겠지. 최악의 경우를 예상하게."

모냉은 이렇게 경고했다……

다행히도 사이공의 모험가들은 혼자가 아니었다. 초론의 국민당은 모냉의 논거에 동조했다. 그러나 쑨원의 장례를 맞은 민족주의자들에겐 또 다른 골칫거리가 있었다. 위대한 인물이 사라지고 난 후 누가 그의 업적을 계승할 것인가? 그리고 그 방향은 어느 쪽인가? 소문이 무성했다. 인기를 잃은 장제스인가 모스크바에 있는 랴오충가이인가. 광저우는 샤먼(廈門)의 서양 조계(租界)들을 차지하기 위해 달려갈 준비가 되어 있었다. 상하이는 유럽의 함포 사격 아래 놓여 있었다. 지나치게 과열된 이러한 분위기에서는 옳고 그름을 분간하기가 어려웠다. 1925년 5월 어느 날 저녁 세 사람은 초론의 대규모 연회에 초대되었다.

"이번 기회에 우리 친구들이 당신의 신문을 위해 모금한 금액을 전달할 것이오."

모냉은 이런 약속을 받았다.

다정한 대화들이 오가는 사이에 명백한 사실이 드러났다. 모냉만이 유일하게 중국인 애국자들의 '우호적인 인사'였고 클라라와 말로는 기껏해야 들러리였던 것이다.

이러한 냉담한 태도에 말로가 상처를 입은 것은, 베트남인들에게 언론 기관을 갖도록 도와주러 왔던 그가 결국 그들보다도 중국인들에게 흥미를 느꼈기 때문이었다. 반대로 클라라는 베트남인들과 혼혈인들의 신뢰를 획득할 수 있었다. 그녀에게는 속내 이야기를 했고 말로에게는 행동의 희망을 이야기했다. 말로는 어제까지 부동성의 상징이었지만 이제 움직이기 시작한 거대한 중국에 매력을 느꼈다.

어쨌든 중화제국은 수용하는 법을 알고 있었다. 말로는 가장 품위 있는 옷을 갖춰 입었다. 예식 때나 매는 넥타이를 목에 매고 흑단 단장을 팔에 걸쳤다. 7월 14일 혁명 기념일 밤의 분위기를 풍기며 수많은 전등불이 식당 유리창에 비치고 있었다. 한쪽에서 마작꾼들이 시끌벅적하게 웃음을 터뜨리고 있는 동안, 젊은 여자 하나가 미소를 지으며 남성의 성 기능을 증대시킨다고 알려진 상어 지느러미 수프로부터 맛있는 생선과 바다가재에 이르기까지 갖가지 음식들을 권하고 있었다. 식사를 하던 어떤 사람은 때때로 테이블을 떠나 파이프 아편이 있는 나무판자 침대에 가서 눕곤 했다. 어떤 사람들은 아주 어린 여자 아이들, 첫번째 첩, 두번째 첩, 세번째 첩과 함께 카드놀이를 하곤 했다.

밖에서 축제의 불꽃놀이가 진행되고 있는 동안 건배의 시간이 되었을 때 참석자들은 몹시 기쁜 얼굴로 새로운 소식에 박수갈채를 보냈다. 폴 모냉과 말로 부부가 국민당의 명예 당원으로 받아들여졌던 것이다!

"프랑스 만세! 중국인민공화국 만세!"

모냉이 외쳤다.

감동을 받기도 하고 약간 도취하기도 한 상태에서 말로는 아시아에서 흔히 볼 수 있는 습관적인 겸손을 무시했다. 그는 손가락으로 하늘을 가리키며 외쳤다.

"우리 모두는 함께 신문을 만들 것입니다. 함께 투쟁할 것입니다. 우리의 목표가 완전히 똑같다고 생각한다면 그것은 잘못일 겁니다. 우리를 서로 가깝게 만드는 것, 우리를 결합시키는 것은 우리가 공유하고 있는 적들입니다, 적들 말이죠. 우리는 이겨야 합니다. 승리해야 합니다."

아르누가 무겁고 무표정한 눈길로 그를 뚫어지게 쳐다보는데도 말로는 활발한 걸음으로 콘티넨탈 호텔의 테라스를 지나 호텔 안으로 들어갔다. 용감한 스파이들이었다. 그들은 훌륭하게 업무를 수행했다. 첩보원인 아르누는 말로 부부의 움직임에 대해 모르는 것이 없었다. 말로 부부보다 두 층 더 높은 곳에 위치한, 카티나 가의 불쑥 튀어나온 모퉁이의 커다란 방에 있는 그는, 쌓아올린 신문들, 풀, 가위, 조판 계획들로 그들 부부의 방이 어지럽혀져 있다는 것까지도 시시콜콜히 알고 있었다. 자세한 내용의 보고서를 받아 보는 그로서는 말로와 클라라의 사랑 행위까지도 엿볼 수 있었다. 아르누는 그것을 실컷 즐겼다.

경찰 총수는 무언가 다른 것을 알고 있었을까? 클라라가 아편에 취미를 붙인 반면 말로는 아편을 끊었다는 것을? 다른 곳에서라면 그러한 정보는 아마 결정적이었을지도 모른다. 하지만 이곳에서 그러한 정보는 단지 제한된 가치만을 가지고 있었다. 마약은 합법적이었을 뿐만 아니라 국가의 독점 사업이기도 했던 것이다. 유럽인은 기껏해야 1만여 명 정도였다. 태양과 습기에 짓눌린 세계, 즉 사이공의 백인들은 말로가 한 인쇄업자에게서 다른 인쇄업자에게로 펄쩍거리며 다니는 것을, 콘티넨탈 호텔에서 모냉의 별장으로, 카티나 가에서 초론의 간선도로인 마랭 가로 뛰어다니는 것을 지켜보았다. 젊은 말로는 그곳의 불신의 눈초리와 독기를 가득 품은 지적들을 광적으로 좋아했다.

검은색 나무로 만든 안락의자들, 학교 책상처럼 붙어 있는 탁자들,

지독한 더위, 여기저기 흩어진 원고들, 날아다니는 종이들, 간헐적으로 들리는 타자기의 탁탁거리는 소리······. 모냉의 낡은 대기실은 임시 편집실로 변했고, 거기서는 새로운 사상과 신랄한 표현들이 서로 충돌하곤 했다. 지나치게 많은 사람들이 들어찬 이 방 안을 말로는 한 끝에서 다른 한끝으로 성큼성큼 걸으면서 기나긴 혼잣말로 가끔씩 손짓을 섞어가며 시사 문제에 대해 토를 달곤 했다.

국민당이 광저우 근처에서, 멀리 윈난성(雲南省)에서 온 용병 군대에 최초로 군사적 승리를 거두었던 1925년 6월에는 특히 뉴스거리가 많았다. 모냉이 제대로 본 것 같았다. 중국 남부의 대도시인 그곳이 얼마 안 가서 아시아를 뒤흔들 지진의 진앙지가 될 것이고, 그들과 말로 덕분에 그 여파가 이곳 사이공으로 확장되리라는 것이 모냉의 추측이었다. 도착 즉시 클라라가 번역한 영문의 지급 통신문들을 검토하노라면 점점 더 흥분되기만 할 뿐이었다.

그처럼 거대한 흐름의 한가운데에 있다는 느낌만큼 사람을 취하게 하는 일이 있을까! 강한 바람이 간간이 부는 무더위에 짓눌려 있는 인쇄소에서는 루이 뱅이 마지막 지시들을 내리고 있었다. 열에 들뜬 그의 노란색 손가락들은 신문의 마지막 면들을 조판하고 있었다. 마침내 6월 17일 오후 5시에 〈인도차이나〉 지 첫호가 모습을 드러냈다. 카티나 가를 달려 내려가는 인력거에서 클라라와 말로는 신문 뭉치들을 힘껏 던졌다.

근무중인 원주민 사환은 자신을 고용한 첩보부원들을 대신해서 이들 부부가 화려한 출정에서 돌아오자마자 콘티넨탈 호텔의 자기 방에 틀어박히는 것을 지켜보았다. 다음날의 주요 기사에 마지막 손질을 가해야 했다. "자크 투르느브로슈가 제롬 쿠아냐르에게 보내는 첫번째 편지"는 말로가 파리에 있을 때 상당히 자랑스러워했던 《종이 달》처럼 단순한 모작에 불과할 수도 있었을 것이다. 하지만 아나톨 프랑스의 것을 모방한 문장을 두고 어느 누구도 착각을 일으킬 수 없었다. 국가 관리보다는 정치에 몰두해 있고 국가 경제의 장래를 생각하는 대신 선거를 조작하고 있는 '주 므노트'는 분명히 총독인 모리스 코냑을 가리키고 있었다.

모냉의 글은 정확했고 또 말로의 글은 그에 못지 않게 매서웠다. 드장 드 라 바티의 글은 신랄했다. 클라라의 글은 국제적이었다. 누군가가 고발을 하면 다른 사람이 그것을 노출시켰다. 누군가가 풍자를 하면 또 다른 사람이 마치 천둥처럼 중국에서 연이어 일어나는 사건들을 되살려놓았다. 홍콩에서의 총파업, 영국의 식민 정책에 대한 보이콧의 위협, 광저우에서의 총파업, 일본인 병원 경리 직원의 살해, 국제 조계 주변에서의 시위, 중국 국민 정부의 공식 선언문 같은 것들이 그것이었다.

사이공의 정직한 시장 루엘은 이 집중 사격에 합류하기 위해 〈인도차이나〉지에 부족한 탄약들을 공급하게 된다. 잘 고증된 기사 하나로 인해 어둠에 묻혀 있던 상업항 사이공의 부동산 스캔들이 세상에 드러났다. 그 기사에는 모냉의 사인이 있었다. 그러자 화려한 기둥들로 장식된 총독궁까지 걱정에 사로잡혔고 그곳에서 코냑은 자문했다. 젖비린내 나는 사원 약탈자에게서 정확히 무엇을 기대할 수 있을 것인가? 의견이 분분했다. 다를은 그가 극도로 자만심에 젖어 있어서 결국 다룰 수 없게 될지도 모른다고 말했다. 반대로 아르누는 똑같은 이유로 그가 모냉처럼 타락에 결코 물들지 않을 것으로 보았다. 그의 진의를 명백하게 파악한 것이었다. 자신의 자존심을 접고 총독은 '말로 씨'에게 사무실에서 만나뵙기를 청했다.

"전에는 자네가 인터뷰를 요청했고 거절당했었지! 그러니 조심하게."

모냉이 경고했다.

주 므노트는 경험이 풍부한 사람이고 채찍을 휘두르는 만큼 당근도 능숙하게 다룬다는 것이었다.

"나는 이곳에서 공공질서의 보증인이오. 언론의 자유를 문제삼자는 것이 절대로 아니오. 하지만 젊은 친구, 그것을 너무 남용하지는 마시오. 그리고 또한 공화국을 대표하는 나의 인내력을 너무 시험하지 마시오. 당신은 재능이 있다고들 하더군요. 그 재능을, 그러니까 그 뭐냐……, 프랑스의 문화적 업적을 파괴할 생각에만 몰두해 있는 사람을 위해서 쓰지 말라는 말이오."

"당신은 폴 모냉의 애국심을 의심하고 계신가요? 그는 전쟁터에서 그 증거를 보여왔는데요?"

"내가 의심하는 것은 그의 정신적 균형 상태요. 프랑스의 장교였던 사람이 안남인들을 위해 일하다니, 있을 수 없는 일이지요."

"총독이라는 분이 그러한 압력을 행사한다는 것이 훨씬 더하지요! 코냑 씨, 친구인 모냉만큼이나 저 역시 미쳐 있다는 것을 고려하시기 바랍니다. 그럼 모든 것이 간단해질 겁니다."

적어도 분명한 것은 전쟁이 선포되리라는 것이었다. 지체 없이 맞받아치기로 결심한 말로는 주 므노트에게 보내는 두번째 공개 편지에서 즉시 그것을 통고했다.

"당신이 위대한 것은 사실입니다. 그것은 당신이 마음속으로 가장 행복하게 느끼는 것일 테지요. 언젠가 제가 당신에게 이야기했던 유명한 야만족인 아르구쟁족들의 모험을 읽고 얻은 바가 있으면서도 당신은 당신의 관습적인 무언가를 간직해 왔습니다. 당신은 위대하긴 하지만 또한 타락하기도 했습니다. 상관없는 일입니다. 당신의 마음은 생생한 소리에 이끌리지 않으니까요. 분명한 것은 최고가를 부르는 자에게 넘기기 위해 원주민의 지위를 기꺼이 조그만 광주리에 담아 내놓는 사람은 당신이 아니라는 것입니다. 아, 총독님. 조형 예술에 대한 사심없는 사랑이 얼마만한 궁지에 이르게 하는지요."

사이공의 젊은 반항인이 쓴 독설의 표적은 식민지 사회에서 부정한 이득을 취하는 사람들이었다. 그리하여 위협적인 필치로 '앞뒤가 꽉 막힌 샤비니'의 과거 스파이 행적, 행정 당국으로 하여금 1800부에 달하는 막대한 양의 자기네 신문을 정기 구독하게 만든 라 포므레의 특수한 '자선' 행위, 혹은 은밀하고 냄새나는 자금에 아르누가 규칙적으로 의존하고 있다는 것이 알려지게 된다.

말로를 비난하는 사람들이 보기엔 의심의 여지가 없었다. 파리에서 온 이 가난하고 순진한 얼치기 지식인은 볼셰비키와 폭넓게 공모하여 문명 사회를 위협하는 스파이에 불과하다는 것이었다. 하지만 말로의 사설들은 인도차이나에서 프랑스의 이익을 준비하려는 끊임없는 배려를 명확하게 내걸었다. 1960년대에 들어 인도차이나는 이러한 사설들을 쓴 말로에게서 일종의 실패한 진보주의 천사의 모습을 보았고, 그에게 엄격한 계율을 따르는 반식민주의자들의 분노를 가져다주게 된다.

현재 코친차이나와 안남에 대한 우리의 정책은 매우 단순하다. 그 정책은 안남인들이 프랑스에 올 아무런 이유가 없다고 하고, 우리에게 적대적인 안남의 최고위층 인사들과 가장 끈질긴 세력들의 연합을 초래하고 있다. 어리석은 파벌 정치와 금권 정치는 우리가 엄청난 끈기로 이루어놓았던 것을 파괴하고 추억이 깃든 이 땅에서 600회 이상의 반란으로 약해진 메아리를 되살아나게 하고 있다.

친구일까? 아마 그럴지도 모른다. 동조자인 것은 분명했다. 부로트는 5년 전부터 위에서 프랑스어 교사로 재직하고 있으며, 아편 중독자이고 때때로 작가이기도 하고 안남인들의 친구이기도 한 안남어에 통달한 인물이었다. 부로트는 말로와의 만남을 요청했다. 말로는 자신보다 나이가 많고 키가 크며 비쩍 마른 데다 얼굴이 상당히 잘생기고 세련된 몸가짐을 가진 그와 만났다. 하지만 마치 그의 삶이 실패이기나 한 것처럼 그에게선 알지 못할 어떤 슬픔이 배어 나왔다.

"이곳에서 우리는 두 개의 문명 사이에 놓여 있지요. 선택을 해야 할 겁니다."

부로트가 설명하려고 했다.

"그런데 당신은 선택을 원치 않으시는군요?"

"두렵습니다. 너무나 많은 영향이 있을 테니까요. 전 아편이 행동을 왜곡한다는 것을 알고 있습니다만 거기에 만족합니다."

말로는 고개를 끄덕였다. 희미한 불빛을 받은 부로트의 머리는 그의 눈썹보다도 훨씬 더 검게 보였다.

"〈인도차이나〉에는 당신과 같은 사람들이 필요합니다. 이제까지 당신은 부분적 참여에 만족했었지요. 이제 전면적으로 참여하십시오. 끝까지 가시란 말입니다!"

"끝까지요."

부로트는 같은 말을 되뇌었다.

"그렇습니다. 기사를 쓰시고 어둠에서 나오십시오."

"제게 그럴 능력이 있는지 모르겠군요. 처음부터 나는 당신과 합류하려 했었지요. 지금도 여전히 그럴 생각입니다. 하지만 나는 너무나 의지가 약한 사람입니다. 나는 이 나라를 사랑하지요. 그 사실을 프랑스에 알리고 싶습니다. 몇 가지 써온 게 있는데 보여드리지요."

"당장 행동하지 않는다면 너무나 늦을 것입니다. 그리고 당신은 더이상 글을 쓸 수 없는 위험에 빠질 것입니다. 좀더 멋지게 말한다면 '행동과 문학 사이에 딜레마란 없다'고나 할까요."

"생각 좀 해보겠습니다."

부로트는 쉰 목소리로 말했다. 하지만 그가 이미 굴복했다는 것이 느껴졌다.

"다를이 우리에게 본때를 보여주기 위해 깡패들을 고용하겠다고 하더군. 클라라는 아니고 우리 두 사람만이 목표래."

상당히 쾌활한 목소리로 어느 날 모냉이 말했다.

그렇다면 상대는 자신에게 가해진 타격의 효과를 인정한 셈이로군! 그 소식에 말로는 놀라지 않았다. 그가 자기 자신의 끊임없는 말에 얼이 빠져 있다고 사람들이 믿었던 데 비해 〈인도차이나〉의 시평 담당자인 말로는 사람과 사물, 배경과 세부 사항에 대한 날카로운 관찰 감각을 소유하고 있었다. 콘티넨탈 호텔에서 그는 백인 손님들의 얼굴에 증오가 서려 있는 것을 보았다.

"적어도 그들은 자신들의 중죄에 서명을 할 거야. 지난번 우리 자동차가 지나가는 길에 쳐놓았던 그 줄 같지는 않겠지."

그가 어깨를 으쓱하며 응수했다.

자신의 이름을 밝히지 않는 이러한 교활한 폭력에 대응해서 그 역시 똑같은 폭력으로 답해야 할 것인가? 〈인도차이나〉의 창설 멤버이자 고원 지대 산악 주민의 귀족 자제인 앵은 임시 총독인 몽기요가 사이공을 방문할 때 암살하자고 말했다. 그의 계획은 매우 교묘했다. 이름난 사진작가인 그는 그 고위 관리의 공식 환영 행사 때 총을 쏘겠다는 것이었다. 그 베트남인은 권총으로 표적을 못 맞히는 일이 결코 없었고, 총독은 그에게서 겨우 몇 미터밖에 떨어져 있지 않으리라는 것이었다. 그렇게 되면 테러리즘의 문제는 원칙의 차원이 아니라 매우 구체적으로 제기될 것이었다.

"넌 체포될 거야, 앵."

"그리고 나는 사형을 당하겠지."

"네가 그를 죽이게 되면 사형당하겠지. 그리고 사형이 아니라면 상황은 악화될 거야. 왜냐하면 결국 우리를 적으로 간주할 구실을 갖게 될 테니까."

"드장 말이 옳아."

"우리가 아무 일도 하지 않는다면 바뀌는 건 아무것도 없을 거야."

"아무 일도 하지 말아야 한다고는 안 했어. 단지 무슨 일이든지 무조건 해서는 안 된다는 것이지."

"특히 시기를 고려하지 않고 무슨 일이든지 해서는 안 돼. 상하이에서의 행동이 아무짝에도 쓸모가 없었다는 것을 생각해 봐."

"어쨌든 그들에게 우리 애국지사들은 단지 도적이거나 살인자들일 뿐이야."

"효과적인 살인자가 될 필요가 있어."

언제나 단호한 방식을 지지하는 말로가 결단을 내리듯 말했다.

또다시 힘이 필요했다! 전화벨이 울렸다. 모냉은 활기찬 동작으로 수화기를 들었고 귀기울여 듣고 감사의 말을 하더니 전화를 끊었다. 앵이 제안한 살인 계획에 대해 결론 없는 토론으로 시간을 허비하는 건 무의미한 일이었다. 살해 기도는 불가능해졌던 것이다. 정보원들 중 한 명이 변호사에게 막 알려온 바에 따르면 몽기요가 방문하는 동안 어떠한 공식 행사도 없다는 것이었다…….

클라라는 갈수록 안남인들과 사이가 더 좋아졌다. 그녀는 혼혈인들의 문제점들을 알게 되었다. 말로는 달랐다. 그들이 희생자이기 때문에 원주민들의 편에 서 있었지만 원주민들이 보여주는 수동적인 태도에 그는 실망했다. 사실 말로는 원주민들을 진정으로 좋아하지는 않았다. 언제나 그의 관심을 끄는 것은 중국이었는데, 그곳은 너무나 멀리 있었다…….

"그들은 내게 재정적으로 지원을 해주고 있어. 더 이상 신문 발행을 보장해 줄 수가 없네. 날 용서하게, 나로선 어쩔 수가 없네."

1925년 8월 14일에 뱅이 굴복했다.

바로 그것이 그들이 꾸미고 있던 음모였다! 며칠 전부터 언뜻 보기에도 다를의 음험한 미소가 늘어가고 있었다. '수뢰(收賂)' 및 기타 '적절치 않은 방법'을 쓴 '중국 공산당원에게 팔린 폴 모냉'에 대해 신랄함을 더해 가는 〈랭파르시알〉지 기사는 광둥에서의 민족주의 운동의 고조 앞에서 느끼는 갑작스런 공포보다도 훨씬 분명한 무언가에 의해 설명되었다.

상처 입은 자존심으로 부글부글 속이 끓는 말로는 갑자기 실존하지 않는 특공대의 대장으로 변모했다.

"우리보고 '강도들' 이라니까 그런 식으로 행동합시다! 싸울 준비를 합시다. 도시 인쇄소에 부족한 설비들을 무력으로 징발합시다. 〈랭 파르시알〉의 인쇄기들을 징발합시다. 사이공에 있는 안남인 식자공들은 우리를 돕기만 바라고 있습니다. 결국 문제가 되고 있는 것은 그들의 자유이니까요."

"앙드레, 아무 말이나 해서는 안 되네!"

"무슨 말인가, 아무 말이라니! 아무튼 우리는 아무런 대응 없이 우리 목이 졸리도록 놓아두지는 않을 걸세!"

"대응한다는 것은 허세를 부리는 것이 아니에요. 그런 것은 신물이 나요. 전 다른 공기를 마시러 가겠어요. 안녕⋯⋯."

그러고 나서 클라라는 방을 나와 아편을 피우며 이 부조리한 대화를 잊으려 했다. 모냉은 논쟁을 말리려고 애썼다. 덫이 놓여 있음을 감지한 그는 후배 말로에게 경솔하게 그 일에 뛰어들지 말라고 충고했다.

"그들이 노리는 것이 바로 그것일세. 그들에게 그런 기쁨을 주지 말아야지. 별장에 인쇄기를 설치하는 데는 찬성일세. 하지만 우선 인쇄기를 찾아야 해. 그것을 훔쳐서는 안 되네. 또 인쇄 활자들도 있군. 쓸 만한 장비들은 모두 몰수되어서 우리가 얻을 수 있을지는 매우 의심스럽네."

"장비를 홍콩에서 구입하면 되네! 우리는 광저우까지도 갈 수 있을 걸세. 그 도시를 아시아 혁명의 진앙지로 묘사했던 사람이 바로 자네 아니었나, 폴?"

"맞아, 하지만 시간이 촉박해. 현재 내가 있어야 할 곳은 이곳이야. 그러니 자네가 짐을 싸서 홍콩으로 가게. 그리고 거기서 그 빌어먹을 활자들을 가져오게."

몇 주 전부터 파업으로 마비된 채, 광저우의 민족주의자 정부가 주도하는 보이콧으로 위협받고 있는 영국의 식민지 홍콩은 전쟁 일보 직전의 상태에 처해 있었다. 승무원들이 제한된 범위 내에서 공시하는 무선 전보를 통해 영국과 중국 간 대결의 반향이 말로와 클라라가 타고 있던 선박에까지 도달했다.*

증기선의 영국인 선장은 자신의 배가 '모든 안남인들 가운데 가장 과격한 공산주의자'인 앙드레 말로라는 인물을 태우고 있음을 알리는 전언에 걱정하면서 사이공으로부터 받은 마지막 전보가 발표되지 않도록 신중을 기했다. 아주 신중히 그는 그 귀중한 정보를 홍콩의 특수부로 다시 전송했다.

다행히도 클라라가 갖고 있는 여성으로서의 매력과 흠잡을 데 없이 완벽한 영어가 기적을 일으켰다. 영국 여왕의 존경할 만한 신하 한 사람이 그녀에게 무심코 그 일화를 알려주었던 것이다. 들뜨고 수다스러운 태도에도 불구하고 끌리는 데가 있는 이 프랑스인이 바로 문제의 그 '공산주의자'라는 것을 그 신하는 상상할 수 없었던 것이다!

중국인 항만 노동자들이 팔장을 낀 채 조금씩 목을 조르고 있는 이 영국의 식민지에는 폭풍 전야의 고요함이 감돌고 있었다. 태양빛 아래 짐꾼들은 굳어 있는 것 같았다. 무더위 속에서 백인들은 고생을 하며 땀을 흘리고 있었고 황인종들은 백인들이 체면을 구기는 것을 바라보고 있었다. 긴 반바지를 입고 있고 주근깨가 나 있는 건장한 영국인들 몇몇이 고깃덩어리들과 쌀자루들, 술통들을 수레로 나르고 있었다. 그것은 총칼 없는 전쟁이었으며, 가장 끔찍한 전투보다도 더욱 나쁜 것

---

* 말로의 첫번째 소설 《정복자 Les Conquérants》는 총파업을 알리는 무선 전보로써 시작된다.

이었다. 하지만 손수레들은 파업중이 아니었다.

국가 비밀 정치 경찰인 특수부는 굳은 각오로 이들 부부를 기다렸다. 말로와 클라라가 호텔에 짐을 풀자마자 아시아계 형사들이 그들을 쫓아다니기 시작했다. 클라라는 그들 중 한 명과 마음이 통해서 불가침 조약을 맺었다. 그 형사가 클라라에게 시내에 들를 수 있게 해주는 대신, 그녀는 자신의 이동을 미리 그에게 알려준다는 것이었다. 말로는 마카오의 연회에 있었다. 그곳에선 도박과 돈, 쉴새없이 손짓발짓을 하는 사람들, 커튼 뒤에 숨어서 자신들의 몸속에 정액을 배설하러 올 손님을 가족과 함께 애타게 기다리는 계집아이들이 있었다. 이곳에선 모든 것이 구매되고 판매되었다.*

서양의 중국 연구 선구자라 할 마테오 리치 신부의 제자들인 예수회 신부들이 〈인도차이나〉 지를 곤경에서 구해 주게 된다. 광고를 통해서 말로와 클라라는 이들 신부들이 중고 활자 한 벌을 판매한다는 것을 알았다. 가격은 물론 적당했다.

"뜻밖이군!"

말로가 울부짖듯 소리쳤다.

여러 날을 기다리는 동안 말로는 신경이 곤두섰다.

그들은 서둘러 달려갔다. 처음엔 걷다가 이내 인력거를 탔다. 수도원은 언덕 중간에 자리잡고 있었다. 그들은 계단과 꼬불꼬불하게 올라가는 골목길을 지나 그곳으로 접근했다. 쓸모없는 자재를 치우게 된데 대해 몹시 만족한 예수회 신부들은 아무런 질문도 하지 않았다. 첫번째 활자 케이스는 말로와 클라라 부부의 짐과 함께 가져오다 사이공에서 아르누의 부하들에게 압수당하게 된다! 그러나 친절한 신부들이

* 이 장면은 《왕도》의 몇 구절에 영감을 주게 된다.

일반 화물로 부쳐준 두번째 것은 모든 관문들을 통과하게 되었다.

　새로운 신문은 기술적인 면에서 상실한 것을 공격적인 측면에서 얻어들였다. 강조에 쓰이는 활자들은 홍콩 활자들과 크기가 같지 않았다. 희끄무레한 종이는 예전의 〈인도차이나〉 판과 같이 매끄러운 느낌이 전혀 나지 않았고, 모냉의 베란다 한가운데 설치된 인쇄기는 별장 전체를 뒤흔드는 데 그치지 않았다. 메카노(금속제 장난감 조립품 상품명-역주)사의 거대한 장난감처럼 여기저기서 긁어모아 조립된 것이라 고장이 끊이지 않았던 것이다. 실망한 드장 드 라 바티는 모든 사태를 해결하기 위해 〈사슬에 매인 인도차이나 *L'Indochine enchaînée*〉 지의 경영을 포기했는데, 그가 은귀옌 안 닌의 혁명 주간지 〈깨진 종 *La Cloche fêlée*〉의 경영을 맡았다는 것을 알고 있기에 어느 누구도 그를 비겁하다고 질책할 수 없었다.

　〈사슬에 매인 인도차이나〉 지는 모든 역경을 뚫고 11월 4일 첫 호가 나왔다. 말로는 바로 전날 스물네 번째 생일을 맞았다. 점점 쌓여만 가는 어려움과 사라져가는 희망을 확인이라도 하듯 사설들은 필사적인 소리를 내질렀다. 말로는 물어뜯고, 할퀴고, 찌르고, 베었다. 그는 추잡한 횡령 사건으로 인해 프놈펜에서의 소송을 지켜보고, 그럼으로써 식민지 법원과의 몇 가지 셈을 해결하기 위한 법원 시평 담당자가 될 때까지 그랬다.

　우리는 이런 사실을 반복해서 말할 수 없을 것이다. 여러 가지 법규는 식민지에 공표되기에 앞서 개정될 필요가 있을 것이다. 예컨대 나는 다음과 같은 원칙에 의거한 법규를 바란다.

　1. 모든 피고인은 머리가 잘릴 것이다.

2. 그런 다음에 그는 변호사의 변호를 받을 것이다

3. 변호사는 머리가 잘릴 것이다.

4. 그리고 계속해서…….

그는 패소했지만 그로 인해 저명 인사의 명단에 오른 것 같았다. 충격 효과는 사라졌다. 〈사슬에 매인 인도차이나〉 지는 점점 더 읽을 수 없을 정도가 되었고 점점 판매가 부진해졌다. 모든 면에서 완전한 실패였다. 베트남 민족주의자들과 공산주의자들은 똑같이 신문 그룹과 거리를 유지했고, 한편 이미 희귀종이 되어버린 프랑스 자유주의자들은 보복이 두려워서 식민지의 차단선을 더 이상 뛰어넘지 못했다.

모냉이 광저우에 가자고 말하는 횟수는 점점 더 줄어들었는데, 며칠 전까지도 말로는 그것을 바람직한 것으로 보았지만 이제는 거의 직책의 포기로 간주하였다―모험가들은 결코 가정을 가져서는 안 될 것이리라. 하지만 모냉은 적들이 보기엔 여전히 위험한 인물이었다. 어느 날 오후 모냉이 모기장 아래서 잠을 자고 있을 때 그는 식은땀을 흘리며 잠에서 깨어났다. 그의 눈앞에 안남인 한 사람이 손에 면도칼을 들고 서 있었던 것이다.

"무엇을 원하나?"

모냉은 윗옷을 벗은 채 벌떡 일어서며 소리쳤다.

"아무것도 아닙니다, 사장님!"

누군지 모를 그 안남인은 신음 소리를 내며 별다른 요구를 하지 않고 도망쳤다. 자신의 눈을 똑바로 바라보고 있는 누군가의 목에 칼을 꽂는다는 것은 어려운 일이었기 때문이다.*

이 실패한 살해 기도는 경고의 의미가 있었다. 상황은 실패라 할 만했다. 모냉으로서는 자신의 커다란 꿈, 즉 프랑스인과 안남인, 그리고 중국인들을 형제애로 결합시키려는 꿈을 실현해 보지도 못하고 2년 후 열병에 걸려 죽게 되기 때문이다. 말로에게도 그것은 실패였다. 그렇게 되기를 열렬히 바랐지만 말로는 인도차이나의 운명에 아무런 영향도 미치지 못했던 것이다.

까다로운 아시아였다. 그곳에서 다시 체면을 살려야 했다. 자신을 따라왔던 사람들에게 자신이 그다지 인내심 있는 사람이 아니라고, 흥분이 가라앉자 피로하고 사기가 저하되었다고 어떻게 고백할 수 있을 것인가? 문학이 자신에게 남은 유일한 출구라는 것을 어떻게 털어놓을 수 있을 것인가? 말로는 감히 그렇게 하지 못하고 거짓말 속으로 도피했다.

"우리는 안남인들에게 유리한 청원에 노동자 대중이 서명하게끔 해야만 한다. 아직도 약간의 관대함을 갖고 있는 우리 작가들—그들의 수는 많다—은 그들을 사랑하는 사람들에게 호소해야 한다. 대중들이 목소리를 크게 높이고 그 무거운 고통, 즉 인도차이나 평원을 짓누르고 있는 그 절망적인 불안의 해소를 요구해야만 한다. 우리는 자유를 획득하게 될 것인가? 아직은 알 수 없다. 적어도 약간의 자유는 획득하게 될 것이다. 그것이 내가 프랑스로 떠나는 이유다."

말로는 12월 말 〈사슬에 매인 인도차이나〉지의 마지막 호에서 이렇게 외쳤다.

---

* 이 실패한 살해 기도는 《인간의 조건》의 첫 장면에 영감을 주게 된다. 거기서 첸은 모기장 너머에 잠들어 있는 무기 밀매상을 칼로 찌른다.

제5장

참여 작가

L'écrivain engagé

문학적 영광에는 또한 그럴 만한 이유가 있었다. 쩌렁쩌렁한 선언을 하고 난 지 6개월 후 전보다는 덜 화려하지만 보다 더 실천적인 모습이 된 말로는 바다에서의 사색의 결과를 베르나르 그라세에게 넘겨주었다. 돌아오는 길에 그는 메사주리사의 해운 증기선 2등 칸에서 낮 시간을 보냈다. 그곳은 편안하지 못한 선실이었는데, 너무나 긴 항해에 싫증이 난 어린아이들이 가짜 융단을 씌운 탁자와 가구들 사이에서 숨바꼭질을 하곤 했다.

무감동한 말로는 이러한 동요에 전혀 주의를 기울이지 않았다. 자기 자신의 혼란만으로도 그에겐 충분했던 것이다. 그는 글을 쓰고 있었다. 그의 원고는 어쩌면 그렇게 뒤죽박죽이었던가! 178쪽에 달하는 글들이 9개의 서로 다른 종이들 위에 씌어졌다. 끝이 둥글게 닳아빠진 학생용 공책, 같은 크기의 장부책, 메사주리와 〈인도차이나〉, 콘티넨탈 호텔의 주소가 찍혀 있는 종이들.

나비넥타이를 맨 편집인은 깜짝 놀라서, 혹은 놀란 척하는 멋진 연기를 하면서, 빗으로 잘 빗은 자신의 검은색 콧수염을 만지작거렸다. 그는 실망한 듯한 표정이었다.

"그런데 말로 씨, 이해가 되지 않는군요! 당신이 10월 4일에 보낸 편지에는 세 사람의 등장인물이 있다고 하시지 않았습니까?"

"이젠 둘입니다. 등장인물 중 인도인을 없앴지요. 이야기의 명확성에 해가 되었거든요."

늙은 무법자는 믿을 수 없다는 눈길을 보냈다. 그라세는 노련한 사람이었다. 1907년 이래 그의 출판사가 백병전으로 돌입했을 때도 그는 어떻게 처신해야 할지를 알고 있었다. '이야기의 명확성'이라······. 그것은 말하자면 시대에 굉장히 뒤처진 작가라는 뜻이었다. 간디와 동향의 인도인이 말로가 일으킨 소란 속에서 완전히 사라졌다는 것은 아주 솔직하게 말하자면 시간이 없기 때문이었다. 게다가 자신의 문장을 과대평가하지만 쓸 줄 모르는 그는 모냉이 좋아했던 것과 유사한 궐련용 파이프에서 쉴새없이 뿜어져 나오는 연기의 소용돌이를 피하며 한숨을 쉬었다.

"좋습니다. 그 원고를 놓아두십시오. 검토해 보도록 하겠습니다. 그에 대해서는 나중에 이야기합시다."

말로가 그 방에서 나오자마자 그라세는 좀더 자세히 알고 싶은 호기심에서 그 원고에 빠져들었다. 대충 아무 곳이나 펼치고 읽어보았다. 그는 신진 작가의 몇 가지 결정적인 형식과 씨름하고 있었기 때문이었다. 문체는 제법 잘 다듬어졌군. 뭔가 끄집어낼 것이 분명이 있겠는데……. 약간 거칠기는 하지만. 계약서엔 뭐라고 씌어 있지? 만 부 인쇄에 언론용 400부라……, 제기랄.

그는 체념하고 받아들이게 된다. 그라세는 미친 사람도 귀가 먹은 사람도 아니었다. 말로에 관한 무성한 소문들이 이 문학 출판의 대가를 매혹했다. 인도차이나의 국민당 대표, 젊은 안남당의 지도위원, 광둥에서 보로딘 휘하의 선전요원. 그것은 프랑스-아시아의 가리발디(Garibaldi: 19세기 이탈리아 통일 운동에 공헌한 군인, 정치가. 1807~1882-역주)의 전기였다. 허풍의 대가인 말로가 신비스런 태도와 암시, 거짓 비밀 이야기들, 상당량의 웃음, 조건부 동의 따위를 사용하여 공들여 만든 것이었다. 그라세는 손을 비볐다. 그는 자신이 책을 만들어주는 사람들의 이미지를 누구 못지 않게 그릴 줄 아는 사람이었다. 그라세는 이미 발간 전략을 세워놓고 있었다. 그것은 '환상'이었다. 이국적인 취향은 사건을 일으킬 것이고, 그 사건은 전설을 만들어낼 것이며, 그 전설은 대량 판매를 낳을 것이다. 신이 허락한다면 말이다.

하지만 진정으로 신이 그렇게 되기를 원할 것인가? 그라세가 걱정하는 것은 《서양의 유혹 La Tentation de l'Occident》이라는 제목이 붙은 일 대 일의 편지체가 갖는 너무나 맥빠진 구조였다. 그것은 '수많은 동포들이 겪고 있는 서양 문화에 대한 호기심에 사로잡힌' 스물세 살의 중국인 링과 '중국의 작품들에 대해 다소간의 지식을 갖고 있는' 스물다섯 살의 프랑스인 A.D. 사이의 편지였다. 문체가 문제였다. 너무나 돌출하고 싶어하는 말로의 문체는 자주 길을 잃고 헤매곤 했기 때문이었다.

방향을 유지하는 사람이 적어도 한 사람은 있었다. 그라세의 오른팔 격인 다니엘 알레비였다. 그라세는 그를 좋아했다. 아직까지 말로의 문체를 반쯤밖에 드러내지 못하고 있는 텍스트 뒤에서, 니체의 전기를 썼던 이 작가는 스스로를 모색하고 있는 작가를 감지했다. 그리고 이렇게 말했다.

"이것은 첫번째 책에 불과합니다. 이 책은 그에게 명성을 얻게 해줄 것입니다."

"신중하게. 내가 필요로 했던 것은 진짜 소설이라구……."

"말로는 우리에게 훌륭한 소설을 건네줄 겁니다. 그와 함께 이야기를 해보았는데, 그는 벌써 두 개의 계획을 진행시키고 있더군요. 그것은 우리가 하고 있는 풍습의 연구와 심리 연구를 변화시키게 될 것입니다."

"그가 하는 말을 자네가 이해했다는 것인가?"

"말로가 다소 불분명하다는 것은 인정합니다. 하지만 그는 확고한 입지를 갖고 있습니다. 마씨(Massis: 프랑스 작가. 1886~1970 — 역주)가 쓴《서양의 옹호 *Défense de l'Occident*》에 대항해서 논쟁을 벌이겠다는 그의 생각이 마음에 듭니다.《신프랑스 평론 *La Nouvelle Revue Française*》지가 마씨를 얼마나 싫어하는지 당신도 아시지 않습니까."

그라세 역시 앙드레 지드가 만드는《신프랑스 평론》—줄여서 NRF라고 부르는—의 출판을 그다지 좋아하지 않았다. 그는 그 잡지를 출판하고 있는 자신의 강력한 적수 가스통 갈리마르를 싫어했다. 하지만 온 천하가 다 알고 있듯이 이들 경쟁 상대 간의 적대감은 플롱 출판사의 문학 책임자이자 〈르뷔 유니베르셀 *Revue universelle*〉지의 대표적 사상가인 앙리 마씨가 갈리마르의 '지드 패거리'에 대해 갖고 있는 혐오감에는 비교할 수 없을 것이다. 모라스의 왕당파적인 논문을 지지하는 이 작가는 모든 면에서 NRF 측과 대립하였다. 정치 사상, 문학적인 삶의 개념, 그리고 단순히 인생에 대한 생각까지도 달랐다. 마씨의 반(反)동양주의적이고 반독일적인 시론(그의 머릿속에서 이들 둘은 밀접하게 연결되어 있다)이 《서양의 옹호》라는 제목으로 여기저기서 발표되었기 때문에 말로는 자신의 작품에 대해 관심을 끌기 위한 논쟁을 일으킬 것을 미리 제안했던 것이며, 그에 따라 자기 작품의 제목을 선택했던 것이다.*

《신프랑스 평론》을 말하는 거요?"

그라세가 물었다.

"아를랑은 말로와 친한 친구입니다. 그가 얼마나 갈리마르 사람들과 잘 지내는지 당신도 아시지요? 폴랑 역시 흥미가 있는 듯합니다. 단행본으로 출간하기 전에 잡지에 일부를 싣는 것이 가능할 것 같습니다. 그 책이 편지로 씌어져 있다는 것은 적어도 발췌본을 선택하기 쉽다는 이점이 있습니다."

"당신 말이 사실이기를! 내 작가들 중 한 사람을 갈리마르와 《신프랑스 평론》을 통해 책을 발간하게 한다는 것은 정말이지 우스운 일인 것 같소. 마씨의 얼굴이 보이는 것 같구려."

《서양의 유혹》은 알레비에게 할당된 영역인 '녹색 수첩(Cahiers verts)' 총서 속에서 발간된다. 특히 가장 주요한 관심사는 행동을 빨리해야 한다는 것이었는데, 그 점에 대해서는 모두의 의견이 일치했

---

* 말로가 베르나르 그라세의 오른팔격인 루이 브룅과 벌였던 논쟁에 토대를 둔 매우 현대적인 발간 전략을 내비친 것은 1925년 사이공에서 부친 편지에서다. 하지만 이러한 전략은 그 목적을 달성하지 못했는데, 《서양의 유혹》은 알레비가 맡고 있는 '녹색 수첩' 총서의 하나로 1926년 7월에 발간되고 《서양의 옹호》는 플롱 출판사에서 1927년에야 발간되기 때문이다.

다. 정기 간행물이 잘 팔리지 않을 때 말로는 아시아에서 돌아왔고, 과소평가된 그는 이미 문학 시장에서 더 이상 통용되지 않을 것이기 때문이었다. 여름 이전에는 책을 발간해야 했다. 말로는 쓸데없는 대목들—거의 4분의 1 분량이었다—을 대폭 삭제해야 했고 최종적으로 보다 간결한, 반복적인 표현이 보다 적은 소책자를 제공해야 했다. 그 사이에 편집자는 신진 작가의 혁명적인 영웅 전설을 확고히 하는 데 몰두했다.

이러한 모든 수고에 돈을 지불할 가치가 있고, 어찌 되었든 간에 결국 원고가 거기 있기 때문에 그라세는 말로에게 3000프랑의 대금을 지불했다. 정말이지 가뭄 끝에 단비 같은 돈이었다.

"떠납시다."

말로는 반박의 여지가 없는 어조로 클라라에게 말했다.

"지금 당장이요?"

"아니, 내일 말이오. 당신은 읽던 것이나 계속 읽으시오. 나도 생각할 것이 있으니까. 나는 오스틴 바에 가야겠소. 오늘 저녁식사 때 만납시다. 라일락 무도회장에서 봅시다. 8시까지 늦지 말아요. 그리고 짐을 싸는 것도 잊지 말고. 새집이 우리를 기다리고 있으니까……."

마침내 선언이 이루어졌고 결과가 따랐다! 그들은 에펠 탑과 지상의 지하철이 보이는 파씨 가의 하숙집을 떠나 보다 쾌적한 뮈라 가의 '두 칸 반짜리' 집으로 이사했다. 그곳에선 상자들이 가구를 대신하게 된다. 아시아에서 가져온 몇 개의 골동품들이 장식품을 대신했다. 스물네 살의 말로는 까다롭기보다는 야심에 차 있었다. 그는 또한 돈을 몹시 필요로 했다. 아주 새로운 양복에서 트위드 모직 천으로 만든 조끼까지, 값비싼 넥타이에서 친구들과의 술을 곁들인 식사에 이르기까지 그라세가 준 3000프랑이라는 돈은 오래지 않아 모두 사라졌다. 말로가 과음하는 습성을 얻게 된 만큼 더욱더 해로운 상황이었고, 그가 자신과 함께 미식을 즐기는 사람들의 비위를 맞추기는 했지만 그와 동시에 위스키는 이미 두둑하지 않은 지갑을 더욱 얄팍하게 만들었다.

성공이 찾아올 때까지 그는 돈을 절대적으로 늘려야만 했다. 그로 인해 슈바송을 다시 움직이게 할 생각을 했다. 프놈펜과 사이공 이후로 맥빠진 슈바송은 무위도식하고 있었다. 그를 무기력에서 끌어내야 했다. 그 불쌍한 친구는 라 로통드(파리 몽파르나스 가에 있는 카페-역주)에서 자동판매기의 짤깍거리는 금속성 소리 속에 파묻혀 지내고 있었다. 특징 없는 옷을 입고 있는 그는 은행원 같았다.

"뭘 마실 텐가?"

"음…… 포르토 한 잔. 아니, 쉬즈 한 잔."

"위스키 한 잔과 쉬즈 한 잔 주시오. 좋아, 루이, 새로운 소식이 있네. 다시 내 동업자가 되어주게."

"동업자라고?"

슈바송은 신음하듯 말하며 지난날의 무모한 출정을 생각하고 몸을 움츠렸다.

다행히도 목록에 올라 있지 않은 사원을 약탈하는 것은 아니었다.

"분명하게 매듭짓도록 하세. 우리가 함께 설립할 출판사 이름은 '아 라 스페르'가 될 걸세. 거기서 그림이 많이 들어간 멋진 책들을 출판할 거야. 한정판을 낼 것이고 작가들은 확정되었네. 모랑, 폴 발레리, 그리고 모리악이 벌써 내 의견에 동의했네. 그림 쪽은 아마 갈라니스가 될 거야. 그도 역시 동의했지. 나는 방금 코르토 가에서 오는 길일세."

"아, 그렇군. 그럼 우리는 갈라니스의 집에 자리를 잡게 되는 건가?"

"아니야, 우리 집이야, 자네 쉬즈는 안 마실 텐가?"

뮈라 가는 '아 라 스페르' 출판사의 본부를 수용할 만한 특성을 갖고 있지 않았다. 격식을 차리지 않고 말하자면 그곳은 질서 정연한 곳이었다. 122번지에서 모든 사람들이 재회했다. 딸과 사위가 오기 전 골드슈미트 부인은 이미 그곳의 방 다섯 개짜리의 편안한 집에서 살고 있었다. 자신의 위엄에 타격을 받은 부인은 그 후로 딸도 사위도 모르는 척했다. 그것이 클라라를 슬프게 했지만, 말로에게는 즐거운 일이었다. 말로가 샬레가에서 식객이었던 그 '부끄러운' 시기를 몰아내는 편리한 방법이었다. 베르트, 마리 아주머니, 그리고 아드리아나 할머니도 몽파르나스를 떠나서 뮈라 가로 이사했다. 재정 상태 때문에 말로는 어린 시절의 괴로움을 끝까지 참고 견딜 수밖에 없었다. 날마다 그는 이들 여인네들과 함께 정성껏 차린 식사를 했는데, 신경이 극도로 날카로운 그는 그것을 두고 '수치'를 더하는 것으로 간주했다.

다행스러운 것은 페르낭이 있다는 것이었다. 말로는 때때로 뤼벡 가에 있는 그의 집에서 점심을 먹었다. 릴레트와 두 이복동생들인 롤랑과 클로드는 그를 뜨겁게 맞아주곤 했다. 모두가 '키주'라는 별명으로 부르는 롤랑은 많이 자라 있었다. 재치 있고 호기심 많고 적극적인 성격의 롤랑은 형 말로가 아시아에서 겪었던 모험 이야기를 지겨워하지 않았다. 페르낭도 변한 것이 없었다. 속을 알 수 없는 아버지 페르낭은 항상 모델처럼 보였다. 그는 적어도 경험상으로 삶이 얼마나 비극적인 것인가를 알고 있었다.

"그렇다면 인도차이나에서는 벗어난 거냐?"

"아시아에서는 벗어날 수 없어요. 아버지, 저는 거기서 많은 것을 배우고 있어요."

"내가 너만 했을 때는 새로운 세기가 막 시작되려 하고 있었고, 너는 아직 태어나지도 않았지. 나는 마흔 살이 되어서야 비로소 전쟁을 목격했단다. 넌 이미 전쟁을 겪은 것 같구나……."

"똑같진 않아요."

"전쟁이란 모두가 비슷해. 네 전쟁들이 너를 어디로 이끌는지는 아무도 모르는 거야. 넌 정말 이상한 종자들의 집에 자주 출입하더구나."

지드를 말하는 것이었다. 말로는 지드를 항상 클로델에 버금가는 작가라고 여겨왔다. 계승자들 중에서 가장 모순적이라 해도 말로가 보기에 지드는 가장 정통성을 가진 바레스의 후계자였다. 게다가 그는 현대문학의 기함(旗艦)인 《신프랑스 평론》지를 내고 있었다. 자기보다 나이가 위인 지드에게서 자신의 문학 세대와 이전 세대 간의 생생한 결합을 말로는 보고 있었다.[*]

지드도 말로에 대해서 상당히 호의적으로 말을 했다. 우선 그는 프놈펜의 곤경에서 말로를 구출하기 위한 〈문학 소식 *Nouvelles littéraires*〉지의 청원서에 서명을 했다. 그러고는 그를 구하기 위해 개인적으로 비행기를 탔다. 법정에서는 피고의 초기 신문기사에서 '독특한 혜안과 통찰력'을 밝혀내는 그 위대한 작가의 편지가 읽혀졌다. 그러자 '아름다운 식민지' 인도차이나의 언론은 말로를 지드의 '정부(情夫)'라고 불렀다. 언론이 결코 농담으로 그런 것이 아니었다. 그만큼 그는 섹스

---

[*] '문학 공화국'의 수많은 장관들처럼, 말로는 점점 더 젊어지는 아이들에 대해 선생이 말하는 취미만큼이나 답답한 세부 묘사에는 무관심한 듯하다.

에 사로잡혀 있었다.

그가 그 괴짜를 만나고 싶어한다는 것은 놀라운 일이 아니었다.

"내가 그 일을 맡겠소."

마르셀 아를랑이 단호히 말했다.

《신프랑스 평론》지의 책임 편집자인 장 폴랑에 의해 그 잡지의 집행부에 새로 가입된 그는 정말 이상적인 중재자였다. 비외 콜롱비에 극장 출구로 약속 장소가 잡혔다. 짐작하듯이 그 순간은 기억할 만한 것이었다. 지드가 나타났다. 보다 정확히 말하자면, 그의 금욕적인 얼굴이 냄새나는 브리오슈 빵 뒤로 사라졌다. 그는 자기 입 속에 브리오슈 빵의 둥근 부분을 물고 있었던 것이다. 자신을 찬미하는 사람과 악수를 나누기에 앞서 지드는 어색한 몸짓으로 입에서 빵을 꺼냈다. 빵부스러기가 우수수 땅으로 떨어졌다. 지드가 미소를 띠며 말했다.

"전 당신을 조금 다르게 상상하고 있었습니다. 이건 그다지 독창적이지 못하군요. 빵 좀 드시겠습니까?"

말로를 위해 그가 브리오슈 빵을 준 것이다! 그것은 본론으로 들어가기 위한 행동이었다. 지드는 형식을 중시하는 사람이 아니었다. 쉰일곱 살의 그 예외적인 작가는 문학적으로 냉혈한 같은 태도가 전혀없었다. 그는 자신과 취향이 같지 않다는 것을 쉽게 받아들였다. 서로 간의 존경으로부터 곧 우정이 솟아나게 될 터였다. 하지만 차이점이 얼마나 많은가! 연장자인 지드는 펜을 손에 든 채 오로지 완벽한 형식미를 탐구하기 위해 살아왔을 뿐이고, 말로는 위대한 작가를 구분하게 하는 그 유일한 어조, 그윽한 목소리를 그에게서 끌어내고자 열망할 뿐이었다. 그들의 첫 대화에는 신랄한 면이 적지 않았다. 그것은 결투였지만 상대방이 다치지 않도록 칼끝에 가죽 뭉치를 대고 벌이는 결투였다. 지드의 제5자세에 의한 공격이 있었고, 말로의 제3자세에 의한 방어가 이어졌다.

"다눈치오의 낭만주의적 순응주의는 지긋지긋하오. 그가 책들을 내는 것으로 그쳤으면 더 좋았을 텐데 말이오."

"당신은 이탈리아의 역사 속에서 어떤 역할을 하고자 한 그의 의지를 비난하시는 건가요?"

"하지만 말로 씨, 문학보다 상위에 무언가를 놓는 작가란 끔찍한 일이오!"

"행동은요……."

"아니, 행동이라니요! 그런 것은 무솔리니에게나 넘기라고 하시오. 그들 검은 셔츠의 사나이들은 행동이 무엇인지 알고 있었을 거요. 그것이 그들의 국가를 어디로 인도했는지 아시잖소. 아니오, 말로 씨. 문학입니다. 문학만이……."

그들이 가장 자주 만난 곳은 《신프랑스 평론》지의 본부가 있는 그르넬 가였다. 성자 중의 성자 지드의 아파트는 아직까지 말로에게 개방되지 않았다. 《지상의 양식 *Nourritures terrestres*》을 쓴 그 작가를 뭐라 가에 초대할 것인가? 말로는 아마 너무나 부끄러웠던 것 같다. 클라라의 손길을 못 받은 부엌을 허물 없이 받아들일 수 있는 자기 또래의 시인들과 예술가들만이 그 보헤미안의 소굴 속으로 들어가는 것이 허락되었다. 그들 가운데 첫번째 지위를 가진 이는 슈바송과 파스칼 피아였다.

불을 피우지 않아도 따뜻한 저녁 나절이었다. 그런 날이면 그는 종종 동료들과 대립되었다. 자신의 재능을 전혀 알아주지 못하는 데 마음이 상한 클라라―그들이 이혼한 이후에야 비로소 클라라의 재능은 인정받게 된다—는 갈수록 길어져만 가는 끝없는 장광설을 그가 혼자서 독점하지 못하게 하려 했다. 그녀가 할 수 있는 한 자주 강하게 주장하는 것, 그것은 독일의 문학과 철학이 시사성이 있다는 것이었다. 예전의 그녀는 보다 더 스캔들을 불러일으킬 만한 주제에 대해 대화가 진행되게끔 했다. 성적 자유, 아편, 낙태의 권리 같은 것이 그것인데, 그녀는 뭐라 가 주변에 일종의 낙태 전문 산파들의 조직을 구성함으로써 낙태를 실행하려고도 했다. 하지만 승부가 되지 않았다. 사람들은 말로의 말을 들었다. 그가 사람들의 마음을 휘어잡았던 것이다. 그러자 격렬한 성격의 그녀는 사람들과 격리되었고, 그녀가 하려고 하는 말을 말로가 거의 듣지 않았기 때문에 둘 사이에는 감정의 골이 조금씩 패기 시작했다.

지드에게는 기벽(奇癖)이 있었다. 그가 좋아하는 안락의자의 뒤쪽에는 전등불이 있어서 그와 대화하는 상대자의 눈을 부시게 만들었다. 어둠 속에 웅크린 채 즐거움에 싸여 눈을 찌푸리며 빛나는 머리를 가린 지드는 간략한 독촉으로써 어린 말로가 말을 길게 늘어놓게끔 유도했다.

"그러면, 죽음은요?"

죽음, 인간, 행동, 사상, 문화, 예술, 문학, 이러한 것들이 여러 시간 동안 말로가 말한 것들이었다. 지드는 말로에게 조셉 콘래드에 대한 자신의 취향을 함께하도록 만들었다. 갈리마르 출판사에서 출판한 콘래드의 작품들을 모두 감독하기 시작한 10년 전부터, 랑그독의 부르주아 출신인 지드는 추방당한 폴란드 애국자의 아들이자 유례없는 정직한 선원이고 놀라운 문필가인 콘래드에 대한 열정에 사로잡혀 있었다.

"그는 거칠면서 동시에 매력적인 사람이었지요. 하지만 고백하건대 편견으로 가득 차 있었어요. 그는 여성이 자기 글을 번역하는 걸 원하지 않았어요. 나는 1911년 카펠하우스에 그를 만나러 갔었지요. 아주 짧은 만남이었습니다. 그 다음해에도 마찬가지였고요. 나를 기쁘게 하기 위해서 그는 《배덕자 *L'Immoraliste*》를 읽었노라고 말했습니다. 나는 그가 거짓말을 한다고 의심했습니다. 그는 충분히 그럴 사람이었으니까요. 그가 자신의 모험담을 문학의 차원으로 어떻게 전환시킬 수 있었는지 놀라운 일입니다. 그가 하는 모든 이야기들은 사실이며, 동시에 그가 실제로 체험한 것과는 비교도 되지 않습니다. 사소한 것이라도 출발점이 될 수 있습니다. 《알마이어의 별장》을 보세요……."

"콘래드가 죽었을 때 저는 프놈펜과 사이공에 있었고 제 소송을 준비하고 있었습니다. 당신이 《신프랑스 평론》 지에 연재 형식으로 《어둠의 심장 *Cœur des ténèbres*》(조셉 콘래드의 소설—역주)을 싣고 있을 때 저는 파리에 들렀습니다만 그 작품에 그다지 주의를 기울이지 않았습니다. 인도차이나가 제 모든 정력을 사로잡고 있었기 때문입니다. 자신의 개인적인 모험담을 변환시킨다는 것은, 그것은 개인적인 것에서 보편적인 것으로 넘어갔다는 것을 의미합니다."

"그것이 바로 우리 모두가 추구하고 있는 것 아닌가요? 그것이야말로 특히 당신이 찾고 있는 것 아니겠습니까?"

"오르제스코바 부인은 영어로 쓴 편지에서 콘래드가 부모들의 입장을 '배신' 했다고 주장했습니다. 내 경우에도, 사이공에서 노예화된 언론이 그렇게 주장했습니다. 내가 안남인들을 지지하고 중국인들과 자주 어울렸다는 이유로 프랑스를 '배신' 했다는 것이었지요. 나는 단지 프랑스를 옹호하려 했을 뿐입니다. 사실과는 반대로 어느 누구도 경직되고 탐욕스런 프랑스를 필요로 하지 않았습니다."

"정치적 열정 따윈 상관없습니다. 사람들은 당신이 우리를 위해 로티에서 단순히 이국적인 이야기들을 준비하고 있다고 생각하니까요."

"정말 난 로티를 좋아합니다!"

"비할 데 없겠지요. 당신은 우리에게 더 멋지게 제시할 수 있을 겁니다, 말로 씨."

조소가 깔린 그의 이국풍으로부터 모험 소설을 추출해 내고 그것으로써 부조리, 숙명, 운명, 신비와 같은 형이상학적인 질문의 토대를 만들어냈다. 콘래드는 구멍을 냈고 말로는 그곳에 휩쓸려들게 된다. 끊임없이 괴롭히는 이러한 긴장, 묘사를 제작도로 변화시키는 이러한 방식, 믿을 수 없을 만큼 극적인 힘을 가진 이러한 장면들. 옛 선원은 꼭 필요한 것만을 암시하고 그 나머지는 독자들의 상상력에 맡겼다.

파리의 광장에는 가스통 갈리마르와 베르나르 그라세라는 두 명의 치열한 경쟁 상대만 있는 것은 아니었지만, 오를로주 부두의 자신의 집에 문학 살롱을 꾸려가고 있는 알레비는 전혀 분파적이지 않았다. 《신프랑스 평론》지의 기수이고 따라서 갈리마르의 기수이기도 한 지드와 맺기 시작한 우정에 대해 그는 전혀 신경을 쓰지 않았다. 얼마 전부터 말로와 에드가르 뒤 페롱 사이의 우정에서도 불편을 느끼지 않았다. 페롱은 파스칼 피아가 소개시켜 준, 자바 태생이고 문학에 심취한 젊은 네덜란드인이었다. '초록 수첩' 총서 발행인은 자신이 보유하고 있는 작가들을 화려하게 개화시키는 데 기여할 수 있는 모든 것을 좋아했다. 게다가 그는 본질적인 것에 대해서는 동의하고 있었다. 값비싼 탐미주의와 자기 자신에 대한 연민과는 상관없이 이야기를 쓰는 방식을 발견할 시간이 임박했던 것이다. 대중이 기다리고 있는 것이 바로 그것이었다.

"행동이라, 모든 것이 그 안에 있소. 당신은 그곳에 참여했소, 앙드레. 이제는 거기서 당신의 소설적 힘을 끌어내시오. 그 두 권의 위대한 책들은 그라세에게도 나에게도 빚진 바가 없소. 당신은 오직 당신 자신에게 그것을 빚지고 있는 것이오."

'광둥에서 총파업이 선포되었다.'

단순한 초등학생 노트였다. 표지에 우선 첫번째 제목을 써넣었다. '열강들'이었다. 말로는 그 제목을 지우고 '정복자'로 고쳐 적었다. 우울하고 기나긴 겨울이 지나간 다음 첫번째 돈이 들어오자 뮈라 가에 검은색 탁자를 들여놓을 수 있었고, 그 위에 크게 펼쳐놓은 그 노트가 그의 첫 소설의 원부(原簿)였다. 다른 원고들이 점차 그 소설을 풍부하게 만들게 된다. 그것은 열에 들뜨고 한없이 고통스러운 준비 작업이었고, 따라서 그가 선택한 건조하고 단속적인 방식의 글쓰기는 수차례에 걸쳐 탈진하게 하는 자상(自傷)을 강요했다.

형태만이 유일한 문제가 아니었다. 행동으로 몰입시키기 위해 독자를 사로잡는 것, 작전이 벌어지고 있는 무대에서 수만 리 떨어진 곳에 있을 때 과연 그것이 가능한 것인가? 1927년 3월, 세계의 운명을 좌우하는 중요한 역할을 하고 싶어하던 유럽인 말로는 류머티즘성 관절염의 막바지 고비 때문에 뮈라 가에 격리된 채 움직일 수 없는 상태에 이른 반면, 중국에서는 결정적인 사건들이 무르익어 가고 있었다.

파리, 푸앵카레 정부, 문학적 파벌들, 솜방망이로 치고받는 그들의 결투, 힘겹게 지내는 월말들, 뮈라 가. 상하이, 황푸 강, 외국 조계(租界)들, 중국인 거리 난타오, 노동자 거리 차페이, 거리 한가운데서 참수형을 당한 폭도들, 대나무 끝에 끼워졌거나 쟁반 위에 노출된 그들의 머리들. 아직 끝나지 않았지만 그의 소설은 점점 빨라지는 이야기에 의해 속도를 더해 갔다. 어제의 동맹인 공산주의자들에게 치명적인 덫을 놓기 위해서 국민당에 필요한 것은 오직 3주간의 짧은 시간뿐이었다. 아주 능숙하게 진행되는 무도회(습격, 함성 소리, 학살). 이틀에 걸친 전투, 수백 명의 사망자, 수천 명의 '실종자들'……. 압도적인 패배에 이어 크고 작은 수많은 패배가 잇따르고 그로 인해 공산화된 마오쩌둥이 나올 때까지 중국은 20년간 문을 닫게 된다.

'장제스는 중국 혁명을 배신했다!' 어제까지만 해도 젊은 민족주의 지도자를 극찬하던 〈위마니테 *L'Humanité*〉 지는 분노의 목소리를 높였다. 자신의 무기력에 분노하면서도 말로로서는 보로딘을 본뜬 장제스가 1925년 여름 광둥에서 전쟁 영주들과 영국인들에 대항했던 항쟁 주역들 중 한 명에 불과했다는 것을 확인할 수밖에 없었다. 그가 그리고 있는 장제스, 즉《정복자》에 나오는 장제스다…….

탄압은 확대되고, 병세는 호전된 반면 어려움은 더해 갔다.《정복자》를 그럴듯하게 위장한 추억으로 치장할 것인가? 더 이상은 불가능했다. 공산주의자들과 민족주의자들 사이에 벌어진 유혈 낭자한 결별은 그들이 과거에 누렸던 밀월을 망각 속으로 집어던졌다. 광둥은 멀어져 갔다. 또 다른 시대가 시작되었다. 그 모든 것이 소설에 영향을 미칠 수밖에 없었다. 르포 형식은 시대에 뒤처진 것 같았다. 이국적인 일화들을 모아놓는 것은 분명히 무미건조할 것이었다.

이러한 두 가지 출구들 중 어느 것도 그의 마음에 들지 않았다. 오직 하나의 출구, 그것은 위로부터의 출구였다.《정복자》에서 상황과 관련될 수 있는 것들을 제거하고 보다 광대한 야심으로 채우는 것이었다.《정복자》는 '역사'의 물줄기를 바꾸려는 개개인들의 집단적인 모험이 될 것이다. 너무 눈에 띄는 지방색은 안 되고, 너무 기다란 전개도 안 되며, 너무나 분명한 대화도 안 된다. 으깨고, 자르고, 축소시킬 것. 우선 필요불가결한 인물들만 등장시킬 것. 자신처럼 신비주의에 빠져 있는 무정부주의자 레베치를 남겨두어야 할 것인가? 그는 너무나 색이 뚜렷해서 최초의 모델인 이탈리아인 페시노, 홍콩과의 코민테른 관계에서 주역을 맡았던 인물들 중 하나로 상하이 프랑스 경찰에 의해 요주의 인물이 된 그 페시노와 더불어 별 볼일이 없는 것 아닐까? 현재로선 그렇다……

소설에서는 모든 것, 심지어 소리의 울림까지도 고려되었다. 특히 울림이 중요했다. 그는 한 번도 음악에 재능이 있었던 적이 없었다. 하지만 단어의 울림이란 이야기가 달랐다. 실제건 꾸며낸 것이건 그가 만들어낸 이름들은 마치 채찍처럼 찰싹거리게 된다. 홍, 청다이, 마오 링우, 로모이, 티사오, 미로프, 클라인, 니콜라이예프. 그리고 가린도 마찬가지다. 그는 자신의 비관주의와 승리의 열망을 가지고 단번에 원고 한가운데로 뛰어든 쌍둥이 형이었다.

나는 말이야—내 말 듣고 있어?—어떤 형태의 힘을 원해. 그것을 얻을 거야 아니면 할 수 없는 일이지만.

—실패하면 할 수 없다고?

—실패하면, 난 다시 시작할 거야, 그곳에서든 다른 곳에서든. 그리고 내가 만일 죽게 된다면 문제는 해결된 셈이지.

여러 날, 여러 달이 지나갔지만 그는 그것을 깨닫지 못했다. 진정한 장인의 작업이었다. 고집스럽게 그는 자신의 텍스트를 끊임없이 수정했다.

그의 청소년 시절은 어떠했을까? 아마도 라트비아의 소도시에서 마르크스를 읽었을 것이고, 주변에 경멸을 보냈을 것이고, 눈앞에는 시베리아가 펼쳐져 있었을 것이다. 알 수 없는 일이다. 그는 자기의 청소년 시절에 대해서 말을 하지만 그것은 다 거짓이다. 내가 그를 알게 된 이후로 그의 삶이란 오직 일뿐이다. 살아 있는 도구들을 만들어내고, 하나를 사고, 다른 것을 제압하고, 도처에 볼셰비키의 이념을 침투시키고…….

마치 포드사가 자동차를 만들어내듯이 혁명가들을 만들어내고자 하는 인물인 보로딘의 초상을 제거할 것인가? 아마 그래야 할 것이다. 그를 특별히 다른 식으로 등장시켜야 할 것이다. 이야기 끝에 가서는 보로딘이라는 인물의 색채가 짙어지고, 그리하여 다시 한 번 재구성된 《정복자》의 수수께끼는 거의 동등한 두 인물, 다시 말해서 허구의 주인공과 현실의 주인공이 맞부딪치게 만들었다. 너무나 완벽했다. 그 대칭은 최초의 계획과는 정반대였다.

원고를 고치는 일, 즉 가위와 풀, 그리고 만년필로 수정된 종이 띠를 들고 길이를 줄인 문단들을 이곳에서 저곳으로 옮기는 일만이 남았다. 컴퓨터를 생각할 수 없었던 그 당시의 수공업적인 텍스트 취급 방식이었다. 그 작업은 오랜 시간이 걸리고 때로는 복잡하지만 결코 지겨운 일은 아니었다. 사실 한 권의 책이 탄생되어 움직이고, 생명을 얻고, 결정적이라고 할 수는 없지만 보다 완전한 형태를 조금씩 얻게 되는 것을 느끼는 것보다 더 큰 기쁨이 어디 있겠는가? 그는 최종 교정쇄 단계에 이를 때까지 텍스트를 손질하였다.

작가의 고독은 장거리 주자의 고독보다는 덜 화려하지만 거의 같은 가치를 지닌다. 플로베르는 자신의 텍스트들을 '입'을 통한 시험에 회부했다. 뮈라 가의 옹색함 때문에 그와 같은 세련은 허락되지 않았지만, 사이공에서 그랬듯이 검객 말로는 당나라 전사의 칼처럼 날카로운 몇 가지 표현의 날을 세웠다.

"이 중국 도시들은 해파리처럼 축 처져 있다. 이곳에서 골격을 이루고 있는 것은 바로 우리들이다!"

"중국은 행동을 중시하는 생각들을 알지 못한다."

"테러리스트의 활동은 그 앞에 있는 경찰에 달려 있다."

"죽음은 빗자루처럼 다루어지지 않는다."

"모든 강력한 독트린들과 마찬가지로 공산주의는 프리메이슨이다."

이러한 표현들은 가린의 친구인 화자가 없다면 아무것도 아닐 것이다. 그는 자신이 직접 보면서 느끼게 만들고 이해시킨다. 그가 보는 앞에서 그러한 표현들에 생명을 부여하는 등장인물들이 없다면 또한 아무것도 아닐 것이다. 이들 인물들이 그에게 불어넣는 매력, 호기심, 그리고 반감까지를 표현하는 데는 몇 가지 특징들로도 충분하다. 그런 식으로 어린 여자아이를 바라보고 있는 흥분한 늙은이, 다시 말해 정권이 바뀔 때마다 그 정권을 위해 봉사해 온 뚱뚱한 형사 니콜라이예프는 자기 형제들이 고문하는 자들 앞에서 약한 모습을 보이는 걸 비웃는다. 하지만 홍 같은 사람도 있다. 그는 오직 테러리즘일 뿐이고 그의 〈인도차이나〉지 동료였으며 몽기요 총독의 잠재적 살인자인 앵에게 많은 것을 빚지고 있다. 그리고 청다이가 있다. 이 존경할 만한 중국인은 효율성이라는 법칙에 반해 자신의 도덕적 욕구에 따르는 법칙을 선택하는데, 로맹 롤랑의 《간디 *Gàndhi*》를 주의 깊게 읽지 않았더라면 그는 존재하지 않았을 것이다.

그렇게 거대한 오해가 시작된다. 아시아에서의 상황을 잘 알지 못하는 많은 비평가들은 이국적이고 자전적인 이야기라고 믿게 될 것이다. 말로는 공적인 인간의 행동에 따라 판단될 것이고 공적인 인간의 행동은 말로의 글에 따라 판단될 것이다. 그 자신이 기여해서 만들어낸 전설의 포로가 된 말로는 아무것도 부인할 수 없을 것이다. 그는 더욱더 잘 속이기 위해서 적이든 친구든 자신에 대해 쓴 것을 읽지 않는 척하며 경계를 할 것이다…….

메시나 해협에서와 같은 은총의 순간들은 한 인간의 삶에서 그다지 자주 있는 것이 아니다. 환상인 것이다. 그가 클라라를 동반하여 태양빛을 쏘이며 새로운 곳들, 콘스탄티노플, 트리비종드, 소련, 이라크, 시리아, 레바논을 여행하는 동안, 어느 날 이른 아침 티레니엔과 지중해 사이에서 그 환상이 솟아나게 된다. 마치 복수의 기억 같았다. 5년 전에 그가 알았고 미워했던, 콘티넨탈 호텔 혹은 스포츠 클럽이 있던 인도차이나는 자신의 초라함을 두려워하면서 운명을 찾으려 자신을 횡단한 식민지의 위대한 모험가들인 마이레나와 오덴달의 전설을 추위를 타듯 움츠리며 어색하게 말하고 있었다. 《왕도》의 페르캉은 말로가 바다에서 올라오는 짠내를 맡으며 성큼성큼 걷던 화물선 갑판 위에서 태어나게 된다.

바다 한가운데에서의 해산이었다. 해산은 죽음을 조금 앞지른다. 대학살의 그림자가 페르캉이라는 난폭한 영사의 얼굴에 이미 드리워 있다. 나이가 그를 위협하고 에로티시즘이 그를 공격한다. 병적이고 무기력하지만 그는 포기하려 하지 않는다. 지켜야 할 왕국인가? 그의 인생은 특히 허송세월이다. 클로드 바넥의 고통, 거미에 대한 공포, 그것이 그의 공포다. 모이족에 의해 노예가 된 그라보를 찾으려는 거의 신성한 공포인데, 왜냐하면 그는 총으로 자신의 머리를 쏠 만한 궁극적인 용기가 없었기 때문이었다……

페르캉에게는 조국이 없다. 그는 어떤 공동체에도 속하고 싶어하지 않는다. 국가(國歌)를 부를 때 저려오는 가슴, 국기 앞에서의 몸이 떨리는 차려 자세 따위는 그와는 상관없다. 그가 갖고 있는 가치의 지위 체계는 단순하다. 그 비극적인 인물을 생각했던 바로 그 순간만큼 국가라는 개념이 말로에게 이상한 적은 한 번도 없었다……

《정복자》의 성공으로 말로는 유명한 젊은이가 되었고 그와 동시에 새로운 친구들을 사귀게 되었다. 드리외 라 로셀, 에마뉘엘 베를,《신프랑스 평론》지에서 가린이 "사회에 대해서 느끼는 반감을 위해 권력을 필요로 한다"고 단언하듯 쓴 대단한 마르크시스트 베르나르 그로튀장이 그들이었다. 일 년 전 앙드레 말로가 가스통 갈리마르와 연결되어 다섯 권의 작품을 쓰기로 한 계약에 서명을 했을 때 이미 마법의 문은 열렸다. 그 이후로 그는 갈리마르 출판사와《신프랑스 평론》의 새로운 본부가 있는 세바스티앵 보탱 가에 출입한다. 문학계에 익숙해 있는 사람들에게는 그의 자세, 얼굴을 휩쓰는 경련, 헝클어진 머리카락, 유혹자의 눈빛들에 즐거워하지만 그러한 것들은 더 이상 모범을 보여주지 않는다. 어깨에 걸친 망토, 혼색 조끼, 아무렇게나 물고 있는 담배, 풍부하면서 신경질적인 동작들. 그는 말랐고 호리호리했다. 어색해하면서도 그는 자신에 대해 확신하고 있는 것 같았다. 어느 누구도 무관심하게 놓아두지 않는 사람, 사람들로부터 사랑받고 미움을 받는 사람, 기나긴 독백으로 사람들을 성가시게 하거나 자신의 매력에 굴복하게 만드는 사람.

그래, 거기서 출발이야! 닻줄을 풀고, 《어둠의 심장》처럼, 조셉 콘래드처럼. 세상에 대면하고 있는 단 세 사람만을 위한 비극, 《왕도》는 《정복자》보다 더 문체가 간결한 소설이어야만 해. 고통과 여행이 그렇게 만들어줄 거야. 독재자 레자 칸이 총검으로 강요하는 현대성과 전통 사이에서 이란은 말로의 상상에 따라 최고로 멋지게 이야기된다. 그로 인해 말로의 생각은 더욱 강렬해진다. 파리로 돌아오자 짐을 내려놓기 위해 베르티에 가에 갔다가 《신프랑스 평론》지 본부로 간다. 바노 가에 있는 앙드레 지드의 새 아파트다. 전화벨이 울린다. 한 번, 두 번……, 다섯 번. 놀란 지드의 목소리.

"아니, 당신은 말로 씨군요!"

"방금 페르시아에서 도착했습니다. 당신이 퐁티니에 가시기 전에 만나고 싶습니다."

"오늘 아침에 페르시아에서 돌아오셨다고요! 그리고 내가 출발하기 전에 꼭 나를 봤으면 한다고요! 아, 저런! 지금 어디에 계신가요?"

"세바스티앵 보탱 가입니다."

"《신프랑스 평론》지 본부……. 그래요, 12시 30경에 PLM 뷔페 식당에 점심을 하러 오시면 어떻겠습니까?"

"그러지요."

거의 정오였다. 그가 갈리마르 건물을 떠날 준비를 하고 있을 때 문 앞에서 택시 한 대가 멈춰 선다. 충실한 심복 테오 여사를 동반한 지드였다. 그들은 서둘러 문을 열었다. 말로는 날렵하게 차 안으로 뛰어들었다. 두 개의 가방 사이에 편안히 자리를 잡았다. 습관적인 표현과 상투적인 정중한 표현들은 단번에 축출당했다.

"페르시아에서는 신성이……."

그 젊은이의 자신감에 테오 여사는 숨이 막힐 정도로 놀랐다. 그녀는 말로가 바노 가에서 차 모임에 초대되었던 첫날부터 그를 좋아하고 있었다. 그의 대화 내용은 놀랍게도 여러 세기들, 역사, 종교들을 뛰어넘었다. 그는 천재성 또는 뻔뻔스러움을 갖고 있거나, 아니면 그 둘을 동시에 갖고 있었다.

"점심식사 하러 갑시다." 둥근 테 안경 너머로 다정한 미소를 지으며 지드가 온화하게 말했다. "배가 고프군요. 우리에게 천천히 모든 것을 이야기해 주시오."

마지막 순간에 수많은 수정을 거친 후 《왕도》는 마침내 조판에 들어갔다. 그러자 말로는 다시 짐을 쌌다. 몇 벌의 셔츠, 바지, 몇 권의 책, 날이 잘 선 면도칼 몇 개를 넣었지만 싸구려 책들에서처럼 탄창을 끼운 총은 없었다. 이번에는 소련과 아프가니스탄을 지나 인도에 갈 것이었다.

6월에 그들은 카불에 있었다. 러시아와 영국인들이 호시탐탐 노리고 있는 이 이슬람의 옛 도시는 그곳의 여인네들 얼굴을 서구인들에게 가려왔듯이 자신의 신비를 간직하려 애쓰고 있었다. 주위 사람들을 놀라게 하는 걸 무엇보다도 좋아하는 클라라는 거리를 맨머리로 산책했다. 그녀 역시 알고 있었다. 그런 일은 보기보다 훨씬 위험한 것이었다. 그곳에선 모든 남자들이 전사이며, 모든 전사는 걸어다니는 무기고였다. 다행히도 모든 일이 잘 지나갔다.

숲도 정글도 없지만 그래도 그 지역은 모험가들로 우글댔다. 이례적인 사람들도 있었다. 일 년 전엔가 토머스 쇼라는 이름으로 RAF (Royal Air Force : 영국 공군―역주) 소속의 병사 하나가 마란샤 요새가 있는 아프가니스탄과의 국경에서 인도 쪽 산비탈에 자리를 잡았다. 몇 달 후에 영국의 선정적인 언론이 그 비밀을 폭로했다. 이 익명의 사람은 무명인이 아니었다. '왕관 없는 왕'이라고 하는 아라비아의 로렌스였다……

그런데 말로는 그의 행적을 따르는 것이었다! 라왈핀디(파키스탄의 북부 도시-역주)에서 그는 옛날의 망령에 사로잡혔다. 예술 작품들……, 또는 그렇게 추정되는 작품들에 대한 투기(投企)라는 악령이었다. 어떤 원주민 상인이 엄청나게 많은 양의 도자기로 만든 갖가지 크기의 조각 불상들을 당신에게 사라고 한다면 어떻게 피할 수 있겠는가?

"이것들은 상당히 오래된 것들입니다."

사기꾼다운 미소를 지으며 그 남자는 단언했다.

하지만 얼마나 오래된 것들인가? 말로는 주의 깊게 조각품들을 검토했다. 몸을 일으키면서 그는 위엄 있게 클라라에게 말했다.

"거짓말은 아닌 것 같소. 말하자면, 완전히 거짓은 아니라는 것이오. 이 작품들은 그러니까 1500년은 된 것들이오. 그리스 문명의 흔적이 있는 것으로 보아 고고학적으로 일급의 가치가 있겠소. 어쨌든 파리에서 이것들을 되팔 수 있을 것 같소."

협상이 이루어졌고, 가스통 갈리마르에게 금액을 요청하는 전보가 보내졌고, 매매가 이루어졌다. 《왕도》의 출판을 위해 프랑스로 되돌아가는 일만 남았다.

"그런데, 당신의 조각상들은 어디에 있죠?"

갈리마르가 물어보았다. 그는 자신과 거래하는 작가들 몇몇이 흔히 넘어가곤 하는 그런 유의 사기일 것이고 자기 돈을 되찾지 못하리라는 것을 알고 있었다.

"케이스에 담아서 따로 가져오는 중입니다. 프놈펜에서 당했던 일이 내게 다시 일어나길 원하지 않거든요!"

놀랍게도 그것들은 며칠 뒤에 도착되었다. 사기였다. 혹은 사기나 마찬가지였다. 라왈핀디의 상인 말로는 계략에 걸려들었던 것이다. 첫번째 주문을 받자마자 훨씬 더 많은 양을 또 한 번 주문할 것이라고, 말로는 항상 그랬듯이 뻔뻔스럽게 그에게 말했다. 그러한 후안무치는 회의적인 과학계에 신비로운 조각상들이 자신이 발굴해 낸 결과라고 설명하려 할 때 보여줄 뻔뻔함과 같은 것이었다!

그는 결코 그렇게 하지 못할 것이다. 어쨌든 문학상(賞)의 시련이라는 거대한 어려움이 닥쳐왔다. 이번엔 신중했다. 그라세는 평소보다 깊이 담배를 들이마셨다. 그는 《왕도》가 콩쿠르상을 수상할 것이라 믿었다. 그런데 말로는 간발의 차이로 그 상을 놓치고 말았다. 하지만 1930년 12월 2일 페르캉, 그라보, 그리고 바넥은 8 대 4의 표 차이로 앵테랄리에 상을 받았다.

"책 속에서 알퐁스 영감에 대해 얼마나 멋지게 말했는지! 정말 얼마나 멋진가 말이야."

페르낭이 그를 축하해 주었다.

"……그래, 얼마나 멋진 목표인가 말이야." 그가 꿈꾸듯 덧붙여 말했다. "만일 내 목표가 그와 같을 수 있다면!"

"목표 말인가요, 아버지? 아버지는 겨우 쉰다섯 살밖에 안 되셨어요."

"얘야, 나는 죽음에 대해 강렬한 호기심을 느끼고 있어. 죽음 이후에 무엇을 발견할지 누가 알겠니?"

아버지와 아들은 마지막으로 서로를 바라보았다. 12월 20일, 뤼벡 가의 아파트에 은거하던 페르낭은 가스를 마시고 자살했다……

상하이. 아편과 비밀 도박, 비밀 결사, 밀수꾼, 그리고 부유한 상인들의 천국인 이곳에 그는 무엇을 하러 왔을까? 여행이 아니라는 것은 분명했다. 말로는 작업중이었다. 그는 다음번 소설의 배경들을 '탐지하고' 있었다. 그리고 그가 오랫동안 찾고 있던 제목, 《인간의 조건》이 문득 떠오른 것은 거룻배 위에서가 아니라 세계에서 가장 긴 바가 있는 상하이 클럽에서였다.

적어도 야심은 드높았다. 그의 마음속에서 무르익어 가고 있는 장면들을 잘 정리해야 했다. 비극적 명암, 칼을 쥐고 나누는 대화들이 그것이었다. 기다림, 초조, 실망, 질투, 반항, 매혹, 증오, 경멸 따위를 나타내는 행동들도 마찬가지였다. 훨씬 더 어려운 작업이었다. 《인간의 조건》은 《정복자》보다 훨씬 더 많은 등장인물들을 포함하게 될 것이기 때문이었다.

그런데 배경은 어디로 할 것인가? 이 문제에 대해서는 진척이 거의 없었다. 인력거를 타거나 전차를 타고 혹은 걸어서 몇 차례 산책을 했다. 그로 인해 아주 약간―너무나 적은 양이지만!―그 장소에 대한 지식이 늘어났다. 중국혁명 가담으로 세심하게 유지해 왔던 자신의 신화를 덧보태 나가고자 하는 사람에게는 신경 쓰이는 일이었다. 사실 그는 국민당에 대해서 언론에서 떠들고 있는 것이거나 순찰대와 경찰이라는 존재를 통해 도시에서 언뜻언뜻 비치는 것만을 알고 있을 뿐이었다. 공산주의자들에 대해서는 더더욱 몰랐다. 축출당한 그들은 하나의 위협 세력으로 남아 있다는 것, 공산주의를 신봉하는 사람들만큼이나 외국 조계에 있는 서양인들도 두려워하고 있는 얼굴 없는 용(龍)이라는 것이 그의 생각이었다.

그러던 어느 날이었다. 누군가를 만났고 그것은 행운이었다. 우연히 만난 갈색머리 남자의 눈에서 비쳐지는 이상한 빛, 그것은 유배중인 동향인이 보여준 너무나 매력적인 표시였다. 그 사소한 것들에서 말로는 미지의 인물이 자신을 짓누르는 비밀의 무게에 휘청거리고 있다는 것을 알아차렸다.

"'티보' 입니다."

그 사람이 자신을 소개했다.

그는 키가 작고 딱 바라졌으며 무슨 일이든 할 수 있을 것 같은 사람이었다. 이상적인 은자(隱者)라고나 할까. 하지만 어떤 이유로?

"말로입니다."

앙드레가 대답했다.

상대방의 손은 단단했다. 그는 단도직입적이었다.

"그런데 나는 당신이 누군지 알고 있습니다."

불쑥 말을 내던지고 상대방은 입술을 깨물었다.

"그렇겠지요. 당신은 아마 《정복자》를 읽었을 테니까요, 그리고 《왕도》도……."

"그래요, 그 책들을 읽었지요. 하지만 그보다 전에 저는 당신을 만난 적이 있습니다. 당신이 사이공에 있을 때였지요. 당신 이름이 보고서에 올라 있더군요."

"놀라운 일은 아니군요. 아르누와 그 동료들은 나를 그다지 좋아하지 않았으니까요."

티보의 얼굴이 굳어졌다가는 마치 확고한 결심을 하고서 안도감을 느끼기라도 하듯이 단번에 풀어졌다.

"아니요, 경찰의 보고서가 아니었어요. 나는…… 이렇게 조심할 필요가 있나요! 제가 그 보고서를 읽은 것은 당시에 내가 공산당 지도 위원 중 하나로 조선소 작업 책임자였기 때문입니다."

"……그럼 사이공의 책임자였군요!"

"그 보고서는 조선소 동료들이 만든 것이었습니다."

"그랬었군요. 그들은 이제 더 이상 당신의 동료가 아닌가요?"

"음……. 그건 설명하기가 상당히 까다롭습니다."

진짜 이름이 장 크르메인 '티보'는 전(前) 프랑스 공산당 정치국 위원이자 인기를 잃은 스탈린에게 총애를 받던 인물로서, 자신이 책임 자들 중 하나로 있었던 상하이 코민테른의 비밀 기구를 막 '떠난' 터였 다. 어떤 대가를 치르고서라도 중국을 탈피하고 싶어하는 궁지에 몰린 인물이었다.*

"그런데 당신의 옛 친구들이 당신에게 여가를 주지 않으려 하는군 요. 그들은 이곳저곳에서 당신을 찾고 있는 모양이네요."

말로가 놀라서 말했다.

"확실한 것은 아닙니다. 신분을 바꾸고 어디론가 종적을 감추기 전 에 저는 몇 가지 대비책을 취했습니다. 우선 저는 저 자신이 죽었다는 소문을 흘렸지요. 그것은 쉬운 일이었습니다. 이곳 인터내셔널의 비밀

---

* 로제 팔리고와 함께 쓴 《크르메를 보셨습니까 As-tu vu Cremet?》(파이야르 출판사, 1991)라는 책에서 나는 말로에게 영감을 불어넣어 주었던 이 미지의 인물이 살았던 진짜 이중적인 삶을 추적한 바 있다. 그 작품에서 독자들은 《인간의 조건》 준비 작업에서 크르메가 했던 자료 역할에 대한 다른 요소들을 발견하게 될 것이다. 독자들은 또한 1996년 렌 대학 동아시아 연구소가 펴낸 〈말로와 중국과 코민테른에 관한 새로운 사실 Du nouveau sur malraux, la China et le Komintern〉이라는 논문을 참조할 수도 있을 것이다.

기구는 중국인 배신자인 구춘창이 국민당으로 옮겨간 이후로 조직이 매우 흐트러져 있었으니까요. 당 지도위원들과 인터내셔널의 투사들은 '르네 딜랑'이라는 벨기에 상인의 시체를 찾으려 했습니다. 그것은 당시에 내가 가짜로 사용하던 신분이었습니다. 나는 또 '오스틴'이라는 이름으로 불리기도 했습니다. 그들은 아마 더 나아가리라는 생각은 하지 못했을 것입니다."

그는 말로에게 미소를 지었다.

"그런데 사정이 급박해졌군요, 그렇지 않습니까?"

"만일 내가 이곳에 오래 머물게 되면, 그들은 결국 나를 발견하게 될 것입니다. 그리고 그들이 아니더라도 국민당의 경찰이나 조계의 치안 경찰이 나를 찾아낼 것입니다. 제가 비록 스탈린과 그 동료들을 혐오하고 있다고는 해도 나는 아직 공산주의자입니다. 적군(赤軍)에서 나는 장교 계급이었습니다. 나는 내가 있는 단계에서 당신에게 모든 것을 말씀드릴 수 있습니다."

이미 목소리를 낮추고 이야기하던 크르메는 말로 쪽으로 몸을 굽히며 어조를 더욱 낮추었다.

"내가 맡은 일은 무기를 구매해서 그것들을 남부 지방의 지하 단체에 운반해 주는 것이었습니다. 그곳엔 아주 참신한 인물이 있는데, 마오쩌둥이라고 말주변이 좋은 중국인이지요."

"마오라고요, 음⋯⋯."

"무기들은요." 크르메가 한숨을 쉬며 말했다. "그것들은 절대로 안전한 것이 아닙니다. 상하이에서는 모제 권총 한 자루의 값이 그것을 칼로비츠 스피로 가게에서 낱개로 사느냐 아니면 함부르크의 오지, 에베르사에서 무더기로 사느냐에 따라 45마르크에서 124마르크까지 나갑니다. 이 직종에선 농담이 통하지 않습니다. 언젠가 산 채로 매장당할 뻔하기도 했습니다. 또 한 번은 포르모즈 해협에서 폭풍우가 몰아친 후 내 정크(중국 배)의 돛대가 부러지기도 했습니다. 제가 직접 모터를 갈아야만 했었지요. 이런 종류의 체험을 했을 때 편을 바꾸고 싶은 생각이 들지 않을 것입니다. 더군다나 경찰에 등을 돌린다는 것은……"

"당신은 트로츠키주의자인가요?"

그 인물에 대해 점점 더 궁금증이 인 말로는 넌지시 떠보았다.

크르메는 어깨를 으쓱했다.

"모르겠습니다. 사실 그는 좋은 사람이지요. 하지만 그런 문제를 생각해 볼 여유가 거의 없습니다. 우선 내 목숨을 구해야 하니까요."

"내가 당신을 도와드리지요. 친구여, 당신은 제 다음번 소설의 내용이 1927년의 폭동이 일어난 이곳 상하이를 무대로 전개된다는 것을 알고 계십니까?"

"내 배들이 접근했을 때 국민당 당원들이 그중 하나를 잡았던 날이 기억나는군요. 그들은 모든 것을 알고 있었습니다. 그 안에 들어있던 상자의 개수까지도요! 그때 우리는 거의 200정 가까운 총을 잃었습니다."

"상하이 항의 해적들이군요."

크르메가 이야기를 했다.

눈은 반쯤 감고, 꺼진 담배를 입 가장자리에 물고 머리카락을 곤두세운 채, 말로는 그 장면을 눈에 떠올렸다. 얼마나 멋진 장면인가! 영화보다도 낫고 소설보다도 나았다. 선창을 떠나는 초계정, 증기선의 낮게 가라앉은 실루엣, 사람들이 줄지어 기어오르고 있는 현문에 걸쳐진 사다리, 놀란 승무원들, 겨냥된 권총들…….

너무나 오랫동안 침묵 속에 갇혀 있던 그 이단파 공산주의자는 끝없이 말을 쏟아내었다. 코민테른 깊숙한 곳과 상하이의 최하층민들 속에서의 교육 여행, 무기 밀매상들과 지역 비밀 범죄 조직인 무시무시한 녹색당(Bande verte)의 깡패들 속으로의 여행.

"보세요, 말로 씨. 상하이는 무척이나 복잡하답니다. 도시는 전쟁 영주인 순슈안팡의 지배하에 있었습니다. 주로 그를 지지하던 사람들은 그의 보호를 받던 러시아 백인 용병들, 경찰, 그리고 약간 겁나는 인물인 두위성이 이끌고 있는 녹색당의 깡패들이었지요.* 1927년 초에 장제스는 녹색당의 우두머리들을 '국민당의 대표자들'이라고 했습니다. 동시에 그들을 통해 공산주의 투사들과 사건을 일으킬 하수인들을 모았습니다. 3월에 룽화 공항에 도착하자마자 장제스는 두위성을 알게 되었습니다. 그때까지 그들은 중개인을 통해서만 교섭을 해왔습니다. 총파업으로 도시는 마비되었고, 녹색당의 깡패들과 파업 감시인들 사이의 소규모 충돌은 늘어만 갔습니다. 민족주의 세력의 거사 전날 두위성은 공산당 지도부의 주요 인물 중 하나인 왕추화를 바그너 가에 있는 자신의 새 별장으로 호출했습니다. 불행한 왕추화가 그곳에 모습을 드러내자마자 깡패들은 그를 차 안에 집어던지고 죽여버렸습니다. 그 다음날 4시에 '공산주의자 색출 작업'이 시작되었지요. 대량 학살의 신호를 올린 것은 항구에 정박해 있던 전함의 사

---

* 말로는 두위성이라는 이름을 뒤집어서 《인간의 조건》에 나오는 주인공 중 한 사람인 전축상인 루위쉬안(Lou You-Shuen)의 이름을 만든다. 그의 가게 뒷방은 혁명 지도부의 약속 장소로 사용된다.

이렌 소리였습니다."

말로는 더 이상 귀를 기울이지 않았다. 크르메의 너무나 자세한 설명에서 그는 오로지 느낌과 색채, 소리, 장면들만을 기억해 두었다. 이 아편 밀매 깡패들 이야기는 그다지 흥미롭지 않았다. 하지만 항구에서의 사이렌 소리, 한밤중에 공산당 간부를 납치한 자동차 이야기는 흥미진진했다. 남자가 댄스홀에서 나와 안개 속을 걸어간다. 그는 동행하는 여자의 팔을 자기 팔에 끼운다. 갑자기 곤봉을 손에 든 살인자가 나타난다⋯⋯.*

"그런데 당신은 무엇을 하고 있었습니까?"

말로가 물었다.

"당시 저는 프랑스에 있었고 막 지하운동에 들어갔습니다. 이어서 모스크바에서 아시아 문제에 대한 교육을 받았습니다. 적군의 장교들 몇몇이 상하이의 실패한 폭동을 분석하고 있었지요. 그들의 글은 공산주의 요인들이 사용할, 무장봉기에 관한 교본을 준비하는 일을 맡은 코민테른의 특별위원회에 전달되었습니다. 제 친구인 에리히 볼렌베르크가 그곳 책임자였습니다. 그 교본은 존재하지 않는 저자 노이베르크의 서명 아래 독일어로 우선 출판되었습니다. 물론 존재하지 않는 스위스의 출판사를 통해서였지요.** 저는 또 1927년에 여러 개의 중국

---

* 이 장면은 '블랙 캣' 클럽에서 나온 기요 지조르의 납치 장면인데, 말로가 크르메의 이야기를 듣고 《인간의 조건》 속에서 그대로 묘사한 것이다. 이 작전을 꾸민 사람인 독일인 쾨니히는 장제스 휘하에서 경찰 총수가 된 전직 장교로서 실제 인물인 발터 슈테네스 대위와 여러 면에서 많은 공통점을 보여준다. SA의 극좌파를 지휘하던 슈테네스는 1931년 4월 히틀러에 의해 지도부에서 밀려났다. 그러자 그는 중국에 자리를 잡고 국민당에 서비스를 제공했다. 그 서비스는 인정을 받았고 몇 년 후에 그는 장제스의 개인 친위대 대장이 되었다.

** 위에서처럼 독일어로 먼저 출판된 '노이베르크' —이 이름은 호치민, 한스 키펜베르거, 요시프 운스리히트, 요시프 피아트니츠키, 팔미로, 토글리아티, 에리히 볼렌베르크, 미

관련 보고서들도 읽어보았습니다. 장제스의 역할에 대한 보고서도요."

"그럼 당신이 내게 말한 전향자는요?"

"그는 러시아 기병대 대령의 아들이었습니다. 이름은 코제니코프 였지요. 중국어과 담당 선생들 말에 의하면 정말 괴짜였습니다. 학위도 많았습니다. 모스크바 군사 아카데미, 음악 및 연극 아카데미 학위를 갖고 있었지요. 그는 희극 연기, 얼굴 분장, 노래 부르기를 좋아했습니다. 그는 대사관의 무관보(武官補)로 1925년 상하이에 발을 들여놓았습니다. 사실 코제니코프와 적군 비밀 정보 기관의 또 다른 동료인 추소프는 중국 공산당의 전투 그룹인 '천'에게 지령을 전달하는 일을 맡고 있었습니다."

"천이요?"

"Tschasti Osobavo Natcheniia의 약자지요. 러시아어로는 '특수한 목적을 가진 지부'라는 뜻입니다. 여기저기서 긁어모은 수백 명의 무장 군인들이지요. 그들은 다시 20 내지 30명으로 나뉘어 있습니다. 그러니까 보로딘은 코제니코프와 그의 중국인 동료들에게 장제스에 대한 테러 행위를 하도록 임무를 부여한 것이었지요."

"그들이 어떤 방법으로 그를 죽이려고 했습니까?"

"그가 탄 차에 수류탄을 던지는 것이었어요. 그런데 마지막 순간에 보로딘은 작전을 취소시켰습니다. 어쨌거나 작전은 실패로 끝났을 것입니다. 우리가 나중에 알게 된 바로 코제니코프는 이중 스파이였고 실제로 인텔리전스 서비스(영국의 정보부—역주)를 위해 일하고 있었으니까요. 장제스를 치려는 시도가 무산되고 난 후에 그는 공공연하게

하일 투카체프스키 같은 중요한 공산주의 지도자들의 집단 가명이다—의 작품《무장봉기 L'Insurrection armée》는 1931년 프랑스 공산당에 의해 출판되었다.

편을 바꾸었습니다. 마지막으로 제가 들은 바에 의하면 중국 법정에 의해 사기와 공갈 혐의로 처형되었다더군요.*

또다시 말로의 생각은 다른 곳에 가 있었다. 테러 행위, 목숨을 바칠 준비가 되어 있는 중국인 무법자들, 장제스의 차에 던져진 수류탄들. 앵과 몽기요 총독을 생각하면서 말로는 이미 죽음에 이끌린 첸을 상상하고 있었다.

증기선 나가사키 마루는 다음번 여행지인 일본을 향해 나아갔다. 그들은 슬픔으로 가득 찬 이슬비를 맞으며 고베 시에 도착했다. 일본 측의 지하운동 대장인 사노 마나부의 판결이 임박해 있었다. 언론은 그가 만인이 보는 앞에서 공산주의자로서의 신념을 포기할 것이라고만 보도하고 있었다.

"코민테른에서 그는 어느 정도 제 분신이었지요. 저는 그를 가토라는 가명으로 알고 있었습니다."

크르메가 흥분한 상태에서 털어놓았다.

"'카토' 라고요?"

---

* 에우게니 코제니코프는 '유진 픽 대령' 이라는 가명으로 자신이 코민테른에 몸담고 있던 시절의 기억들을 〈노스차이나 데일리 뉴스 *North China Daily News*〉 지에 실었다. 1928년에 이 시리즈 기사들은 프랑스에서 가톨릭 출판사인 SPES사에 의해《공산주의자들의 마수 속에서 *Dans les griffes des rouges*》라는 제목으로 출판되었다. 1931년 국제 조계 치안경찰은 상하이의 또 다른 지하운동가인 '일레르 눌랑스' 의 집에 맡겨놓은 '르네 딜랑(실제로는 장 크르메)' 의 장서에서 이 책 한 권을 찾아내었다.《공산주의자들의 마수 속에서》를 읽어보면 말로가 이 책에서 많은 것들을 캐왔다는 것을 알 수 있는데, 그것들은《인간의 조건》속에서 발견된다. 하지만 코제니코프는 장제스의 살해 계획을 공공연히 요구하지는 않았다. 내가 그에 관한 언급을 찾아낸 것은 상하이 주재 프랑스 조계의 경찰 기록에서였는데, 경찰은 정보원들을 통해서 공산주의자들의 술책을 훤히 알고 있었다(경찰은 코제니코프의 측근에 '정보원' 들을 두고 있었다). 코제니코프는 《인간의 조건》에 나오는 '이상한' 주인공 클라피크 남작이라 해도 좋을 경력을 갖고 있었다. 흥행 조직자, 배우, 깡패, 일본 제국 함대의 비밀 정보 요원. 그 모든 것을 물론 크르메와 말로가 알 수는 없었다.

이 새로운 비밀이 밝혀지면서 또 한 명의 소설 등장인물인 카토프가 태어나게 된다. 《인간의 조건》의 주인공인 그는 기관차 보일러에서 산 채로 불에 타 죽게 되리라는 생각에 자신보다 더 겁에 질려 있는 중국인 동지들에게 청산가리가 든 캡슐을 나누어준다.

제6장

적극적인 동조자
Le compagnon de route

그의 소설 속에서처럼 이른 새벽의 빛과 그림자가 교차했다. 때로는 길에서 마주친 자동차 헤드라이트가 누르스름한 빛으로 운전자의 얼굴을 비춰주었고, 때로는 그가 피우던 담뱃불 빛이 어둠 속을 빨갛게 물들였다. 무기력한 상태를 벗어나기 위해 사람들은 이야기를 나누었고, 그 기나긴 대화에 어느 누구도 겁먹지 않았기 때문에 그들은 가야 할 길을 천천히 나아가고 있었다. 1933년 8월 8일 저녁 7시에 그들은 곧 무사 귀환하게 될 것이었다.

몰리니에에 대해서 말로는 필요한 모든 것을 알고 있었다. 그의 아버지가 시장의 유력자였다는 것, 그의 아내가 트로츠키의 아들과 살림을 차리기 위해 그를 버리고 떠났다는 것, 그러한 감정상의 불행한 일들에도 불구하고 그는 카르보나리 당원으로서의 신념을 전혀 잃지 않았고 오히려 그것에 더 완전히 빠져들었다는 것, 그와 동시에 민중의 아들로서 구체적인 상황에 대한 날카로운 감식안을 갖고 있다는 것이 그것이었다. 툭 튀어나온 눈, 그의 일시적 손님인 말로의 손이 희고 섬세한 만큼 상대적으로 크고 두툼한 손, 그것이 트로츠키를 유혹했던 레이몽 몰리니에의 '프롤레타리아'적인 면이었다. 오늘날 그들 사이의 견해가 엇갈리기 시작하고는 있지만 정치적으로 그는 분명한 충신이고, 완벽한 집사였다.* 그러한 뜻을 지닌 건장한 남자 수백 명과 자신이 원하는 일이 무엇인지 알고 있는 지도자 한 사람, 그리고 와해되어 가는 정치 권력이 있으면 좌파에 의한 것이건 우파에 의한 것이건 모든 혁명이 가능하다고 이탈리아인인 말라파르테는 이제 막 출판한 그의 저서 《쿠데타의 기술 *Technique du coup d'État*》에서 단언했다.

말라파르테! 트로츠키는 아마 이렇게 절규했으리라! 스탈린주의자들의 공격에 맞선 이 '영감' ─ 트로츠키주의자들은 그들의 우두머리를 그렇게 불렀다 ─ 은 음모가로서 행동하기를 스스로 금했다. 1933년 7월 말에 프랑스에 도착하자마자 그는 얼마 남지 않은 그의 심복들을 다그쳐 망명중인 '진짜 혁명' 지도자로서의 지위에 상응하는, 대화 상대자들을 찾아들게 했다. 말로가 그 제안을 받아들였기 때문에 '영감'은 두 번 다시 그 말을 입에 올리지 않았다. "마르크시즘이 상당히 퍼져나가야지만 치명적인 오해를 예방할 수 있을 것"이라던 《정복자》의 저자에 대해 가해진 신랄한 비판들은 이데올로기의 소도구들 상점에 치워졌다. 이러한 상황을 관망하고 있던 트로츠키는 《인간의 조건》을

---

* 나는 1986년 4월에 파리에서 레이몽 몰리니에를 만났다. 겉으로 드러난 증거에도 불구하고 모험을 즐겼던 이 과거의 트로츠키파 투사는 말로가 중국 혁명에서 중요한 역할을 했다고 믿고 있는 듯했다.

자신의 주장에 대한 점진적인 찬동의 첫 신호로 해석했다.

"밤에는 동료들 사이가 더 가깝다고 느껴집니다. 익숙해져야지요."

몰리니에의 목소리에는 존경과 찬탄이 섞여 있었다. 국제 공산주의 노동자 연맹 위원으로서 말로가 아시아에서 보여주었던 행적에서 확신을 얻은 몰리니에는 그러한 확신을 트로츠키에게 전달했고, 트로츠키는 싫은 기색 없이 그 제안을 받아들였다. 겉으로 드러난 모습은 그를 속일 만했다. 자신이 좌파 야당(트로츠키파의 공식 명칭)의 동조자에 속한다는 것을 몰리니에에게 확신시키고 난 다음, 말로는 《신프랑스 평론》지에서 받은 일 년치 저작권료인 600프랑을 그에게 쏟아부었다.

대단히 신중한 트로츠키주의자들은 모든 것을 자기 중심으로, 좀 더 정확히 말하면 자신들의 우두머리 중심으로 생각했다. 1931년 4월에 트로츠키는 《신프랑스 평론》지의 칼럼에서 《정복자》를 공격했고, 말로는 자신의 잘못을 인정할 생각이 전혀 없다고 냉담하게 대꾸했다. 이러한 파렴치한 언행에 몰리니에는 분노했다.

"솔직하게 말할까요, 말로 씨?"

'동지' 라는 말이 입술을 달싹이게 했지만 몰리니에는 입 밖에 내어 말할 수 없었다.

"그러시지요."

"그렇다면…… 고백건대 저는 《왕도》를 그다지 좋아하지 않았습니다. 제가 《정복자》를 어떻게 생각하고 있는지 짐작하시겠지요."

분명한 것은 트로츠키가 쓴 것 이상의 그 무엇은 존재하지 않으리라는 것이었다! 하지만 말로는 그의 말을 중단시키지 않으려고 조심했다. 그는 항상 무엇인가를 알아내는 데에 흥미를 느끼기 때문이었다.

게다가 몰리니에는 그의 우두머리처럼 《인간의 조건》에 대해서는 칭찬을 아끼지 않았다.

"……그리고 기요 지조르는 대중과 만날 수 있는 최선의 방법을 찾고 있습니다. 카토프처럼 말이에요. 그들에게 부족한 것은 확실한 전망, 전위 조직입니다. 그리고 스탈린의 관료주의는……."

"인간의 위대함을 나타내고자 했을 때 제 머릿속에 맨 처음 떠오른 사람들은 중국의 공산주의자들이었습니다. 나는 그들을 위해 책을 썼습니다."

점점 신경이 쓰이고 따분해지는 대화를 끝내기 위해서 말로는 분명하게 잘라 말했다.

몰리니에는 그 말에 개의치 않았다.

"당신은 트로츠키가 할 수 있는 모든 일을 다했다는 것을 모르지 않을 것입니다. 좌파 야당은 국민당과의 즉각적인 결별을, 계급 투쟁으로의 복귀를 권장해 왔습니다. 기요 지조르처럼 말입니다. 조직에서는 중국에서 돌아온 세 사람의 동료들이 낸 보고서를 은폐했습니다. 그들은 장제스의 복귀를 예측하고 있었지요. 게다가 당신이 잘 보여주고 있듯이…… 볼로긴, 국제 노동자 연맹의 반혁명정책……."

말로가 단호하게 말했다.

"그의 본명은 볼로신이었습니다. 그 당시 보로딘과 함께 중국에 온 지 삼 년이 되었었지요. 한커우에서 그는 보로딘의 개인 비서였습니다. 이후로는 그가 어떻게 되었는지 모르겠습니다만……."*

---

*《인간의 조건》원본에서는 이 인물의 이름이 라긴이었다. 말로는 그 이름을 바꾸었는데 그것은 아마 이미 언급했던 '피크 대위'의 작품 《공산주의자들의 마수 속에서》를 읽고 난 후일 것이다. 그 책에서 보로딘은 실명으로 실려 있었는데, 볼로긴이라는 이름을 얻기 위해서는 그 이름을 약간만 수정하는 것으로 충분했다.

더 이상 이야기해 봐야 쓸데없는 일이었다. 트로츠키주의자들은 크르메에 대해 아무것도 알지 못했다. 반면에 무심코 내뱉은 이 말들은 젊은 작가 말로가 중국 혁명에 가담했다는 전설을 '확고하게 만들었다'.

"부르주아지는 위협받고 있다고 느낄 때, 그 어느 것 앞에서도 물러서지 않습니다." 몰리니에가 다시 말을 이었다. "당신의 책에서는 그것이 느껴집니다. 기관차 보일러실에서 이들 투사들이 산 채로 불에 태워지다니, 얼마나 잔인한 일입니까!"

"공포는 하나의 무기입니다."

부담을 주지 않는 표현으로 대화를 끝낼 기회를 찾던 말로가 말했다.

시민전쟁 당시에 러시아 공산주의자들이 그와 유사한 잔인한 짓들을 자행했다는, 끈질기게 나도는 소문을 뒤집는 것으로 만족했다고 고백할 필요는 없었다. 말로는 잘 알고 있었다. 상하이에서는 국민당이 수많은 처형 방법을 사용해서 포로로 잡힌 적들을 괴롭혔지만 그런 방식은 아니었다.

또한 그는 1927년 4월에 상하이에서 대부분의 사형이 어떻게 집행되었는지 알지 못했는데, 죄인의 가족들은 자신들의 피붙이가 쓸데없는 고통을 겪지 않고 죽을 수 있도록 사형 집행인에게 돈을 주곤 했다. 사형 집행인은 칼끝으로 사형수의 가슴을 찔렀다. 불행한 사형수들은 반사적으로 머리를 치켜들었고, 그로써 사형 집행인은 단 한 번에 그들의 목을 벨 수 있었다. 전통에 따르면, 그렇게 해서 흘린 피는 모든 질병을 예방해 준다고 했고, 구경 나온 아낙네들은 죽어가는 자의 목에 손수건을 대고 적셨다……*

---

* 《인간의 조건》에서 자세히 이야기하고 있는, 기관차 보일러실에서 산 채로 불에 타죽은 중국 혁명가들의 에피소드는 전적으로 꾸며낸 이야기다. 십중팔구 말로는 소련의 비밀

감동을 받은 몰리니에는 침묵을 지켰다. 하지만 그 침묵은 《인간의 조건》에 관한 몰리니에 자신의 진짜 의견을 말하는 듯했다. 그 침묵은 괴짜 드 클라피크 남작이 중국 혁명의 비극을 소설화한 연대기 속에서 무엇을 하러 왔는지를 잘 보지 못하는 듯했다. 그 침묵은 말로가 비열한 제국주의 착취자인 은행가 페랄에게 너무 친절하다고 말하는 듯했다. 늙은 지조르와 화가 카마 사이에 벌어진 예술에 관한 토론이, 그에겐 아무런 동기가 없는 것으로 보였다는 것 같았다. 그리고 마지막으로 메이와의 애정에 관한 이야기, 발레리와의 몽롱한 상태에서의 에로틱한 행위, 첸과의 병적인 환상, 이러한 모든 것들이 자기만을 생각하고 자신들의 개인적인 문제만을 염려하는 프티 부르주아의 이야기라고 말하는 듯했다. 하지만 몰리니에는 입을 다물고 있었다. 게페우(GPU: 구소련의 비밀경찰 기관—역주)가 보낸 스탈린파 살인자들을 피해, 트로츠키가 은신하고 있는 루아이양 근처 생팔레 소읍의 별장에서 트로츠키를 기다리고 있던 작가 말로에게 몰리니에는 그러한 말을 하지 못했다.

안경을 쓴 유령 같았다. 신발을 신고, 흰색 바지에 목까지 단추를 채운 잠옷 상의를 입은 채 자동차의 헤드라이트 불빛 속에서 갑자기

경찰인 체카의 중국인 회원들이 그런 식으로 희생자들을 죽였다고 밝히고 있는 많은 반공 문학들에서 이 에피소드를 끌어왔을 것이다. 매우 강렬한 그 이미지는 훗날 세대를 초월한 그의 독자들에게 영향을 미치듯 그에게도 영향을 미쳤다. 반복해서 말하지만 중국 혁명가들의 에피소드는 글자 그대로 거짓이고(물론 국민당은 공산주의자 포로들을 고문하고 살해했다. 그러나 보일러실에서 산 채로 태워 죽이지는 않았다), 암시적으로도 아마 거짓일 것이다('중국인 체카'들이 러시아 시민전쟁 당시에 수많은 잔혹 행위들을 저질렀지만 이런 종류는 아마 아니었을 것이다). 마찬가지로 반공산주의 책자들에 보고된 바로는 볼셰비키주의자들이 차르파 장교들의 견장을 어깨에 못으로 박았던 경우가 있었다. 《인간의 조건》에서 장제스의 경찰 총수인 쾨니히가 받았던 형벌이 그러한 종류였다.

나타났기 때문이었다. 트로츠키는 웃으며 방문객 말로에게 아주 작고 넓게 벌어진 이를 드러내 보였다. 백발의 섬세한 얼굴에 비해 이상하게 젊은이처럼 느껴지는 인물이었다. 트로츠키는 이미 프랑스에서 살았던 적이 있어서 프랑스어를 제법 잘했다. 의례적인 인사말을 무시한 채 그는 《밤의 끝으로의 여행 *Voyage au bout de la nuit*》(프랑스 작가 셀린의 소설—역주)에 관한 대화를 시작했다. 말로는 이렇게 대답했다.

"셀린은 중요하게 말해야 할 몇 가지 것들을 갖고 있었지만 그것들을 단번에 모두 말해 버리지 않았나 싶습니다. 그래서 지금은 텅 비어 있지요. 절망에 대해서는 동감입니다. 근교 의사로서의 그의 경험이……. 잘 모르겠군요. 《밤의 끝으로의 여행》과 《인간의 조건》을 비교하려면 우선 제가 형이상학적인 문제의 내부에 자리잡고 있다는 것을 인정해야 합니다. 어떠한 사랑의 행위도 악의 신비만큼이나 위대한 신비입니다."

"당신은 카토프가 중국인 동료들에게 청산가리가 든 캡슐을 넘겨주는 순간을 생각하고 계시는군요?"

"제 생각엔 셀린과 저는 인간을 바라보는 방식이 전혀 다를 뿐만 아니라 인간의 운명을 바라보는 방식도 다릅니다."

그러고 나서 말로는 《여행》의 작가가 좋아하는 몸짓과 억양을 놀라울 정도로 흉내냈다. 그의 흉내내기 재능은 그 대상이 좋아하는 사람일 때나 싫어하는 사람일 때나 똑같았다.

그들은 사무실로 자리를 옮겼다. 혁명의 낭만인지 아니면 신중한 조치인지 권총 한 자루가 문진을 대신하고 있었다.

"먼저 제가 생각하는 예술은 인간의 가치 있는 경험이 가장 고상하게, 혹은 가장 강렬하게 표현된 것입니다."

말로가 말했다.

"그러한 예술이 유럽 전역에서 새로 태어날 것이라 생각합니다. 러시아에서는 혁명 문학이 아직까지 이렇다 할 만한 걸작을 내놓지 못했지요."

트로츠키는 타협적으로 인정하는 말을 했다.

"공산주의 예술의 진정한 표현은 문학이 아니라 영화가 아닐까요? 〈전함 포템킨 Cuirassé Potemkine〉 이전과 이후, 〈어머니 La Mère〉 이전과 이후에도 영화가 있습니다."

"사실 레닌은 공산주의가 영화를 통해 예술적으로 표현될 것이라고 생각했습니다. 〈전함 포템킨〉과 〈어머니〉 얘기는 많이 들어보았습니다. 하지만 당신에게 말씀드리건대 그 영화들을 저는 본 적이 없습니다. 맨 처음 그것들이 상영되었을 때 저는 전선에 있었지요. 나중에는 다른 영화들이 상영되었고, 그 작품들이 재상영되었을 때는 제가 망명중이었지요."

믿을 수 없는 일이었다! 1917년의 무력 시위를 조직한 자가 수많은 전단과 신문들보다도 소련의 선전에 더 많은 공헌을 한 걸작들을 보지 못했던 것이다. 그리고 그는 "인류는 자신이 한번 획득한 것을 포기하지 않는다"고 단언했다. 마르고 신경질적인 얼굴에 나타나는 경련으로 인해 가다가다 끊어지긴 했지만 말로의 언변은 논쟁을 재개시킬 만큼 탁월했다. 때때로 어떤 결정적인 말 한마디가 하나의 생각에서 다른 생각으로 옮겨가게 하곤 했다. 오직 자신의 신봉자들에게만 둘러싸여 그처럼 야심만만한 지적 유희 습관이 들지 않은 트로츠키는 기꺼이 그 놀이에 가담했다. 대화는 밤늦도록 계속되었다.

그 다음날이었다. 바다 쪽으로는 소나무 숲이 끝이 안 보이게 해변을 따라 늘어서 있었다. 대기는 바다 냄새로 가득 차 있었다. 그러나 그들은 육지 안쪽을 선택했다. 초원 지대에는 철로가 놓여 있고, 그 위에 열차가 자욱한 연기를 헤치며 달리고 있었다. 트로츠키는 장제스의 아들 이야기를 꺼냈다. 모스크바 공산주의자들의 인질이 된 장칭궈는 공공연히 자신의 아버지를 '미친 개'라고 부르면서 아버지임을 부인했다.

"그 아버지에 그 아들이지요!"

트로츠키 '영감'은 말로의 팔을 꼭 쥐었다. 안경 때문에 더 부각되는 창백한 얼굴, 턱수염과 곤두선 머리를 한 그는 화가 안넨코프(러시아 화가. 러시아 혁명기의 큐비즘 화가로서 러시아 전위 예술 운동에 참가하여 소설가 및 연극인들과 교류하며 파스테르나크와 마야코프스키의 초상화를 그렸다—역주)가 그린 입체파 초상화와 닮아 있었다. 어떤 회한에 대해 그렇게 분노하는 것일까? 1월에 그의 딸 지나가 베를린에서 자살했다. 트로츠키는 그 절망적인 몸부림에 대한 책임이 있었다. 큰아들과 심복만을 바라보는 아버지의 정치적 야심이 그 젊은 여성을 정신이상으로 만들었고 결국엔 자기 파괴로까지 몰아갔던 것이다.

수평선 위로 태양이 솟아올랐다. 그들은 폴란드의 시골(1920년의)에 대해서, 그리고 반볼셰비키 세력에 대한 반격으로서 베강 장군이 이끄는 프랑스군 임무(미래의 드골 장군도 이 임무에 관련되어 있었다)의 주요 역할에 대해서 이야기했다. 일본에 대해서도 언급했는데, 트로츠키는 대체로 그들의 군사적 잠재력을 과소평가하고 있었다. 성큼성큼 앞으로 나아가면서, 망명중인 그 혁명가는 스탈린이라는 이름을 결코 입에 올리지 않았고, 끊임없이 '그자'라는 표현을 사용했다.

"'그자'는 소련이 독일이나 일본과의 전쟁을 피하도록 해줄 수 없을 거요. 그로써 필연적으로 독일과 일본 간의 대소련 동맹이 이루어 지겠지요."

"러일전쟁(1905년)은 러시아로서는 식민지 전쟁이었던 반면에 일본으로서는 민족 전쟁이었습니다. 하지만 시베리아 횡단철도는 오늘날에도 여전히 단 하나뿐인 철도입니다. 아마도 러시아는 만주에서 전투를 벌이지 않음으로써 일본을 자신과 똑같은 상황으로 몰아넣으려 하지 않을까요?"

"내 생각에 우리는 바이칼 호수에서 싸울 것 같은데요."

'우리'라고 했다. 자신이 여전히 권좌에 있기라도 한 것처럼, 권좌에 곧 복귀라도 할 것처럼 말이다! 전혀 이론의 여지가 없는 범죄 행위들로부터 떨어져 있는데도 트로츠키는 계속해서 자신을 소련과 동일시했다. 하지만 그는 권력을 잃은, 무능하고 외로운 사람이었다.

그날 저녁 헤어질 시간이 되자 호위병 한 명과 몇 마리의 세퍼트를 거느리고 마지막으로 함께 산책을 했다. 고양이를 좋아하는 말로는 레닌이 고양이를 좋아했는지 아닌지를 알고 싶어했다. 그들은 공산주의의 운명과 프로이트와 죽음에 대해서 이야기를 나누었다.

바다를 굽어보고 있는 곳 위로 태양이 지고 있었다. 그들은 서로 다시 만나자는 작별 인사를 했다. 아마 영원한 작별 인사를 하는 편이 나았을 것이다. 정통 공산주의와 트로츠키주의의 사상 논쟁에서 말로는 자신의 진영을 선택하게 되는데, 그것은 그 트로츠키 '영감'의 사상이 아니기 때문이었다. 훌륭한 마르크스주의 지식인인 베르나르 그로튀장과 더불어 말로는 갈리마르 출판사가 《스탈린, 볼셰비즘의 역사적 개관 Staline, aperçu historique du bolchevisme》의 출판을 거부하도록 압력을 행사하게 된다. 그 책은 보리스 수바린에 대해 특히 비판적이었는데 그에 대해 말로는 노골적으로 이렇게 말했다.

"나는 당신들이 진실을 말하고 있다고 확신합니다. 하지만 나는 당신들이 가장 강하게 되었을 때, 당신들 편이 되겠습니다."

트로츠키는 너무나 늦었던 것이다. 그는 이미 패배했지만, 말로는 여전히 패배를 싫어했다.

빌리 뮌젠베르크는 레닌의 표현에 따르자면 '세계에서 가장 똑똑한 프롤레타리아'였다. 천재적인 선전가인 이 독일 공산주의자는 마흔네 살 때 코민테른에 속해 있었고, 반면에 그와 같은 독일인이면서 경쟁자인 괴벨스 박사는 나치에 속해 있었다. 그 사실을 알고 있는 전문가들은 그를 '붉은 괴벨스'라 불렀고 그의 국제 조직에 '뮌젠베르크 트러스트'라는 명칭을 붙였다.

《정복자》에서 카키색 장교복을 입고 국민당 선전부 책임자로 나오는 가린이 말로의 상상력에서 나온 인물이 아니라면, 빌리는 제1차 세계 대전 당시 스위스에서 그를 만났을 수도 있었을 것이다. 뮌젠베르크는 추방당한 볼셰비키주의자들에게 잘 알려진 '담배 연기 자욱한 카페들' 몇 곳에 자주 드나들었기 때문이다.

1968년 5월 혁명이 일어나기 30년 전에, 이 작달막하고 단단한 몸집의 사람은 이미 상상력을 최고도로 발휘했다. 소련을 위해서였다. 아무것도 그를 놀라게 하지 못했고 멈추지 못했다. 국제 노동자 구호 조직의 재정을 위해 거리에서 꽃을 팔거나 혁명가를 부르는 소년들, 무정부주의자인 이탈리아계 미국인 사코와 반제티를 위한 세계적인 캠페인(무정부주의자인 사코와 반제티는 1921년 뚜렷한 증거 없이 살인 혐의로 미국 법정에서 사형 선고를 받았다. 이에 대해 전세계에서 항의 운동이 일어났다—역주), 반제국주의 회의, 암스테르담-플레이엘 운동 뒤에 그가 있었다. 17개 국어로 제국 의회의 선동적인 나치 도당들을 고발한 《갈색 책 *Livre brun*》도 마찬가지였다. 위원회 조직, 일방적인 평화주의의 호소, 역(逆)소송, 세계의 양심을 부르는 주술 뒤에도 그가 있었다. 재활용이 가능한 광고문안들, 서로 끼여지는 출판물들, 서로 공을 주고받는 핑퐁식 신문들, 소비에트 컬러의 영화들, 한 발은 앞으로 다른 한 발은 뒤로하고 먼 길을 가는 사람들, 귀여움을 받는 사람들, 최면술에 걸린 사람들, 마르크스에 정통한 작가들, 좌파 백작 부인들, 스탈린주의계 사교인들.

그의 영향력은 어떠했는가? 그는 민주주의 국가에서는 공산주의가 노동자들은 물론이고, 특히 여론을 만드는 사람들을 끌어모으게 되리라는 것을 다른 사람들보다 먼저 알아차렸다. 뮌젠베르크는 누구 못지않게 자신들의 환상과 허영과 야망에 포로가 되어 있는, '쓸모 있는 바보들'의 결사가 소련을 찬양하는 노래를 부르도록 만들 수 있었다.

과거 튀랭주의 미용사 보조였던 그는 전성 시절에는 베를린에서 유복하게 살았다. 나치즘의 승리로 인해 그는 1933년 3월 파리에서 자신의 '트러스트'를 후퇴시키지 않을 수 없었다. 그의 명령에 따라, 음모에 가담하지 않은 모든 것에 대한 경멸로써 뭉친 지식 특공대가 조직되었다. 알렉산더 아부쉬, 루이스 지바르티, 아르투르 쾨슬러, 구스타프 레글러, 루돌프 플라이슈만, 에곤 에르빈 키쉬, 요컨대 이들 지식 특공대는 자신들의 그물로 이끌어들이는 데 성공한 모든 사람들을 유혹하고, 설득하고, 유도하고, 조종하고, 마음대로 부렸다.

그가 생제르맹 가 169번지에 있는 자신의 사령탑 카르푸르 출판사를 떠나는 모습을 보자. 빌리는 몇 걸음을 걷고, 외투 깃을 다시 세우고 나서 빙판길에서 넘어지는 것을 피하기 위해 신중한 걸음걸이로 나아간다. 좌우를 흘끗흘끗 쳐다보고 나서 뒤를 잠시 살핀다. 그는 별다른 이유 없이 직업 혁명가들의 초등학교에, 레지스탕스 운동가에게 자주 들르지는 않았다. 그는 만족스런 표정을 짓는다. 모든 것이 다 잘되고 있다. 미행당하지 않은 것이다.

한때 아방가르드 연극에 미쳤고 마를레네 디트리히(독일 출신의 미국 영화 배우. 1901~1992—역주)의 애인이었음에 틀림없다고들 하는 그의 부관, 우아하고 몸매가 호리호리한 오토 카츠가 근처 선술집에서 그를 기다렸다. 그의 전문 분야는 예술가들이었다.

빌리는 커피 한 잔을 주문해서 단숨에 그것을 털어 마셨다. 그들 주변에는 아무도 없었다. 그들은 조용히 까다로운 말로의 사건에 접근할 수 있었다. 《인간의 조건》이 콩쿠르상을 받았던 1933년 12월 7일 이후로 그의 문서는 눈에 띄게 두툼해졌다. 뮌젠베르크는 가장 명망 있는 프랑스 작가 두 사람을 좌파로 만들기를 꿈꾸었다. 한 사람은 지드였는데, 그 이유는 그가 가진 권위 때문이었고, 다른 한 사람은 말로였는데, 그가 보여주는 매력 때문이었다. 적극적인 동조자로서 어울리는 한 쌍이었다.

카츠가 맹수 같은 미소를 지었다. 그 역시 이러한 종류의 사냥을 좋아했던 것이다.

"친구들에게 그의 약점들을 목록으로 만들도록 시켰습니다. 특히 지바르티에게요. 그는 말로 부부에게 최선을 다하고 있고 자주 그들을 방문하고 있습니다."

"무슨 뜻이지?"

"우리의 콩쿠르상 수상자는 낭비가인 데다 허영심이 강하고 거짓말쟁이입니다. 모스크바에서는 그의 아시아에서의 행적을 확인했습니다. 모든 것이 거짓이었지요. 말로는 한 번도 코민테른에 소속되었던 적이 없었고, 광둥에 간 적도 없었습니다. 그가 사이공의 국민당에서 활동을 했는지는 모르겠지만 그것은 모호한 동반자로서이지 절대로 지휘자로서는 아니었습니다. 확실한 것은 한 가지입니다. 홍콩에 일주일간 여행했더군요! 저는 지금 파장을 불러일으킬 수 있을 것 같은 신랄한 기사들을 보고 있는데, 만약에⋯⋯."

"서투르게 계획을 변경하지 말게, 오토. 말로는 자신에게 유리하게끔 상황을 되돌릴 수 있을 거야. 그 친구는 다른 사람들과는 조금 달라 보여. 다른 사람들은 대개 누군가가 자기들 대신 모든 것을 해주길 바라고 자신들의 양심을 지키길 원하지. 그러고는 자신이 독립적이라는 환상을 갖고 있어. 말로라면 우리와 대등하게 이야기하고자 할 것이고 우리의 실질적인 의결 모임에 참여하고 싶어할 거야⋯⋯."

"그렇게 된다고 그가 믿는다면요!"

"괴상한 친구야. 그의 마음속엔 무언가 종교적인 것, 거의 신비에 가까운 것이 들어 있어. 그는 나치 독일을 절대악으로 간주하고 있지만, 만일 그가 소련 역시 그렇다고 생각하기 시작한다면⋯⋯."

뮌첸베르크는 말끝을 맺지 않았다. 그 두 사람은 답답해져서 서로를 쳐다보았다. 그들은 자신들이 젊은 시절에 가졌던 이상이 왜곡되어 있음을 오래전부터 알고 있었다. '프롤레타리아' 전체주의 독재를 섬기는 데에는 도덕적으로 불편한 그 무엇이 있었다.

카츠가 목을 가다듬으려 헛기침을 했다.

"그가 지드와 맺은 관계의 진정한 성격을 파악한 사람은 아무도 없습니다. 그들 사이엔 성적 관계가 없어요. 말로는 동성연애자가 아닙니다. 그의 이복 동생도 역시⋯⋯."

"이복 동생이라니?"

"롤랑 말입니다. 그는 지드의 비서입니다. 별명이 '키주' 라고 합니다. 그를 우리 편으로 만들 수 있다면 좋을 텐데요. 불가능한 일은 아닌 듯합니다."

뮌젠베르크는 못마땅해하는 얼굴이었다. 지드를 감시하기 위해 근무중인 두 명의 정치 요원, 피에르 에르바르와 베르나르 그로튀장의 여자친구인 알릭스 기앵이 있었던 것이다.

"말로와 그의 아내의 관계는 어떻게 되어가고 있나?"

그가 다시 말을 던졌다.

"악화되고 있습니다. 아시다시피 그들에겐 1933년 3월 말에 딸이 생겼습니다만 딸이 태어났어도 개선된 것은 아무것도 없습니다. 클라라는 집을 나가 어떤 화가와 함께 중동으로 갔습니다. 앙드레가 조제트 클로티스라고 하는 〈마리안느 *Marianne*〉지의 애숭이 기자와 바람피운 데 대한 복수인 듯합니다. 클로티스는 시골 부모님 집으로 다시 떠나버렸습니다. 또 말로는 루이즈 드 빌모랭과도 관계가 있었는데, 그녀는 상층 귀족 출신에 시를 좀 안다고 자부하는 여자입니다. 그들은 변함없는 사랑을 서로 주고받았습니다. 생 텍쥐페리의 아내 콘수엘로의 귀띔으로, 루이즈가 〈프랑크푸르터 자이퉁 *Frankfurter Zeitung*〉지의 파리 통신원 지부르크와 짜고 자신을 속였다는 것을 말로가 알게 될 때까지는요."

그들은 미소를 지었다. 오직 은폐와 조작으로 세계를 보아온 덕분에 생제르맹 가의 배후 조종자들은 말로의 삶에서 중요한 두 개의 사랑 이야기 곁을 스쳐 지나가는 중이었다. 조제트 클로티스는 순진한

아가씨다운 점은 전혀 없었다. 매우 아름답게 생긴 이 아가씨는 단지 눈속임에 불과한 순응주의라는 방어막 뒤로 활력과 신선함을 감추고 있었다. 말로가 그녀를 처음 만난 것은 그들의 책을 함께 펴냈던 갈리마르 씨네 집에서, 즉《신프랑스 평론》지에서였다. 특히 가스통 갈리마르가 역시 막 출간했던 좌파 계열의 주간지〈마리안느〉에서였다.

조제트는 이미 앙드레를 좋아하고 있었고, 그 역시 조제트 외의 다른 곳에 눈길을 돌리지 않았다. 그 모임의 점심식사에서 행복에 관한 대화가 있던 날이었다. 어떤 어리석은 사람 하나가 여성은 기질상 "감정적으로 자유로울 수 없다"고 주장했다. 조제트의 초록색 눈동자에 불꽃이 튀었다.

"서둘러서 존재해야 해요. 스무 살을 먹는다는 것은 아무짝에도 쓸모가 없어요."

그녀의 눈길이 말로의 눈과 마주쳤다. 말로가 미소를 지었다. 흔히 있는 동감의 표시 이상이었다. 어리석은 친구는 그녀가 던진 말에 대해 화를 내면서 아무것도 이해하지 못하는 사람처럼 계속해서 자신의 신념을 말했다.

"당신은 사랑을 부인하시는군요."

그녀는 경멸하는 듯이 어깨를 으쓱했다.

"제 말은 그런 것이 아닙니다."

그녀는 단숨에 포도주잔을 비웠다.

"당신을 찬양하는 사람을 사랑하는 것, 그가 바라는 모든 것들을 겪는 것, 애완동물처럼 말이지요. 그것은 영원한 상태가 아닙니다. 단지 몇 달간만 지속될 수 있는 일이지요. 난처한 것은 동침의 방법을 찾지 못했다는 것이지요. 어떤 방식인지는 모르지만……."

"……내밀한 이야기겠군요."

말로가 속삭이듯 말했다.

바로 그녀가 말하려던 바였다.

그 다음날 말로가 짤막하게 메모를 보냈다. '함께 점심을 먹을 수 있을까요. 어떻습니까?' 그러나 조제트는 본 라 롤랑드로 되돌아갔다. 그녀에게는 곧 끝내야 할 원고가 하나 있었고, 말로에게는 너무 많은 의무와 계획, 모임과 회의가 있었다.

하지만 말로는 완전히 연애 편지라고는 할 수 없는 재미있는 편지들을 그녀에게 퍼부어댔다. 조제트는 기차편을 예약했다. 그녀는 일주일에 한 번 파리로 돌아왔다. 그들은 포럼의 바에서 만나서, 몽토르게이유 가에서 구운 소시지를 맛있게 먹거나, 투르 다르장에서 오리 가슴살 요리를 먹곤 했다. 콩쿠르상을 받던 날 저녁때 말로는 문학 관련 기자들과 아카데미 회원들을 피해서 루이즈 드 빌모랭에게 선언하듯 말했다. "나는 당신과 함께 내 생을 마감할 거요." 하지만 며칠 후 택시 안에서 말로는 망토에 달린 여우털 깃 위로 조제트를 어색하게 포옹했고 그녀의 애인이 되었다. 그러고는 무엇보다도 좌파 지식인들로 가득 찬 파리 시의 판결에 두려움을 느껴 마치 말 못 할 병이기라도 하듯이 그 관계를 감추기로 했다.

뮌젠베르크와 카츠는 그 모든 것을 비웃었을 것이다. 그들은 차라리 걱정했는지도 모른다. 막 피어나기 시작한 그 사랑은 그들의 계획을 엉망으로 만들고 있었다. 모스크바에서 준비하고 있었던 꼭두각시로서의 운명을, 말로가 최후의 순간에 피하게 된 것은 한편으로는 조제트 덕분이었다. 아마 그녀는 보잘것없는 부르주아 여성에 불과할지도 모른다. 하지만 원인을 잘 살펴보면 얼마나 많은 '프롤레타리아 여성 동지들'이 자신들이 사랑하던 남자를 수렁으로 몰아넣었던가……

"그와 트로츠키의 관계는 어느 정도 진척되었지?"

뮌젠베르크가 물었다.

"그의 낭만주의적 경향을 아시지 않습니까. 그의 눈에는 위대한 호인, 1905년의 페트로그라드 연방, 적군, 철갑을 두른 기차가 보일 뿐입니다. 다소 감상적이지요. 말로는 그를 공개적으로 부인하고 있지는 않습니다."

"잘된 일이로군, 잘된 일이야. 커피 한잔 더 할 텐가? 말로가 독자적인 것으로 보이면 보일수록 우리에겐 유리할 거야……."

"레글러가 그에 대해 어떻게 생각하는지 아십니까?"

뮌젠베르크는 보다 주의를 기울여 경청했다. 공산주의자이고 전직 장교인 구스타프 레글러는 파리에 들이닥친, 절망에 싸이고 가진 것 없고 이해받지 못하는 독일 작가들과는 그 견실함에서 뚜렷이 구분되었다. 프랑스의 좌파 지식인들은 이러한 궁핍에 장단을 맞추기가 어려웠다. 말로 역시 마찬가지였다. '반파시즘의 생쥐스트'인 레글러는 정신 분석학자 마네스 슈페르버에게 몇 달간 단 한 잔의 코냑만을 제공할 뿐이다. 문학적으로 굶어죽을 지경인 사람에게 술이란……

이러한 자세한 내막에 생각이 미치게 되자 바크 가에 있는 말로의 새 아파트에서는 망명자들에 대한 뜨거운 접대가 이루어졌다. 그곳에선 손님들이 반드시 말로의 사무실을 거쳐야만 했다. 클라라는 모국어의 억양을 되찾고 기뻐했다. 그녀는 인도차이나에서 돌아온 이후로 국제적인 안목을 대부분 잃어버렸다. 독일 지성계에 상처를 주는 정권에 대한 투쟁은 비단 독일인들만의 문제가 아니었다. 그것은 문화를 사랑하는 모든 인간들의 문제였다.

"레글러는 그에 대해 어떻게 생각하지?"

"그는 말로는 정말이지 '우리와 같은 우리 속에 결코 들어가지 않을 야생 고양이'라고 하더군요. 그럴 수도 있지요. 어쨌든, 그는 디미트로프*를 위한 집회를 주재하는 데에 발을 들여놓았으니까요."

뮌젠베르크는 즐거운 듯 고개를 끄덕였다.

"정말이지 오늘 밤에 나는 한 가지 희망을 품게 되었네. 지드와 말로가 베를린에서 디미트로프의 석방을 나치에게 요구하는 거야! 자네가 이 꿈은 실현시켜 줄 것이라고 믿겠네. 언제나 그랬듯이 배를 조종하는 것이 자신들이라고 믿게끔 내버려두게. 그들을 설득해서 괴벨스를 만날 것을 요청하도록 하게……. 괴벨스는 그들을 결코 받아들이지 않을 거야. 1934년산 포도주를 축복할 만한 사건이 되겠지."

실제로 1월 4일에 말로와 지드는 디미트로프와 공동 피고인들의 석방을 요구하는 편지를 가지고 베를린으로 갔다. 예상대로 괴벨스는 그들을 받아들이지 않았다. 게다가 얼마 지나지 않아 파리에서 일어난 중대한 사건으로 인해, 그 두 작가의 용감하지만 이용당한 행동은 빛이 바래게 되었다.

2월 6일 우익 '단체들'인 악시옹 프랑세즈, 민족 투사 연합, 크루

---

* 코민테른의 서양 사무소 책임자인 게오르기 디미트로프는 불가리아인으로서, 1933년 3월 9일 나치에 의해 체포되었다. 제국의회 건물의 방화를 조직했다는 죄목이었는데 그것은 완전히 조작된 사건이었다. 1933년 12월에 그는 라이프치히 법정에서 무죄 판결을 받았는데, 그것은 아마도 소련과 독일 사이의 은밀한 뒷거래의 결과였을 것이다. 하지만 스탈린의 충복인 디미트로프는 자신과 공동으로 기소된 포포프와 타네프와 함께 여전히 독일에 억류되었다. 그가 1934년 2월 27일에 석방될 때까지, 그리고 그 이후로도 공산주의 조직들은 반나치즘의 기수로 그의 이름을 이용하게 된다.

아-드-푀(조종사인 장 메르모즈가 이들의 리더들 중 하나였다) 뿐만 아니라 공산당과 그 추종자인 공화국 전우회가 벌인 시위가 폭동으로 변했다. 궁지에 몰린 치안 유지군이 발포를 했다. 15명이 사망했다. 그 다음날 다시 대립이 있었고 4명의 희생자가 생겼다. 2월 9일엔 다시 또 4명의 희생자가 생겼다.

공화당 정권은 위험에 처했다. 내란이 다가온 것일까? 갑자기 공산당은 진영을 바꾸어 달라디에 정부의 급격한 추락에 기대 걸기를 멈추었다. 그때까지 심하게 분열되어 있던 좌파 정당들 사이에 신중한 접촉이 늘어갔다. 2월 12일 두 개의 행렬이 나시옹 광장으로 모여들고 있었다. 삼색기를 두른 선발대 뒤편으로 줄을 맞추어, 파리 주변에서 온 수많은 사회주의자 대중들이 뱅센 대로 위를 걸어가고 있었다. 수도 한가운데에서는 또 하나의 행렬이 적색 깃발을 바람에 휘날리며 나타났다. PCF(프랑스 공산당)의 시위대였다. '사회주의자들'과 '공산주의자들'이 무거운 침묵 속에서 마주쳤다. 좌파 대중의 적대적인 형제들은 도메닐 가에 집결한 치안 유지군들이 보는 앞에서 한바탕 치고받게 될 것인가? 그것은 너무나 어리석은 짓일 것이다. 갑자기 구름이 짙게 깔린 하늘을 향해 누군가가 주먹을 쳐들었고, 다른 누군가가 그것을 따르고, 곧 수백 명이 이에 따랐다.

"행동 통일…… 행동 통일…… 행동 통일……"

강력한 관계 회복에 감동한 군중이 이내 박자에 맞춰 외치기 시작했고, 모든 구호들이 뒤섞였다. 어제 같았으면 서로 치고받았을 텐데, 이날은 서로를 거의 껴안다시피 했다. 집단 감정이 '노동자들 곁에서' 시위를 벌이러 온 반파시스트 지식인들 그룹을 순식간에 사로잡았다. 친구인 장 카수, 루이 마르탱 쇼피에, 레오 라그랑주 곁에 나란히 선

말로 부부도 역시 가슴이 터지도록 고함을 치며, 복수의 손을 치켜들었고, 군중 속으로 휩쓸려 들어갔다. 그들을 구분해 주는 것은 단지 그들이 입고 있는 상류 계층의 옷뿐이었다.

그날 1934년 2월 12일에 인민전선은 막 그 탄생을 알리고 있었지만, 말로는 이에 개의치 않았다. 그는 대중 시위 때를 제외하고는 그가 가져왔던 '괴상한' 꿈을 중단한 적이 없는 듯했다. 그는 또다시 다른 곳에 가 있었다. 시바 여왕의 흔적을 찾기 위해서였다. 매우 오래된 수수께끼인 그 여왕은 피에로 델라 프란체스카(이탈리아 화가. 1416~1492 - 역주)와 클로드 젤레(프랑스 화가, 판화가. 1600~1682 - 역주)에 의해 그림으로 그려졌고, 기베르티(이탈리아 조각가, 1378~1455 - 역주)에 의해 조각품으로 만들어졌으며, 고대의 플리니우스, 비르길리우스, 그리고 플로베르에 의해 노래로 불렸다. 모두가 그들 방식으로 시바의 여왕을 꿈꿔왔던 것이다. 에티오피아인들은 그녀를 마케도라고 불렀다. 성경과 몇 가지 이슬람 전설에서는 발키스라고 불렸다.

인간을 초월한 미녀였던 그 여왕은 실제로 존재했을까? 부르크하르트(스위스 역사가. 1818~1897 - 역주)와 니부어(독일의 사학자. 1776~1831 - 역주)는 그렇게 믿었다. 조제프 알레비 역시 믿었다. 그리고 글라제는 금지된 도시가 되어버린 그녀의 옛 수도 마렙에 대해 800장의 스케치를 했다. 그리고 라트장과 폰 비스만은 달의 신에게 바쳐진 사원의 유적들이 햇빛을 보게 만들었다. 마찬가지로 야콥슈탈은 3년 전에 아프가니스탄과 이란 사이에서 본 마렙의 70개 사원의 눈부신 유적들을 말로에게 묘사했었다.

"당신은 그것들을 보았습니까, 당신 눈으로요?"

"그렇습니다."

야콥슈탈이 대답했다.

'그것은 단지 환상에 불과했을 거야. 다른 사람들도 그가 이야기하듯이 내게 그 유적들에 대해서 말했잖아.'

말로는 이렇게 생각했다.

지구상에서 가장 오래된 문명들의 합류점이자 종교의 요람이었던, 길게 휜 칼을 든 전사들의 나라 예멘에 있는 그 전설상의 유적들은 탐험해야 할 거대한 미지의 세계였다. 자신이 불가지론자임을 발견하고 있는 중이었기 때문에 말로는 아무도 침범하지 않았던 그 세계의 모든 것에 마음이 끌렸다. 합리적인 사람들이 전제 조건으로 제시하는 꿈과 현실 사이의 경계를 그릴 수는 없었지만, 그는 먼저 그 비밀의 길들을 성큼성큼 걷고 있었다…….

'반테이 스레이 사원의 약탈자'라는 이미지가 성공한 소설가라는 이미지에 자리를 넘겨주었기에 명성은 장점이 되었다. 샤르코 박사와, 유명한 전략가이지만 상습적인 음모가로서 그와 극좌파와의 관계는 사하라 사막과 남극 대륙의 관계와도 같은 프랑세 데스프레 원수의 후원을 받았다. 그들의 후원으로 말로에게는 지리학회의 문들이 활짝 열렸다.

"당신은 조제프 아르노에 대한 이야기를 들어본 적이 있습니까?"

샤르코가 물었다.

그러고 나서 그는 무척 매혹적인 이야기를 시작했다.

"아르노는 예전에 프랑스 군대의 약사였습니다. 제다에서 상업에 종사하던 그는 당신처럼 마렙에 대한 이야기를 들었습니다. 그러니까…… 그게 1842년이거나 1843년이었지요. 양초 장사로 변장을 하고서, 베두인족의 주의를 흩뜨리기 위해 자웅동체인 당나귀 한 마리를 끌고 그는 사나(예멘의 수도─역주)에 도착해서는 아라비아 사막 전체를 돌아다니다가, 마침내 그 옛 도시를 발견했습니다. 그 불쌍한 사람은 눈병을 앓고 있었고, 제다에 돌아왔을 때는 실명하기 직전이었지요. 프랑스 영사는 필장스 프레넬이라는 사람이었는데, 그가 위대한 물리학자의 후손인지는 잘 모르겠습니다. 그는 아르노를 해변으로 데리고 가서 젖은 모래로 마렙의 부조도를 만들게 했습니다. 영사는 그림 솜씨가 약간 있었기 때문에 자기 개인 수첩 속에 이 임시 조각들을 베껴놓았습니다. 아르노는 프랑스로 되돌아온 후 다행스럽게 시력을 회복했습니다. 우리 학회의 회보에서 그의 탐험에 관한 몇 가지 이야기들을 발견할 수 있을 것입니다. 〈아시아 저널 *Journal asiatique*〉 지와 〈이집트 평론 *Revue d'Égypte*〉 지에 실린 세 편의 여행기를 빼고도 말입니다. 그 이야기들에 당신이 흥미를 느끼게 될 것이라고 확신합니다."

그 말로써 충분했다! 클라라와 조제트는 각기 말로의 입에서 아주 기괴한 발언이 나오는 것을 들었다.

"나는 아르노가 간 길을 따라가서 마렙을 다시 찾아내겠소. 내가 시시한 고고학자에 불과하다는 뒷공론들을 멈추게 되겠지."

그렇다. 그는 아랍인으로 변장하고 프랑스인 최초로 톰부크투를 방문했던 르네 카이예처럼 고난을 감수할 것이다. 그는 야만과 전쟁에 사로잡혀 있는 예멘에서 자신의 자유와 생명의 위험을 무릅쓸 것이다. 위험을 정면으로 바라보면서 스스로가 완전한 남성임을 느끼는 이 전대미문의 충만함을 다시 맛볼 것이다.

"페르시아인으로 분장하고 걸어서 사막을 건넌다고요? 하지만 그것은 신중하지 못한 일입니다, 말로 씨! 저로서는 이러한 탐험 도중 죽은 학자들이나 낭만적인 모험가들의 목록을 늘리는 것이 아주 우스운 일이라고 생각합니다. 만일 그 도시가 존재한다면, 오늘날 그 도시를 찾을 수 있는 가장 훌륭한 방법이 있는데도 말입니다. 그건 바로 '비행기'지요."

어느 맑은 날 저녁에 에두아르 코르니글리옹 몰리니에가 소리쳤다. 그에게는 자신이 이야기하고 있는 것을 안다는 커다란 이점이 있었다.

어느 정도는 댄디이면서 약간은 사업가이기도 한 그는 무엇보다도 특급 조종사였다.

이탈리아의 작가 겸 조종사였던 가브리엘레 다눈치오에 대해 그가 품었던 청소년기의 감탄을 기억해 낸 말로는 즉시 그 의견을 받아들였다. 항공술로 인해 프랑스에는 블레리오, 귄메르, 퐁크, 페코, 그리고 메르모즈 형제들같이 대부분 우파 사람들이긴 하지만 새로운 시대의 선구자들이 나타났다. 항공술은 이 세기의 위대한 모험들 중 하나였다. 그가 모래 속에 파묻힌 과거와 만나서 그것을 가져온다면, 날개 달린 모터가 다른 많은 사람들이 실패한 곳에서 성공을 거둔다면 얼마나 커다란 승리이겠는가!

모든 사람이 이 멋진 열정을 함께 나누었던 것은 아니었다. 콘수엘로는 말로가 예멘의 환상에 사로잡히게 된다면 파리 전체에 그가 오쟁이를 졌다는 소문을 내겠다고 위협했고, 생 텍쥐페리는 유감스럽게도 제안을 거절했다. 역시 까다로운 아내를 둔 항공 우편 조종사 생 텍쥐페리는 마음이 쏠리고 있는 메르모즈에게 거절 의사를 밝혔다. 우편 수송이 먼저이고, 터무니없는 짓은 그 다음이라는 것이었다.

"그렇다면, 에두아르, 당신은 찬성하시겠지요?"

그러한 계획을 실행하는 데는 조종간을 잡는 사람이 둘이어도 결코 많은 것이 아니었다. 코르니글리옹은 공군의 최고 조종사들 가운데 한 사람인 샬 대위와 접촉해 보라고 그에게 말했다. 샬은 동의했다. 더 잘된 일은 '그놈&론' 비행기 회사의 사장이자 코르니글리옹의 옛 전우인 부호 폴 에밀 베이예가 가담한 것이었다. 그가 그들에게 자신의 비행기, 공상 과학 소설에서나 나올 법한 비행기로, 변신할 수 있는 전기로 움직이는 좌석을 갖춘 안락한 여행용 비행기를 빌려주게 되는 것은 당연한 일이었다.

그가 항공 정찰대에서 최초의 프랑스 특수부대인 C224 전투 비행 중대를 지휘하던 때를 기념해서, 비행기 회사 사장은 상품화를 위해 탐험 사진을 찍을 것을 제안했다. 그렇게 해서 일간지인 〈랭트랑지장 *L'Intransigeant*〉에 '글과 사진'을 보내주기로 독점 계약을 맺어 여행 경비를 마련하자는 생각이 탄생했다.

2월 22일에 마침내 파르망 호는 이탈리아, 리비아, 이집트 그리고 수단을 경유해서 지부티로 가기 위해 날아올랐다. 기항지마다 사람들이 말로를 축하해 주었는데, 그의 모습은 평소와는 달랐다. 그는 소박하고, 직선적이고, 살롱에서가 아니라 흙에서 만나는 비행사들에게도 지극한 우정을 보이고 있었다. 그는 비행사들이 좋아하는 말과 태도를 본능적으로 찾아낼 수 있었다. 그는 그들과 함께할 수 있었다.

연료를 가득 실은 비행기가 새벽에 그를 기다리고 있었다. 한 장한 장이 다른 것의 끝과 연결되는 지도를 갖추고 코르니글리옹-몰리니에, 기사 마이야르, 그리고 말로는 비행기에 몸을 실었다. 기체는 태양을 향해서 날아올랐다. 구름 위에서는 하늘이 맑았다. 바닥을 통해 바다와 모래 언덕들, 산맥들이 보였다.

코르니글리옹은 나침반을 보며 비행했다. 미지의 땅은 사나흘 지나서 시작되었다. 정북 방향의 카리드 계곡을 지나서 지하를 흐르는 강이 있는데, 그 가장자리에 살고 있는 아랍인들만이 강줄기를 따라갈 수 있었다. 산이 사라지고 안개가 걷혔다. 스텝 시기, 즉 불모의 시기였다. 갑자기 그 유령의 도시, 노트르담 사원을 생각나게 하는 거대한 유적이, 죽은 자의 제단을 둘러싸고 있는 오아시스가 나타났다. 마렙일까?

"내려갑니다."

코르니글리옹이 소리쳤다.

45도 각도로 비행기의 기체가 기울었다. 고도를 낮추니 기둥 파편들과 더불어 타원형의 성곽들, 길게 뻗어 있는 벽과 모난 건물들이 보였다. 또 다른 돌무더기 속에서는 겉보기에 거의 이집트식인 듯한 사원과 사다리꼴의 탑들, 경사진 거대한 제단이 보였다. 몇 개의 기둥들이 따로 떨어져 있었다.

중앙 고원 지대를 여러 번 다시 지나니 더 자세한 모습이 잘 드러났다. 타원형의 높은 탑 하나, 성곽들, 건축가 말레 스테방(프랑스 건축가. 1886~1945−역주)에 의해 지어진 거대한 철근 콘크리트를 생각나게 하는 건물들이 있었다. 그 너머에는 유목민들의 텐트가 있었다. 그러나 기름이 부족했다. 시간을 지체할 수가 없었다. 되돌아갈 길을 생각해야만 했다. 안개와 구름들이 다시 뒤덮이기 시작했는데, 그것 때문에 아마도 마렙의 유적들이 보존 가능했던 것으로 생각되었다.

연료 부족으로 그들은 지부티 북쪽에 착륙하지 않을 수 없었다. 하지만 튀니지와 본 사이에서 파르망 호가 사이클론을 만난 것은 3월 16일이었고 그로 인해 파르망 호는 땅에 곤두박질칠 뻔했다. 톰부크투를 발견한 것은 아니었지만 일상으로부터의 탈출 그 이상이었다. 그러나 대체로 문학에서 혹은 정치 참여로서 알려졌던 앙드레 말로의 이름은 위대한 항공 모험이라는 미래 지향적인 세계와 관련을 맺게 되었다.

"마지막 시퀀스를 나는 이렇게 생각하고 있습니다. 포로가 된 투사들이 제복을 입은 경비병들에 의해 기관차 쪽으로 몰려갑니다. 카토프는 상처를 입고 다리를 절고 있습니다. 그의 오른쪽 다리는 오른쪽으로 뒤틀려 있습니다. 다음 장면은 상하이로 행진하고 있는 혁명군 중의 하나를 보여줍니다. 새로운 걸음을 내딛고 있습니다. 카토프는 다시 일어섭니다. 이때 왼쪽에서 상하이로 올라가고 있는 또 하나의 혁명군이 비쳐집니다. 한쪽 군대가 한 걸음을 내딛고, 다른 쪽 군대가 또 한 걸음을 내딛습니다. 그러한 장면은 카토프가 기관차의 정면으로 인도될 때까지 속도를 더해 가며 보이게 됩니다. 그리고 그 두 혁명군이 상하이에서 합류할 때 갑작스런 기적 소리로써 기관차가 먹이를 삼키는 것을 보여줍니다."

말로가 자신을 맞이해 준 메트로폴 호텔 내의 기둥이 늘어선 작은 살롱에서 천재적인 연출가는 그의 찬란한 묘사를 하나도 놓치지 않고 듣고 있었다. 그 연출가는 몸을 움츠렸다. 명석함과 열정이 언제나 양립하는 것은 아니었다.

"……하지만 꿈을 꿔봐야 무슨 소용이 있겠습니까? 소련에서는 당신의 《인간의 조건》을 상영하게 놓아두지 않을 텐데요."

"말도 안 됩니다! 내가 모스크바에 온 것이 바로 그 때문인데요. 메즈랍폼필름사와는 내 책을 스크린으로 옮기기로 계약을 했으니까 될 겁니다. 에렌부르크 씨……."

에이젠슈타인의 표정은 해야 할 말을 모두 하고 있었다. 말로는 애시당초 그 모든 것을 듣지 않기로 결정했었다. 일리아 에렌부르크는 파리에 살고 있는 호의적인 작가 겸 기자일 뿐만 아니라 특히 비공식적인 해외 체제 대표자였다. 이러한 자격으로 인해 그는 상부로부터의 명령에 절대로 복종하고 있었다. 상부에서는 제1차 소비에트 작가 연합 국제 회의를 일차적 목표로 삼고 있었다. 그들은 자신들의 논단에 그것을 올리고자 했고, 그 경우 눈길을 끄는 모든 것, 그것이 영화화된 것이라도 좋았다.

"그가 당신과 동행했습니까?"

"그의 아내 리우바도 같이 갔지요. 런던에서 레닌그라드까지 우리는 제르진스키의 차를 타고 여행했습니다."

영화업자는 얼굴을 찡그렸다. 죽은 제르진스키는 바로 체카(1917년에 반혁명과 태업에 대처하기 위해 만든 경찰 기구-역주)의 창립자였고, 지금은 NKVD(게페우를 흡수하여 만들어진 비밀 경찰 기관-역주)가 된 게페우에 소환되었었다. 그것들은 모든 소련인들을 공포로 떨게 만들었던 동일한 현실에 대한 세 개의 서로 다른 약호들이었다…….

1934년 모스크바. 대공포 정치가 실시되기 전의 마지막 여름이었다. 태양은 크렘린 궁의 막대사탕 빛깔의 돔 지붕들을 비추었고, 소매를 걷어붙이고 가벼운 옷을 걸친 채 산책하고 있는 모스크바 시민들을 뜨겁게 달구고 있었다. 어느 정도 주의 깊은 관찰자라면 그들의 눈빛에서 불안감을 읽어냈을 것이다. 하지만 말로는 신경을 거슬리게 하는 것에 주의를 기울일 줄 몰랐다. 호기심 많은 사람이라면 자신과 대화를 나누는 사람들이 보이는 묵묵부답의 태도에 의혹을 품었을 것이다. 하지만 말로는 호기심을 보이지 않았다.

그러나 모든 것이 중요한 의미가 있었다. 특히 자질구레한 일들이 그랬다. 여행을 떠나기 전에 에렌부르크는 사회주의 체제가 문학에 열광하고 있다는 것, 하지만 결혼하지 않은 작가보다는 결혼한 작가 부부들을 더 좋아한다는 것을 말로에게 이해시키려고 애썼다. 그는 아라공과 엘사 트리올레 부부가 누리고 있는 혜택에 대해 자랑을 늘어놓았다. 1933년 콩쿠르상 수상자인 말로를 따라 소련으로 가게 되는 것이 조제트가 아니라 클라라가 되게끔 하려는 그 나름대로의 방식이었다.

말로는 이 요구에 따랐고 조제트는 다시 한 번 더 체면치레의 대가를 치러야 했다. 띄엄띄엄 만남이 있었다. 울긋불긋한 복장을 한 추적자들의 흥미에 차 있지만 동정하는 듯한 눈길 아래 두 연인이 단둘이서 만나는 파리 고급 호텔에서의 시간은 순식간에 흘러갔다.

모스크바에서 말로는 거의 웃지 않았다. 메트로폴 호텔에는 도처에 경찰의 끄나풀들이 있었다. 그들은 인투어리스트(구소련의 국영 여행사 외국인 관광국—역주)의 젊은 통역 안내인인 볼레스라브스카야가 드나드는 것을 세심하게 바라보았다. 멋진 회색 눈동자에 매끈한 다리, 그리고 깊이 파인 이(齒)로 인해 거의 추녀에 가까운 미소, '민중을 위한다'는 소비에트 의학에 대해 그 얼굴로써 반대 선전을 하고 있는 볼레스라브스카야는 눈부시게 빛이 났다. 앙드레는 그녀를 열렬히 사랑하게 된다. 클라라는 그에 대해 기분 나빠하지 않았다. 그녀는 손으로 수를 놓은 식탁보와 보석들에 정신이 팔려 있었다. 연극 연출가인 메이어홀드나 동료 영화 감독인 에이젠슈타인과 머리를 맞대고 작업을 한 후에, 말로는 구스타프 레글러와 폴 니장과 함께 활발한 토론을 벌이러 그녀를 다시 찾아가곤 했다. 니장은 고등사범학교 출신으로서 스탈린보다 트로츠키를 더 좋아할 수도 있다는 것을 인정하는—그것은 당시의 상황에서는 정말 칭송받을 만한 것이었다—독선적이지 않은 공산주의자였다.

회의는 '조합원 회관'으로 이름이 바뀐 과거의 '귀족 회관'에서 열렸다. 발자크, 세르반테스, 단테, 고골리, 위고, 아이네, 푸슈킨, 셰익스피어, 체홉, 톨스토이뿐만 아니라 레닌과 스탈린의 거대한 초상화들이 걸려 있는 방이었다. 스탈린은 친구인 세르게이 키로프와 함께 흑해에서 휴식을 취하며 휴가를 보내고 있다고 했다.

'민중의 아버지'라고 하는 스탈린이 자리에 없기는 했지만 그의 그림자는, 기둥으로 가득 차 있는 방 안에 몰려든 다소간의 재능 있는 700명의 작가들 위에 드리워져 있었다. 그들 작가들을 시인 복장을 한 수십 명의 경찰들이 둘러싸고 있었다.

순종적인 이들 집단을 추상같이 엄격하고 장황한 연설로 제일 먼저 꾸짖을 수 있는 특권은, 독재에 끝없이 양보함으로써 빛이 바랜 늙은 막심 고리키에게로 돌아갔다. 적어온 노트를 읽으면서 3시간을 말한 그 작가는 더 이상 《어머니》를 쓴 저자가 아니라 사회주의 리얼리즘이라는 슬픈 춤곡을 마이크로 반복하기에 딱 좋은 수염 달린 축음기에 불과했다.

"레글러는 뭐라고 합니까?"

말로는 볼레스라브스카야에게 물었다. 그 어느 때보다도 예쁘게 치장한 그녀는 말로와 독일 공산당 작가 사이에 자리를 잡고 있었다.

"불평하고 있겠지요."

"그럴 만도 하겠군요."

고리키의 뒤를 이어 다른 연사들이 나왔다. 자노프는 "작가들이란 영혼의 기술자들입니다"라는 스탈린의 불멸의 명언을 상기시켰다. 아라공은 "마르크스, 레닌, 스탈린의 기치 아래, 즉 변증법적 유물론의 기치 아래 국제적인 사회주의 문화"를 펼칠 것을 주장했다.

칼 라덱의 차례가 왔다. 과거의 친구들인 볼셰비키주의자들 사이에서 엉뚱하기로 소문났던, 이 집행유예에 처해 있는 산송장 같은 작가는 크렘린 궁 주인의 눈밖에 날지도 모른다는 생각만으로도 두려움에 몸을 떨었다. 그와 같은 무기력에 복수하기 위해서 그는 시베리아의 황무지를 개간하는 수확기-탈곡기-곡식단 처리기를 들어가며 '부르주아 예술'을 열심히 비난했다.

"현미경으로 촬영한 벌레들이 우글거리는 쓰레기, 그것이 제임스 조이스의 예술입니다."

그는 날카로운 목소리로 외쳤다.

아무도 곧바로 응수하는 사람이 없었다. 사람들은 어색한 모습으로 서로를 바라보았다.

왜 이 남자들—여자들은 얼마 없었다—은 그런 식으로 비굴한 것일까? 누구에게? 자기 자신의 포로이자, 중요한 역을 맡아야 한다는 보다 강한 욕망과, 그러면서 자신이 굉장한 인물처럼 취급된다는 데서 느끼는 오만함에 사로잡힌 말로는 신중한 태도로 문제를 회피했다.

"라덱이 너무 앞서가는군요."

옆에 앉은 여자가 평을 했다. 독일 여자였는데 흠잡을 데 없는 프랑스어를 구사했다.

말로가 회의석상에 올라가서, 공제조합의 동료들 앞에서나 뷜리에 회의실의 기둥들 아래 있는 것처럼 편안하게 말하기 위해서는 상당한 양의 무의식이 필요했다. 그의 연설은 일관성이 없고, 엉성하고, 비약이 심했지만 어쨌든 이미 그보다 앞서 말했던 사람들의 연설과는 정반대인 것처럼 보였다.

"문학이 우리에게 주고 있는 소련의 이미지를 문학은 잘 표현하고 있습니까? 겉으로 드러난 모습으로는 그렇습니다. 윤리와 심리학의 측면에선 아닙니다. 당신들이 모든 이들에게 심어주고 있는 확신을 당신들은 작가들에게는 충분히 심어주지 못하고 있습니다. 작가들이 '영혼의 기술자'라고 한다면, 그 기술자의 최고 기능은 창조라는 것을 잊지 마십시오! 예술은 복종이 아니라 정복입니다. 언제나 그랬듯이 무의식에 대한 정복이고 대개는 논리에 대한 정복입니다. 마르크시즘은 사회에 대한 의식이고 문화이고 정신적인 것에 대한 의식입니다."

대부분의 경우 그들의 복종을 말하러 온 객석의 지식인들에게 그와 같은 논증을 밀어붙인다는 것이 얼마나 경솔한 짓인가! 말로의 눈 앞에 있는 거대한 회의실은 이상하게 조용했다. 수백 개의 눈들이 그를 응시했다.

노련한 늙은 여우 같은 라덱은 위험을 느꼈다. 둥근 테의 안경을 걸치면서 그는 발언권을 요구했고, 그런 다음 다시 연단에 올랐다. 말로는 아무것도 이해하지 못했다. 새로운 사회주의 문화는 르네상스 문화보다 높은 자리에 오를 것이며, 그 문화는 일련의 셰익스피어 같은 작가들을 탄생시킬 준비를 하고 있다는 것을.

"우리는 우리 친구들이 그들의 책에 담긴 모순으로부터 벗어나도록 돕고 있습니다. 그들은 단지 한쪽 눈으로만 진리를 바라보고 있습니다. 다른 눈은 일시적으로 감겨 있어서 단지 왜곡된 관점들만을 인식하고 있습니다. 우리 친구들이 움직이는 세상을 향해 두 눈을 뜨도록 도와주어야만 합니다."

레프 니쿨린(소련의 소설가. 1891~1967, 장편소설 《시간, 공간, 운동》, 《러시아의 예술인들》 등이 있다—역주)이 즉시 어조를 더 높여 말했다.

레프 니쿨린은 유명한 작가였다. 펜보다는 밀고라는 무기를 훨씬 더 잘 사용하기 때문이었다.

말로는 반격을 할 수도 있었지만 열정이 식었다. 흐름을 역류하기 싫었던 그는 마침내 물러서고 말았다. 그는 대답을 대신해서 오해, 라고 설명했다.

오해라니, 볼레스라브스카야는 경악했다. 며칠 전만 해도 그는 "만일 전쟁이 터진다면 나는 제일 먼저 외국인 용병을 조직해서 사병으로서 손에 총을 들고 자유의 나라 소련을 지킬 것입니다!"라고 선언하지 않았던가! 스탈린의 나라에는 오해란 없었다. 그곳에는 너무나 말 잘 듣는 사람들만이 있었고, 나머지 사람들은 침묵하기를 더 좋아했다. 당분간 말로는 후자에 속해 있기로 했다. 하지만 언제까지 그럴 것인가?

제7장

스페인 내란의 투사
Le combattant d'Espagne

"인민 전선!"

"크리스토 레이 만세!"

1936년 8월, 군사 '폭동'은 내전으로 변모했다. 바다호스(포르투갈과의 국경선 근처 지방—역주)가 무너졌다. 원형 경기장과 거리, 집안, 운동장에서는 이틀간에 걸친 유혈 쟁탈전이 벌어졌다. 메델린이 함락되었다. 사람들은 조금이라도 '공산주의자'라고 생각되는 사람은 그자리에서 총으로 쏘아 죽였다. 아프리카군이 수도를 향해서 몰려갔다. 쿠데타 장교들의 외인부대 용병들과 모로코 출신 저격병들을 누가 멈출 것인가? 열정과 구호로 무장하고 일어선 민병들은 아니었다. 규율이라는 말만으로도 그들은 두려워했다. 아마 공군밖에 없을 것이다.

그날 새벽 4시에 말로는 전화 벨 소리에 잠에서 깼다. 전화를 건 사람은 처음부터 공화파의 영지였던 스페인의 전쟁성(省)이었다.

"오늘 있을 메델린 폭격에 몇 대의 비행기를 동원할 수 있소, 동지?"

"아니, 그 도시로 진격하던 군대에 우리가 집중 폭격을 한 것이 겨우 나흘 전이지 않소! 다리와 그 부하들이 족히 스무 대는 되는 트럭들을 팽개치고 도망쳤잖아요."

"파시스트 도당들은 멀리 도망가지 않았음에 틀림없소. 그들을 몇 시간 동안 꼼짝 못 하게 하시오. 그러면 당신은 공화국에 새로운 봉사를 하게 되는 거요."

"전투기 출격이 있을까요?"

"아니오, 유일하게 갈 수 있는 것은 당신의 부대요."

"알겠소. 나를 빼놓고 내 부하들이 표적이 되어 죽는 것은 바라지 않소. 그들과 함께 가리다."

"당신은 역시 스페인 사람만큼이나 낭만적이군요, 동지! 하지만 우리는 리얼리스트들이오. 중요한 것은 결과랍니다. 수고하시오!"

포테스 54호기의 철판에 내리쬐는 태양으로 인해 조종석 안은 열기로 가득했다. 유리창이 끼워진 기체 앞부분, 기관총좌 아래로 그 작은 도시의 형형색색 지붕들이 선명하게 보였다. 시속 280킬로미터 속도로 지붕들이 눈에 띄게 커져갔고, 글자 그대로 폭격기 앞으로 돌진해 왔다.

오른쪽을 흘끗 쳐다보았다. 뜨거운 공기를 휘젓고 있는 두 개의 히스파노-수이사 엔진을 단 또 한 대의 포테스 54호기가 있었다. 기수(機首)는 자동화기에 맞아 뚫려 있었고, 아래쪽의 접이식 착륙 장치 뒤에는 두번째 기관총좌가 있었다. 왼편으로는 더글러스 DC-2기가 있었는데 그것은 폭격기로 개조된 수송기였다. 급조한 부대인 에스파냐 전투 비행 중대는 물자와 인원 면에서 모든 수단을 다 동원했다. '외국인 용병'들의 기술적인 능력이 없었더라면 그 부대는 존재하지도 못했을 것이다. 하지만 이들 모험가들은 적절한 보수를 받지 못하면서도 위험을 의식하지 않았고, 그것이 말로를 가장 신경 쓰이게 하는 점이었다. 그들만의 자유, 그리고 그들만의 호사란 바로 자신들의 마음에 드는 사람에게 협력하는 것이었다. 보수가 좋다고는 해도 어느 누구 하나 무장 폭도들 쪽으로 가려는 생각을 하지는 않겠지만, 정치적으로 말해서 그들은 대의명분을 위해 모든 것을 다 바칠 준비가 되어 있는 진정한 '자원자'는 아니었다.

결과는 패배였고 실책이었다. 그제께 바르셀로나로 비행기들을 호송하는 임무를 맡은 3명의 조종사들이 마지막 순간에 약속을 취소했다.

"그러한 경우 프랑스인들은 유머로써 모든 것을 정당화시킨다. 그들은 그러한 일로 인해 돈을 받았다는 사실 그 자체로 충분한 감동을 주었다고, 그리고 더 많은 돈을 추구하지 않는다고 내게 말했다."

말로는 〈프라우다 *Pravda*〉 지의 통신원인 미하일 콜트소프에게 이렇게 고백했다.' 항공술에 푹 빠진 콜트소프는 다소 지나치게 속내 이야기들을 찾는 경향이 있지만 호감이 가는 사람이었다.

메델린의 사각형 광장은 트럭과 군인들로 가득했다. 비행기 소리가 들리자 터번을 두른 것으로 보아 모로코인임을 알 수 있는 기관총 사수들이 문과 상가 밑으로 흩어졌다. 에스파냐 전투 비행 중대의 비행기들은 기수를 낮추었다. 400미터…… 300미터…… 거의 자살에 가까운 고도였다. 다행스럽게도 그들은 효과적인 고사포를 쓰지 않았다. 그들은 어림잡아 방아쇠를 당기고 있었는데, 그다지 정확하지 않았다. 그들에겐 두려움이 없었다. 이들 직업 용병들에게 죽음이란 직업상 겪는 위험의 일부였다. 받는 만큼 주는 것이 죽음이었던 것이다.

폭격기들은 싣고 온 폭탄을 광장에 다 토해 놓았다. DC-2기에서는 비행기 문을 활짝 열어놓기 위해 조종사실을 가로지르고 있는, 나무와 금속으로 만든 기다란 도랑처럼 생긴 것을 이용해서 폭탄을 투하했다. 1914~1918년식의 비커스 기관총을 탑재하고 있는 포테스기에는 폭탄 투척 장비가 없었다. 거의 정확하게 조준한다는 것은 개개인의 공적과도 마찬가지였다. 하지만 그것이 통했던 것이다!

포탄들은 오렌짓빛 불빛과 건조한 폭음 소리와 함께 터졌다. 메델린은 자욱한 연기로 가득 찼다. 트럭 한 대가 폭파되었다. 다른 트럭들역시 폭파되었다. 비행기들은 다시 고도를 높였다. 폭격당한 도시가멀어져 갔지만 하늘에서는 3개의 검은 점이 점점 커지며 말로에게로다가왔다.

"DC-2기 같은데요!"

"그럴 리가 있나. 그 기종에서 유일하게 날 수 있는 것은 우리 것인데."

"잠깐만, 잠깐만, 저것들은 엔진이 세 개인데요. 저것들은 더글러스가 아니라 융커스입니다!"

"파시스트들이로군! 우리 우측에 있어. 그들과 마주치겠는걸……."

거리가 가까워짐에 따라 더 이상 의심의 여지가 없었다. 융커스라는 것이 뚜렷하게 보였다. 융커스의 약점은 중앙에 있는 엔진이었다. 포테스기는 전방의 비커스 기관총을 그곳에 겨누었다. 그들에게는 전방 기관총이 없었다. 그 두 편대 모두 연료가 떨어져가고 있었으므로 교전은 짧을 것이었다. 그들은 몇 방 먹이길 기대하면서 지나치는 길에 사격을 할 것이다.

"발사!"

비행기는 적기들 밑으로 접근하기 위해 약간 고도를 낮추었다. 일제 사격으로 콩 튀는 듯한 소리가 났다. 정면으로 융커스와 마주치는 것을 피하기 위해 말로는 조종간을 왼편 깊숙이 밀어넣었다. 갑작스런 통증이 말로의 팔을 꿰뚫고 지나갔다. 그 첫번째 상처는 그다지 심하지 않은 것이었다. 전쟁을 관장하는 신들은 그날 메델린에서 돌아오는 길인 앙드레 말로라는 신참 전투 요원에게 관대한 모습을 보여주기로 결정했던 것이다…….

말로의 스페인 내전 참여는 어느 날 저녁 극장에서, 클라라와 말로가 친구들인 마들렌과 레오 라그랑주와 함께한 박스 좌석에서 비롯되었다. 레오 라그랑주는 새로 들어선 인민 전선 정부의 여가, 스포츠 및 체육 담당 차관이었다.

1936년 7월 14일, 그러니까 지난 화요일에 말로 부부는 마들렌과 레오와 함께 폴 니장, 장 카수, 그리고 유명한 미술 비평가 엘리 포르의 옆좌석에 나란히 앉아 있었다. 마들렌의 경우, 말로는 자신의 사회주의적 신념을 위해 변호사로서의 화려한 경력을 희생시키는 그녀의 투사적 욕구를 좋아했다. 레오의 경우에는, 운동 선수로서의 폭넓은 영향력과 그들 사이를 가깝게 만드는 본능적인 용기가 좋았다.*

기억할 만한 파티를 만들기 위해 모든 것이 결합되어 있는 듯했다.

---

* 부인과 마찬가지로 변호사인 라그랑주는 자신의 고객인 반나치주의자들을 변호하기 위해 주저 없이 독일에 갔었다.

훗날 말로는 그들이 은밀하게—교외에 있는 가장 절친한 친구 쉬잔의 집으로 피신한 조제트는 공식적으로 모습을 드러낼 권리가 없었다—사랑을 나누는 시간에 다소 잔인하고, 무의식적으로 조제트에게 그날 일을 소상히 이야기하게 된다. 그런데 갑자기 누군가 문을 두드렸다.

"공군성 장관님께서 국무 담당 차관님과 통화하시고 싶답니다."

순박하기 이를 데 없는 레오 라그랑주에게 붙여진 이 수많은 직함들이 얼마나 우스웠던지! 하지만 박스 좌석으로 돌아오자마자 라그랑주가 이야기해 준 소식들은 극적인 것이었다. 공군성 장관인 피에르 코가 방금 자신에게 한 말에 의하면 스페인에서 내전이 발발했다는 것이었다. 새벽에 군사 반란이 시작되었다……

"스페인 사람들이 무너지도록 놓아둘 문제가 아니야! 우리는 행동해야만 하네, 그것도 빨리."

말로는 이렇게 주장했고 그것은 혈기에 찬 라그랑주를 매혹시키는 반응이었다.

"코의 견해도 마찬가지일세. 가능한 한 빨리 코를 만나보게. 자네와의 약속을 정해 주겠네……"

공산당이 아니라 급진당에 가입하긴 했지만 피에르 코는 스탈린 체제에 대한 지칠 줄 모르는 찬양자, 특히 그가 '세계 최초'라고 자랑하는 항공 산업의 찬양자답게 행동했다. 그와 같은 열정이 말로는 싫지 않았다. 하지만 말로를 공군성 장관과 더욱 가깝게 만든 것은 국무회의 의장인 레옹 블룸을 겨냥한 공격에 못지 않은 극우파에 대한 공격이었다.[*]

---

[*] 1934년 2월 6일의 폭동 이후로 우파에서는 코에게 "피를 부르는 철부지"라는 별명을 붙여주었다.

"고맙네, 레오. 가능한 한 빨리 모이도록 하세. 보자…… 음, 월요일은 너무 빠르고, 화요일이 좋을 것 같군."

화요일까지는 너무나 긴 시간이었다! 라디오 앞에 못박힌 듯이 앉아 말로는 손톱을 깨물며 스페인 내전의 추이를 들었다. 스피커에서 나오는 목소리는 믿을 수 없을 정도로 생생한 음향 이미지를 전하고 있었다. 폭도들은 바르셀로나, 마드리드, 구아달라하라, 빌바오, 톨레도, 세비야, 산세바스티안에까지 이르렀다. 군중들이 병영을 둘러쌌다. 정부는 민중들에게 무장을 시키기로 결정했다. 반란을 선동하는 수십여 명의 해군 장교들이 승무원들의 손에 처형되었지만, 민족주의자들은 부르고스, 알제지라스, 카세레스, 카디스, 코르두에, 테루엘, 우에스카, 바야돌리드, 세고비아, 알바세테, 그라나다, 그리고 스페인령 모로코를 차지하고 있었다.

말로가 코를 다시 만났을 때 그는 처음 만났을 때보다 더욱 비관주의자가 되어 있는 듯이 보였다. 그는 계속될 수밖에 없는 분쟁의 가치를 평가해 보았다.

"마드리드는 우리에게 군사적 개입을 요청하고 있습니다. 하지만 당신도 블룸을 아시잖습니까! 그는 모든 전쟁에 공포를 느끼고 있습니다. 그의 첫 반응은 거절이었습니다. 두번째 반응은 연대였지요. 각료회의에서 그는 공화주의자들에게 포테스기를 제공할 준비가 되어 있다고 말했습니다만 반대 의견들도 있었습니다. 프랑스는 중립을 유지해야만 한다, 라고 몇몇 동료들이 말했답니다! 프랑스와 스페인 간의 조약이 올해 초에 조인되었기 때문에 그와 같은 물자 인도는 완전히 합법적이라는 것을 상기시켜야만 했습니다."

"그러니까 아무런 문제가 없는 것이군요!"

"아니오, 반대로 커다란 문제가 있습니다! 각료회의에서는 이들 비행기들에 무장을 해서는 안 된다고 결정했거든요."

"폭격기에 폭탄 투하기가 없고 기관총이 없다니, 말도 안 되는 소리군요!"

"제 말이 그 말입니다. 제 민간인 비서실장인 장 물랭이 해결책을 찾으려 애쓰고 있답니다. 당신은 그를 알고 계시지요?"

"5일에 만났었지요."

5일은 가르슈(프랑스의 소도시—역주)에서 노동자 스포츠 연맹의 축제가 있었다. 말로는 그곳에 갔었고 코와 물랭도 역시 참석했다. 물랭은 전형적인 공무원처럼 보였다. 하지만 말로가 미소를 짓자 다소 동그란 그의 얼굴에서 긴장이 풀렸다. 그는 그림에 대한 열정을 지니고 있었고, 말로와 그의 친구들이 젊은 시절에 정신적 자양을 얻었던 시인 크리스탕 코르비에르에 대한 찬탄을 감추지 않았다.

"암스테르담-플레이엘 위원회에 있는 제 친구들은 그들의 대표자로서 스페인에 갈 사람으로 저를 지명할 준비가 다 되어 있습니다."

《인간의 조건》의 저자가 계속해서 말을 했다.

"그곳에서 무슨 일이 일어나는지 알 수 있는 훌륭한 방법이 되겠군요! 얼마 전부터 우리는 공화파 밀사를 기다리고 있습니다. 그 사람을 만나보시겠습니까?"

몇 시간 만에 결정된 일이었다. 과장된 선언문과 승리의 공식 성명이 발표되었다.

"민중은 폭력을 배척했지만 군대가 재조직되고 있습니다. 우리의 15만 병사들 중 반 이상이 반란군에 합류했고, 그 가운데는 엘리트 군대 전체가 들어 있습니다. 3만 5000명의 모로코인들과 외인 용병들 말입니다. 팔랑헤당의 파시스트들 역시 상당히 활동적입니다. 제 정보원들에 따르면 이탈리아인들과 독일인들이 개입할 수도 있습니다. 그들의 공군은 무솔리니와 히틀러의 명령만 기다리고 있습니다."

"저는 항공에 관한 문제를 잘 알고 있습니다. 그 방면에서 당신들은 어떻습니까?"

"대부분의 조종사들은 충성스러운 사람들입니다. 하지만 경험이 많은 조종사들은 이미 반란군으로 넘어갔습니다. 우리에겐 인원과 현대적 장비가 필요합니다."

"제가 현장 파악을 하러 가겠습니다."

"제겐 힘이 없군요, 말로 씨. 제겐 당신을 그곳으로 보내드릴 수단이 전혀 없습니다."

"걱정하지 마세요!"

이렇게 호언장담할 수 있는 이유는 코르니글리옹-몰리네에 때문이었다. 에디는 벌써 파르망 호를 임대해 놓았다. 출발은 금요일 아침으로 예정되었다. 모든 것이 준비되었고, 심지어는 클라라까지 팀의 일원이 되겠다며 법석을 떨었다.

"내가 속한 반전 반파시즘 여성 동맹도 당신의 암스테르담-플레이엘 위원회 못지 않아요!"

그리고 쉬잔의 집에서 기다림에 지쳐 있던 조제트는 비공식적인 여자, 숨겨진 여자라는 고통을 되씹고 있었다! 시간이 충분치 않았다. 말로는 조제트에게 알리지 않고 출발할 것이다. 그가 자신의 조끼를 입는 순간 전화벨이 울렸다.

"에디일세. 파르망의 주인이 겁을 집어먹었다네."

"그렇다면 모든 것이 다 끝장이겠군."

"전혀 그렇지 않네. 파르망보다 더 좋은 비행기가 생겼거든! 내가 장관에게 전화를 걸었지. 그들은 우리에게 내가 아는 바로는 가장 성능이 좋은 비행기 한 대를 빌려주기로 했네. 로키드-9 오리온일세. 빌라쿠블레에서 만나세."

오리온은 오후 들어서야 이륙할 수 있었다. 비아리츠 근처의 포르가 공군 비행장에 기항했다가 즉시 재출발하기에는 너무 늦은 시간이었다.

"군대가 마드리드를 점령했다고 라디오에서 말하더군."

한밤중에 그들을 잠에서 깨웠던 기지 사령관이 말했다.

오리온기는 피레네 산맥을 넘어서 마비된 역과 공장들, 침묵에 잠긴 교회 종탑들이 있는 스페인 상공을 날았다. 군대의 행렬을 제외하면 길에는 아무도 없었다. 나바르라는 작은 마을의 광장을 제외하고는 개미 한 마리 얼씬하지 않았다. 그곳에서 말로는 무장한 경비병들에게 감시를 받고 있는 한 무리의 포로들을 보았다. 공산주의자들이 총살당하고 있다는 것을 말로는 나중에 확인하게 된다. 미쳐 돌아가는 이 스페인에서는 모든 것이 가능했다. 그곳에선 사람의 생명이 그들을 죽이는 총알이나 그들의 사지를 절단하는 칼, 그리고 그들의 목숨을 끝내는 총검들보다도 가치가 없었다.

위에서 볼 때 마드리드는 조용해 보였다. 민족주의자일까 공화파일까? 깃대에서 펄럭이는 커다란 붉은 깃발로 보아 공화파인 것 같았다.

"당신이 이번 속임수를 지껄인다면, 그는 아마 프로펠러에 달려들 거요!"

코르니글리옹은 아주 즐거운 표정을 지으며 우정의 표시로 손수건을 흔들려고 하는 클라라에게 투덜대었다.

마침내 로키드는 작전 센터로 바뀐 바라하스 국제 공항 활주로에 착륙했다. 환호하며 치켜든 손들이 그들을 맞이했다. 총을 치켜들고 흔들며 처음엔 경계하는 빛을 보이던 모습들은 이내 다정한 얼굴로 바뀌었다. 그 지역은 '모노'라고 하는 스페인 노동자들의 청색 슬립 작업복을 입은 민병대원들이 지키고 있었다.

관용 리무진 차에서 세 사람이 내렸다. 말로는 이미 위대한 가톨릭 작가인 호세 베르가민을 알고 있었다. 그는 스페인의 반파시즘 지식인 동맹의 의장이었다. 그와 함께 온 두 사람이 자신을 소개했다.

"카를로스 몬티야입니다."

"만나서 반갑습니다."

"바라하스 지역 책임자인 나바로 사령관입니다."

그 장교는 흠잡을 데 없는 프랑스어를 구사했다. 그도 그럴 것이 예전에 항공 우편국에 있었기 때문이었다.

"툴루즈-카사블랑카 노선에서였지요." 제복을 입은 그 기술자가 말했다. "저는 메르모즈와 생 텍쥐페리를 만났답니다. 유명한 조종사이고 대단한 작가였지요."

그렇다, 하지만 그 후 정치적 이유로 그들은 갈라섰다. 메르모즈는 우익에 서서 크루아-드-푀를 이끌며 라 로크 대령의 보수주의적인 움직임에 편승했는데, 그들은 인민전선 지지자들에 의해 곧 파시스트 동맹으로 변해 버렸다. 말로보다 몇 달 먼저 태어난 이 뛰어난 조종사는 오직 항공 우편 수송이라는 모험 속에서 인간에 대한 박애를 발견했고 그로 인해 생 텍쥐페리를 매혹시켰다. 그러한 그가 반동 진영을 선택하다니 지옥에나 가버려라! 말로는 그가 차지하고 있던 항공을 대표하는 상징으로서의 위치를 뺏기에 자신이 적임자라는 생각이 들었다. 좌파 역시 하늘의 기사들을 필요로 했다. 스스로 꿈을 꾸어야 꿈을 꾸게 만드는 방법을 잘 찾을 수 있는 법이다. 무엇보다도 이곳 스페인에서는…….

군사적 상황에 대한 긴박한 질문들에 나바로는 정확하게 대답해주었다. 소모시에라 고개를 강력한 화기로 탈취한 후 수도를 향해 진군하던 민족주의자들이 갑자기 정지했다는 것이었다.

똑같은 운명이 그들 무장 폭동군 장교들을 기다리고 있을까? 이제막 시작된 내전은 피와 눈물의 강이었으며, 그것은 그렇게 많았던 혁명의 신화들을 휩쓸어가고 있었다. 마드리드의 외곽에서 말로가 탄자동차는 민병대원들을 가득 실은 트럭들과 마주쳤다. 남자건 여자건바리케이드에서 경비를 서고 있었다. 벽에는 UHP— '프롤레타리아형제 연합' —라는, 2년 전 아프리카군에 의해 와해된 아스투리아(스페인 북부지역─역주) 반란군이 내걸었던 표어가 적혀 있었다. 일정한간격을 두고 노동자들로 이루어진 순찰대가 무기를 손에 든 채 통행증을 요구하기도 했고, 노동조합증을 보여달라고 하기도 했다. 심한경우에는 좌파의 증명서도……. 하지만 정당들은 평판이 좋지 않았다. 그리고 방문객의 눈에 확연히 드러나는 것은 민중의 거리 주민들에게 미친 물심양면의 무정부주의의 놀라운 영향력이었다. 무신론의기치 아래 인간은 자신이 죽였다고 주장하는 신을 대신할 새로운 신을 찾고 있었다.

"여러분은 마을이 얼마나 변했는지 보게 될 것입니다. 아자냐 대통령을 만날 수도 있고 원하신다면 라디오 방송에서 말할 수도 있습니다."

베르가민이 웃으며 말했다.

"가장 중요한 일은 전투 지역 상공을 비행해 보는 것입니다!"

"텔레포니카도 방문해 보십시오. 이 현대식 전화 교환기는 아직도 나라 안에서 일어나는 일들을 알아보는 데는 가장 좋은 매체입니다. 그리고 민중들이 공격하여 탈취한 몬타나 병영도요. 그들과 우리 측에 수백 명의 사망자가 생겼지요, 아!"

그러고 나서 더 나지막한 소리로 그가 덧붙여 말했다.

"현재 일어나고 있는 일들은 끔찍합니다. 이곳에서 인간은 야만성 만을 남긴 채 발가벗은 모습입니다."

"베르나노스(프랑스 소설가. 1888~1948. 신비주의와 반항 사이에서 고민한 가톨릭 작가로서 《어느 시골 사제의 일기》 등의 작품이 있다−역주)라면 뭐라고 할까요?"

"저와 같은 생각이겠지요. 가톨릭 신자라는 것은 가장 강한 자의 측에 선다는 것이 아닙니다. 반란군 장교들 측의 모로코 병사들, 즉 이슬람교도들은 성호를 긋고 나서 사람들을 목졸라 죽인답니다! 이 얼마나 비극인가요! 우리 측에서는 사제들을 살해하고, 교회를 불태우지 않을 땐 교회를 폐쇄하는 사람들도 있습니다. 이보다 더 나쁜 것도 있습니다. 전쟁 도구로 사용되는 기관총은 계획된 비인간적인 공포이지요."

"전쟁인가요?"

"그렇게 될 것입니다. 두 개의 스페인이 대립하고 있습니다. 단 하나만이 승리를 거두게 될 것입니다."

"저는 그들 우두머리가 비행기 사고로 죽은 후 음모가 괴멸되었다고 생각했는데요."

"산후르호(Sanjurjo: 에스파냐의 장군으로 인민전선 정부 수립 후 반정부 쿠데타를 추진하다가 비행기 사고로 사망함—역주)는 이 세상에 없지요, 맞아요. 하지만 그를 계승했다고 주장하는 사람들은 결코 적지 않습니다. 프랑코가 가장 나은 위치에 있는 것 같습니다. 제 생각에 우리는 그들의 지도자가 바뀌어서 손해를 보는 것 같습니다. 그는 피도 눈물도 없는 냉혈한이거든요.* 그가 이룩하려는 평화는 공동 묘지의 평화일 것입니다."

꼭 보아야 할 것을 그는 보았다. 남쪽으로는 안달루시아까지, 동쪽으로는 바다까지, 서쪽으로는 포르투갈까지 탁 트인 마드리드를, 톨레도에서 피어오른 세 개의 연기 기둥을, 바르셀로나의 주인이 된 카탈루니아 무정부주의자들을 그는 보았다. 그는 들어야 할 것을 들었다. 초기 시절의 영웅 소설, 어제의 적들인 무정부주의자들과 민병대원들을 콜론 호텔 근처에서 연합하게 만든 새로운 형제애, 헤타페(마드리드 남쪽의 소도시—역주)의 포병 진지에 폭격을 가하는 공화파의 브르게 19기와 히스파노-수이사기들, 민중의 손에 들린 산 안드레스 캠프의 3만 정의 총소리를, 무정부주의 지도자 프란시스코 아스카소가 전투 중에 죽었다는 소문을 들었다. 그리고 그는 부에나벤투라 두루티(Buenaventura Durruti: 무정부주의자 그룹 '로스 솔리다리오스'를 조직했던 그는 1923년 추방되었다가 스페인 공화국 설립후 귀국하여 사회 투쟁을 벌였다. 스페인 내전 때 민병대에서 프랑코파에 대항하여 싸우다 죽음—역주)의 카리스마를 얼마나 강하게 느꼈는지.**

---

* 국방부 장관의 참사관이었던 프랑코 장군은 1934년 말 마드리드에서 일어났던 아스투리아 소수민족들의 폭동을 유혈 진압했다.
** 최선의 행위(이론의 여지가 없는 성실성으로 배가된 기막힌 신체적 용맹)도 최악의 행위(그의 부대 부하들은 신부들, 시의원들 그리고 여타 '부르주아'들을 약식으로 처형하면서 피를 뒤집어쓴다)도 할 수 있는 두루티는 말로에게 커다란 감명을 주었다. 말로는

공화파 진영이 조치를 취하는 데는 이틀 반이 걸렸다. 우두머리들은 도처에 있었지만 진정한 우두머리는 없었기 때문이었다. 뒤마의 소설 주인공처럼 박해받는 자신의 형제들을 자유를 향해 인도할 조르주가 없었던 것이다. 하지만 그런 사람이 필요했다. 위대한 시인 바이런이 지난 세기에 폭동을 일으켰던 그리스인들을 위해 그랬던 것처럼 스페인 사람들을 위해 목숨을 걸 준비가 되어 있는 새로운 바이런 경이 필요했다. 말로라면 어떤가?

장관들이 도열한 가운데 빌라쿠블레에서 말로는 차에서 내렸다. 그는 최초로 실망했다. 그들 장관들이 영접하러 나온 것은 그가 아니라 오리온의 승객으로 타고 온 공화파의 새 대사 알바로 데 알보르노스였기 때문이었다! 소용돌이 한가운데로 들어간 것과 다름없었다. 우익 언론에서는 말로를 공산주의의 대리인이라고 규탄했고 마찬가지로 코를 공격했다.

바로 '그날(무정부주의자, 공산주의자들이 기다리는 사회 혁명이 성취된 날―역주)'의 군중들은 7월 30일 바그람 홀 안팎에서 말로를 기다렸다. 〈인터내셔널 단가〉, 〈라 마르세예즈〉, 〈라 카르마뇰〉(프랑스 혁명 당시 혁명가들이 부르던 노래―역주)을 부르던 2, 3만 명의 파리 시민들은 박자를 맞춰 "인민 전선 만세! 공화국 만세! 자유 에스파냐 만세!"를 외쳤다. 진실이건 허구이건 그가 이야기한 일화들은 다른 발언자들의 긴 시간의 웅변보다도 훨씬 더 큰 효과를 나타냈다.

전투보다도 승리의 시간이 조금 앞서 왔다. 다시 한 번 더 물랭은

그에게서 형제애적인 존재, 《희망》에 나오는 '네구스' 같은 존재를 보았다. 예전의 공산주의자이자 트로츠키파였던 벨기에인 샤를 플리니에는 반대로 두루티를 비인간적인 광신자로 간주했고, 그를 모델로 하여 1937년에 콩쿠르상을 탄 소설 《가짜 여권 *Faux Passeports*》에 나오는 인물 '산티아고 마우레르'를 만들어내게 된다.

일을 잘 처리했다. 스페인 공화국을 위한 비밀 작전 수행차 그가 접촉한 인물의 이름은 아벨 구이데스였다. 미소를 머금고 일을 잘 처리하는 그는 훌륭한 조종사였다. 남서부 출신의 그 사람은 더할 나위 없이 리옹 출신의 폴 모냉을 상기시켰다. 단호한 태도며 침착성, 신념을 위해 위험에 과감히 맞서는 데 대한 온화한 자기 만족이 똑같았다. 처음 만났을 때부터 말로는 '마음이 끌렸다'. 말로와 마찬가지로 구이데스도 시간을 허비하는 것을 싫어했다.

"우선 비행기가 있어야 합니다. 돈을 몽땅 털어갔으면서도 전쟁성이 찾아낸 것은 이십여 대의 포테스기, 네댓 대의 루아르 46이나 스파드 91 전투기의 시제품, 그리고 잘 알려진 BR 460 한 대입니다. 코는 그 이상은 거의 할 수 없었습니다. 참모부는 공화파에 최첨단 장비의 제공을 거절했습니다. 예를 들자면 드부아틴 500 전투기 같은 것 말입니다."

"정치적 편견 때문인가요?"

"군사적 요구 때문이기도 합니다. 그들은 시제품들이 누군지 모르는 사람들의 손에, 구체적으로 독일인들, 이탈리아인들 수중에 넘어가는 것을 두려워했습니다."

"아니면 러시아인들이 한몫 낄 경우 그들이겠지요."

"그들이 한몫 낄 경우엔 그렇겠지요, 하지만 말로 씨, 저로서는 스탈린이 무슨 생각을 하고 있는지 모르겠습니다. 소련은 너무 멀리 있거든요. 어쨌든 왜곡된 부분이 있겠지요. 리투아니아 정부는 그들이 주문했던 드부아틴 372기들을 더 현대적인 단엽기들과 교환하겠다고 수락했습니다. 단엽기들은 차후에 리투아니아 정부에 공급될 것입니다. 스페인에 14대의 372기라니요! 그리고 에어 프랑스가 양도한 8대의 라테 28 수송기가 있습니다."

"그것이 전부인가요?"

"현재로서는 그렇습니다. 하지만 뤼시앵 보수트로도 있군요."

"……."

"속도 기록을 내는 데 익숙한 훌륭한 조종사입니다. 그는 얼마 전 급진당 소속으로 하원의원에 선출되었고 항공위원회 의장까지 맡고 있습니다. 보수트로는 전 부지사이고 암스테르담-플레이엘 운동의 주요 회원인 앙드레 리바르와 함께 일하고 있습니다."*

말로는 이번엔 자신의 실수를 남들이 모르게 하기 위해 손을 크게 흔들었다. 리바르라면 그가 알고 있는 인물이었다. 구이데스는 설명을 계속했다.

"승무원을 구성하기 위해서 보수트로와 리바르는 파리 주재 스페인 대사관과 연계하여 방패막이가 될 회사들을 몇 개 생각하고 있는 중입니다. 보수트로는 우리가 고용하려고 하는 조종사들의 생명에 관한 계약을 맺게 하기에 충분한 관계를 보험계와 맺고 있으니까요. 제가 접촉했던 사람들은 그 부분에 집착하고 있습니다. 다른 무엇보다도 원칙에 더 충실해야겠지요. 하지만 그들은 그것에 집착하고 있습니다."

"당신은 그들을 염두에 두고 있습니까?"

"몇 사람은요. 그들 대부분은 정치가가 아니라, 말하자면 모험가들입니다. 그들은 돈을 원하고 있지요. 단지 돈만을 원하는 것은 아니지만 어쨌든 돈을 원합니다. 그들을 뽑아야 할까요?"

"당신 의견은 어떻소?"

---

* 스페인 내전이 진행되는 동안 앙드레 리바르가 취했던 매우 신중한 역할은 파리 경시청의 문서에도 언급되어 있다.

"우리에겐 거의 선택권이 없습니다."

"우리에게 선택권이 전혀 없다고요! 파시스트들은 마드리드를 다시 요구할 것입니다."

바크 가에 있는 말로 부부의 아파트에서 사람들은 소리를 내지 않도록 조심했다. 그들의 어린 딸 플로렌스를 깨우지 않기 위해서였다. 사람들이 줄지어 왔다. 포테스 비행기 회사의 대표인 베니엘은 예비역 장교이며 뛰어난 조종사였다. 다리 역시 조종의 귀재였다. 그는 제1차 세계 대전 말에 몇 차례의 공중전에서 승리를 거두었고, 그 후 중노동형, 제명, 술책, 사기 등을 겪었다. 그리고 마트롱, 라비트, 풀랭, 공챠로프, 이사르, 이바노프, 카스타네다 디 캄포, 부르주아, 불랭그르, 로제스가 있었다. 뒤죽박죽의 삶을 살았던 사람들이며 무에서 다시 시작하기를 갈망하고 있었다. 돈에 관심이 있는 사람들도 몇 명 있었지만 모두가 자기 자신의 문제에 사로잡혀 있었다.

물랭은 효과적인 방법으로 프랑스 행정부의 밀림에 파고들었다. 그 결과, 부담을 덜게 된 구이데스는 마침내 출격 일자를 정할 수 있었다. 그것은 바로 다음날인 8월 6일이 될 것이었다.

"이른 새벽에 빌라쿠블레에서 이륙합니다. 드부아틴 6대입니다. 툴루즈-프랑카잘에서 교대합니다. 불랭그르, 다리, 풀랭, 로제스, 베니엘과 제가 바르셀로나까지 몰고 갈 것입니다. 두 번의 임무 교대로 다리, 베니엘과 제가 바라하스 상공을 조종할 것입니다. 물랭은 불의의 사태에 대비할 것입니다. 모든 서류들이 다 갖추어져 있습니다. 마지막 순간에 국가 안전부 부장이나 내각 책임자가 전화로 도지사에게 지시할 것입니다. 출항 금지에도 불구하고 출발할 수 있도록 말입니다. 다른 드부아틴기들은 우리가 바라하스를 왕복할 때까지 포에서 기다릴 것입니다."

"그럼 저는요?"

"당신은 전투기 수송에 관여해서는 안 됩니다. 하지만 포테스기의 경우에는 다른 경로들이 있습니다. 당신은 그중에 한 대를 타고 떠날 것입니다. 부르제 호수, 바르셀로나 그리고 바라하스, 그곳에서 당신을 기다리겠습니다."

"나바로 사령관에게 제 이름을 말씀하셔도 됩니다. 옛 친구인데, 당신 마음에 들 것입니다. 우리 폭격기들과 전투기들은 자리가 예약되어 있습니다. 우리의 공식 이름은 '에스파냐 전투 비행 중대'가 될 것입니다. 조종사들은 플로리다 호텔이나 아니면 그란 비아 호텔에 묵게 될 것입니다."

지난달 말부터 독일의 융커스 유−52기들이 매일 500명 가량의 인원을 스페인령 모로코에서 세비야로 실어나르고 있었다. 이 '긴급 공수'는 전선에서 이탈리아산 사보야기와 피아트기의 수가 점점 늘어나는 것과도 관련이 있었다. 다리가 8월 15일에 추락시킨 비행기가 이들 중 하나였고, 프랑스인 '무정부주의자'인 구이네가 두번째를 맡았었다. 그들은 바라하스에서 비행 중대의 첫 두 번의 공중전 승리를 축하하기 위해 샴페인을 들이켰다. 프랑스 조종사 제복을 입은 다리의 모습은 훌륭했다. 그러나 이유는 알 수 없지만 그가 속한 비행 중대의 새로운 대장은 인간적인 차원에서 그를 진정으로 좋아하지 않았다.

말로가 조제트에게 보낼 글을, 뜯어낸 수첩 종이 위에 몇 줄 끼적거린 것이 벌써 4일 전이었다. '나는 이번에는 팡토마(페에르 수베스트르와 마르셀 알랭이 공동 창작한 프랑스 범죄 모험 소설 시리즈의 주인공. 팡토마는 일종의 반역아로 범죄를 통해 사회에 반항하는데, 그의 범죄는 대담하고 잔인하며 행동적인데다 자동차, 비행기, 잠수함 등의 기동력을 살려 경찰을 농락한다—역주)처럼 우스꽝스런 조건 속에서 떠났소. 나중에 당신에게 이야기해 주리다. 요컨대 비행기에 관련해서는 성공을 거두었소. 이제 나머지 일이 남아 있소. 나는 밤에 세 시간 잠을 자고, 영웅주의와 어리석음이 뒤섞인 속에서 살고 있소. 그에 대해 몽상하고 있는 여러 가지 이야기를 당신에게 하겠소. 다시 또 쓰겠소.'

"영웅주의와 어리석음의 뒤섞임." 전쟁에 대한 정의였다……

이번만은 공화파의 군사 정보가 명료했다. 곱사등에 어색한 미소를 띠고 있는 옛 카스티야 농부가 믿을 만하다는 것이었다. 과연 그의 정보는 신뢰할 만했다.

"비행기들이 어디에 있습니까?"

구이데스가 그에게 물었다.

"숲속에요."

그 남자는 검지를 들어올리면서 대답했다.

그는 수염이 더부룩했고 얼굴 윤곽이 바위를 파서 만든 듯했다.

"몇 대입니까?"

다시 손가락을 셌다.

"친구들은 커다란 것 두 개가 있다고 합니다. 그런데 저는 작은 것 4개를 보았습니다."

하인켈기였다. 이번엔 상황이 심각했다.

"지도를 읽을 줄 압니까?"

"읽는다고요?"

카스티야인이 중얼거렸다.

어색한 침묵이 흘렀다. 대부분의 스페인 농부들은 읽을 줄을 몰랐던 것이다.

"저와 함께 가시면 안내해 드릴 수 있습니다."

그 남자는 머리를 다시 쳐들며 말했다.

"너무 멀어요."

구이데스가 확인하듯 말했다.

그렇지 않다면……. 구이데스는 카스티야 사람을 정면으로 바라보았다. 그는 시선을 피하지 않았다.

"당신은 우리 비행기들을 보았죠, 앞에 둥근 유리창이 달린 거요?"

"봤습니다."

"우리와 함께 그 비행기에 탑시다. 무섭습니까?"

"무섭냐고요, 아니오. 하지만 이번이 처음인데요."

모든 것엔 시작이 있는 법이었다. 농부는 땅을 관찰할 수 있도록 포테스기의 기수에 자리를 잡았다. 새벽이 되기 전에 그들은 관제등 불빛을 받으며 이륙했다. 그 농부가 점찍어준 시골 활주로의 폭격은 일에 짓눌려 피곤한 이 전투 비행 중대로서는 커다란 수확이었다. 그날 출격에 빠졌던 말로는 구이데스의 모험에서 영감을 얻게 되고, 자신의 또 다른 분신인 《희망》의 마그냉에게 그 모험들을 경험하게 한다.

연속되는 패배에 당황해 있던 공화파 참모부는 보다 더 많은 것을 전투 비행 중대에 요청했다. 내일은 포위된 탈라베라 데 라 레나 상공에서의 폭격 임무가 주어져 있다. 마드리드 지역에서는, 알자스 출신의 한츠가 4대의 피아트 전투기에 의해 쓰러지고 이사르는 중상을 입었다. 그리고 그 다음날 민족주의파 지역이 된 탈라베라 데 라 레나와 나발모랄 상공에서 새로운 작전이 있었다. 전투 비행 중대의 리오레

21 쌍발기는 격추당하고, 드 아비앙기는 파손되고, 이탈리아의 피아트기 한 대를 격추시켰다.

일상에 시달릴 때, 말로는 일시적으로 파리로 탈출해서 엘리제 파크 호텔에 있는 조제트를 밤중에 다시 만나곤 했다. 말로 곁에는 빅토르 베니엘이 있었고, 그런 경우 모든 책임을 떠맡는 것은 구이데스였다. 베니엘은 특히 환상적인 상승을 하는 자신의 루아르 46기를 좋아했다. 구이데스는 육중한 포테스기들을 드부아틴 전투기만큼이나 손쉽게 조종했다. 이들 두 비행사는 새로 도착한 사람들을 함께 테스트했는데, 그 가운데는 이탈리아 작가인 니콜라 키아로몬테처럼 이미 말로의 친구인 사람들도 있었고, 벨기에의 젊은 공산주의자로서 훗날 자신의 부르주아적인 출신에 대한 경멸의 표시로 자신의 이름을 '폴 베르니에'로 고친 폴 노통처럼 새롭게 친구가 된 사람들도 있었다. 폴의 아버지는 작가이자 상원의원이었다.*

레이몽 마레샬도 있었다. 그의 파리 친구들은 그를 '레디'라고 불렀다. 그의 누이동생은 제3공화국의 재정 조직을 떨게 만들었던 온갖 스캔들을 일으킨 여성 은행가 마르트 아노의 비서로 일하고 있었다. 레이몽은 정반대였다. 그는 상당히 '무정부주의적인' 쾌활한 친구로서 파리에서 일어나는 반파시스트 데모의 단골 손님이었다. 언제나 곧 웃음을 터뜨릴 것 같은 삼각형 얼굴의 이 젊은 금발머리 친구를 말로가 처음으로 본 것은 바라하스에서였다. '레디'의 손에는 보들레르의

---

* 노통은《스페인에서의 말로 *Malraux en Espagne*》(페뷔스 출판사, 1999년, 호르헤 셈프룬의 서문)를 쓴 저자다. 이 책은 앙드레 말로가 이끈 전투 비행 중대의 사진들 중 구할 수 있는 것들을 거의 다 모아놓고 있다. 이미 이 많은 사진들은 〈이카루스, 프랑스 항공 잡지 *Icare, revue de l'aviation française*〉에 두 번에 걸쳐 수록된 바 있었다. 그 잡지들은 스페인 내전 당시 항공 분야에 관한 한 권위를 보여주고 있고, 특히 '폴 베르니에'와 빅토르 베니엘의 증언들을 담고 있다.

시가 들려 있었다.

"그것으로 무얼 하는 거지?(전투 비행 중대에서는 말을 놓는 것이 엄격하게 지켜졌다)"

"파리에서 출발하면서 가져왔습니다."

가지런한 작은 이들을 드러내며 마레샬이 대답했다.

"좋아, 됐어. 함께 일해 보자구."

민간인 시절 영화 촬영 기사였던 마레샬은 훌륭한 기관총 사수로 변모하게 된다. 멋진 옷들이며 서로 경쟁하던 두 명의 애인들, 그리고 '여자를 꼬시는 덫'이었던 그의 힘 좋은 빨간색 접이식 덮개 차는 잊혀졌다.

누가 프랑수아 부르주아를 고용했는지는 기록되어 있지 않다. 커다란 입과 여유만만한 표정을 가진 그는 말로를 대단히 기쁘게 했다.

"미안하지만 나는 아마 용병일세, 하지만 좌파 용병이지. 그것으로 상황이 전혀 달라지지."

부르주아는 자신의 이야기를 들어주는 사람들에게 이렇게 주장하곤 했다.

그의 과거는 수많은 모험으로 가득 차 있었다. 스페인령 모로코에서는 무어인들의 항공 우편국 조종사로서 반쯤은 노예 생활을 했고, 금주법이 시행되던 때에는 갱 딜린저를 위해 술을 밀수했고, 샤코 전쟁(1932~1935년 사이에 평원 지대인 샤코를 두고 벌어졌던 볼리비아와 파라과이 사이의 전쟁—역주) 때에는 남아메리카에서 공중전을 경험했다. 조종에 관한 한 그는 달인이었다.

'자원자'이건 '용병'이건 에스파냐 전투 비행 중대의 비행사들은 살아남기가 쉽지 않았다. 스페인에는 상대편 조종사들만 있는 것이 아니라 말할 수 없는 전쟁의 잔혹성이 있었다. 승무원들은 각자 고문과 신체 절단의 위험을 피하게 해줄 9밀리미터짜리 권총을 마치 부적처럼 지니고 다녔다. 《왕도》에서 그라보가 갖지 못했던 그 최후의 용기를 그들은 가지고 있었을까? 임무에 참여하는 것을 명예로 삼은 말로 자신에게도 그런 용기가 있었을까?

"전투 비행 중대에 대체 기관총 사수들은 여럿 있지만 그를 대신할 대장은 없어!"

구이데스는 말로가 비행 복장을 하고 나타나는 것을 볼 때마다 한숨을 쉬며 말하곤 했다.

용기에 민감한 이들 부하들은 어린아이 같은 미소를 머금은 35세의 그 '대장'을 자랑스러워했다. 비록 대충 몸에 맞는 제복을 입었지만 말로는 완벽하게 매듭을 맨 넥타이를 목에 졸라매지 않고서는 지상에 모습을 드러내지 않았다. 그들은 비록 기나긴 독백을 하는 그 지식인을 이해하지는 못했지만, 계급도 없고 차려 자세도 없는 비행 중대 내의 모든 사람들처럼 주먹을 치켜들고 "경례 안 해!"라고 외치는 사람 좋은 말로를 좋아했다. 게다가 비행기들이 기지로 되돌아오는 것이 늦어질 때면 커다란 발걸음으로 트랙을 성큼성큼 걸으며 걱정하는 말로를 그들은 더 좋아했다.

프랑스인, 벨기에인, 이탈리아인, 체코인, 유고슬라비아인으로 구성된 그들은 성실하고 용기가 있으며 마음이 약하고 예측할 수 없는 사람들이었다. 그들은 하늘에서 길을 잃은 새들과 마찬가지였는데, 그 하늘은 그들의 것이 아니었다. 하지만 그들에게 제안할 다른 무언가가 없었기 때문에, 그들은 그렇게 그곳에 의연하게, 약간은 미친 상태로 남아 있었다. 군사 재판도 없었고, 헌병대나 영창도 없었다. 최고의 징벌이란 프랑스로의 즉시 귀환이었다. 에스파냐 전투 비행 중대의 비행사들은 그런 상태였다. 그들의 대장처럼 그들도 신화와 꿈에 목말라했다.

"당신은 내가 '구이데스와 그는 마치 형제 같아' 라고 말하기를 바라고 있습니다!"

하지만 구이데스는 키가 더 작았다. 또한 타인의 이목을 덜 끌었다. 독자들에게 전해 줄 강한 센세이션에 목말라 잇달아 찾아오는 기자들은 불필요하게 보이는 악처럼 그를 귀찮게 하고 있었다.

"스페인 사람들은 전투 비행 중대 주변에서 일어나는 이러한 모든 소란을 달가워하지 않고 있습니다! 그들 말에 의하면 당신은 스스로를 바이런 경의 재현쯤으로 간주하고 있고, 작전에서 돌아오는 길에 기체에 당신 스스로 구멍을 낸다고 합니다……."

수수께끼 같은 미소를 지으며 말로는 담배 연기를 피워올렸다. 그는 자신의 부관을 쳐다보았다. 전쟁으로 인한 날카로운 긴장감이 너무나 커서 이미 지나치게 많았던 그의 흡연량은 두 배로 늘어났다. 그의 얼굴 경련은 말할 것도 없었다! 어쨌든 그것들은 말로라는 인물의 일부를 이루고 있었다.

"내가 신문기자들을 끌어모은다고 해서 무엇을 할 수 있겠나? 광고에 침을 뱉지 말게, 아벨. 광고란 매우 유용한 거야. 외국에 우리의 대의명분을 알리는 것은 모두 좋은 일일세."

평화가 맺어졌다. 그 두 사람은 불화를 더 이상 지속할 수 없었던 것이다. 능숙하게 그리고 쓸데없는 물의를 일으키지 않고 전투 비행 중대에서 젊은 여비서의 기능을 보장해 준 구이데스는 그의 대장의 거추장스런 애정 생활에 대해 불만을 품고 있지 않았다.

클라라가 마침내 떠났기 때문이었다. 어떤 날에는 그녀의 존재로 인해 말로와 부하 비행사들이 묵고 있는 호텔 플로리다에 견디기 힘든 긴장감이 감돌곤 했다. 구이데스는 피레네 산맥 너머에서의 사랑의 둔주곡을, 다시 말해 전시에 비행기를 타고 가서 몇 시간 동안 조제트를 만나는 것을 인정하지는 않았지만 눈감아주곤 했다. 그는 모든 것을 알고 있었기 때문이었다. 그가 중추를 이루고 있는 비행 중대의 일상적인 문제들을 다루는 데 이 전문가가 없으면 말로 신화도 없으리라는 것을 말이다. 작가의 꿈을 꺾지 않고 그에 자양을 공급하기 위해서는 이미 공중전에서 세 차례의 승리를 거두었던 이러한 기질의 사람이 꼭 필요했다.

하지만 스페인에는 오로지 꿈만 있는 것이 아니었다…….

소련 공산주의 치하에서 보낸 20년 중 10년을 스탈린 치하에서 보낸 콜트소프에게는 정의감이 모두 사라졌다. 남아 있는 것이라곤 우아한 복장, 둥근 테의 가느다란 안경, 정의를 확신하는 발음이 불분명한 목소리였다. 거들먹거리기는 하지만 다정한 면이 있는 〈프라우다〉 지의 통신원인 그는 최초의 역할을 맡을 생각이었다. 영리함, 개인적인 매력, 그리고 그가 모스크바에서 이용할 수 있는 지지 세력이 그것을 가능하게 한다고 그는 생각했다. 게다가 그는 글로써 살아가는 사람이었다. 그는 다음과 같은 글을 쓰는 중이었다.

'내가 이전에 보낸 메시지들은 충분히 입증된 것들이다. 말로는 단순히 정보부의 스파이만은 아니다. 그는 항공 첩보 활동 전문가이다. 대단한 전문가다. 그가 1934년에 소련에 간 것은 그 때문이었다. 제1차 작가 회의 때문이 아니라 우리의 '막심 고리키'에 대한 정보를 수집하기 위해서였다. 자본주의 국가의 모든 동료들과 마찬가지로 프랑스 비행사들은 소련이 세계에서 가장 위대한 비행기를 소유하는 것을 용납하지 못하고 있다…….'

콜트소프는 자신의 권위에 우쭐해진 채 잠시 멈추었다. 단 하나 정확한 사실은, 오지랖 넓은 그 사람 때문에 4발기인 '막심 고리키'를 만들게 되었다는 것이다. 그로 인해 조금씩 조금씩 그에게 새로운 생각이 떠올랐다.

'나는 1932년부터 말로를 '의심스런' 인물로, 다시 말해 소련의 거짓 친구로 고발했다는 것을 여러분에게 상기시킨다. 하지만 나는 그의 반혁명주의적인 풍부한 술책들을 깨닫지 못했었다. 1935년 6월에 나는 파리에서 문화 옹호를 위한 국제 작가 회의를 조직하고 경비를 조달하는 임무를 맡았었다. 올더스 헉슬리, 로버트 무질, 리온 포이히트반거, 트리스탄 차라, 하인리히 만, 베르톨트 브레히트, 셀마 라거뢰프, 막스 브로트, 가에타노 살베미니, 구스타프 레글러가 있었고, 프랑스 측에는 바르뷔스가 분명히 있었고, 지드, 아라공, 카수, 엘뤼아르, 장 리샤르 블로흐, 그리고 말로가 있었다. 그로 인해 나는 그를 보다 더 자세히 관찰할 기회를 얻게 되었다. 그는 자신의 역할을 잘 감추고 있었다. 플리니에, 마들렌 파스, 풀라이유, 그리고 에두아르 페송이 반혁명주의자이자 트로츠키주의자인 빅토르 세르주의 석방을 요구함으로써 회의의 주제를 벗어나게 하려 했을 때 그 회의를 주재하던 사람이 바로 그였다. 보다 우유부단한 지드와는 달리 말로는 그들에 맞서 올바르게 처신했다. 적어도 겉으로 보기에는 그랬다. 나는 여러분에게 그 당시 내가 썼던 보고서들을 다시 보낸다. 이러한 위선적인 태도에 나는 속아넘어가지 않았다. 그가 1936년 3월에 이삭 바벨과 함께 고리키의 집에 가고 싶어했을 때 나는 NKVD(구소련의 비밀 경찰이었다가 국가 경찰이 된 기구—역주)의 요청에 따라 그들을 따라갔다. 말로는 스탈린 동지에 대한 정보들을 강탈하려 했다. 그는 내가 이미 언급했던 것처럼 헛고생을 했다. 하지만 어쨌든 그는 마드리드 주재 프랑스 정무관인 모렐 대령과 접촉하고 있는 위험 인물이다. 원칙적으로 스페인 공화국에 호의적이긴 하지만 모렐은 이전에 '악시옹 프랑세즈'의 왕당파였던 사람이다. 그는 블룸의 신임을 받고 있다.

말로는 프랑스 사회주의자들과 밀접한 관련을 맺고 있다. 현재 그는 자신의 반소련적 비판을 유지하고 있다. 하지만 우리측 비행기들과 군사 고문들이 스페인 전선에 도착하면 그가 화를 내게 될 것이 분명하다. 그는 국제 비행사들에 대한 권위, 그리고 특히 가장 능력이 뛰어난 우리 조종사들에 대한 권위를 자신에게 유리하도록 독점하려고 한다. 그가 이끄는 전투 비행 중대는 군사적 차원에서 그 비중이 점점 더 작아지고 있다. 8~9월 이후로 그는 전선에 자신이 혼자 있다고 믿었는데 자신과 비교해서 너무나 신중한 우리 병사들이 현장에 있다는 것을 알게 되자 몹시 분노했다. 프랑코주의자들에 대한 우리 폴리카르포프의 초반 성공으로 인해 그는 불안해하고 있다. 우리 소련의 비행사들은 잘 훈련받은 혁명 전사들이고, 말로의 많은 조종사들처럼 모험가들이 아니기 때문이다. 게다가 그의 비행 중대 내에서조차 공산당 계파가 견고하게 조직되고 있다……'

콜트소프는 단순한 신문기자인가? 5년 전부터 그는 적군(赤軍)의 정보부인 GRU에 등록된 첩보원이었다. 야심만만한 이 수재는 말로를 포함해서 움직이는 모든 것에 관한 비밀 보고서들을 스탈린의 비서실로 주기적으로 보내왔고, 이번 경우는 특히 말로에 관한 보고서였다.

그러한 까닭에 에스파냐 비행 중대 대장을 스파이로 취급하고 있는 보고서들이 크렘린의 서가에 쌓인 것이었다.

다소 우스운 일이지만 지나치게 웃어넘기지는 말자. 게페우가 '프랑스 스파이'와의 관계의 성격을 조사하기 위해 문을 두드리게 될 때, 《적기병 *Cavalerie rouge*》의 저자인 이삭 바벨과 수많은 소련 작가들은 눈물을 쏟게 될 것이니까. 콜스토프 자신도 크렘린의 총애를 잃은 뒤인 1938년 12월 12일 자정, 일 년 전부터 근근이 생활하던 사무실에서 가죽 외투를 입은 사람들에 의해 체포당하게 된다.

"당신은 왜 프랑스 스파이인 말로와 자주 접촉했소? 소련의 공군력에 대해 어떤 정보들을 그에게 제공했소? 1936년 3월에 고리키 집에 왜 그와 함께 갔소?"

"나는 명령을 받았었소! 말로가 스파이라고 GRU와 스탈린 동지에게 알린 것이 바로 나란 말이오……"

"당신의 배신 행위에 스탈린 동지를 끌어들이지 마시오! 대답하시오. 우리가 당신에게 원하는 것은 그것뿐이오. 왜 당신은 프랑스 스파이인 말로와 자주 접촉했소? 소련의 공군력에 대해 어떤 정보들을 그에게 제공했소? 1936년 3월에 고리키 집에 왜 그와 함께 갔소? 당신은 어떤 음모를 꾸미고 있었소? 말로가 소련 지도자들을 살해하려고 했소? 그가 고리키를 살해하려 했소? 당신 힘을 빌려서 그가 소련 공군에 대해 어떤 정보들을 거둬들였소? 자백하시오, 모든 것을 말하란 말이오. 당에서 요구하는 바가 그것이오."

체제는 그 체제에 봉사하는 사람들 역시 집어삼킨다. 콜트소프와 그의 아내 마리아는 총살형에 처해질 것이고, 그들의 양자는 15세에 고아가 되어 거리에 버려지게 된다……

이틀 전이 크리스마스였다. 매서운 추위 속에 그들은 가죽 외투의 깃을 세웠다. 뜨거운 커피를 마시고, 그들은 손을 마주 비비며 담배를 피웠다. 그 어느 때보다도 뜨거운 동지애를 느꼈다. 승무원들은 포테스기에 자리를 잡았다. 각자 자신의 자리와, 자신의 습관과, 자신의 고통이 있었다. 동체를 이루고 있는 복도처럼 생긴 곳에 비좁게 앉아 있는 무리에게 인간적인 울림을 주는 것은 바로 이러한 다양성이었다. 그것은 또한 통일성이기도 했다.

그가 입회인 자격으로 자리를 잡은 'S' 기는 동체가 흔들리더니 굴러가기 시작했고, 활주로 끝으로 이동해서 마침내 날아오르려 했다. 갑자기 곤란한 문제가 생겼다. 이륙이 문제가 아니었다. 두 개의 모터 중 하나가 꺼졌던 것이다. 다리는 불행하게도 기체를 땅바닥에 처박았다. 충격을 받은 기수가 폭발했고 굉음이 고막을 찢었다. 프로펠러가 일그러졌고 기관총 포신은 뽑혔으며 철판은 으깨어졌다. 그러나 말로는 아무 소리도 듣지 못한 채, 정신을 잃고 축 늘어졌다.

"그가 깨어납니다."

누군가가 말했다.

말로 주변에는 대여섯 명이 안도의 숨을 내쉬고 있었다. 잠시 동안 그들은 최악의 상태를 생각했었다.

"당신 때문에 우리는 겁이 났었소."

누군가가 말했다.

누가 말하는 것일까? 그를 둘러싸고 있는 희미한 안개가 그것을 알 수 없게 했다. 근육이 풀리고 추위가 다시 찾아왔고, 그와 더불어 조금씩 현실로 되돌아오는 느낌이 들었다.

"'N'은 어디 있습니까?"

"공중에 있지요. 스페인 포테스기들도 역시 이륙했습니다."

전시에 기다리는 것은 사람들이지 결코 그들에게 부여된 임무가 아니다. 어제 전투 비행 중대는 기차역과 테루엘 발전소를 폭격했다. 오늘 그들은 스페인 동지들의 도움을 얻어 작업을 끝냈을 것이다.

몇 시간 후에 날카로운 전화 소리가 불길한 전조처럼 울려 퍼졌다.

"N이 프랑코주의자들이 탄 세 대의 하인켈기에게 타격을 입었습니다."

"심각한가?"

"산속에서 착륙을 시도하다가 기체가 파손되었습니다. 우방 지역입니다. 한 명 사망에 세 명은 최소한 중상입니다. 다른 사람들은 경상입니다."

"내가 곧 가겠소!"

자동차가 숲 사이를 뚫고 나아갔다. 비행기는 좀더 높은 곳, 발데리나레스 위에 떨어져 있었다. 우체국 직원 덕분에 다행히도 착륙의 참사를 면한 N기의 조종사 플로랭과 전화 연결이 되었다.

"사망자가 누구인가?"

"벨라이디입니다……. 그는 바닥에 충돌하기 전에 이미 기관총 발사대에서 죽어 있었습니다."*

"부상자들은?"

"마레샬은 얼굴이 엉망이 되었습니다. 그의 눈이 걱정입니다. 그는 자신의 모습이 추해진다는 생각을 견딜 수 없어합니다. 그렇게도 여자

---

* 모하메드 벨라이디, 일명 장 벨라이디는 사회주의의 투사로서 알제리 태생이었다. 그는 일제 사격 때문에 자신의 기관총좌에서 꼼짝할 수 없었다. 앙드레 말로의 전투 비행 중대의 중심인물 중 한 사람인 마르셀 플로랭은 스페인에서 살아남게 된다. 제2차 세계 대전 때 그는 자유 프랑스 공군에 합류하기 위해 독일로 넘어간다.

들을 필요로 하던 그였는데. 그가 자살을 못하게 해야만 했습니다! 타이유페르는 다리가 네 곳 부러졌습니다. 크루아지오는 팔에 네 발의 총알을 맞았습니다. 콩베비아 역시 당했습니다."

농부들이 팔다리에 상해를 입은 이들을 데리고 내려올 수 있는 장비는 노새와 임시로 만든 들것밖에 없었다. 커다란 가죽 망토를 걸치고 비행 중대 대장 모자를 쓴 말로는 당나귀를 타고 동지들을 만나러 갔다. 그들이 겪는 고통에 그는 두려움을 느꼈다. 그런데 전쟁이란 바로 그런 것이다. 인간의 살 속에 금속 조각을 박아넣게 하는 것이다.

발데리나레스에서는 마을 사람들 모두가 주먹을 불끈 쳐들고 있었다. 검은색 옷을 입은 여인들, 수염을 제대로 못 깎은 남자들, 심각하다 못해 거의 엄숙하기까지 한 표정의 아이들이 장엄한 침묵 속에 눈 덮인 산에서 온 호송대를 맞아주었다. 은총의 순간이었다. 다섯 달간의 전쟁이 한 인간을 바꾸어놓았다. 그의 소설에 나오는 등장인물들처럼 말로도 전쟁 이전에는 단지 희생자들에 대한 건방진 연대 의식만을 느꼈었다. 그런데 연극적인 몸짓에 대한 타고난 감각을 지닌 이들 스페인 민중들을 발견하고서 얼마나 충격을 느꼈는가…….

그 어떤 조처보다도 이러한 자발적인 고귀함을 증폭시키려는 유혹이 또 얼마나 컸던가. 바로 이러한 고귀함 덕분에 새로운 신화를 세울 수가 있으니! 말로는 아마도 너무나 실망스러운 진실을 피하기 위해 그 유혹에 넘어가게 된다. 여러 주 전부터 그는 실패를 거듭했기 때문이었다. 우화에 나오는 매미처럼 에스파냐 전투 비행 중대는 겨우 짧은 여름 동안만 노래를 불렀을 뿐이었다. 전투 비행 중대를 필요로 했던 행복한 나날 동안에는 어느 누구도 중대의 보헤미안 스타일에 대해 까다롭게 굴지 않았고, 어느 누구도 중대장의 지나친 개성을 지적하지 않았다. 하지만 대규모 전투의 시간이 오자 혁명의 낭만주의는 조종을 울렸고, 이러한 규모에서는 천재적인 수공 일꾼은 거의 용인되지 않았다.

어둠 속에서 얼마 안 되는 소련 측 고문들에 의해 인도를 받던 공산주의자들은 공화국을 내부에서부터 조금씩 갉아먹었다. 그들이 자신을 그들 편의 한 사람으로 마침내 인정해 줄 것을 바라면서, 말로는 그들로부터 신호를 기다렸지만 헛일이었다. 입장권 값을 치를 준비를 하고서 그는 모든 것을 받아들이고, 유지하고 마음속에 담아두었다. 민중 민병대의 종말, '민중 군대' 내에서의 군사 훈련의 필요성, 자신의 전투 비행 중대 내의 계급 제도와 규정에 맞는 제복 및 계급장의 재도입, 무정부주의자들과 POUM(Partido Obrero De Unificacion Marxista의 머릿글자. 마르크시스트 연합 노동당. 1935년에 만들어진 스페인 노동자, 농민, 공산주의자들의 정당—역주)의 이단 마르크스주의자들을 '분열 책동자'이며 '프랑코파 첩자'로 고발하는 것이 그것이었다.

보답으로 되돌아온 것은 아무것도 없었다. 공산주의자들은 '부르주아 개인주의자들'을 이용하면서도 그들을 진정한 결정 과정에는 연관시키지 않는 기술을 갖고 있었다. 그러자 선전이라는 압축 롤러가 에스파냐 전투 비행 중대의 전설을 하나씩 하나씩 점차적으로 파괴해 나갔다. 그들은 소련의 비범한 비행사들에게, 러시아의 경이적인 전차병들에게, 국제 여단의 영웅적인 병사들에게, 제5연대의 보기 드문 적색 투사들에게 자리를 내주었다. 말로와 그의 부하들은 점점 주변 전투에 투입되었다. 그들에게는 그다지 중요치 않은 일들 외에는 제안이 들어오지 않았던 것이다……

"11월 초였습니다. 프랑코주의자들이 마드리드를 폭격했습니다.

어느 날 저녁 거리에서 나는 한 노인을 만났습니다. 민간인이었지요. 그의 팔에는 상당히 많은 양의 원고가 들려 있었습니다. 작가인 나는 그 원고에 흥미가 끌렸습니다. 그래서 나는 그에게 그것이 무엇인지 물어보았습니다. 그는, 원고가 아닙니다, 나는 내 아파트 벽지를 바꾸고 있습니다, 라고 하더군요. 그런 것입니다. 스페인 전쟁은요! 나는 공화파 편입니다. 왜냐하면 그들은 개개인이 자신의 운명을 자신이 의도하는 대로 받아들이는 기본권을 유지하기 위해서 싸우고 있으니까요. 프랑코주의자들이 약속하는 신과 조국의 이름에 복종하는 데 대한 인간의 자유 말입니다……."

체크무늬 재킷을 입은 한 젊은이가 손가락을 쳐들었다. 머리를 끄덕이며 말로는 그에게 하려던 말을 하라는 신호를 보냈다.

"하지만 개인을 말살시키려 한 것은 프랑코주의자들뿐만이 아니잖습니까! 공산주의자들 역시 그렇고, 당신은 공산주의자 편이잖습니까!"

"잘못 알고 있는 것입니다. 나는 효율성의 편에 서 있습니다! 어디에서 그 효율성을 찾을까를 알아야 합니다. 나는 공산주의자들이 어느 정도 구속을 지지하는 사람들이라는 것을 부정하지 않습니다. 게다가 그들도 그렇게 말하고 있습니다. 그들 중 어느 누군가가 무언가를 원하면 그는 책상 위를 주먹으로 힘껏 내리칩니다. 파시스트가 무언가를 원할 때면 그는 책상을 두 발로 밟습니다. 민주주의자의 경우엔 걱정스럽게 머리를 긁습니다. 마치 '맙소사, 도대체 어떻게 해야 하지?' 라고 중얼거리듯이 말입니다."

"당신은 민주주의를 부정하는 것인가요?"

금발머리에 가슴이 깊이 파인 옷을 입은 여자가 질문을 했다.

그때까지 그녀는 전투 비행 중대 생활의 비극적 단조로움과 부하들이 겪었던 고통, 그리고 스페인의 모든 공화주의자들이 겪은 고통을 묘사하고 있는 잘생긴 프랑스 작가에게서 눈을 떼지 않고 있었다. 그런데 거기서 감정을 드러내지 않고 있던 정성스레 화장한 조제트의 눈에 감정의 동요가 일어났다.

"민주주의는 분명히 아닙니다. 하지만 민주주의가 혼자서 스스로를 보호하는 능력은요! 적절한 때에 맞춰 도움을 주러 온 소비에트 러시아인들은 매우 유능한 기술자들로 이루어져 있는데, 그들은 스페인 공화주의자들에게 아주 귀중한 원조를 가져다주었습니다."

그를 설복하는 것은 짜증이 난다. 항상 같은 말을 반복한다는 것이 얼마나 성가신 일인가! 이들 미국의 좌파 지식인들은 매우 친절하긴 하지만 중요한 것을 이해하지 못하고 있지 않은가! 정확히 말해 보자. 그렇지만 그들은 확고한 실용 정신을 보여주고 있는 것이다. 금고를 채워줄 '대회'들은 그들에게 더 이상 비밀을 갖고 있지 않았다. '앙드레 말로, 35세, 《인간의 조건》과 《모멸의 시대 *Days of Wrath*》를 쓴 프랑스 작가', 아주 멋진 광고였다. 그를 찬미하기 위해 멀리서 사람들이 왔다.

며칠 전부터 계속해서 그는 똑같은 문제를 되풀이하고, 똑같은 일화들을 전달하고, 서로간에 놀라울 정도로 닮은 청중들을 위해 똑같은 감정을 다시 느끼고 있었다. 역설적이게도 이 5주간에 걸친 대서양 횡단 순회 강연은 동시에 그의 영광의 순간을, 즉 스페인 내전 이야기에 민감한 극히 일부분의 청중들이 공화파의 대의명분에 찬동하여 흥분하기 전에 불꽃을 기다리고 있는 그 나라에서 일종의 국제적인 대관식을 알려주는 것이었다. 오늘은 말로, 내일은 어니스트 헤밍웨이였다.

이 여행은 각자의 이데올로기에 따라 달리 해석되었다. 미국과 캐나다에서 근무하고 있는 스페인 공화파 외교관들로서는, 자신들의 대의명분에 대해 효과적인 공감을 유발하는 것이 문제였다. 공산주의자들에게는 자기들이 조종하고 있고 또 말로가 그 선도자들 중 하나인, 암스테르담-플레이엘 반파시즘 및 반전 운동을 전개시킬 새로운 기회를 잡는 것이 문제였다.

말로에게는 무엇이 문제였던가? 그것은 전위로의 탈출이었다. 6개월간의 비행 전투 중대 생활로 그는 거의 쓰러지기 일보 직전으로, 자신의 진영이 반복하고 있는 패배에 지쳐 있었고, 여전히 그를 중요하게 여기기를 거부하는 공산주의자들에게 수치심을 느끼고 있었다. 영웅적인 자선사업은 끝났던 것이다. 예전에 사이공에서 그랬던 것처럼 말로는 뒤로 물러서기 시작했다. 아무에게도 말하지 않은 이러한 후퇴를 감싸면서 구이데스는 모냉을 추종했다. 그 역시도 살 날이 그다지 많이 남지 않았다. 프랑스에 등록된 그의 수송기는 이탈리아 전투기들에 의해 격추될 것이기 때문이다.

조제트는 환하게 빛나고 있었다. 말로가 클라라에게 작별을 고하는 사이에 막 출발하려는 배에 익명으로 슬그머니 끼어들어야 했던 이 비밀 승객이 말로의 팔짱을 끼고 신대륙 사람들 앞에 처음으로 공공연히 모습을 드러냈다. 미소를 머금고 훌륭하게 차려입은―공무원이었던 그의 가난한 아버지로부터 물려받은 절약 정신은 이 머나먼 곳의 모험에서 눈 녹듯이 사라졌다―이 젊은 여성은 사람들로부터 좋은 평가를 받았다. 그녀를 위해서 배우인 에드워드 로빈슨은 강도 같은 잔인한 표정을 지웠지만, 그녀가 정치적 의식이 없으리라고 생각하고 트로츠키에 대한 자신의 숭배를 그녀에게 고백하지는 않았다. 그는 할리우드 최고의 영화들을 그에게 보내주고 있었다.

문제는 트로츠키였다. 그가 말로에게 자신을 위해 개인적인 증언을 요구했던 이래로 논쟁은 점점 더 악화되어 적군의 전 우두머리와 말로는 대립하고 있었다. 미국 순회 여행 동안에 그 논쟁은 날이 갈수록 격화되어 선언과 기사가 난무했고 저주에 저주가 잇달았다.

"트로츠키는 세계적으로 거대한 도덕적 세력입니다. 하지만 스탈린은 인류에게 존엄성을 되돌려 주었습니다. 종교재판이 기독교의 기본적인 존엄성을 전혀 약화시키지 못했던 것처럼 모스크바의 소송은 공산주의의 기본적인 존엄성을 전혀 약화시키지 못했습니다."

말로는 이렇게 단언했다.

"말로는 체질적으로 도덕적 독립의 능력이 없습니다. 그는 타고난 관료이니까……. 그는 스탈린 재판 사건의 변호를 위해 미국에서 캠페인을 벌이려는 생각으로 스페인을 떠났습니다."

트로츠키는 이렇게 대응했다. 늘 그렇듯이 트로츠키는 줄긋기를 강요했다. 하지만 사실, 우글거리는 '비밀경찰'들이 조금씩 조금씩 독재를 만들어나가고 있는 공화파 스페인에서 말로처럼 아무것도 못 보는 척하기 위해서는 멍한 눈이 필요했다…….

"가시오! 경찰들이라면 신물이 난단 말입니다!"

아연실색한 채 차라는 그의 코를 스치면서 난폭하게 닫힌 사무실 문을 쳐다보았다. 라 푸냘라다 식당에서부터, 당 노선의 지지자로 전락하기 이전에 다다이즘의 주창자였던 그 사람이 그를 바짝 뒤쫓아왔다. 말로는 그가 지긋지긋했다. 공산주의자들이 그들의 지지자들에게 요구한 것은 엄청날 정도의 높은 가격이었다. 그들은 완전한 복종을 요구했던 것이다. 이처럼 추잡한 분위기로 인해 입이 막힌 바르셀로나는 소비에트 제국의 지중해 부속국이 되어버렸다. 그곳에서 무정부주의자들은 마치 볼품없는 사냥감처럼 쫓겨났고 POUM의 생존자들은 마녀들처럼 쫓겨났다.

"그는 당신을 용서하지 않을 거요."

카탈루냐 자율정부의 선전성 위원인 좀므 미라비틀이 말했다.

"그 사람 말이요? 그는 하룻강아지에 불과하오."

"그 강아지는 주인들 말에 따라 물 수도 있습니다……."

"알고 있소. 그들은 어느 누구도 믿지 않습니다. 그들은 나를 감시하며 염탐하고 있습니다."

"하지만 당신은 드러내놓고 항의하지는 않고 있지 않습니까!"

"당신도 마찬가지요, 좀므."

"내겐 그럴 방법이 없지만 당신은 달라요. 당신은 그럴 수 있을 텐데……."

"……그러면 프랑코가 만족하겠군요! 천만에요, 내가 말해야 할 것은 《희망》에서 썼습니다. 나는 그 말을 영화 〈시에라 데 테루엘 *Sierra de Teruel*〉에서 반복할 예정입니다."

말로가 단호하게 말했다.

제2차 세계 대전이 발발하기 전에 극소수의 관객들이 보게 될 이 영화는 그가 오래전부터 생각해 왔던 것이었다.

그는 '역사'의 주역에서 무기력한 증인으로 후퇴했다. 얼마 안 되어 공화국은 무너졌다. 1939년 1월 25일 작가 겸 영화제작자 말로는 조제트와 함께 페르튀스(피레네 산맥의 동쪽에 있는 작은 마을-역주)를 통해 프랑스 국경을 넘었다. 15개월 후 스페인에서 전격전 기술을 훈련받은 독일 비행사들은 프랑스 도로에서 피난길에 나선 불쌍한 민중들을 공포에 떨게 만든다…….

제8장

기회를 엿보는 사람

L'attentiste

8세기를 존속하면서 상스(파리 남동쪽 욘 강 연안에 있는 도시. 이곳에 있는 생테티엔 대성당은 대표적인 고딕 건축물 중 하나이다—역주)의 대성당은 수차례의 파탄을 목격해 왔다. 이번 파탄은 이전의 것들 이상으로 강한 인상을 주지는 못했다. 하지만 얼마나 대단한 광경이었던가. 군대가 완전히 해체되었던 것이다. 의기소침한 이들 무리에게는 무언가 두려운 것이 있었다. 군중의 수호자로 승진한, 각반을 찬 베르마흐트(1935년부터 존재한 독일 육해공군의 총칭—역주)의 병사들까지도 겁을 먹은 것 같았다. 히틀러가 그들에게 승리의 전격전을 약속했는데도 그 정도였다…….

말로는 세월과 함께 퇴색한 성당 현관의 돌들을 주시했다. 무엇 때문에 이 오래된 유적들은 영원한 슬픔을 간직하고 있는 것일까? 그것들에 애초의 색깔을 돌려주는 것이 더 좋을 텐데. 만족스러운 결론이 머리에 떠오르지 않자 그는 어깨를 추스르고 나서 절뚝거리는 걸음으로 고딕식 둥근 천장의 해묵은 어둠 속으로 잠겨들었다.

적어도 기온은 선선했다. 대성당의 중앙 홀은 시간을 초월한 순수성을 간직하고 있었다. 이미 잔 다르크 시대에도 홀은 기적의 마당을 닮아 있었을 것이다. 입을 벌린 채 파리들이 자기 얼굴에 앉는 것을 쳐다보고 있는 이 알제리 저격병처럼 부상자들이 신음하고 있었다. 간호원들은 몸놀림을 빨리 하고 있었다. 운이 좋은 몇몇 사람들은 통조림을 따기도 하고 포도주 병을 따기도 했다. 조금 먼 곳에서는 남은 소시지를 먹어치우는 사람들도 있었다. 어디에서나 소문이 나돌고 있었다.

휴전협정이 조인되나 봐……. 동원은 해제되지만 전시 공장들은 영국인들에 대항해서 일을 해야만 하나 봐. 페탱이 각료 회의중에 베강 장군에 의해 살해되었대……. '그들'이 열일곱 개의 도(道)를 요구했다는군. 그럴 수가! 또다시 브르타뉴의 암소들은 행운을 차지할 거야! 요새 사령관이 조금 전에 지나갔어. 나는 독일어를 조금 하는데, 그가 150만의 포로들이 있다고 말하더군……. 1000만 명이라고 하지 왜?

패배 속에 있는 그 무엇인가는 패자를 언제나 짐승의 차원으로 떨어뜨린다. 그의 동료들과 마찬가지로 포로가 된 말로는 얼굴을 찡그리며 땅바닥에 펼쳐진 짚더미 위에 쓰러졌다. 어쩔 수 없이 50킬로미터의 행군을 해야 했고 발의 상처로 너무나 고통스러웠던 것이다. 전설에서 벗어나게 되자 그는 사소한 걱정거리 이상의 가치가 없었다. 달리 말해서 별것 아니었다.

"당신은 무슨 부대에서 근무했소?"

공병 출신의 남자 하나가 물었다. 그는 커다란 안경을 쓰고 있었고, 제복은 너덜너덜했으며, 손이 무척 더러웠다.

"모터사이클 부대요. 프로뱅에 있는 41기병대였소(기병대라고는 했지만 사실 말로의 부대는 독일의 기계화 부대에 불명예스럽게 항복했을 때 걸어서 행군하고 있었다)."

"아, 그렇군요. 그럴 줄 알았소. 당신은 보병 같아 보이지 않았거든."

말로는 아무 말도 하지 않았다. 대포에 총검을 꽂아놓고 있는 독일 관리의 감정을 드러내지 않는 시선을 받으며, 그는 자신과 같은 불행의 동반자와 함께 어지러운 잠 속으로 빠져들었다⋯⋯.

친구인 레이몽 마레샬에게로 출발하기 전에 임신했다는 사실을 털어놓은 조제트⋯⋯ 클라라와 딸 플로랑스⋯⋯ 옛날에 '키주'라고 불렸던, 알프스 보병대에 동원된 이복동생 롤랑⋯⋯. 아프리카 원주민 기병대에 자원입대한 막내 클로드. 이리저리 뜯어맞춘 영화의 장면처럼 그의 눈앞에서 영상들이 겹쳐졌다. 사를라(도르도뉴의 도시−역주)에는 소나기가 내리고, 돔(도르도뉴의 도시−역주)에는 태양이 내리쬐고 있었다. 지난 여름에 그는 빨간색으로 다시 칠한 포드 차를 타고 조제트와 함께 도르도뉴의 그 길들을 달렸었다. 선전포고 소식을 듣자마자 나이든 여인네들이 눈물을 흘렸던 것이 보리외 쉬르 도르도뉴에서였던가, 아니면 좀더 후인 님에서였던가? 파리의 르 마루아 가에서는 그와 조제트가 루아얄 베르사이유 호텔 방으로 사랑의 피신을 했었지. 그런 다음에는 베를리오즈 가 9번지 1층집으로 갔었고⋯⋯. 왜 그는 감히 이혼을 요구하지 못했을까? 클라라는 조제트를 경박한 프티 부르주아라고 했고, 조제트는 클라라를 더러운 하녀 같다고 했다. 어쨌거나 고등법원에서는 이혼을 허락하지 않았을 것이다…….

누군가가 기침을 했다. 말로는 눈을 떴다가 다시 잠을 청했지만 또다시 깨어났다. 스페인에서, 아시리아의 전사를 닮은 이탈리아 비행사를 태운 적기가 그의 비행기에 접근했던 것이 언제였던가? 어디선가 불쑥 솟아오르듯 날아든 그 비행사는 곱슬곱슬한 턱수염이 나 있었는데, 아주 조금이지만 그들은 서로 닮았던 것 같다. 두 비행기는 아슬아슬하게 스쳐 지나갔고, 이탈리아 비행사와 그는 마치 오래된 친구들처럼 미소를 지었다. 그 순간에는 그들 중 어느 누구도 전쟁을 계속하고 싶지 않았었다. 그가 다시 전쟁에 사로잡힌 것은 나치 독일과의 중대한 결전의 순간이었다. 그는 참전을 원했고, 마침내 한직(閒職)을 제안받았다.

"정보위원회가 어떻습니까? 지로두, 토늘라, 마시뇽, 크레미외 그리고 리발 등과 함께 당신은 지식인들 곁에 있게 될 텐데요…….”

"내가 프랑코에 대항해서 폭격 중대를 지휘했었다는 것을 상기시켜야만 하겠습니까? 수천 명의 스페인 공화주의자들이 프랑스로 피신했습니다. 그들을 수용소에 몰아넣기보다는 차라리 무기를 주십시오. 그들이 원하는 것은 바로 그것뿐입니다. 내가 그들의 선두에 서겠습니다…….”

"당신의 스페인 친구들이 정 그러고 싶다면 그들을 외인 용병 부대에 입대시키도록 하지요! 그런데 서류에서 당신이 1923년에 군대를 면제받았다는 것을 읽었는데요…….”

"그 당시에는 아무런 위험이 없었지요. 그러나 지금은 히틀러의 군대가 폴란드를 침공했습니다…….”

"······스탈린의 군대를 도와준 것이지요, 말로 씨! 나는 당신이 독소(獨蘇) 조약을 비난했다는 말을 들어본 적이 없습니다. 더구나 토레즈(Thorez: 프랑스 정치가. 프랑스 공산당에 가입했다가 독소 조약 조인 후 군에 동원되었던 그는 탈영해서 소련으로 갔다. 후에 사형선고를 받았다가 해방과 더불어 사면되었고 드골 정권에서 장관을 지냈다−역주)의 탈당 소식과 공산당 수뇌부들의 배신 소식도 들어본 적이 없습니다. 우리가 경계하는 것을 이해해 주시기 바랍니다······."

1939년 여름 히틀러와 스탈린 사이에 맺어진 조약에 대해 굳게 침묵했던 것이 무겁게 그를 짓눌렀다. 프랑스 공산당은 그 공산주의와 파시스트 간의 조약을 소란을 떨며 승인했고, 반파시스트 운동의 총아이자 에스파냐 비행 중대의 창설자인 그는 모스크바와 거리를 유지할 수 없었다. 대중적인 선언도, 공식 언론 기사도 내지 않았다. 아무것도 하지 않았던 것이다.

이전에 피레네 산맥 너머에서 함께했던 전쟁을 추억하며 어제의 동맹자들에 대해 신의를 지키기 위한 것이었을까? 말로는 레이몽 아롱으로 하여금 즐겨 그렇게 믿도록 하곤 했다. 하지만 그의 자기 기만적 태도 속에서 신의는 보잘것없는 것이었다. 사실 말로는 계속 공산주의자들로부터 신호를 기다렸던 것인데, 그 신호는 여전히 오지 않았다.

장교는 가볍게 어깨를 추슬렀다. 3류 공산주의 작가와 그의 편향적인 서적들, 그리고 뒤늦은 애국 충동을 어떻게 해야 할 것인가? 그 자신은 진급한 지 얼마 안 된 중대장에 불과했고, 상대는 샤르디니 장군이 후원하는 콩쿠르상 수상자였다. 그는 한 무더기의 서류 더미 위에 손을 올려놓았다.

"말로 씨, 보조 근무직을 계속 거절하실 건가요?"

"물론입니다. 나는 탱크 부대에 자원하겠소."

"제가 할 수 있는 일이 무엇인지 알아보겠습니다. 기적을 바라지는 마십시오."

그렇게 해서 서른아홉 나이에 말로는 프로뱅의 41부대에 다시 배치되었다. 머리는 짧게 깎였고, 그의 치수에 맞춰 랑방사에서 만든 군복 상의 소매에는 이등병 계급장이 꿰매어졌다. 반군 사상을 가진 대령으로서는 그다지 나쁘지 않았다. 동양 모험 여행이 실패한 후 아라비아의 로렌스도 공군 졸병이 입던 무명 제복을 걸치면서 자신의 계급이 강등되는 것에 기꺼이 동의하지 않았던가. 그 '무관 제왕'의 자발적인 강등에 마음을 빼앗긴 말로는 점점 더 기꺼이 스스로를 로렌스에 견주곤 했다……

4월 말경 장갑차와 탱크들이 부대를 떠났다. 목적지는 전방이었으며 그 모습은 더 이상 다시 볼 수 없었다. 페르낭이 영웅이 되고자 했던, 소년 시절 말로의 꿈을 가득 채웠던 제1차 세계 대전 당시의 강력한 탱크의 화력들은 어느 모래밭 속으로 자취를 감추었을까? 프로뱅의 우체국에서 말로는 조제트 클로티스에게 간략한 전보를 쳤다. 그 전보의 행간에 담긴 뜻은 만일 그녀의 요청에 따라 친구인 마레샬이 비밀 낙태를 준비하고 있다면 그것은 비열한 살인이므로 그래서는 안 되며 아이를 지키는 것이 더 낫다는 것이었다.

괴상한 전쟁은 명예롭지 못한 패배로 흐르고 있었다. 6월 중순에 DC-41부대는 적군을 맞아 시늉뿐인 전투를 개시했다. 이번에는 마른 전투에서와 같은 기적은 일어나지 않았다. 사방에 하나의 전선이 있었는데, 그것은 다시 말하면 어느 곳에도 전선이 없다는 의미였다. 겁에 질린 민간인들은 나치의 전초 부대를 피해 달아났고 이미 보았던 듯싶은 황혼의 풍경은 행동의 고귀함을 제외하고는 스페인 공화국의 몰락을 상기시켰다. DC-41부대는 마침내 항복했다. 다른 사람들과 마찬가지로 말로도 승자의 룰에 굴복하며 두 손을 높이 쳐들었다.

"일어서시오, 말로 씨. 시간이 되었습니다……."

뵈레는 함께 수감된 지식인 말로의 어깨를 흔들었다. 말로는 투덜대는 것으로 그쳤다. 왜 그는 그런 식으로 악시옹 프랑세즈의 선배이자 프랑슈 콩테 출신의 이발사로 하여금 자신을 혹독하게 다루도록 놓아두는 것일까? 알 수 없는 일이었다. 하지만 DC-41부대의 포로들이 상스의 대성당으로부터 이송된 포로수용소 내 132중대 3분대의 상황은 그러했다.

욘 강변에 위치한 건축자재 창고에 독일인의 명령에 따라 벽돌로 지어진 카냐(베트남어로 '집'을 뜻한다)에서는 수십 명의 포로들이 불안에 빠져 있었다. 전시 비스킷 하나와 찌그러진 알루미늄 컵에 담긴 약간의 끓인 물, 그것이 그들의 아침식사였다. 밖에서는 수용소의 철조망과 보초들이, 그들의 목숨이 위대한 나치 독일의 손에 달려 있다는 것을 상기시켜 주고 있었다. 수용소 사령관은 거짓말을 한 것이 아니었다. 프랑스 포로들은 수십만을 헤아렸던 것이다. 이곳만 해도 1만 명 이상이었다.

아침 해는 느지막이 떠올랐다. 다른 막사 사람들도 깨어났다. 바깥은 날씨가 좋았다. 장 바티스트 지네는 막사 벽에 등을 대고 앉아 있었다.

"지네, '위대한 인물'을 보고 싶어했지? 좋아, 그가 저기 있네."

포병 하나가 이렇게 말하면서 손가락으로 말로를 가리켰다.

다른 포로들은 그를 그렇게 불렀다. 어떤 사람들은 '장교 같다'고 덧붙이기도 했다. 장교다운 태도도 없고 계급장도 없는데 말이다. 직업군인들은 건조하게, 짧고 간결한 문장으로 말하기 위해 온 힘을 다했다. 말로는 여느 때와 마찬가지로 간간이 신경질적으로 입을 비죽거리며 이해할 수 없는 긴 문장으로 갈피를 잡지 못하곤 했다.

지네는 고개를 들었다. 외인 용병 부대에서 근무했던 그에게 누구든 깊은 인상을 주기는 쉽지 않았다. 미지의 인물이 입고 있는 웃옷에 머물던 그의 시선이 신중해졌다. 그런데 신경질적인 머리의 움직임, 곤두서는 머리카락을 계속해서 뒤로 쓸어넘기는 손짓이 그에게 무언가를 상기시켰다. 갑자기 환한 빛이 솟아났다.

"당신은 작가 앙드레 말로 씨 아니십니까?"

"나를 어떻게 알아보았소?"

"당신 책을 모두 읽었거든요……."

"그렇다면 그것들을 잊어버리시오. 나는 알려지길 원치 않소. 서류상 내 이름은 조르주이지 앙드레가 아니오. 이곳에서 내 성(姓)은 마비오라오. 독일인들은 대조를 해본 것 같지 않소. 대조해 봤다면 나는 틀림없이 베를린으로 이송되었을 거요. 히틀러는 개인적으로 나와 결판내야 할 일이 있으니까 말이오……."

현재로서는 승승장구하는 총통이 해결해야 할 더 심각한 문제들이 있다는 사실이 머리에 떠오르지도 않았다. 손은 담배를 찾았지만 그것은 오래전부터 더 이상 그곳에 없었다. 지네가 말로의 얼굴을 초췌하게 만든 흥분의 물결과 친숙해지기까지는 몇 시간이면 충분할 것이다. 마찬가지로 예전에 신학생이었고 시인이자 아랍 문학 전문가인 장 그로장이 《희망》의 저자와 우정으로 맺어지는 데에도 많은 시간이 필요하진 않았다.

그들 세 사람은 마뉴 신부의 가세로 곧 네 명이 되었다. 선한 사마리아인 '턱수염(그의 별명이었다)' 은 밤이면 가장 요령 좋은 사람들의 비스킷을 훔쳐와 다음날 가장 허기진 자들에게 나누어주었다. 또 한 명의 성직자 마르탱 신부가 합세하여 그들은 다섯이 되었다. 그들 다섯은 탈출을 꿈꾸었고 북아프리카에서 전투에 다시 참여하자고 이야기했다.

투쟁을 해야 한다. 그런데 누구를 위해서인가? 패배 속에서도 의연한 그들 포로 동지들은 기다리고, 불평을 하고, 없어서는 안 될 '추가분'의 음식을 찾아내며 시간을 보냈다. 그들이 독일인들에게 갖가지 소극적인 저항을 내보인 것은 애국심 때문이 아니라 터무니없는 명령, 즉 간수들의 헛소리에 대한 거부감 때문이었다.

《정복자》의 가린이라면 그들을 경멸할 것이다. 또한 불쌍하게 생각하기도 할 것이다. 왜냐하면 그들은 언제나 패배하는 쪽에 서 있기 때문이다. 그러나 말로는 스스로를 가린으로 간주하기를 그만두었다. 다만 그들을 있는 그대로의 모습으로 받아들이기로 결심했다. 지난날 프로뱅에서 동료 승무원들과 내무반 동료들을 발견했던 것처럼. 그 기둥서방은 자신이 강인한 사람이라고 생각했지만 좋지 않은 순간에 불이 켜지는 전구에 대해 모호하게 이야기했기 때문에 로렌 지방 출신 농부에게 호되게 야단맞았고, 그 소방관은 어느 날 저녁 '파리 카지노' 에서 어느 프리마돈나와 함께, 아, 그래, 친구, 프리마돈나와 함께……

그들은 《희망》에서 이상화되었던 민중이 아니었다. 그들은 그냥 단순히 민중이었다. 흘러가는 세월의 아픔이 지식인들 마음속에 각인시키는 흔적이 그들에게는 새겨지지 않을 것이다.

"나는 쇠퇴하기를 기다리고 있어."

"뭐가?"

"모두 다. 나는 쇠퇴하기를 기다리고 있어. 두고보게, 곧 쇠퇴할 거야."

"어쨌든 한 달 후에 나는 내 여자를 찾고 말 거야."

"한 달이라고? 돌았군! 기껏해야 보름이야."

"그 위선자에게 말해, 미쳤다고 말이야!"

"그 문제는 석 달 후에 다시 얘기하기로 하고, 이런 노골적인 대화에서 말로를 놓아주게. 미국인들이 다시 끼어들면, 싸움판은 그렇게 일찍 끝나진 못할 거야."

미국인들 이야기가 찬물을 끼었었다. 전쟁이 여전히 계속된다면? 말로는 간신히 마음을 진정시켰다. 포로 생활은 그에게 맞지 않았다. 마찬가지로 그 역시 포로 생활에 어울리지 않았다.

7월 말에 마리 이모는 조카 말로를 잠시나마 다시 외부 세계와 연결시켜 주었다. 그녀가 말로를 방문했을 때 그들은 두 개의 판자 사이에 난 좁은 틈을 통해 몇 마디 말을 나누는 데 성공했다.

"클라라와 플로랑스는 잘 지내고 있단다. 독일 경찰이 한차례 가택 수색을 했지. 다행스럽게도 클라라가 네 부조상들 일부와 미술 작품들을 내게 맡길 시간이 있었어. 나머지는 그녀 친구 집에 있단다."

"조제트는요?"

"이에르에 있는 부모 집에 머물고 있단다. 그곳은 비점령 지역이지. 가을에는 네 아이가 태어나겠더구나."

"그녀에게 가족 증명서를 따르라고 말씀해 줄 수 있으시죠?"

"네가 원하는 대로 하마."

연결 통로가 다시 이어졌다. 그때부터 그가 조제트에게 보내는 글들에는 고양이 얼굴 서명이 들어가게 된다. 말로는 항상 암호를 좋아했다. 조제트는 10월에 말로를 방문했다. 그녀의 배는 점점 더 불러갔고, 너무나 아름다운 그녀에게서 포로들은 눈을 떼지 못한 채 그 '위인'은 참 복도 많은 사람이라고 생각했다.

말로와 뵈레, 그로장, 지네, 그리고 두 명의 신부들을 둘러싸고 작은 무리가 형성되었다. '십인회'라고 스스로 이름 붙이길 좋아하는 열한 명의 반항자들이었다. 그들의 목표는 탈출이었고, 포로들이 독일로 이송될 거라는 소문이 공공연하게 떠도는 만큼 그것은 더욱 긴급한 것이었다.

플로랑스와 함께 카오르에 머물고 있던 클라라는 결국 말로가 독일로 이송될 것을 걱정하고 있었다. 다행스럽게도 마침내 동원에서 해제된 '키주'가 다시 돌아왔다. 대천사 가브리엘처럼 더할 나위 없이 잘생긴 그는 또한 필요한 곳이면 어디에나 나타났다. 여러 곳을 그렇게 동분서주하는 것을 보면, 그는 독일과의 경계선에서 적절한 탈출로를 추적, 수용소에 접근하는 길을 표시해 놓고, 필요한 탈출 자금을 모으기 위해 코르니글리옹 몰리니에와 접촉하고 있음이 분명했다. 그는 자신이 스탈린과 의견이 대립되는 공산주의자라고 말했으나 사실상 그다지 그를 공산주의자라고는 할 수 없었다.

'십인회' 사람들은 인접한 마을로 보내졌다. 각자에게는 일이 부과되었다. 스스로 '콜레주 드 프랑스의 교수'라고 주장했던 말로는 지네와 함께 시립 도서관의 장서를 분류하는 일을 맡았다. 그 일은 자유 시간이 상당히 많았다. 그들에게는 이야기하기에 충분한 시간이 있었다.

"바쿠닌, 프루동, 크로포트킨…… 콜미에에 무정부주의자들의 책이 있다니 놀랍군!"

"시장이 프리메이슨 단원이라네……."

"쿠르주네는 용감한 사람이더군. 분명히 우리 일에 훼방을 놓을 사람은 아니야."

"그 반대겠지! 중요한 것은 메테르니히의 의심을 사지 않는 것이야……."

"몰래 도망갈 방법을 찾도록 하세. 메테르니히를 놀라게 해서는 안 될 거야. 장교의 의무란 탈출하는 것 아니겠나."

"우리는 장교가 아니야."

"하지만 탈출은 할 거야."

어디로부터의 탈출인가? '십인회'에게 맡겨진 이곳, 담당 장교 폰 메테르니히 중위의 호기심 어린 눈길 아래 그들이 공동생활을 하고 있는 농장으로부터의 탈출이었다. 유명한 오스트리아 외교관의 아들인 그에게서 나치의 모습은 전혀 찾아볼 수 없었다. 이틀째 되는 날 포로들이 짚더미 위에서 잠을 잘 수밖에 없는 처지라는 것을 알고 그는 흠 잡을 데 없는 프랑스어로 자기 말들이라고 해도 그렇게 더러운 곳에서 잠을 재우지 않을 거라며 고함을 쳤다. 그리고 포로들에게는 곧 매트리스가 지급되었다.

며칠 후 작가 루이 마르탱 쇼피에의 아내인 시몬이 반파시즘의 '생 쥐스트'를 방문하러 왔다. 그녀는 말로에게 최초의 지적 레지스탕스 조직망 중 하나에서 그에게 어울릴 만한 자리를 제공하고자 했다. 인류 박물관 자리였다. 하지만 《희망》의 주인공들은 피곤했다.

"시몬, 우리는 아무것도 할 수 없다는 것을 이해해 주시오. 만약에……."

"만약에, 뭐죠?"

"만약에 미국인들이……."

"미국인들이 나서지 않는다면 당신들은 상관하지 않겠다는 말씀인 가요?"

"패배에는 이제 진력이 났소. 중국, 스페인, 프랑스……."

시몬은 다시 떠났다. '십인회' 사람들은 친구이자 지지자가 된 쿠르주네와 함께 공들여 계획을 준비했다. 거사 일이 다가오자 천사 가브리엘이 마을로 찾아왔다. 말로는 인적이 드문 오두막에서 그의 이복 동생을 은밀히 만났다.

"여기 사복이 있습니다. 클라라와 같이 산 것들입니다. 입어보세요."

"맞을 거야."

"그럼 신발은요?"

"너무 작군."

"많이 작군요! 이를 어쩌죠?"

"상관없어. 절뚝거리는 거야 내 습관인걸. 어쨌든 계획은 뭐지?"

"금요일이 만성절(萬聖節)입니다. 월요일까지는 아무도 여러분한 테 주의를 기울이지 않을 거예요. 기차를 타고 나면 차장들은 훨씬 간 단할 거구요."

"그러니까……."

"상스까지는 걸어서 가고 다음에 기차를 탑니다. 부르주(파리 남쪽, 셰브르 강과 오롱 강의 합류점에 있는 도시—역주) 근처에서 경계선을 지 나는데 거기서는 들판을 가로질러 많이 걸을 거예요. 하지만 그 다음엔 자유지요! 아비뇽에서 조제트와 함께 셋이 만나게 됩니다. 시간이 다되었어요. 조제트는 곧 해산할 거예요……."

눈앞에 지중해가 펼쳐져 있었다. '라 수코'는 정말 멋졌다. 지드의 친구들이 말로 부부에게 빌려준 곳은 빛과 타마리스 향기의 천국이었다. 말로는 셔츠를 풀고 생각에 잠겼다. 조제트는 아들을 품에 안고 태양 아래서 일광욕을 했다. 요리사 겸 주방장인 뤼지는 매사에 감시의 눈길을 보냈다. 피에르 고티에라는 발음이 너무 어려워서 그 이탈리아인은 아이를 '빔보'라는 별명으로 불렀다. 그 별명은 그대로 남아 있게 된다.

전쟁은 먼 곳의 일, 지구 반대편의 일이었다. 이곳에는 존재하지도 않았다. 프티 부르주아의 행복 요법에 이상한 것은 없었다. 하지만 누군가가 반파시스트 신화를 구현했을 때, 나치가 북부 지역을 점령하고, 비시 정부(1940년 나치 독일과 정전 협상 뒤 오베르뉴의 온천 도시 비시에 세워진 프랑스의 친독일 정부. 페탱은 프랑스 본국의 3분의 2를 독일 점령 지구에 위임하고 남은 지역 3분의 1을 통치했다—역주)가 남부 지역을 통치하고 있을 때 이러한 사치는 주어지지 않는다. 말로는 문학을 배신하지 않았고(그는 다시 펜을 잡았다), 조국을 배신하지 않았지만(그는 절대로 점령자나 맹신자들과 손을 잡지 않을 것이다), 어쨌든 자신의 글로 스스로를 배신했다.* 생각해 보라. 그 순간에 《인간의 조건》이나

---

* 1940년 8월 말, 점령국 독일은 주인공 카스너가 공산주의 투사로 나오는 1935년작 단편 소설 〈모멸의 시대〉를 이유로 말로를 블랙리스트에 올려놓게 된다. 이때부터 이 작품은 베른하르트 리스트에 오르고, 말로는 계속해서 검열 대상 작가들의 완전한 목록인 오토 리스트의 눈에 잘 띄는 자리에 이름이 실리게 된다. 하지만 목표가 된 것은 작품이지 사람은 아니었다. 흔히 생각할 수 있는 것처럼 게슈타포나 비시 정권의 경찰이 말로를 특별한 표적으로 삼았다는 기록은 아무 데도 없다.

《희망》을 읽고서 인간은 존엄을 되찾기 위해 목숨을 걸어야 한다는 말에 설복당한 정열적인 독자들이 아직도 초기 상태이긴 하지만 이미 상당한 위험이 따르던 레지스탕스에 투신하고 있지 않았던가.

클라라의 경우도 곧 그렇게 될 것이었다. 유태인인 그녀는 여러 가지 위험에 정면으로 맞부딪혀야 했다. 어머니로서 그녀는 플로랑스의 교육에 주의를 기울였다. 하지만 그들 부부가 툴루즈의 한 카페에서 다시 만난 것은 이혼을 논의하기 위해서였다. 말로는 이번만큼은 결심이 확고했다. 그도 조제트도 자신들의 아들이 사생아가 되기를 원치 않았던 것이다.

"당신도 알다시피 우리는 당신 동의가 있어야만 프랑스를 떠날 수 있어요. 모든 것이 정리되면 이혼 서류를 제출하겠어요."

클라라가 비꼬듯 말했다.

"나는 지금 당장 이혼 요구서가 필요하오. 떠날 때 당신이 그렇게 해주겠다는 것을 입증하는 게 아무것도 없잖소."

"이미 충분히 입증했다고 생각했는데요. 내 말을 믿어도 좋을 거예요……. 이제 어떻게 하실 거죠?"

"글을 쓸 생각이오."

"당신은……. 불법 집단과 접촉하려는 것은 아니겠지요?"

"미국인들이 상륙하게 되면 불법 행위에 참여할 거요. 당신도 알겠지만 우리는 결국 승리할 거요."

"하지만 그때까지 다른 어떤 움직임에도 가입할 생각은 아니겠지요?"

"나는 사라진 대의명분을 옹호하는 데 진력이 났소. 돈을 받게 되면 곧바로 당신에게 부쳐주리다. 그다지 늦지 않을 거요."

영국으로 가보라고 제안하는 클라라의 주장에 말로는 어깨를 으쓱했다.

"그렇다면…… 그래요. 나는 한순간 중국을 생각했었는데……. 그곳은 무언가 새로운 것이 솟아날 수 있는 유일한 나라인 것 같소. 말하자면 우리의 희망과 닮은 뭔가가 말이오."

레지스탕스, 그것에 대해서 말로는 이미 오래전, 시몬 마르탱 쇼피에가 콜미에를 방문한 이래로 줄곧 생각해 왔다. 1941년 3월 어느 날 말로는 빅토르 세르주와 저녁식사를 같이 했다. 그는 6년 전 공제조합 회관에서 반파시스트 집회가 있던 시절, 그러니까 의식의 진행자인 미하일 콜트소프의 마음에 들어야만 했던 시절에 운명으로부터 차갑게 버림받았던 소비에트의 반체제 인사였다. 하지만 말로보다 더욱 세심한 소수의 지식인들이 주도한 여론 캠페인에 의해 세르주는 마침내 굴락(소련의 강제 노동 수용소—역주)에서 빠져나오는 데 성공했다.

"바르셀로나의 자유 노동자 혁명을 피의 늪에 빠뜨리면서 스탈린은 자신의 진짜 얼굴을 드러냈습니다. 반혁명적인 살인자의 얼굴이지요."

세르주가 힘주어 말했다.

"1937년 진압 때는 많은 실수들이 저질러졌습니다."

말로 역시 마침내 인정했다.

가장 급진적인 무정부주의자들과 POUM의 이단 마르크스주의자들의 체계적인 물리적 숙청을 나타내기 위한 완곡한 표현이었다. 하지만 말로의 생각은 달랐다.

다음날 말로는 식사 모임의 주선자인 바리앙 프리를 만나러 간다. 마침내 미국인을 만나는 것이다! 1940년 크리스마스 직전에 니스에서 그를 만난 적이 있었다. 전차 뒤쪽에서였다. 프리와 그의 동료 두 사람은 말로와 마찬가지로 앙드레 지드를 방문하러 그라스 고원 지대의 카브리로 가는 길이었다. 이러한 소개에 안심을 한 말로는 그들에게 자신이 탱크 부대에서의 경험을 바탕으로 책을 한 권 쓰고 있다고 말했던 것이다!

프리는 확신을 불어넣어주었다. 그는 신문기자였다. 나치의 실상에 대한 그의 인식은 1935년 독일 체류 때로 거슬러 올라간다. 그러나 나치에 대한 개념이 생겨난 것은 1940년 6월 22일, 독일의 위대한 작가 토마스 만의 딸 에리카 만과 함께 뉴욕에서 점심식사를 하면서였다. 프랑스로 피신해 온 독일 지식인들, 예술가들, 그리고 작가들이 비시 정부에 의해 나치에게 넘겨질 위험에 처해 있었기 때문에 긴급하게 그들을 피신시키기 위한 방법을 강구해야 했다. 그때 토마스 만과 프랑스 신학자 자크 마리탱의 의견은 같았다.

모든 미국인들과 마찬가지로 실용주의자인 프리는 우선 기금을 모으고 나서 프랑스인 및 외국인 협력자들을 모집했다. 레나 피쉬맨 형제, 테오도라, 다니엘 베네디트, 장 주멜링, '사기꾼' 로젠버그, 그리고 루이 코페르망 등 모두가 행정 교섭과 위조 서류 작성 전문가들이었다. 마르세유의 그리냥 가에 있는 그들의 미국 원조 센터는 역(逆) 만(卍) 자형(나치 독일의 문장을 말함—역주)에 의해 위협받고 있는 모든 사람들을 원조하고 있었다. 그들 덕분에 앙드레 브르통, 마르크 샤갈, 한나 아렌트, 마르셀 뒤샹, 리온 포이흐트반거, 하인리히 만, 빅토르 세르주 및 한때 코민테른과 관계를 끊고 빌리 뮌젠베르크에 협력했던 아르투르 쾨슬러 등이 늦기 전에 마르세유의 덫을 빠져나오게 된다. 미국 영사의 짐을 통해서 프리는 개인적인 자격으로 영화 〈시에라 데 테루엘〉의 필름을 '귀환' 시키게 된다. 가장 시급한 문제를 해결하기 위해서 말로를 미국 출판업자와 접촉하게 만들어준 것도 역시 프리였다.

"하스 씨가 정기적으로 당신의 인세를 지불하고 있습니까?"

프리가 물었다.

"다달이 50달러씩 들어옵니다. 액수를 올려달라고 요청해야겠어요. 다음번 책은 그의 출판사에서 출판할 겁니다. 어쨌든 프랑스에서의 출판은 문제가 안 됩니다. 갈리마르는 독일의 통제를 받고 있습니다. 저로 말하면 점령국 독일의 금지 작가 블랙리스트의 첫머리에 올라 있습니다."

"하지만 당신이 제게 말하고 싶은 것은 다른 문제에 관해서죠. 당신 태도로 보건대……."

두어 번 얼굴에 경련이 일어나는 사이 말로는 그를 괴롭히게 될 질문을 하기로 결심했다.

"혹시 드골 장군에게 비밀 편지를 전달할 방법이 있습니까?"

"저는 비밀 정보원이 아닙니다."

"하지만 당신은 그런 경로를 다루고 있지 않습니까. 안 그런가요?"

"당신을 미국으로 빼돌리기 위해서는요. 당신에게 이미 제안했던 것이죠. 물론 당신은 원하지 않았지만 말입니다."

"큰 일을 할 수 있는 사람이 작은 일도 할 수 있는 법입니다. 이 편지를 런던으로 보내주십시오. 당신은 반파시스트를 위해서 대단히 큰 공헌을 하게 되는 겁니다."

프리는 레지스탕스 시절에 얻은 자신의 프랑스인 부관 다니엘 베네디트 쪽으로 돌아섰다. 그러고는 말로를 향해 고개를 끄덕였다.

"좋습니다. 하지만 시간이 좀 걸릴 겁니다."

메시지는 작은 종이 뒷면에 씌어진 몇 줄이었다.

"드골 장군에게 비행대의 선두에 서러 오시라는 제안입니다."

말로가 간략하게 설명했다.

마침내 마음의 짐을 털고 난 후 말로는 돌아섰다.* 영국 하늘에 에스파냐 전투 비행 중대라! 자유 프랑스가 그처럼 대담한 제안에 응하지 않는다면 어쩔 수 없는 일이었다…….

'라 수코' 나 혹은 임시로 아이유만에 있는 보다 더 호화스러운 별장 '레 카멜리아' 의 잔잔한 평온 속에서 매일 아침 하루를 시작하는 것은 얼마나 기쁜 일인가. 지중해적인 일상 생활이었다. 오후 시간은 역시 그곳으로 피신해 온 파리 친구들을 방문하면서 보냈다. 지드가 있었고 그의 친구 마담 테오가 있었다. 에마뉘엘 베를은 그의 아내인 가수 미레이유를 동반하고 와 있었다. 이외에도 자크 라캉, 레지스탕스 활동에 점점 더 열성적인 마르탱 쇼피에 가족, 곧 합류하게 될 파스칼 피아, 마네스와 옌카 슈페르버 부부, 쉬잔 샹탈과 그녀의 남편 호세가 있었다. 호세는 스페인 내전을 겪은 사람이었지만 당시 그는 프랑코 지지파 언론 기관의 통신원이었다. 드리외 라 로셸도 있었는데 그 역시 독일과의 경계선 너머로 잠시 들어갔다. 《샤를루아의 희극 *La Comédie de Charleroi*》의 저자인 그는 스스로 나치의 전반적인 협력자라고 밝혔지만 사람들은 그를 따뜻하게 맞이했다. 시절이 그렇긴 했지만 친구들은 과거의 모습 그대로 남아 있었던 것이다. 말로는 독일인들의 필연적인 패배에 관한 분위기 조성 활동에서 드리외만은 제외

---

* 경찰의 검문에 걸린 테오도라 베네디트가 황급히 삼켜버린 그 편지는 결국 자유 프랑스의 지도자에게 전달되지 못했다. 그때 말로라면 어떻게 했을까 궁금해진다.

시켰다. 반면에 수천 대의 비행기와 탱크가 맞부딪치게 될 미래의 전투에 대한 신나는 그림으로 말로와 젊은 로제 스테판과의 대화는 풍성해졌다.

"무기와 돈이 생기면 나를 만나러 다시 오십시오."

클로드 부르데가 대답하는 소리가 들렸다. 그는 스페인 전쟁의 영웅에게 기다리지 말고 전투 움직임에 동조하는 세력을 키우라고 순진하게 제안했다. 《희망》의 작가 말로에게 자기네들처럼 레지스탕스 활동에 참여함으로써 자신의 글에 충실한 모습을 보일 것을 요구하러 왔던 장 카수, 보리스 빌데, 코르니글리옹 몰리니에, 에마뉘엘 다스티에드 라 비주리 그리고 프랑시스 크레미외도 이후 전략적 관점에 관한 똑같은 강의만을 듣게 된다.

"내게 폭격기와 장갑차(꼭 필요한 공중 급유기를 포함해서)를 주시오. 그러면 내가 세상을 뒤엎어놓으리라."

으스대기 좋아하는 사람들에 대한 조소가 담긴 지적이었다. 말로 자신은 따로 진지한 계획을 머릿속에 갖고 있었다. 《희망》 이후로 그는 글을 쓰지 않았다. 요컨대 쓸 만한 가치가 있는 것은 아무것도 쓰지 않았다. 행동으로부터 벗어나 이제 그는 문학을 다시 찾고, 아직까지도 몽상 상태에 있는 아라비아의 로렌스 전기를 생각하고, 그리고 마침내는 자신의 부활의 시간을 알리게 될 소설이자 자서전인 《알텐부르크의 호두나무》를 구상했다······.

나의 아버지는 집으로 되돌아왔다. 분노에 차 있었고, 기진맥진해 있었으며 설명할 수는 없지만 마법에서 풀려나 있었다. 갑자기 진실이 불쑥 모습을 드러냈다. 터키인들의 새로운 열정을 자극했던, 아마도 콘스탄티노플을 구원해 주었다는 투란(아르사케스와 삿산 왕조 시절에 이란인들이 페르시아 북쪽에서부터 우랄 산맥과 시베리아에까지 걸쳐 있다고 생각했던 나라. 서사시와 신화 속에서 투란인들은 이란인들의 적이었다 – 역주)은 존재하지 않았던 것이다.

말로는 만족해서 펜을 멈추었다. 그가 방금 묘사한 것은 공산주의가 꿈꾸던 세계 혁명의 종말에 다름 아니었다. 하지만 《알텐부르크의 호두나무》의 구상은 공산주의에 대한 이러한 감정상의 단절이 있기 이전에, 즉 말로가 베르마흐트에 포로로 있을 때부터 시작되었던 것이다. 대전차호에서 기적적으로 구출된 탱크에 관한 에피소드는 대성당의 신비스런 출현으로 끝맺을 예정이었고, 이야기가 실제로 시작되는 곳은 샤르트르 대성당(상스의 성당은 그다지 화려하지 않았기 때문이다)이 될 것이었다.

성당의 시대, 그것은 곧 기사들의 시대이자 결투와 기마창 시합의 시대였다. 보다 더 거창한 다른 시합들이 알텐부르크의 상상의 수도원에서 거행될 것이다. 그곳에서는 400년 전부터 전쟁이 무엇인지 알지 못했던 유럽에서 가장 똑똑한 인재들이 장난삼아, 혹은 반항 심리로 기대를 갖고 인간의 본질적인 문제들을 제기하면서 운명에 맞선다. 또한 화자의 할아버지인 디트리히의 자살과 그의 아버지의 쓸잘 데 없는 투란 서사시, 그리고 적군인 러시아군에 가한 화학 가스 살포와 이에 놀란 독일 병사들이 되찾은 인류애가 야기하는 문제들도 있다. 정말 무서운 것은 가스였다!

발터의 목소리가 낮아진다.

가장 커다란 미스터리는 우리가 수많은 물질과 별들 사이에 아무렇게나 내팽개쳐졌다는 것이 아니다. 그것은 감옥에 갇힌 우리가 스스로

의 허무를 부정할 만큼 강력한 이미지들을 우리 자신으로부터 이끌어낸
다는 것이다.

그리고 대화는 그의 조카와 계속된다.

"요컨대, 인간이란 인간 스스로가 감추고 있는 그 무엇이다. 가련한
비밀덩어리지……."

"인간이란 스스로가 만들어가는 그 무엇이에요!"

말로 자신의 두 분신이었다. 이야기의 중심에는 독일인 아버지와
프랑스인 아들, 두 인물이 있게 될 것인데, 그들은 합쳐져서 결국 한
인물이 된다. 그리고 마치 망치로 두드리듯이 독자들을 놀라게 할 성
(姓)을 그들에게 찾아주는 일이 남아 있었다.

여름이었고 바캉스 시즌이었다. 날씨는 더웠다. 조제트의 가장 친
한 친구인 쉬잔 샹탈이 '라 수코'를 방문해 있었다. 롤랑 역시 와 있었
는데 그는 그동안 필요했던 가구들로 별장을 가득 채우는 데 크게 기
여했다. 그들은 긴 의자에 누워 있었다. 말로는 웃통을 벗은 채 글을
쓰고 있었다.

"베르제!" 갑자기 말로가 외쳤다. "모두들 어떻게 생각하오? 베르
제라는 이름 말이오. 프랑스어로도 독일어로도 울림이 좋잖소. 안 그
렇소?"

모두가 동의했다. 베르제…… 울림이 좋았다.

제9장

항독 지하운동가
Le maquisard

1940년대의 위기에 얼이 빠진 채 반항아 말로는 지중해의 뜨거운 태양 아래 몽상에 잠겼다. 그는 아이를 돌보면서 글도 썼다. 하지만 사건들은 그를 기다려주지 않았다. 연합군의 북아프리카 상륙, 독일인들의 자유 지대 침범, 툴롱에서는 프랑스 함대의 침몰이 있었다. 마침내 말로는 자신의 무기력에서 탈피하게 된다. 독일인들로부터 피신하기 위해서라도 움직여야 했다. 수천 대의 탱크와 전투기, '하늘의 요새(제2차 세계 대전 당시 미국의 폭격기였던 B-17의 별칭―역주)'를 갖춘 미국의 강력한 전쟁 개입을 감안하지 않더라도 수백 척의 수송선 혹은 전함들은 '라 수코'의 전략가 말로에게서 기회주의에 유리했던 결정적인 논거를 빼앗아갔다.

상황이 바뀌었다. 더불어 사람도 바뀌었다. 지중해여 안녕히! 코레즈(프랑스 남부 고원 서쪽 지역—역주)의 생샤로망 위쪽에서 말로는 풀이 잔뜩 우거진 요새 비슷한 건물을 찾아냈다. '성'이라고 불리기에는 부적당할 정도로 커다란 건물이었다. 다시 아이를 가진 조제트는 그곳에서 말로와 함께하는 행복한 전원 생활을 꿈꾸었지만 때가 좋지 않았다.

이곳에는 수많은 탑들이 있단다. 우리는 그중 하나에서 살고 있어. 방은 마치 사무실처럼 둥그런데, 나무를 때는 난로 앞에서 식사를 한단다.

그녀는 친구 쉬잔 샹탈에게 편지를 썼다. 그리고 다음과 같이 강조했다.

이곳에는 오직 평화뿐이야. 단 한 사람의 독일인도 눈에 띄지 않는단다. 독일인은 한 사람도 없어.

참고 기다리면 적이 곧 올 것이었다. 그때까지 가정생활과 《알텐부르크의 호두나무》를 끝내자마자 시작한 아라비아의 로렌스 전기, 그리고 레지스탕스에 대해 점점 더 커져가는 관심을 어떻게 조화시킬 것인가? 1943년 브리브에서 '키주'가 마들렌 리우와 결혼했다. 이 젊은 피아니스트가 너무나 예쁘고 교양있었기 때문에 가문의 어른으로서 조언을 부탁받은 말로는 즉시 그들의 결혼을 지지했다. 마들렌이 음악학교 학생들에게 3일간에 걸친 수업을 하러 매주 기차로 내려가는 툴루즈(랑그독 지방의 옛 주도—역주)와 롤랑이 비행사들과 영국의 비밀 첩보원들을 숨겨주고 있는 파리의 로드 바이런 가에 있는 그들의 작은 아파트 사이를 오가며 이들 말로 형제는 이미 은밀한 전투에 발을 들여놓고 있었다. 3월에 조제트가 브리브에서 둘째아들을 낳았는데, 말로와 그녀는 《알텐부르크의 호두나무》에 나오는 주인공의 이름을 따서 뱅상이라는 이름을 미리 지어놓았던 터였다.

레지스탕스는 어떻게 되었을까? 그것은 말로다웠다. 다시 말해서 매우 복잡했다. 우선 롤랑이 점령당한 '유럽에 불을 지르기' 위해 윈스턴 처칠이 1940년에 창설한 특수 작전 부대 SOE(Special Operations Executive의 머릿글자—역주)와 관계를 맺었다. 모리스 버크매스터가 새로 생긴 정보부의 F(프랑스를 나타내는)과를 지휘하고 있었고 그들의 목표는 체계적으로 훈련받아 연합국의 명령을 잘 따르는 레지스탕스를 조직하는 것이었다. 벌써부터 F과는 '조커', '애크로배트', '동키맨', '프로페서' 처럼 일부러 수수께끼 같은 암호명을 붙인 20여 개의 조직망을 가동하고 있었다.

'세일즈맨' 이라는 조직을 들여다보자. 이 조직망은 필립 리베르의 지휘 아래 노르망디 지역 전체를 망라하고 있었다. 레지스탕스 운동가의 영웅적인 타성인 것 같았다. 롤랑과 앙드레 형제의 여자친구인 알리스 장 알레가 바로 리베르의 숙모였다. 형제들 중에서 가장 어린 클로드가 어느 날 돈이 필요해서든 아니면 무기력증에 빠져서든 의심스런 일에 연루되지나 않을까 두려웠던 롤랑은 '세일즈맨' 대장의 품안에 그를 밀어넣게 된다. 새로 들어온 신병의 진가를 알아본 리베르는 즉시 그를 자신의 부관으로 삼았다. 그들의 친구인 보브 말루비에를 동반한 그 두 레지스탕스 대원은 그때부터 노르망디를 휩쓸었다. 전문 분야는 온갖 종류의 태업이었다. 독일인들은 그들이 누구인지조차 알지 못했…….

1943년 5월에 말로는 파리로 갔다. 그는 영국 내의 레지스탕스 조직에 점점 더 깊이 관여하고 있는 롤랑을 만나는 한편, 더 이상 독일의 승리를 믿지 않기에 그 어느 때보다도 더욱 신랄한 대독 협력주의자가 된 드리외 라 로셸의 집에도 계속 드나들었다.

말로는 롤랑과 알리스 장 알레, 그리고 리베르를 통해서 프랑스와 접촉하려 했던 것일까? 그랬다면 그러한 행위는 영국인들이 드골 장군에게서 믿을 만한 해결책을 끌어내기 위해 온갖 수단을 다 쓰던 시기에는 잘 맞지 않았을 것이다.

스페인 내전 때의 옛 동료들이 있었다. 가령 마누엘 우루티아가 있었다. 포르트 빌리에 가에서 자동차 정비공으로 일하는 이 반프랑코파 투사는 말로에게 브리브에 사는 친구 한 사람의 연락처를 알려주었다. 모리스 아르누이는 그곳에서 코레즈의 항독 지하운동가들의 중심지 역할을 하는 작은 회사를 운영하고 있었다.

"예전에 그 사람은 그놈&론 회사에서 기사로 일했습니다(말로가 이해한다는 듯 미소를 띠었다. 전쟁이 나기 전 그 회사는 폴 루이 베이에의 소유였는데, 베이에는 시바 여왕의 자취를 좇아 1934년에 시도했던 '기괴한' 모험의 후원자였다). 레지스탕스에서는 모든 사람들이 그를 알고 있습니다."

우루티아가 단언하듯 말했다.

브리브의 가르 가 SEPA 블록 가조 26번지는 기억해야 할 주소였다. 생샤르망으로 돌아와서 말로는 애국자들과 최초의 직접적인 관계를 맺었다. 아라비아의 로렌스에게 바치는 두꺼운 원고를 쓰는 사이에 말로는 마리우스 게맹, 일명 '조르주 대위'를 만나게 된다. 전에 보병 장교였던 그는 첩보 부대, 즉 AS의 교육을 위해 모인 드골 지지파 항독 지하운동가들의 선두에 섰다. AS는 은밀하게 공산당의 통제를 받고 있던 의용 유격대, 즉 FTP와 치열한 경쟁을 벌이며 대립하고 있었다 (추가할 만한 복잡한 일이 있다. 공산주의자들은 그해 초 에마뉘엘 다스티에 드 라 비주리, 앙리 프르네, 장 피에르 레비, 그리고 장 물랭에 의해 창설된 레지스탕스 연합 운동 때 그랬던 것처럼 AS에도 역시 비밀 공작원들을 침투시켰다).

1943년 8월에 어수선한 사건이 발발했다. 말로가 새로이 구성한 이야기이건 아니면 실제 저절로 발생한 것이건 그 소문은 모리셔스 출신의 귀족 클로드 드 베삭의 귀에 들어갔는데, 그는 버크매스터 회사의 지부, 즉 보르도와 샤랑트 사람들 사이에 뿌리 내리고 있는 '사이언티스트' 조직망을 운영하고 있었다. 어쨌든 들리기로는 앙드레 말로가 코레즈 FTP의 선두에 서리라는 것이었다.

그 정보를 믿을 것인가? 아니면 반대로 우스꽝스러운 것이라고 무시할 것인가? 베삭은 말로가 잘못되고 왜곡된 것이라 할지라도 자신에 대해서 말하게끔 하는 경향이 많다는 것을 모르고 있었다. 왕립 특수 정보대에서 훈련받은 장교였던 그는 그 내용을 오처드 코트에 알아보기로 결정하고, 이들 잠재적인 게릴라들과 그들의 우두머리를 자신의 조직망에서 가능한 한 빨리 축출할 것을 제안했다. 오랫동안 숙고한 끝에 버크매스터는 터무니없는 사실이라고 이를 반박했다.

지리적으로 '사이언티스트' 조직망을 과도하게 확대할 필요는 없다. 코레즈 지역은 당신의 관할 밖이다. 그러한 접촉이 이익이라고 판단된다면 그것을 그 지역에 더 가까이 있는 '폴'에게 넘겨라. 왜냐하면 그는 전시에 프랑스와 영국 간의 새로운 팀을 조직하기 위해 그곳에 곧 도착할 테니까.

이것이 버크매스터 측의 생각이었다.

'폴'은 9월 17일과 18일 사이의 밤에 샤토루(프랑스 중부 상트르 주 앵드르 현의 주도−역주) 근처에 도착했다. 점령지 프랑스에서의 두번째 임무를 위해 이 영국군 소령은 극비 도장이 찍힌 명령서를 받았다.

1) 말로는 '공산주의자'라는 꼬리표가 붙어 있다. SOE가 공산주의 레지스탕스와 신뢰할 만한 관계를 맺을 수 있는 호기다. 하지만, 2) 그가 이끄는 코레즈 지역의 FTP들은 정확히 어떤 세력을 대표하고 있는가? 3) FTP들에 대해서 그는 어느 정도의 권위를 행사하고 있는가? 4) 그가 우리 조직에서 시행되고 있는 분할 및 처분 규정을 과연 따를 것인가?

폴은 신중하고, 신뢰할 만하고, 명령을 존중하는 사람이었다. 공인된 '안티 말로'의 초상이었다! 10월에 브리브에서 처음 만났을 때부터 해리 퓨르베('폴'의 진짜 이름이었다)는 자신의 의무를 형성할 수 있게 된다. 그 소설가에게 속한(혹은 자동으로 귀속된) 항독 지하운동가들은 존재하지도 않았을뿐더러 당시 말로는 레지스탕스 그룹에 대해 그다지 깊은 영향력을 갖지 못하고 있었다. 다른 곳과 마찬가지로 코레즈에서도 FTP들은 공산당에만 복종할 뿐 다른 어느 누구의 명령도 받지 않았다. 1933년 콩쿠르상 수상자에게도 역시 복종하지 않았고, 게다가 대부분의 사람들은 그들 부대 내에서의 그의 존재를 모르고 있었다. 가능한 해결책은 하나였다. 말로의 유령 부대에 결정적으로 십자표를 그려 지우고 잠재력 있는 이 신병을 SOE의 '예비군'에 배치하는 것이었다.*

---

* 확인된 것은 클로드 베삭의 메시지와 말로를 퓨르베에게 다시 돌려보내라는 런던에서의 답장뿐이다. 여기서 제시된 사건 설명은 SOE 자체의 작전 명령서를 고려한 분석에 의거하고 있다. 퓨르베가 말로를 연루시키기로 결정하는 것은 1944년 3월에 가서이다. 강제 이주에서 살아 돌아온 '오서(Author)' 조직망의 대장인 그는 말로 문제에 대해서 자신의 의견을 표명하지 않는다. 말로는 우리가 후에 이 텍스트에서 명확히 밝히게 될 이유 때문에 영국인들과의 접촉을 가능한 한 상기시키려 하지 않게 된다. 결국 연구자들이 자유롭게 접근할 수 없는 SOE 문서들은 수많은 암흑 지대—데리쿠르 사건과 아직도 상당 부분 베일에 가려 있는 '프로스퍼(Prosper)' 조직망 몰락의 정확한 상황에 대해 생각해 보라—를 포함하고 있다는 데 주목하자.

마키(항독 지하운동가—역주)들이 집단 이주를 시작한 남서부 지역에서 말로는 점점 더 자주 자신의 입장을 내세우지만 그의 지위는—행동에 투신할 것을 기다리는 활동적인 동조자인지 아니면 단순히 바쁘기만 하고 실질적인 도움은 주지 못하는 사람인지—분명치 않았다. 생샤르망의 세입자인 그는 더 많은 논쟁을 벌이고, 활동적으로 사람들을 만나고 조언하면서 점점 그들을 매혹시켜 갔다.

우리는 이미 모리스 아르누이를 알고 있다. 그는 퓌르베와 손잡고 일하고 있는 마누엘 우루티아의 친구였다. 말로는 가조 블록의 대장인 그를 높이 평가했다. 그것은 그들 둘의 공통된 감정이었다. 때때로 말로는 숲을 가로질러 걸어서 샤르망 근처의 인적이 드문 길에 사는 마리우스 게댕을 만나러 가곤 했다. 에스파냐 전투 비행 중대의 대장이었던 그는 또한 르네 쥐지와도 인사를 나누게 되는데, 르네는 여러 해 전부터 그 지역에서 가장 활발하게 활동하는 애국자들 무리를 이끌고 있었다. 브리브에서도 레지스탕스 연합 운동의 수뇌부에 속해 있는 세르주 라바넬과 접촉했다.

뭔가를 암시하는 만남이 있었다. 그 만남은 말로의 끝없는 독백보다도 더 많은 것을 말해 주었다. 말로는 '자신에게' 속한 그룹을 마음대로 할 수 있는 것처럼 스스로를 소개했다. 또한 영국의 특수 정보대와의 관계에 대해서 주석을 붙이고 또 붙이곤 했다. 그는 왜 그렇게 끈질기게 주장한 것일까? 《정복자》의 저자로서는 밑질 것이 없었기 때문이다. 광둥에서 보로딘의 영향력은 모두가 외부로 드러난 세력, 즉 공산주의 인터내셔널 대표라는 그의 지위 때문이었다. 역사적으로 중요한 역할을 맡고자 하는 사람이라면 비중 있는 연합국의 지지를 확신하면서 과거로부터 교훈을 끌어내야 했다. 말로는 버크매스터 조직망들과 국내 레지스탕스의 프랑스적인 순수한 움직임 간의 차이점을 알고 있었다. 버크매스터 조직망들만이 마키들의 활동에 필요한 무기들을 투입받을 수 있었던 것이다. 그래서 말로는 그들과 발을 맞춰 나아가게 되고, 런던이 모스크바를, SOE가 코민테른을 대신하게 되는 것이다.*

　무기란 바로 힘이었다. 말로는 무기에 대한 생각으로 머릿속이 꽉 차 있었다. 그의 《반회고록》에서는 라스코의 구석기 동굴들을 레지스탕스의 비밀 창고로 만들게 된다. 하지만 그런 꾸며내기는 완벽하지 않았다. 그 창고에 구석기 시대의 것은 아무것도 없었지만 창고는 몽티냑 쪽으로 라스코의 일부 지역에 실제로 존재했다. 퓨르베는 그곳에서 방앗간 하나를 그의 조직망의 중추로 개조했는데, 이는 프랑스 친구들인 라쇼 부부의 영지 퀴줄 내에 위치해 있었다. 이후로 그 조직망은 '오서'라는 이름을 갖게 되었다.

　1944년 1월 27일 한밤중 '영국인 잭'이라는 이름의 새로운 첩보원이 뜻하지 않게 찾아왔다. 본명이 자크 푸아리에(SOE에서의 가명은 네스토르였다)인 스물한 살의 이 프랑스 청년은 영국 여왕의 신하로 자처하기를 선택했다. 그가 옛 골족의 나라에 도착한 직후부터 그를 맞아주었던 레지스탕스 대원들의 이유 없는 괴롭힘에서 갑자기 떠오른 현명한 결정이었다.

---

* "아! 중앙위원회의 위임을 받다니! 그 신성불가침의 보증을 보로딘은 언제나 자신의 주머니 속에 갖고 있었다"라고 트로츠키는 1931년 4월 《신프랑스 평론》지에 실린 자신의 《정복자》 비평문에서 비난했다. 말로는 자신의 모델을 넘어선다. 영국의 가상 '위임'을 상기시키면서 그는 모든 사람들을 속이고 있다. 노동당의 당수인 클레멘트 아틀레가 1945년에 SOE와 공산주의 인터내셔널을 대조하면서 평화로운 영국은 '영국의 코민테른'을 전혀 필요로 하지 않았다고 단언한 것에 주목하자.

"자넨 페탱파로군. 입 닥치게."

"그렇다면 공산주의자인 자네는 1940년에 무엇이라고 설교했나?"

영국인이라는 것은 도르도뉴의 마키들 간에 퍼지고 있는 파벌 논쟁에서 벗어날 수 있는 최상의 방법이었다. 채산이 맞는 허세였다. 모든 사람들이 꼼짝 못하게 되기 때문이었다. 말로도 다른 사람들과 마찬가지였다.

낙하산식 인사가 있은 지 며칠 후에 퓨르베는 '영국인 잭'을 점심 식사에 초대했다. 회식은 아르누이가 조용한 4인용 테이블을 예약해 놓은 브리브 주변의 작은 고급 식당에서 이루어졌다. 로 지역 SOE 대장인 조지 힐러와 말로도 회식에 참여했다.

"조지와 잭을 소개해 드리겠습니다."

퓨르베가 말로에게 말했다.

말로는 인사를 나누자마자 중국의 예술, 스탈린그라드의 포위, 조르주 브라크의 그림과 아라비아의 로렌스에 대해 분주하게 혼자만의 장광설을 늘어놓기 시작했다.

"제1차 세계 대전이 없었더라면 토머스 에드워드 로렌스는 아주 평범한 사람밖에 되지 못했을 겁니다. 그는 아랍인들 가운데서 첫 임무를 수행했습니다. 매우 드물기는 하지만 비밀 첩보원들은 그 말고도 다른 사람들이 더 있었습니다. 로렌스를 돋보이게 만든 것은, 그래서 특히 내가 흥미를 느끼는 것은 그의 종교적인 정신의 깊이였습니다. 내 말 뜻은 그가 영혼 깊숙이까지 인간이라는 존재의 고통을 느꼈다는 것입니다. 로렌스는 절대 가치에 도달하고자 애썼지만 정치적인 명분이나 신앙에서는 그것을 찾을 수 없었습니다. 그러자 그는 자신의 마음속에서 그것을 찾기 시작했습니다. 인격을 고양시키고 스스로를 신에 가까운 존재로 간주하기라도 하듯 자신의 행동을 찬양했습니다. 뒤로 물러설 줄을 몰랐고, 비록 찾는 것이 보이지 않더라도 언제나 끝까지 나아갔습니다. 그가 원한 것이 무엇이었을까요? 모든 사람들이 질문을 제기하지만, 사실 그는 아무것도 원하지 않았습니다. 그는 오직 자기 자신만 믿었습니다. 하지만 곧바로 그것조차 믿지 않게 되었습니다……"

다시 한 번 독일인들이라면 하지 않을 감정상의 비약이 있었다! 식사가 끝난 후 웅변가 말로는 '레지스탕스 국가 위원회 수뇌부'와의 만남을 상기시켰다. 퓨르베는 과장된 점을 지적하지 않으려고 주의했다. 비밀 활동의 베테랑인 그는 SOE의 금과옥조를 잘 기억하고 있었다. 프랑스의 정치 사건에 개입하는 태도를 보이지 않을수록 입지가 더 확고해졌다. 정치적 논쟁과 위대한 연설이 무슨 대수인가. 폴의 관심을 끄는 것은 구체적인 현실이었다.

"말로 씨, 패배가 확실해지고 있습니다. 나는 이곳 도르도뉴에서 돌격대를 구성해서 훈련시킬 수 있는 경험 많은 투사가 필요합니다. 또한 코레즈에서 '오서'의 활동을 돕기 위해서는 은밀하게 활동하는 기술에 익숙한 프랑스 부관이 매우 유용할 것입니다."

"지금 당신이 필요로 하는 두 사람을 알고 있습니다. 내가 그들을 보증하겠습니다. 당신의 군사 책임자는 레이몽 마레샬이 될 것입니다. 정말 무서운 사람이지요. 약간은 무정부주의자이고 용기가 대단합니다. 나는 그 사람에 대해 잘 알고 있습니다. 스페인에서 그는 내 비행 중대의 기관총 사수 대장이었습니다. 코레즈에서의 당신 부관은 바로 내 동생 롤랑이 될 겁니다. 아시다시피 롤랑은 파리에서 당신네 정보부와 함께 일하고 있습니다. 동생에게 이곳 브리브에 머물러 있으라고 요청할 생각입니다⋯⋯."

"당신은 몇 차례나 감옥을 공격했고, 몇 명의 탈주를 도왔습니까?"

"왜 묻지요?"

"알아봐야 할 게 있어서요⋯⋯. 당신은 공산주의자입니까?"

"지난해에 나는 예심판사 앞에서 마지막 심문을 받았습니다. 질문을 멈춰주십시오. 당신에게 아무런 할 말이 없습니다."

르네 쿠스텔리에는 화가 나서 그들을 초대한 주인, 일명 '풀루'라고 하는 폴 라쇼를 향해 돌아섰다. '태양'이라는 별칭을 가진 스물세 살의 젊은 레지스탕스 대원 쿠스텔리에는 공격적이기로 유명한 FTP 유격대를 지휘하고 있었다. 그는 또한 당 노선에 완벽하게 따르는 공산주의 투사였다.

"풀루, 당신은 저런 사람을 어디서 찾아냈습니까?"

쿠스텔리에가 물었다.

"나는 앙드레 말로요."

"그래서 어떻다는 겁니까?"

그 순간에 푸아리에가 퀴줄 방앗간 문을 열고 들어섰다. 때맞춰 나타난 '네스토르'였다. 그의 등장으로 분위기는 곧 풀어졌다.

"내 이름은 잭입니다."

"좋습니다. 당신 소지품을 챙기시오. 우리와 함께 갑시다."

'태양'의 부관 중 한 명이 만족해하며 말했다. 지체 없이 FTP들은 '영국인 잭'과 함께 두 대의 고물 자동차에 나눠 타고 전속력으로 달렸다. 그들은 '태양'이 푸아리에에게 안전한 은신처를 찾아주었던 시오락 앙 페리고르로 가는 길이었다. 말로서는 어쩔 수 없는 일이었다.

며칠 전 퓨르베와 쿠스텔리에 사이에 맺어진 공조 협정에서 미리 예상된 것이 아니었기 때문이다. 그는 라쇼 가족과 함께 퀴줄 방앗간에 머물러 있게 된다.

말로는 자신의 이름이 갖는 권위만으로도 '태양'과 그의 친구들을 명령에 따르게 하는 데 충분할 거라고 확신했었다. 모든 것이 계획되어 있었다. 우선, FTP들에게 자신의 권위를 보여준다. 그 다음에 그들을 '레이몽 부대'의 작전 참모로 승진한 마레샬의 명령에 따르도록 한다는 것이 그의 생각이었다. 영국인들과의 연계를 통해 레지스탕스를 혁신시키려 한 이 새로운 조직은 오직 두 사람의 구성원으로 이루어져 있었다. '레디'와 말로였다. 하지만 머지않아 틀림없이 수백 명이 될 것이었다. 이것이 새로 시작된 에스파냐 전투 비행 중대의 시도였다……

'태양'이 보여준 냉담한 대접을 고려해 볼 때 레이몽 부대는 그다지 좋지 않은 조건에서 첫발을 내딛은 것이었다. 또한 말로는 가장 자존심 상하게 하는 것을 모르고 있었다. 쿠스텔리에는 단지 자기 당의 태도를 예감하고 있을 뿐이었다. 불온분자인 말로의 갑작스런 적극적 행동주의와 기괴한 주장에 짜증이 난 PCF(프랑스 공산당)의 '남부 지역 지도부의 트라이앵글' 쿠스텔리에는 그 소설가를 그냥 단순히 서 있게 하는 벌을 주기로 결심했다. 리무쟁의 자신의 영지 안에서 오직 자기 마음대로만 할 뿐인 갱구앵과는 이미 그처럼 많은 문제점들이 있었다. 그렇기 때문에 FTP 지역 공동 관리관인 마르셀 고드프루아의 중재에 의해 '말로와의 모든 타협'은 반드시 피하라는 명령이 지체 없이 떨어졌다.

조금만 더 했으면 쿠스텔리에는 손뼉을 쳤을 것이다. 그는 말로를 좋아하지 않았고 자신이 최악의 모욕을 받은 원인을 그의 탓으로 돌렸다.

쿠스텔리에의 말에 따르면 말로는 제멋대로 행동한다는 것이었다. 식사 시간에 '샤를'의 집에 갑자기 들이닥쳐서 아무리 편하다고는 해도 테이블 아래로 길게 발을 뻗는 괴상한 습관만 봐도 알 수 있다는 것이었다.

어쨌든 샤를은 반박하지 않았다. 본명이 르네 브루이예인 그 공산주의자 목수는 사람 좋은 시오락 신부와 자신의 가족이 함께 쓰고 있는 대형 건물 속에 푸아리에를 숨겨주었다. 사방팔방으로 스스로 떠들고 다니는 것처럼 순수하고 확고한 공산주의자인 브루이예는 무엇보다도 페리고르 지방 레지스탕스의 선한 사마리아인이었다. 그는 무슨 일이든 할 줄 알았다. 필요한 사람들을 찾아내고, 레지스탕스 대원들을 숨겨주고, SOE에서 갑자기 내려보낸 사람들을 영접하고, '네스토르'에게 갈 무기들을 교회 종탑 속에 감춰주었다. 말로를 유혹할 만한 전천후 인물이었지만 사실 그를 극히 짜증나게 하는 사람이기도 했다.

말로의 '부족'은 재건되고 있는 중이었다. 빅토린 영화 스튜디오에서 어쩔 수 없이 기사로 일하고 있던 마레샬은 니스를 떠나 말로의 친구 앙드레 페르탱과 같은 길을 가고 있었다. FTP 마키의 일원이었던 '키다리'라는 또 한 명의 말로의 친구 역시 언급되었다. 1941년부터 파리에서 그의 비서로 있었던 에스코도 이미 합류해 있었다. 매우 직설적인 이 젊은이는 걸핏하면 화를 내는 '태양'의 마음을 사로잡기까지 했다. 그리고 곧 플로라의 마음도 사로잡았는데, 그녀는 도르도뉴 지방의 FTP에서 연락책으로 일하고 있는 아주 용감한 소녀였다.

"파리에서는 앙드레를 모르는 사람이 없습니다. 그는 정말 특별한 사람이에요."

에스코는 자신의 상관을 옹호했다.

"그 덕분에 나는 지난해에 사샤 기트리(Sacha Guitry : 프랑스의 유명한 배우이자 극작가. 1885~1957─역주)와 저녁식사를 했었답니다. 알겠어요? 사샤 기트리라니까요! 또 한 번은 앙드레의 아들 세례식에 참석했었습니다. 아이 이름은 뱅상이었어요. 그런데 그 아이의 대부가 누구였는지 아십니까? 작가 드리외 라 로셸이었어요……"

이처럼 대조적인 분위기 속에서 끔찍한 날들이 준비되고 있었다. 우선 앙드레와 해리 퓨르베 형제와 합류한 것은 클로드의 부인 카트린이었다. 그녀는 '세일즈맨' 조직망의 붕괴라는 새로운 재난을 불러왔다. 리베르와 말루비에는 탈출하는 데 성공했지만 클로드는 나치의 수중에 떨어졌다.

퓨르베는 라디오로 정보를 전송했다. 걱정에 싸인 채 말로는 파리행 기차를 탔고 '키주'를 만나서 그를 재촉하여 가능한 한 빨리 파리를 떠나 남서부의 안전한 곳으로 피신하게 했다. 클로드를 감금한 사람들은 살인자들임엔 분명했지만 바보들은 아니었다. 그의 정체를 확인하게 되면 그들은 지체 없이 그의 두 형제들에게 접근할 것이었다. 게다가 마들렌은 임신중이었기에 아이를 위해서라도 어떤 위험한 짓도 감행해서는 안 되었다.

하지만 그곳에서는 매일매일이 위험의 연속이었다. 3월 21일 브리브에서 두번째로 단두대의 날이 떨어졌다. 운좋게도 독일인들은 '오서' 참모부를 사로잡았다. 퓨르베, 루이 베르토, 샤를 델상티, 그리고 현장에 막 발을 들여놓았던 롤랑 말로가 잡혔다.

모리스 아르누이를 통해 소식을 들은 앙드레 말로는 브리브의 한 호텔에서 '키주'와의 전화 통화를 시도해 보았다.

"그 사람은 나갔습니다. 누구시죠?"

알 수 없는 목소리가 물었다.

아무 말 없이 말로는 수화기를 내려놓았다. 마치 전쟁의 신이 그에게 전투에 참여하라는 명령을 내린 것 같았다…….

그의 비행기 N'이 발데리나레스 상공에서 추락한 후 의사들은 그의 얼굴에 금속판을 심어두었는데, 그것이 일그러진 얼굴에 또다시 상처를 내었다. 그의 얼굴에는 아름다움이 사라지고 충직함만이 남았다. 스페인 전쟁 때 대장의 전화 한 통화에 레이몽 마레샬은 모험에 뛰어들었다. 니스를 떠나 도르도뉴로 오면서 그는 '태양' 그룹의 FTP들을 말로의 깃발 아래 모이게 할 목적으로 홀로 차를 타고 베세드 숲을 지나갔다.

"말로와 나는 새로운 조직인 레이몽 부대를 만들고 있는 중입니다."

살 드 벨베스에 모인 청중을 향해 그가 외쳤다.

"우리는 낙하산 인사들의 회유와 그들의 배치에 관심을 둘 겁니다. 그러고 나서 싸우고자 하는 사람들에게 무기를 나누어줄 겁니다."

생각은 여전히 같았다. 영국 무기를 사용해서 다양하고 분열된 마키들에게 말로의 권위를 알린다는 것이었다. 이 경우 그 권위가 다시 바닥에 떨어져버린 것만으로는 충분치 않았다. 그런데 귀신 얼굴의 그 친구는 도대체 자신을 무엇이라고 생각하고 있는 거야? 이곳에서는 아무도 그를 알지 못하는데. 그가 어디서 좋은 점수와 나쁜 점수를 줄 권리를 얻은 거야?

뜻밖에 이처럼 매우 시큰둥한 반응에 접한 마레샬은 예정보다 더 빨리 자신의 강한 패를 보여주기로 결정했다. 베르마흐트로 가는 40톤의 설탕이 크뢰즈(중앙 고원 지대의 북서쪽—역주)에서 누군가가 해치워줄 것을 조용히 기다리고 있었다. 작전 수행에 있어서 아직 초기 상태인 레이몽 부대는 겨우 한 대의 자동차와 두 명의 투사, 즉 레디와 그의 친구 앙드레 페르탱만을 지원할 수 있을 뿐이었다. 두 사람이 40톤이라니, 터무니없는 일이었다. 하지만 도르도뉴의 FTP들이 합세한다면 크뢰즈의 설탕 창고 회수는 충분히 가능할 것 같았다.

마레샬은 과장하지 않았다. 그의 정보는 정확했다. 쿠스텔리에와 그의 친구들은 그 일에 세 대의 트럭과 열두어 명의 인원을 동원한 것을 후회하지 않게 된다. 그러나 롤랑이 체포된 지 나흘 후인 3월 25일 그 일은 결국 유혈 참사로 끝나게 된다. 앙드레 페르탱과 레이몽 마레샬은 표지를 제거한 앰뷸런스 앞자리에 자리를 잡았다. 차 뒷부분은 500킬로그램의 설탕과, 세 명의 FTP 대원, 즉 라즈모트, 스페인 사람 파코, 그리고 알자스인이 타고 있었다. 빌프랑슈 뒤 페리고르 근처에서 앰뷸런스는 독일군의 트럭 행렬과 마주쳤다. 깜짝 놀란 페르탱은 차의 속력을 높이고 갈팡질팡하다가 제동을 걸었지만 너무 늦었다. 위험을 눈치 챈 파코가 무기를 손에 든 채 차에서 나와 발포를 했던 것이다. 그 특등 사수는 세 명의 독일인들을 죽임으로써 라즈모트의 도주를 도왔다. 하지만 앞에 있던 페르탱과 마레샬은 그럴 기회가 없었다. 심하게 부상을 입고 두 레지스탕스 대원은 무기력한 알자스인이 보는 앞에서 처형되었다.* 얼마 후 퀴줄의 방앗간은 독일군에 의해 불태워

---

* 1998년에 르네 쿠스텔리에의 회상록 《레지스탕스 활동에서의 '태양' 그룹 Le Groupe Soleil dans la Résistance》(페리괴, 피에르 팡락 출판사)이 나와서 남서부 지역 레지스탕스 활동 환경에 대해 다양한 논쟁을 촉발할 때까지 회수한 설탕 화물 에피소드는 또다시 말로가 창작한 것으로 보였다. 말로와의 공감대 의혹을 그다지 받지 않는 '태양'은 그 에피소드를 세세한 사실에 근거해 확인해 준다. 이 회상록은 대체적으로 자크 푸아리에의 회상록 《기린은 목이 길다 La girafe a un long cou》(피에르 팡락 출판사, 1992년)와 기 프노가 쓴 아주 사실적인 작품 《앙드레 말로와 레지스탕스 André Malraux et la Résistance》(피에르 팡락 출판사, 1986년)와도 일치하고 있다. 이 장(章)에 나오는 많은 대화들은 주로 이 세 권의 책에서 영감을 받거나 인용한 것들인데, 이중 두 권은 레지스탕스 대원들의 귀중한 증언이다.

졌고 라쇼 일가는 도망치지 않을 수 없었다.

조르제트 라쇼와 '영국인 잭'으로부터 모든 소식을 전해 들은 말로는 이렇게 말했다.

"이러한 비극에서 마침내 희망이 솟아나게 됩니다. 왜냐하면 우리는 성공할 테니까요."

그의 목소리는 이상하게도 잔잔하게 울려나왔다. 그것은 말로의 냉정함, 즉 내면의 비극을 축출하지는 못하지만 그 비극이 밖으로 배어나오는 것을 막아줄 죽음과의 친숙함 때문이었다.

말로가 다시 말을 이었다.

"나는 파리에서 레지스탕스 국가 위원회 위원들의 신임을 받고 있소. 잭, 당신은 런던과 접촉하고 있습니다. 부대가 필요하고 싸우고자 하는 사람들을 무장시킬 가능성이 있습니다. 내 생각에 우리의 협력은 레지스탕스 활동에 도움이 될 수 있을 것입니다."

그러고는 여러 사건들에 대한 해결책을 협의하기 위해 네스토르에게 자신과 합류할 것을 요청하며 결론을 맺었다. 그들의 이해관계가 일치할 수는 없는 것인가?

"당신이 이곳에 머문다면 체포될 것이 확실합니다. 나로서는 파리의 레지스탕스 수뇌부에 내가 처한 상황을 밝혀야겠습니다……."

"나는 기차를 타고 혼자 가겠소. 플로라가 당신을 따라갈 거요. 당신들은 젊은 부부처럼 행동하시오. 그녀는 유효한 증명서들을 갖고 있소. 게다가 미인이지. 그러니 경찰이나 독일인들과는 아무 문제 없을 거요. 파리에 도착하자마자 그녀는 다시 기차를 타고 되돌아와서 라쇼에게 모든 것이 잘 진행되었다는 것을 알릴 거요."

플로라, 말로는 그녀를 좋아했다. 그녀는 임시 레이몽 부대가 애초의 계획에 따라 '태양' 그룹에서 뽑았던 단 한 명의 FTP 요원이었다. 그러나 접목은 이루어지지 않았고 그 실패로 말로는 새로운 활력을 찾으려는 희망을 품고 다시 돌아오지 않을 수 없었다. 레지스탕스와 관련해서 그와 파리와의 관계가 축소된 것은 유감이었……. 하지만 정확하게 누구에게로 축소된 것인가?

리모주에서 파리까지의 여정은 그 미묘한 문제를 깊이 생각해 볼 충분한 시간을 그에게 제공해 주었다. 그러나 30분이 지난 후 혼자 고독하게 있는 것을 견디지 못한 말로는 잭과 플로라가 있는 칸으로 건너가 히틀러주의자들이 미국의 비약적인 발전을 재촉하고 있는 방식에 관한 예언적 고찰을 곁들여 그들에게 한바탕 역사 강의를 늘어놓았다.

아라비아의 로렌스 이야기가 나왔음은 물론이다. 아! 로렌스! 그가 어떻게 《지혜의 일곱 기둥 *Sept Piliers de la sagesse*》을 구성했는지 보라. 금은 세공의 솜씨 아닌가…….

"잭, 우리가 독일 놈들을 쫓아내게 되면 당신이 로렌스 대령 역을 해주겠소?"

느닷없이 말로가 잭에게 말했다.

망설임이 있었다. 모든 사람들이 다 말로처럼 끊임없이 진실을 무시하는 재능을 타고나지는 않았다. 가짜 영국인은 자신의 정체를 밝힐 것인가? 아니면 속임수를 연장할 것인가? 후자를 선택하고 나서 푸아리에는 '프랑스인들의 내부 문제'에는 관심이 없다고 거만하게 단언했다. 게다가 그는 모든 것이 끝나면 영국으로 돌아갈 생각을 하고 있다고 했다.

쓸데없는 신중함이었다. 말로는 이미 주제를 바꿔버렸던 것이다. 쿠스텔리에와 그의 무리들과 분쟁을 벌이고 난 이후로 다른 무엇보다도 그의 마음을 사로잡고 있는 주제가 하나 있었다. 그것은 공산주의자들이었다.

"그들은 신부들을 닮았소."

말로가 불쑥 말했다.

그러고 나서 그는 두 손으로 지옥의 사각형을 그렸다. 그의 말에 따르면 어제의 동지들은 그 사각형, 즉 형이상학이 결여된 신앙심, 광신주의, 영혼의 닫힘, 맹목적인 교육이라는 사각형에 발목이 잡혀 있다는 것이다.

경계선이 가까워짐에 따라 말로는 마침내 자신의 기차 칸으로 되돌아오게 된다. 앞으로의 일을 생각해야 했기 때문이다. 과연 누가 파리의 레지스탕스 내에서 그에게 참깨(《아라비안 나이트》의 〈알리바바와 40인의 도적 이야기〉에서 유래한 것으로 '난관을 돌파하는 주문'이라는 뜻—역주) 역할을 해줄 것인가? 파스칼 피아, 어쩌면 그일지도 모른다. 그는 〈콩바 *Combat*〉지에서 활동하고 있었다. 아니면 카뮈일지도 모른다. 그들은 서로 잘 알고 있었다. 카뮈를 말로에게 소개시켜 준 사람이 바로 피아였고, 갈리마르 출판사에 《이방인 *L'Étranger*》의 출판을 권고한 사람은 말로였다.

파리에 도착하자마자 그들은 헤어졌다. 플로라는 리모주를 경유해 브리브로 되돌아갈 준비를 했다. 말로는 푸아리에와 함께 세바스티앙 보탱 가의 갈리마르 출판사 쪽으로 향했다.

"잠시 산책이나 하고 오세요. 이곳에서 20분 후에 다시 만납시다……."

말로가 말했다. 기다리는 동안 낯익은 사람 하나가 출판사 입구에 모습을 드러냈다.

"말로 씨, 여기 있다니, 당신 미쳤소? 생각해 봐요, 드리외가……."

"드리외는 나를 고발하지 못할 거요! 빨리 갑시다."

길을 가면서 그들은 서로 이야기를 나누었다.

"카뮈가 안에 있습니까?"

말로가 물었다.

"그렇소, 방금 그가 있는 것을 보고 나오는 길이오."

"그곳으로 다시 가시지요. 왜냐하면 내겐 며칠 동안 숨겨줘야 할 영국인 대위가 한 명 있거든요. 이 사실은 아무에게도 말하지 마세요. 바로 그 사람이 내 마키들에게 낙하산식 인사를 명령한 사람이에요."

'그의' 마키들이라고? 가짜 정보가 또다시 술술 흘러나왔다. 유격 대 대장 말로…… 그것은 특히 스페인 공화파들이 많은 남서부에서 는 당연한 것처럼 보였다. 그리고 문학에서의 레지스탕스이긴 하지만 레지스탕스 내에서 사람들은 가능한 한 질문을 하지 않았다.

"좋아요, 그럼 당신은 조심해서 올라가서 카뮈에게 내가 오늘 저녁 동료를 위한 은신처를 필요로 하고 있다고 귀띔해 주시오. 그를 재워 줄 수 없다면 다른 사람을 찾아달라고 해요. 나는 대학로 모퉁이 본 가 12번지에서 기다리고 있겠소. 그에게 서두르라고 말해 주시오. 그 거 리에서는 누구라도 내 얼굴을 알아볼 수 있을 테니까요. 혹시 내가 살 던 바크 가의 수위라도……."

그쯤에서 말로는 다시 '영국인 잭'을 만나러 갔다. 잠시 후에 카 뮈가 갈리마르 출판사의 추천작가인 신진 피에르 레스퀴르를 데리고 왔다.

"안녕하시오, 어떻게, 가능한지요……?"

레스퀴르가 고개를 끄덕였다. 그러고는 영국인 잭을 향해 돌아서며 말했다.

"오늘 저녁 10시 지하철 사블롱 플랫폼입니다. 뇌이유 아시죠?"

푸아리에는 찬성했다. 뇌이유! 그는 바로 그곳에서 태어났던 것이다. 지금 현재, 특히 자기 본래의 모습이 아닌 다른 사람으로 행세할 때는 스스로를 위해 그 사실을 감추는 것이 더 나았다. 그들은 서로 헤어졌고 《이방인》의 저자와 《희망》의 저자는 새로운 정치적 · 문학적 모험을 향해 함께 떠났다.

다음날 오후 말로가 다시 나타났다. 레스퀴르와 젊은 아기 엄마인 그의 부인에게 말로는 정중히 두 상자의 거위간 파테를 내밀었다.

"너무 과합니다."

레스퀴르가 사양했다.

"적에게서 빼앗은 거요!"

'마키 대장'이 잘라 말했다.

그의 눈은 바젠(Bazaine: 프랑스 화가. 1904~ −역주)의 그림 위에 머물렀다. 화가가 레스퀴르에게 준 선물이었다.

"정말 아름답군요. 푸른색과 붉은색 구성이 중앙의 작은 녹색 점과 어울리고, 그것이 그림 전체에 활력을 주고 있어요."

말로가 중얼거렸다. 20년이 지난 후, 두 번 다시 보지 못했는데도 말로는 레스퀴르에게 놀랄 만큼 정확하게 그 그림을 묘사하게 된다……

진짜 행동으로 옮길 필요가 있는데도, 독일군 지지자들, 대다수의 기회주의자들, 그리고 점점 더 늘어나고 있긴 하지만 그다지 많지는 않은 레지스탕스 지지자들 사이에서 이러지도 저러지도 못한 채 파리의 지식인들은 극도의 무기력 속으로 몸을 감추었다. 그렇다면 새로운 것, 소설처럼 황당하고 놀라운 것을 듣는 것보다 더 나은 것이 어디 있겠는가? 말로에게서 말이다.

"스페인 사람들은 강인한 투사들입니다. 그들 덕분에 나는 첫번째 폭파 작업을 조직했습니다. 1941년 툴루즈에서였지요. 우리는 겨우 조직을 구성했고 승부수를 던져야만 했습니다. 좋아요, 신중하게 합시다. 그것 역시 유용할 테니까요. 애국적인 장교들이 그때 나와 접촉했다는 것을 생각해 보세요. 그래요, 바로 그랬었지요. 1941년에는요. 휴전을 거부하면서 그들 장교들은 알프스 산맥의 어느 동굴 속에 탱크들을 숨겨놓았습니다. 우리는 탱크 병력을 재조직, 확실하게 장비를 유지하고, 휘발유를 찾기 위해서 모든 조직을 동원했습니다. 다행히 그곳에는 장갑차 연대가 하나 있었죠. 때가 오면 나는 선두에 설 것입니다. 내 마키들에게는 중장비가 부족하지만 상륙 작전 이전에 들킬 걱정은 안 해도 됩니다……."

그 어느 때보다도 충실한 파리인이 된 그는 전쟁 이전에 그가 좋아하던 곳에 자주 드나들었다. 그러던 어느 날 새로운 소식이 들려왔다. 이번엔 진짜 소식이었다. 조제트가 '빔보'를 데리고 이제 막 파리에 도착했다는 것이었다. 뱅상을 코레즈의 친구 집에 맡겨둔 그녀는 가능한 한 빨리 말로를 만나보고 싶었다. 편집인의 조카인 미셸 갈리마르가 카뮈에게 중개 수수료를 건넸고, 카뮈는 다시 말로에게 건네주었다. 전화로…… 푸아리에가 이 사실을 알면 자기 머리를 쥐어뜯었을 것이다!

"20분 후 지하철 상시에 도방통 역에서 봅시다."

말로가 조제트에게 시간과 장소를 알려주었다.

그는 수화기를 카뮈에게 건넸고 카뮈가 전화를 끊었다. 20분이면 망토의 허리띠를 졸라매고 튤립 한 다발을 살 수 있는 시간이었다.

"조용히 함께 있을 수 있는 작은 술집으로 당신을 데려가겠소."

마침내 그들이 만났을 때 말로가 말했다.

식당에서 그는 파테, 생선, 과자를 주문했다. 당연히 포도주를 선택한 것은 말로였다. 조제트는 자신이 파리에 도착했음을 알리기 위해 드리외에게 전화를 걸었다. 어쨌든 그는 뱅상의 대부였던 것이다. 말로는 투덜댔다. 그녀가 드리외와 통화하는 것이 거슬렸던 것이다.

"다른 이야기 해요. 가스통 갈리마르는 '키주'가 조제트 말로의 이름으로 만들게 했던 가짜 신분증을 유효하게 할 수 있을 거라 생각하더군요. 대단하지 않은가요?

말로의 얼굴이 창백해졌다.

"나한테 어떻게 그런 말을 할 수 있지?"

그가 내뱉듯 말했다.

매력이 사라졌다.

"이봐, 계산서 가져오게!"

그들은 지하철까지 아무 말 없이 걸어갔다. 헤어지기 전 그는 '빔보'와 뱅상의 소식을 간신히 물어볼 수 있었을 뿐이었다……

말로에 따르면, 최고의 은밀함은 모든 것을 눈에 띄게 하는 데 있다. 그는 호화롭게 생활했고, 이 사람과는 점심을, 저 사람과는 저녁을 먹고, 확인 불가능한 소식들을 지니고 돌아오곤 했다. 그래, 그래, 거의 결정이 났어. 레지스탕스 국가 위원회는 로, 코레즈, 도르도뉴의 마키 지도부를 나에게 위임할 거야. 식당으로 축하하러 갑시다. 지하철 객차 안에서는 두 명의 해군 장교들 곁에서 조용히 토론하기도 했다.

"독일인들은 끝났소. 러시아가 그들의 무덤이 될 거요."

"우리만 있는 것이 아니잖아요, 말로 씨……."

"알고 있어요. 당신네 비밀 정보원 학교에서는 음향학은 전혀 가르치지 않나 보군요?"

'잭'이 불안한 눈빛을 보였다.

"아니오, 말로 씨. 오처드 코트에서는 그런 얘기는 전혀 들어보지 못했습니다."

말로가 단호히 말했다.

"우리가 있는 곳에서, 우리말을 이해할 수 있는 단 한 군데는 바로 객차 안쪽, 즉 오른쪽에 있는 두 좌석뿐이오. 그런데 당신도 보시다시피……. 앉아 있는 사람이 아무도 없소. 우리말이 들릴 위험은 절대로 없소."

행복하던 시절의 '식당'인 프뤼니에에서도 그들을 알아보는 사람은 없었고 그곳에 말로는 네댓 차례 모습을 드러냈다.

"안녕하세요, 말로 씨."

충실한 호텔 주인이 큰 소리로 외쳤다.

여느 때와 마찬가지였다.

낙관주의는 전염되는 법이었다. 자칫했으면 푸아리에는 오처드 코트에서 배운 그 신성불가침의 안전 수칙들을 잊어버렸을 것이다. 마들렌 성당 앞에서 말로가 비올레트 스자보를 만났던 날도 마찬가지였다. 그녀는 미인이었을 뿐만 아니라 '루이즈'라는 전시 이름으로 활동하는 SOE의 최고 첩보원 중 한 사람이었다.* 그녀에게 말을 붙일까? 공식적으로는 금지된 일이었다. 그러나 지나는 길에 잭이 속삭이듯 말했다.

"신의 가호가 있기를 빕니다, 비올레트."

레지스탕스 작가인 장 폴랑의 집에서 잠을 자거나, 바노 가에 위치하고 있고 마티뇽의 마당이 잘 보이는 앙드레 지드의 빈 아파트에서, 혹은 '독일의 승리를 염원하는' 피에르 라발의 집에서 시간을 죽이고 있으면서 수염을 기른 런던 교관들의 질책을 잊어버리는 것, 그것은 어쩔 수 없는 일일까?

말로는 항상 분주했다. 그는 조제트를 다시 만났다. 프뤼니에 식당에서, 그리고 투르 다르장 식당에서였다. 위조 증명서 때문에 그녀는 모든 일을 중단했다. 드리외를 만났을 때도 아무 말 하지 않았다. 롤랑의 체포에 대해서도 말로가 파리에 있다는 것에 대해서도 말하지 않았다. 말로는 '빔보'를 보고 싶어했고 카뮈를 통해서 작은 쪽지를 건네게 했다. 튈르리 공원에서 만날 약속을 했다. 코마르탱 가에서 유모차를 민 것은 카뮈였다. 그것이 더 그럴듯했다.

창백한 피부, 흰색 목도리, 긴 외투, 눈까지 푹 눌러쓴 은빛의 챙 넓

---

* 부셸 태생의 비올레트 스자보는 1945년 SS(나치의 친위 대원)에 의해 라벤스브뤽에서 암살당한다. SOE의 여걸이었던 그녀는 무엇보다도 화기를 다루는 데 최고 전문가였다. 1956년에 소설가이자 시나리오 작가인 러베이 미니가 그녀에게 바치는 책, 《자긍심을 갖고 그녀의 이름을 새겨라 *Carve Her Name with Pride*》를 썼는데, 그것은 같은 제목으로 1958년에 영화화되었다(프랑스판 제목은 〈비밀 정보원 SZ〉였다). 말로가 버크매스터 조직망에서 루이즈의 활동을 알게 된 것은 책을 통해서일까, 영화를 통해서일까? 아니면 전쟁이 끝나고 난 후 루이즈와 한때 한 팀을 이루었던 필립 리베르와의 토론을 통해서일까? 그것도 아니면 어떤 다른 출처를 통해서일까? 한 가지 확실한 것이 있다면, 《교수대와 생쥐들 *La Corde et les souris*》에서 말로가 이 '영국군 최고의 저격수'를 뻔뻔스럽게도 자신의 개인적인 연락 첩보원으로 소개하고 자신이 보는 앞에서 1943년 그녀가 체포되었다고 쓰고 있지만, 실제로 그녀가 체포된 것은 1944년 리모주 근방이라는 것이다.

은 모자, 말로는 나무들 사이로 슬그머니 몸을 숨기며 조제트와 아이를 살펴보았다. 그는 마치 못된 짓을 찾아다니는 사람처럼 보였다. 그를 미행하는 사람은 아무도 없었다. 다행이었다. 조제트는 회전목마에 아이를 태웠다. 말로가 모습을 나타내기로 한 것은 그때였다. 조제트가 움칫 뒤로 물러섰다. 말로를 알아보지 못했기 때문이었다…….

가능한 한 빨리 파리를 떠나라……. 푸아리에가 출발 신호를 보내왔다. 그 두 사람은 오스테를리츠 역 플랫폼에서 다시 만났다. 그리고 같은 칸에 자리를 잡았다. 말로가 기침을 하고 잠시 뜸을 들이다가 마침내 입을 열었다.

"친애하는 잭, 이제부터 나는 베르제 대령이오……."

넘을 수 없을 만큼 높은 벽, 마당을 향해 난 거대한 현관문, 높은 창문이 나 있는 건물 본체, 사각형의 지붕에 달린 작은 굴뚝, 헛간 하나. 저택은 트레이유 마을에서 가장 높은 건물들 중 하나였다. 방문객은 가스차로는 특히 접근하기 어려운 꼬불꼬불하고 가파른 언덕길을 걸어서 올라온 다음에야 그 저택에 접근할 수 있었다. 테라스에서는 도르도뉴의 계곡이 멀리 시야 가득 펼쳐져 있었고, 다양한 봄의 빛깔들로부터는 언제라도 베르마흐트의 청회색 제복이 튀어나올 것 같았다. 멀리 강 반대편에는 중세 때의 베낙 요새, 즉 페리고르 지방의 전통적인 네 개의 남작령 중 하나가 있었다. 오른쪽에는 숲에 가려진 다른 성, 페이락이 있었다. 2.5킬로미터 떨어져 있는 그곳에는 숲을 통해 다른 사람들 눈에 띄지 않고 갈 수 있었다.*

---

* 조제트는 아이들과 함께 페이락 성에 정착하고, 말로는 간혹 가다 그들과 함께할 뿐 1944년 6월 중순까지 떨어져 생활한다.

천국과도 같은 그곳은 트레이유 오트라는 지명을 갖고 있었다. 그곳은 '연합국 공산당(다른 기록에 따르면 연합국 참모)'을 맞아들였다. 연합국 공산당이라니? 다시 한 번 천재적인 발상이었다. 로렌스 대령, 아니 베르제 대령은 언제나 깃발처럼 '펄럭이는' 이름에 대한 감각을 갖고 있었다. 하지만 그 공산당은 현재로서는 레지스탕스의 어떤 결정 기관에 의해서도 인정되지 않았다……

살기에 아주 좋은 곳이었다. 그리고 죽기에도 좋은 장소일 터였다. 보름 전부터 말로의 팀원인 에스코, 정보부와 인연을 끊은 로슈부에 중령, 베른아르디 대위, 그리고 푸아리에의 팀원인 일명 '피에르'라고 하는 피터 레이크와 일명 '카시미르'인 랄프 뷰클러크, SOE의 장교 둘, 그리고 잭 대위의 아버지가 그곳 여주인 페르낭드 비달리의 집에 머물고 있었다. 모두가 그녀를 낭두라고 불렀다. 남편이 독일군의 포로로 잡혀 있는 이 젊은 여교사는 아무것도 묻지 않고 레지스탕스에 가입했다.

창문은 활짝 열려 있었다. 때는 1944년 5월이었고 본래 의미로든 비유적인 의미로든 좋은 날씨가 예상되었다. 말로는 거의 흠잡을 데 없이 완벽한 차림새를 과시했다(매일 저녁 그는 바지를 매트리스 밑에 세심하게 펼쳐놓아 주름을 다시 잡곤 했다). 테이블 위에는 눈에 잘 띄게 깃펜 하나, 몇 장의 종이, 자동 권총 한 자루와 두 개의 탄창, 검은색 베레모, 개봉한 영국제 담배 한 갑이 있었다. 영국제 담배는 중요한 것이었다. 도르도뉴의 좁은 세계에서 크레이븐이나 말보로를 연달아 피운다는 것은 영국인들과 직접적으로 접촉하고 있다는 것, 그들의 낙하산식 인사의 혜택을 받고 있다는 것을 의미했다. 요컨대 항독 지하 운동 내에서 일종의 상류층에 속한다는 것을 의미했다.

발걸음 소리가 났다. 그들이 도착했다. 떨리는 손으로 담배를 쥐고 말로는 검은색 떡갈나무로 만든 문을 바라보며 일어섰다. 문이 열렸다. 약간은 겁먹은 듯한 두 명의 방문자가 지도부 안으로 들어왔다. 상의와 가죽 잠바를 입고, 각반을 차고, 허리띠에는 7.65밀리미터 권총을 두르고, 거침없는 태도와 직선적인 눈빛을 가진 그들은 나빠 보이지 않았다. 좋아 보이기까지 했다. 어쨌든 중요한 건 그게 아니었다. 신병을 모집해야 했던 것이다. 공산주의자의 보이콧은 사실 계속해서 더 완강해져 갔다. 베르제 대령이 레닌-레닌주의자의 비유를 늘리고, 스페인 전쟁을 더 많이 언급하고, 주먹을 쳐들고 분노에 찬 연설을 더 자주 해봐도 아무런 소용이 없었다. 며칠 전에 로 지역의 공산당 유격대원들은 그와 그의 '연합국 공산당'을 쫓아 보냈던 것이다.

"나는 베르제 대령이오."

말로가 큰 소리로 외쳤지만 연락병은 육중한 문을 다시 닫아버렸다.

방 한구석에서는 고양이가 몸을 길게 늘어뜨리며 기지개를 켜고 있었다.

방문자들 중에서 키가 작은 사람이 거의 군대식으로 차려 자세를 하며 보고했다.

"앙셀입니다. 로렌 지방의 교사이며 예비군 장교입니다. 저는 50명의 부하들을 지휘하고 있습니다. 우리의 문제는 무기가 없다는 것입니다."

말로는 영국제 담배의 꽁초를 재떨이에 비벼 껐다. 그러고는 보란 듯이 다시 새 담배에 불을 붙였다.

"어떤 부대인가요?"

"알자스-로렌 조직입니다. 하지만 마키에는 특히 그 지역의 아이들이 있습니다."

"알자스인들 말인가요? 귀하는 R5에서 무슨 일을 하고 있소?"*

"특별한 일은 없습니다. 프랑스 당국은 1939~1940년에 우리를 그 지역으로 후퇴시켰습니다……."

베르제는 동부 출신자들의 고난에 대한 비장한 이야기를 단지 건성으로 듣고 있을 뿐이었다. 그의 결론만이 흥미를 끌었다. 이들 알자스-로렌인들은 희생자로서 고향에 돌아가는 것이 아니라 군인으로서 돌아가고 싶다는 것이었다. 그들은 싸움을 원하고 있었다.

"그렇다면, 귀하는 꼭 맞는 곳에 갔다고 말할 수 있겠군요. 좋소. 당신들은 런던의 계획을 알고 있겠지요……. 처칠은 정신이 나간 게 아니오. 우리들 덕분에 인텔리전스 서비스는 다우닝 가에 소식을 전하고 있소. 영국인들은 이곳 마키의 수가 증가하기 시작했다는 것을 알고 있소. 도르도뉴에는 잠재적인 '낙하 지대'가 많이 있소. 하지만 툴루즈에는 유럽 전역에서 가장 강력한 나치 친위 기갑 사단이 있소. '다스 라이히'는 2만 명의 군사와 수십 대의 전차를 가진 부대요. 우리는 열의만으로 싸우는 것이 아니라 플라스틱 폭탄, 바주카포, 기관총을 갖고 싸우는 것이오……."

말로는 잠시 말을 멈추고 눈을 가리는 기다란 머리카락을 쓸어올렸다. 그러고는 쉰 목소리로 한숨을 쉬듯 말했다.

"'다스 라이히'는 바로 전쟁을 뜻합니다. 그러니 신중하게 합시다. 전쟁이란 갑자기 이루어지지 않소. 로, 코레즈 지역의 마키들, 그리고 이곳의 마키들이 통합할 경우에만 나치 친위대에 저항할 수 있소. 우

---

* R5는 제5지역, 다시 말해서 '레지스탕스의 행정 구역'을 뜻한다. 도르도뉴로 피난 와서 처음엔 냉담한 대접을 받았던—소문에 의하면 그들은 '독일 놈들'이라고 했다—알자스-로렌 사람들은 완전히 일체가 되어 레지스탕스에 아주 적극적으로 참여했다.

리의 임무란 바로 그것이오. 마키들을 통합하고, 그들을 무장시키고, 전투를 위해 훈련시키는 것이오. 당신이 찾고 있는 무기들을 내가 제공해 주겠소……."

말로는 재채기를 하고 담배 냄새를 맡고는, 주문을 외듯이 천장을 향해 손을 치켜들었다.

"당신 부하들에게 말하시오. 곧 싸우게 될 거라고 말이오. 당신에게 필요한 것이 무엇이오?"

"F-M(자동소총), 폭약 등 모든 것이 다 필요합니다. 플라스틱 폭탄을 약간 빼앗았지만 사용법을 모르고 있습니다. 그러니 전문가, 즉 교관 한 사람도 필요할 겁니다."

며칠 후에 피터 레이크가 알자스-로렌인들에게 파견되었다. 말로 자신도 얼마 후 그들을 방문했다. 시대의 징후를 따라 앙셀이 이끄는 무리는 그 수가 두 배로 늘었다. 족히 100명은 되는 사람들이 차려 자세를 한 채 처음 보는 베르제 대령을 말없이 영접했다. 그는 다소 구겨진 정장 차림이었지만, 반면에 셔츠의 깃은 깨끗했고 단정하게 넥타이도 매고 있었다.

숲속의 빈 터에서 앙셀이 깃대를 세우게 했다.

"국기 게양!"

그가 부하들에게 명령을 내렸다.

삼색기가 하늘로 올라갔다……. 베르제 대령의 주먹도 역시 허공에 들려졌다. 당황한 마키들은 서로를 쳐다보았다. 도대체 저 사람은 누구지? 공산주의자인가? 정치적인 입장에서 볼 때 그들 알자스-로렌 사람들은 말로와 마찬가지로 더 이상 좌파가 아니었다. 그들은 단지 애국자들이었다. 하지만 스페인 전쟁의 신화와 의례들은 그들에게 완전히 낯설었다.

말로에게 발언권이 넘겨지자 다행스럽게도 모든 것이 변했다. 공제조합 대회 때나 뷜리에 홀에서 보여주었던 웅변가적 기질이 단번에 살아난 그는 점점 더 강한 어조로 또박또박 말을 이어갔다. 그러자 마법이 작용한 듯 청중들은 넋을 잃고 그에게 빠져들었다. 얼마 안 가서 그들은 열광했다.

"제군들은 무기를 원하는가? 무기를 갖게 될 것이다. 제군들은 싸우고 싶은가? 곧 싸우게 될 것이다."

그리고 나서 또다시 주먹을 높이 쳐든 채 그는 나무들 사이로 들어갔다……

마키들 속으로의 순회였다. 붉은색의 낡은 심카(1934년 이탈리아의 피아트를 프랑스에서 생산·판매하기 위해 설립된 자동차 회사 및 차종 이름—역주)는 맹렬한 속도로 내달렸다. 푸아리에가 운전을 하고 말로는 조수석에 앉아 있었다. 길 아래쪽으로 사냥총을 든 젊은 레지스탕스 대원들이 그들과 반대 방향으로 달리고 있었다. 허둥거리며 모두들 당황한 모습이었다.

"무슨 일인가?"

심카를 그들의 높이에 맞춰 정지시키며 영국인 잭이 물었다.

"전차예요, 독일 놈들 전차……. 우리에게 발포했어요. 그들이 오고 있어요."

셔츠를 벗어젖힌 젊은이들이 소리쳤다.

독일 탱크라! 사실이었다. 상륙 이후로 어디서나 탱크가 눈에 띄었다.

푸아리에는 어깨를 으쓱하더니 베르제를 향해 돌아섰다. 베르제는 전투중인 부대의 장군 같았다. 그런데 어떤 부대였던가? 그처럼 급조된 몇 명의 유격대원들로는 분명히 부대를 구성할 수 없었다. 6월 6일 이후로는 전 지역이 들끓었다. 어디에서나 젊은이들이 마키에 들고 싶어했다. 용기는 가상했지만 무기와 훈련, 그리고 군사적 전술이 부족했다. 게다가 나치 친위대가 풍부하게 갖고 있는 모든 것, 광신, 비인간성, 야만성 등등……

"이상한데요."

푸아리에가 큰 소리로 외쳤다.

"이들 젊은이들에게는 단지 경험이 부족할 따름입니다. 그들은 과장하고 있어요. 좀더 가까이 가서 봅시다."

2킬로미터를 더 나아가자 검은색 제복과 자동화기들, 그리고 탱크들이 커브길이 끝나는 곳에서 나타났다.

"유턴해!"

말로가 외쳤다.

타이어가 끼익하는 소리가 났고 목구멍에서 비명이 터져나왔다. 총알이 빗발처럼 날아왔다. 독일군들이 신속하게 대응했던 것이다. 말로는 웃옷 안주머니에서 7.65밀리미터 권총을 꺼내 미친 듯이 적군을 향해 방아쇠를 당기고 또 당겼다……

남서부 지역 전체에는 게릴라전과 진압이 보편화되었다. 6월 23일, 몇 대의 '다스 라이히' 부대 장갑차들이 자신의 새로운 사령부로부터 '연합군 참모부'를 몰아내려 왔다. 리뫼이유의 비트롤 성이었다. 말로는 그곳에 있지 않았지만 푸아리에, 레이크, 보클레르, 그리고 라쇼는 겨우 도망칠 시간밖에 없었다. 다행히 샤를이 지체 없이 숲이 우거진 언덕 위에서 또 하나의 감시 초소를 찾아냈다. 여전히 성이었다. 위르발에 있는 푸자드의 성이었다.

말로는 오랫동안 산책을 하며 생각하기 위해 아침 일찍 일어났다. 크리스티앙 플라세가 눈으로 그를 뒤쫓았다. 앙셀은 푸자드의 성을 수호하는 열두어 명의 지하운동가들의 지휘관으로 이 레지스탕스 교사를 지명했다.

콩쿠르상의 영향력은 실로 대단했다. 1933년에 플라세의 어머니는 당시 열네 살이었던 아들에게 《인간의 조건》 한 권을 건네주었다. 저자의 사진이 들어 있는 접는 앨범과 함께. 그 뒤로 시간이 많이 흘렀음에도 불구하고 플라세는 어떤 유사점을, 그가 매일 만나는 이 '베르제 대령'과 유명한 작가 앙드레 말로가 서로 닮았다는 사실을 알아냈다. 레지스탕스가 아니었던 플라세는 진상을 명확히 파악하기 위해 브랑톰에 있는 말로의 거처로 내려갔다. 그런 뒤 사진을 주머니에 넣고 다시 '연합국 참모부'를 찾아갔다. 어느 정도 대화가 무르익자 그는 작은 앨범을 보여주었다.

"실례지만, 대령님, 보여드릴 것이 있는데요."

말로가 몸을 굽혔다.

"아, 당신은 내가 누군지 알았군······."

"그렇습니다, 하지만 아무에게도 말은 안 했습니다. 제게 한말씀 적어주실 수 있으십니까?"

말로는 앨범을 집어들고 만년필을 꺼내 헌사를 썼다.

플라세를 위해, 그의 공범 앙드레 말로가.[*]

---

[*] 크리스티앙 플라세의 인터뷰, 〈프랑스 퀼튀르 France-Culture〉, 2000년 8월 12일자.

"마음에 듭니까?"

말로가 물었다.

"예, 대령님." 플라세는 기쁨에 겨워 대답했다. "앙드레 말로의 공범자들은 거의 없을 테니까요."

"아마 당신 말이 옳은 것 같소……."

검은색 털을 가진 수고양이가 창가에서 한껏 기지개를 켰다. 고양이는 사람이 손을 내밀 때마다 경멸하듯이 멀리 도망갔다.

"아, 너는 적어도 네가 원하지 않는 것이 무엇인지를 알고 있구나."

말로는 꿈꾸듯이 말하며 고양이를 내버려두었다.

고양이와 그것들이 지니고 있는 신비로움에 그는 언제나 매혹되곤 했다. 이 고양이과 동물들은 거의 성스럽다고 할 만했으며, 가까이에서 언제나 함정에 빠지고 다투는 인간의 영원한 증인이었다.

말로는 도주하던 페탱파 장교에게서 전날 빼앗은 대령 제복을 입고 있었고, 레지스탕스 대원들에게서 빌린 각반 한 쌍을 차고 있었다. 좀더 진짜같이 보이기 위해 소매에는 다섯 개의 계급줄을 꿰매놓았다. 레지스탕스 조직 내에서는 그러한 직책이 부여되지 않았지만 말로는 이때부터 'FFI(프랑스 국내군—역주) 지역 연합 책임자'라고 스스로를 소개했다.

고양이가 있는 쪽으로 그는 다시 눈길을 보냈다. 움직임을 알아차린 듯 그가 채 일어서기도 전에 고양이는 그의 어깨 위로 뛰어올랐고, 그의 목에 기대어 둥글게 몸을 말았다. 말로는 방에서 나와 푸자드 성의 안마당을 성큼성큼 건너갔다.

'영국인 잭'과 레이크, 그리고 라쇼와 함께 보주르가 이끄는 항독 지하단체 FFI로 가는 길에(원칙적으로 더 이상 AS니 FTP니 혹은 다른 이름으로 불리지 않고 '프랑스 국내군'이라고 불리었다) 그의 머릿속에서는 온통 숫자들이 맴돌았다. 그들이 보내는 무선 메시지로 보건대 '잭'의 상관들의 생각은 분명했다. 최소한 400개의 컨테이너에 담긴 무기와 장비들이 북아프리카에서 오는 비행기에 실려 공수될 것이었다. 가로 세로 3킬로미터에 이르는 지역에서 이러한 만나를 수용하고 보호하기 위해서는 수적으로 충분한 마키들이 필요했다…….

자코는 그들을 만나기 위해 7월의 태양을 쬐며 걷고 있었다. 마른 체격에, 미소를 띠고 매혹적이기도 한 그는 정복자인 듯한 태도를 공공연히 드러냈다. 이 중령 계급의 직업군인에 대해서 동료 장교들은 어제 이렇게 단언했다.

"그 친구는 당파주의자입니다. 그는 정치를 하고 있어요(민간인이라면 단순히 '그는 좌익입니다'라고 말했을 것이다)."

하지만 휴전군은 그를 그의 지위에서 축출하지 않았다. 제2사단 연합 정보부의 루아이야 지역 책임자인 자코는 정보 전문가로서 르베르 장군, 즉 지로(Giraud: 프랑스 군인. 제2차 세계 대전중 드골 장군에 협력함─역주)파 레지스탕스 군대인 ORA의 생존해 있는 최후의 후원자를 위해 일하고 있었다. 그는 정체가 드러나자 항독 지하단체 은신처를 찾아왔다.

보주르가 그들을 소개했다. 자코는 흥분해서 말로를 따로 불러냈다.

"발랑스의 공화파 정부에서 군정무관으로 일하는 모렐이 내게 당신에 관한 많은 이야기를 했습니다. 그리고 제가 당신 책들을 전부 다 읽었다는 것은 말할 것도 없지요. 특히 《희망》이 기억나는데, 스페인 때문일 겁니다."

그는 말을 멈추었다. 모든 사실을 말해도 되는 것일까? 스페인 전쟁 동안 줄곧 전쟁성 장관 비서실과 정보부에서 일했던 자코는 혁명 선전부를 맡고 있었으며, 공화파 쪽에 참여한 극좌파 활동가들을 감독하는 직책을 맡고 있었다……. 그들 중 하나가 말로였다.*

"물론 나는 모렐이 어떤 사람이었는지 알고 있습니다." '베르제 대령'이 단호하게 말했다. "그는 명예를 중시하는 인물이고, 스페인 공화국을 옹호했던 프랑스 왕정주의자였습니다. 당신은 이곳에서 그리 멀지 않은 곳에 공화파를 지지하는 또 한 명의 친구, 베니 대령이 있다는 것을 알고 있습니까?"

"그 사람이 누군지는 모릅니다만……."

"진짜 이름은 뱅상이지요. 그는 아마 마드리드 전선에서 싸웠을 겁니다. 공산주의자들은 그의 부하, 그러니까 '베니 그룹'이 FFI 속으로 들어가는 것을 막으려고 했습니다. 보다 더 당파적인 반응이 있었습니다. '베니 그룹'은 전투는 잘했지만 사회주의자들이라는 약점이 있었던 거죠. 나는 로 지방의 영국 정보부장인 일레르 대위와 함께 뱅상을 만난 적이 있습니다. 며칠 후면 나는 R4 지역의 FFI 책임자인 라바넬을 만나야 합니다. 친구죠. 우리는 같이 문제를 해결하게 될 것입니다."

자코는 그의 말을 들으면서 자신의 생각에 몰두해 있었다.

"뱅상이라, 예, 그렇군요……. 나이가 꽤 많은 사람인가요?"

---

* 우리는 이미 말로가 '영국인 잭'의 가짜 국적을 어떻게 지지했는지를 알고 있다. 그러나 생전에 그는 스페인 전쟁 당시 자코가 맡았던 진짜 임무가 무엇인지는 알지 못한다(여러 개의 그의 전기도 마찬가지다). 그 임무는 어떻게 해서 레지스탕스 장교가 말로를 그처럼 잘 알고 있었는지를 설명해 준다. 바로 SR의 문서를 통해서 알았던 것이다. (참조: 로제 팔리고와 레미 코페르, 《세계 첩보사 *Histoire mondiale du renseignement*》, 제1권: 1870~1940, 로베르 라퐁 출판사).

"60대죠."

말로가 말했다.

"그렇다면 의심의 여지가 없군요. 그 사람이 바로 뱅상이에요. 정말 훌륭한 장교입니다. 정치적으로는 좌파고요. 그는 모로코 군대에서 잠시 근무한 경력이 있습니다. 군사 쿠데타가 일어났을 때는 스페인 정부를 좌지우지했죠. 마드리드 전투가 계속되는 동안 그는 참모 장교로 간주되었습니다."

"당신은 정말 정보에 밝군요……."

"달라디에군 내각에 속해 있었기 때문에 많은 장교들의 서류를 접할 수 있었죠."

"달라디에 내각에 있었다면, 아마 아실지도 모르겠는데요……."

그들 두 사람이 대화에 한창 몰두해 있는 동안 푸아리에, 레이크, 보주르, 그리고 그의 부관 게댕은 대대적인 물자 공수 방법을 준비하고 있었다. 공수는 7월 14일에 거행될 예정이었는데, 그것은 국경일을 축하하기 위한 훌륭한 방법이었다. 그 전에 그곳에서 그다지 멀지 않은 무스툴라 지형을 살피러 가야 했다.

"앙드레, 우리는 낙하 지역을 보러 갈 참입니다. 당신도 같이 가시겠습니까?"

"나는 여러분들을 믿습니다. 여기서 자코와 해결해야 할 일들이 있습니다. 일이 끝나면 다시 와서 나를 태워주세요."

마키들과 SOE 사람들은 차에 올라탄 후 조용히 출발했다. 그들이 완전히 일을 마치고 보주르의 피난처 대용 오두막으로 돌아왔을 때 변한 것은 아무것도 없었다. 말로는 여전히 말하고 있었고 자코는 듣고 있었다.

"됐습니다. 지형은 아주 딱 들어맞습니다."

푸아리에가 불쑥 말했다.

새로 대화에 끼어든 그에게 '베르제'는 개의치 않았다. 그러나 푸자드로 되돌아가야 할 시간이었다. 단지 '연합 참모'로서 피터 레이크만이 프랑스-영국 간 협조를 확인하기 위해 현장에 남아 있었다.

돌아오는 길에 그들은 별로 말이 없었다. 그러나 마침내 말로가 느닷없이 물었다.

"잭, 당신은 자코에 대해 어떻게 생각하시오?"

"글쎄요, 저는 그 사람을 잘 모르는데요."

"그래요, 방금 그를 내 부관으로 채용했소……."

말로는 언제나 자신의 행운을 믿어왔지만 이제 그 행운이 멀어지고 있었다. 그라마 역으로부터 수백 미터 떨어진 곳에서 콜리뇽이 걱정스런 목소리로 외쳤을 때 갑작스럽게 몽상에서 깨어난 그는 확실히 그것을 깨달았다.

"맙소사, 독일 놈들이에요!"

정말 독일군들이었다. 곧바로 총알이 날아왔고, 구형 시트로엥 자동차의 뒷 유리창이 산산조각났다.

"제기랄!"

루비에르가 내뱉었다.

그러고는 핸들 위로 쓰러졌다. 머리에 정통으로 총알을 맞았던 것이다. 그의 발이 브레이크에 끼여 시트로엥은 갑작스레 진로를 이탈했다. 운전수를 잃은 시트로엥은 여러 차례 전복될 뻔하다가 결국 구덩이 속에 빠지고 말았다. 뒷문을 열고 콜리뇽이 콜트 45 권총을 쏘아댔다. 부상당한 힐러와 로페스는 그 틈을 이용해 차에서 빠져나와 간신히 은신처에 몸을 숨겼다. 말로는 충격을 받고 비틀거렸다. 독일군 기관총이 요란한 소리를 내며 불을 뿜었다. 다행스럽게도 독일군의 기관총은 사각(死角)에서 발포되었고 말로에게까지 도달할 수 없었다.

느리게 돌아가는 영화 같았다. 로렌 십자가(십자가가 두 개 겹쳐진 모양, 즉 가로 막대 둘에 세로 막대 하나 모양의 십자가―역주)가 그려진 3색 단기가 쓸모없게 된 채 애처롭게 대롱대롱 매달려 있었다. 잠시 뒤 충격에서 벗어난 말로는 화창한 여름날 오후의 공기를 들이마신 후 벌떡 일어나 달아나기 시작했다. 총알 한 발이 그의 각반 끈을 끊어놓았다. 말로는 각반을 벗어던지려 했지만 허사였다. 또 한 발의 총알이 날아와 오른쪽 다리에 정면으로 박혔다. 그는 의식을 잃었고, 풀밭으로 옮겨진 뒤에야 비로소 깨어났다.

말로는 들것에 실려 그라마 쪽으로 후송되었다. 그 작은 마을은 탱크와 장갑차, 그리고 트럭들로 가득 차 있었다. 그 마을에는 베르마흐트 기갑 부대의 몇몇 소대가 유숙하고 있었다. 말로는 약간 다리를 절었다. 통역 한 사람이 영어로 그를 심문하려 했다. 그는 대답하지 않았다. 통역과 독일군 대위 사이에, 그리고 통역과 젊은 여자, 즉 그 지역의 선생인 라캉 부인 사이에 짤막한 대화가 오갔다. 독일인들은 체포된 낯선 인물이 단지 도피중인 그녀의 남편이라고 생각했으나 라캉 부인이 이를 부정했다.

"당신 이름이 무엇이오?"

통역이 말로에게 물었다. 이번엔 프랑스어였다.

"……."

"어디 출신이오?"

"……."

"구역에서 어떤 일을 하고 있소?"

"……."

독일군들은 자기네들끼리 큰 소리로 말하고 있었다. 클라라가 있으면 그들이 하는 말을 알아들었을 텐데. 다행스럽게도 그녀는 그곳에 없었다.

"도무지 말을 하려 하지 않으니 총살시켜야겠소."

마침내 대위가 라캉 부인에게 말했다.

말로는 주위에서 일어나고 있는 일에 완전히 무관심한 태도를 보였다. 운명론자인 그는 마침내 죽음이 자신을 덮치는 거라고 생각했다. 그는 스페인에서 죽음을 대수롭지 않게 여겼고 항독 지하단체에서도 그랬었는데 이제 죽음이 복수를 하는 것이었다. 모든 것은 아주 당연한 것이었다. 정작 그가 두려워하는 것은 고문이었다. 차라리 고문에 대한 관념이었다. 그것은 그의 소설 작품 전체를 관통하는 주제였다. 인간은 어느 정도까지 고통을 견뎌낼 수 있을까? 앙드레 말로는 어느 정도까지 버틸 수 있을까? 항복을 하고 쓰러져버리면 어떻게 될까? '밀고자'의 역을 맡아 목숨을 건지는 것이 가능할까?

일단의 독일군들이 들어왔다. 6, 7명의 병사들이었다. 그들은 말로를 마주 보고 정렬했다. 말로는 예전에 프랑코주의자들이 포로로 잡은 공화파들에게 했던 것처럼 그들이 곧 자신을 죽이려 한다는 것을 알아차렸다. 죽음이라……. 그는 거의 마음의 평정을 되찾았다.

"차려!"

그들은 총의 노리쇠를 당기고 말로를 겨누었다. 마지막 순간에 대위는 그들에게 멈추라는 명령을 내렸다.

"저 사람은 당신의 남편이요, 당신의 친구입니다."

라캉 부인을 쳐다보면서 통역이 조롱하듯 말했다.

젊은 여인은 자신의 치마폭에 웅크리고 있는 여자아이를 간신히 달랬다. 마르세유에서 피난 온 여자아이였다. 라캉 부인은 그들의 술책에 분노했지만 아무 말도 하지 않았다. 독일군들은 그들의 포로가 레이몽 라캉이 아니라는 확신을 갖게 될 때까지 몇 번이고 반복해서 수작을 부렸다.

"당신은 누구요?"

통역이 다시 말했다.

"말로 중령이오." 베르제 대령이 말했다.

"이 지역 군사 책임자요……"

그들은 왜 말로에게 총살형을 면제해 주었을까? 말로 자신이 툴루즈의 감방 동료들에게 말하게 되듯이, 그리고 20년 후 그의 《반회고록》에서 쓰게 되듯이 독일군들이 그의 서류와 동생인 롤랑의 서류를 혼동했기 때문이었을까? 드리외 라 로셸이 자신의 독일 친구들에게 말로를 죽이지 말라고 요청했기 때문이었을까? 그와 같이 힘든 시기에 FFI의 대령이라면 잠재적으로 교환 가치가 있는 인물이고, 르네 쥐지가 브리브의 독일군 책임자에게 첩보대의 포로가 되어 있는 베르마호트의 48명의 병사들 리스트를 전달하면서, 베르제 대령의 목에 손가락 하나라도 댄다면 그들 48명이 처형될 거라고 위협했기 때문이었을까? 말로의 석방을 얻어낼 수 있다고 장담하던 중재자들에게 베르나르디와 로슈부에가 SOE에서 제공한 막대한 금액의 돈을 쏟아부었기 때문이었을까?

아마도 그 모든 것이 원인이 되었을 것이다. 사실인즉 그는 총살형에 처해지지 않았고 고문을 당하지도 않았으며, 그의 동료들과 마찬가지로 생 미셸 감옥에서 오랫동안 묵으며 자신의 운명과 가족들의 운명을 걱정했다. 한 달 동안이나 그는 조제트와 두 아들, 그리고 마들렌과 갓 태어난 그녀의 아이 소식을 듣지 못했던 것이다.

감옥의 높은 담장 너머에서는 무슨 일이 일어나고 있을까? 오직 소문으로만 바깥소식을 알 수 있었다. 연합군이 도시로 진군하고 있다고도 했고, RAF(영국 공군)의 폭격이나 포격, 미국 낙하산 부대에 대한 말들이 있었다. 모두 소문일 뿐이었다. 하지만 8월 19일 오후에 여기저기서 들려오는 그 소리는 무엇이었을까? 여자들 목소리, 손으로 감방 문을 두드리는 소리가 들렸다. 도처에서 〈라 마르세예즈〉를 부르는 소리가 들렸고 그 순간 그것이 갖고 있던 관습적이고 거창한 모든 것들이 사라져버린 듯했다. 새로운 감정이 솟아났다. 애국심이 고취되었던 것이다.

"나오세요, 나오세요!"

군중들이 목청을 높여 외쳤다.

"테이블을 가져와!"

방장 퀼로가 소리쳤다. 그는 연합군 조종사들의 탈옥 과정에서 생존한 사람이었다.

말로와 그의 감방 동료들은 두껍고 무거운 탁자로 몰려갔다. 그들은 탁자를 움켜잡았다.

"하나, 둘, 셋."

퀼로가 박자를 맞추었다.

문은 다섯 번의 시도 끝에 비로소 부서졌다. 바깥은 열광의 도가니였다. 사람들은 서로를 부둥켜안고 노래를 불렀다. 젊은 여인 하나가 작은 삼색기를 흔들고 있었다.

"무슨 일입니까?"

"독일군들이 막 떠났어요, 감옥은 이제 우리 수중에 있습니다!"

우리 수중에 있는 감옥이라. 하지만 감옥이란 그 안에 머물도록 만들어진 것이 아니었다. 최선의 것은 감옥에서 나가는 것이었다…….

빌어먹을 비! 장비가 변변치 못한 사람들의 몸 위로 몇 시간을 두고 계속해서 빗방울이 떨어졌고, 그들은 추위로 이를 딱딱 부딪쳤다. 한 가지 위로가 되는 것이 있었다. 독일 놈들 역시 이곳 보주 전선에서 공격을 받은 4일 전부터 혼쭐이 나고 있다는 사실이었다. 하지만 그들의 기력이 다한 것은 아니었다. 그들은 여전히 잘 싸우고 있었고 동료들의 시체는 거의 친숙한 모습이 되어갔다. 전쟁이란 그런 것이었다. 모든 것에 익숙해지는 것 말이다.

베르제 대령도 마찬가지였다. 그는 알자스-로렌 여단을 지휘하고 있었다. 도르도뉴, 오트 가론, 제르, 로, 바스 피레네, 심지어 오트 사부아 지역에서 징집된 마키들로 구성된 세 개의 정규 보병 연대였다. 양가죽 깃이 달린 조종사용 반코트를 입고, 입가에 담배를 물고, 머리에는 전면에 다섯 개의 줄이 박힌 베레모를 쓰고 있는 베르제 말로와 그의 드높은 서정성을 사람들은 거의 이해하지 못했지만 항상 높이 평가해 주었다. 야전 군인이라기보다는 오히려 모험가에 가까운 그에게는 전술적인 지식이 부족했다. 6년 전 에스파냐 비행 전투 중대장이었을 때도 역시 지식이 부족했었다. 다행스럽게도 프로페셔널 '에두아르' 중령이 있어서 '가게'를 가동시킬 수 있었다.

"에두아르의 본명은 자코라는 소문이 있어."

병사들 중 한 사람, 운좋게도 미군 철모와 내보여도 거의 부끄럽지 않을 만한 군화를 회수한 행운아가 단언하듯 말했다.

"그리고 베르제는 말로야……."

그 여단의 전투원 대부분은 《인간의 조건》을 단 한 줄도 읽지 않았고, 《희망》도 거의 마찬가지였다. 반면에 모든 사람들은 자신들의 대장이 유명한 소설가라는 것, 그가 스페인에서는 공산주의 편에 서서 그리고 도르도뉴 지방에서는 항독 지하단체에서 투쟁했다는 사실을 알고 있었다. 그가 또 한 명의 작가인 앙드레 샹송과 절친한 친구라는 것, 여단이 속해 있는 프랑스 제1군단의 지휘자 라트르 장군과도 친하다는 것을 알고 있었다.

다른 사람이 말했다.

"어제는 그가 혼자 우리 등뒤에서 갑자기 나타나는 것을 보았지. 나는 베르나르와 밀루즈와 같이 자동소총을 잡고 있었어. 맞은편에서는 독일 놈들이 총을 난사하고 있었고, 총알이 거의 모든 지역에 빗발치듯 쏟아졌지. 그는 가만히 서서 어떤 총알도 자기 몸에 닿을 수 없다는 듯이 망원경으로 상황을 살펴보았어. 그가 무엇을 보고 있었는지 모르겠어. 우리는 그에게 몸을 숨기라고 말할 수조차 없었다니까……."

"그가 그런 것은 우리를 놀라게 하려는 거야."

"당연하지! 어쨌든 그는 훌륭하게 해냈어. 그는 한참 동안을 서 있다가 우리 곁으로 기어왔어. 잘돼 가냐고 묻더군. 우리는 더 이상 나빠질 수는 없을 거라고 대답했어. 그는 영국제 담배 한 갑을 꺼내 돌리면서 이러더군. '담뱃불을 잘 감추게. 독일군들이 보고 있으니까.' 그러고는 손으로 담배를 가리면서 시범을 보여주었지. 때때로 그는 머리를 숙이고 담배 연기를 내뿜었어. 담배를 다 피웠을 때 그가 우리에게 말했지."

"무슨 말인데?"

"제길, 난 다 이해하지 못했어. 자네도 그가 어떤 사람인지 알잖아. 그는 샤르트르의 대성당과 스트라스부르의 대성당에 대해서 말했지. 그의 말에 따르면 우리는 곧 스트라스부르에 가게 될 터인데 성당들이란 무척이나 중요한 것이라더군. 그리고 기사들 이야기도 했지. 서양과 동양은 서로 연결되어야 한다는 것이었어. 우주에 대해서도 말했네. 그의 말을 따라가기가 쉽지 않았어. 피렌체에 대해서도, 피렌체의 교회들에 대해서도 말했지. 한참을 계속했는데, 잘은 모르겠지만 적어도 10분은 이야기했을 거야. 그런 다음에는 우리 어깨를 두드려주고서 모든 것이 잘될 거라고 말하며 다시 떠났지."

"공산주의자들과 함께했던 그 사람이 교회에 그처럼 관심이 많다니 이상한 일이야……."

"그렇지도 않아. 보켈 신부와 같이 있을 때면 정말 이상해. 그들은 인간과 신, 그리고 수많은 것들에 대해서 이야기를 하지. '앙드레, 내가 제대로 이해했다면 당신은 불가지론자입니다.' 신부가 말하자 대령은 '맞습니다'라고 대답했지."

"불가지론자? 그게 뭐지?"

"신은 믿지만 교회나 신부들은 믿지 않는 사람 같은 거지."

"그래, 그가 바로 그렇군……."

빗속에서 말로는 자코를 데리고 광장을 성큼성큼 가로질러 갔다. 그들 뒤에는 여단의 사제인 보켈 신부, 제2연대장인 플레스 소령이 있었다. 그들 네 사람은 작은 선술집 라 브뤼에르로 들어갔다. 그곳은 이미 사람들로 가득 차 있었다.

불빛이 하나도 없었다. 전기가 끊어졌기 때문이었다. 몇 개의 흔들리는 양초들이 대령의 고문당한 얼굴을 언뜻언뜻 비춰주었다. 말로는 반코트를 벗고 자리에 앉아서 뭔든 뜨거운 것, 가능하면 커피를 달라고 주문하고 나서 기다리는 동안 담배에 불을 붙였다. 사람들은 말이 없었다. 말로는 어슴푸레한 빛 속에서 그들을 쳐다보았다. 모두 그의 부하들이었다. 하지만 그는 정규군에서처럼 그들을 지휘하고 싶지 않았고, 그의 이런 태도는 또한 직업 장교인 플레스 소령을 난처하게 하는 것이었다. 알자스-로렌 여단은 말로가 보기에는 규모가 큰 에스파냐 전투 비행 중대였다. 1600명의 엄청난 군사들을 제한된 규율에 복종시킬 것이 아니라 반대로 전우애 속에 빠지게 해야 했다. 그리고 그는 그들의 대장이 아니라 그들의 큰형으로서 말해야 했다. 그러한 일을 그는 누구보다도 잘할 수 있었다.

"여러분은 자유인들입니다. 왜냐하면 모두 자원자들이니까요. 여러분은 희생이라는 개념을 받아들였습니다. 나는 이미 자원자들을 지휘했던 적이 있습니다. 그들은 세계에서 가장 훌륭한 군인들이었습니다. 아무도 그들에게 싸우도록 강요하지 않았기 때문입니다. 맞은편에 있는 우리의 적들은 전투를 잘하긴 하지만 그들에겐 뭔가가 부족합니다. 그들은 결코 우리와 같을 수가 없습니다. 여러분들은 여러분들 자신의 힘으로 알자스를 해방시키고 싶어합니다. 맞습니다. 다른 사람들에 의해 해방된다면 알자스는 결코 진정으로 자유롭게 되진 못할 것입니다. 우리 여단은 하나의 번호가 아닙니다. 95여단이니 125여단이니 하는 것과는 뭔가 다른 것, 독자적인 것입니다. 군사 회의도 없습니다. 프랑스로 자동 회부되기 때문입니다. 격식도 없습니다. 행동이 있을 뿐입니다."

그는 마지막으로 좌중을 둘러보았다. 그리고 목청을 가다듬었다.

"어제까지 죽어간 전사자들, 그리고 내일 죽어가게 될 전사자들의 이름으로 감사드립니다……."

말로는 꿈을 꾸고 있었다. 그가 있는 쪽으로 머리를 기울이면서 갈색의 여인이 그를 쳐다보고 있었다. 키주의 아내 마들렌이었다. 이전에는 전혀 본 적이 없는 머리 모양을 하고 빈정거리며 또박또박 말하는 목소리—이것이 진정 그녀의 목소리일까?—로 인해 그녀는 실제 모습과 너무나 달라 보였다.

"자, 여기 당신의 세번째 여자가 왔어요."

갑자기 잠에서 깨어났다. 그는 눈을 비비고 손목시계를 들여다보았다. 몇 시일까? 7시였다. 잘됐다. 몽타녜 학교에서 열리는 여단 참모 회의는 9시나 되어야 열릴 것이었다. 든든한 아침식사를 할 시간 여유가 생겼다. 말로는 부하들이 자신들의 고향인 알자스에서 전투를 한다는 데 대해 행복해한다는 것을 알았다. 그는 스페인을 좋아했던 만큼, 아니 그보다 더 알자스를 사랑하기 시작했다. 하지만 인생이란 얼마나 우스꽝스러운 것인지……. 목표는 스트라스부르였는데, 20년 전에 말로가 가족회의를 통해 병역을 면제받았던 곳이었다. 또 한 가지 우스꽝스러운 것이 있었다. 말로는 혼자 몽타녜 성에 묵고 있었는데, 그곳의 늙은 안주인은 페탱주의자적인 의견을 전혀 숨기지 않았던 것이다.

"부인, 나는 당신이 좋아하는 그 원수를 전혀 좋아하지 않았습니다. 전혀 말이죠. 나는 모든 것을 예감했었답니다. 1931년 '라 파이예트' 호를 타고 프랑스로 되돌아올 때였습니다. 그 배의 선장은 페탱과의 식사에 나를 꼭 초대하고 싶어했습니다. 나는 거절했고, 선장은 그가 혼자 밤을 새도록 내버려둘 수밖에 없었지요."

9시 10분에 회의가 시작되었다. 그다지 정통적인 것은 아니지만 대개는 말로가 개회를 선언하고 나서 각자 자유롭게 대략적인 상황 보고를 했고, 그런 다음 참모장 브랑스테테르 소령이 명확한 설명을 보충하곤 했다. 하지만 그날은 여느 날과 달랐다. 연락병 하나가 회의실로 들어와 경례를 한 후 전보 한 장을 내밀었다.

"대령님 앞으로 온 전보입니다."

전선으로 배달된 개인적인 전보, 그것은 백이면 백 좋지 않은 소식이었다. 말로는 떨리는 손으로 전보를 집어들고 읽었다. 그러고는 백지장처럼 얼굴이 하얘진 채 방에서 뛰쳐나왔다. 청천벽력이었다. 퇼행 열차를 타고 갈 어머니를 배웅하러 나갔던 조제트가 생샤르망 역에서 어이없는 사고를 당했던 것이다. 그녀는 출발하는 기차에 치여 두 다리를 잃었다. 그녀를 다시 만나게 될 시간이면 그녀는 이미 죽어 있을지도 모르는 일이었다…….

제10장

드골주의자
Le gaulliste

특히 그의 무대 복귀를 놓치지 말자. 전쟁 이전에 수많은 청중들을 사로잡았고, 지드, 헉슬리, 바르뷔스, 뮈질, 파스테르나크, 베르가민 같은 사람들과 비교해서 파시즘을 증오했기 때문에 말로는 다른 사람들이 그들의 문법이나 구구단표를 갖고 있듯이 공제조합의 자기 방을 갖고 있었다. 그는 그곳의 구석구석을, 건축적 특성과 음향 효과와 장치, 분위기를 알고 있었다. 그는 그곳의 핵심을 꿰뚫고 있었다.

1945년 1월 그날, '공제조합'은 초만원이었다. 국민해방 운동(Mouvement de Libération Nationale)의 투사들은 그곳에서 서로 약속을 했다. 대부분의 비공산주의 계열 레지스탕스 운동을 재차 총괄하는 새로운 조직의 첫번째 회의였다. MLN 계열의 대 회합의 날에 구혼이 있었다. 구혼은 공산주의 레지스탕스의 정치적 날개인 국민전선에서 나왔다. 국민전선 지도부의 말에 따르면 연속되는 사건들은 '역사'의 흐름 속에 기록될 것이다. 두 운동 간의 즉각적인 통합, 과거의 공동 투쟁에서 나온 유일한 정치적 전선의 구성, 찬란한 미래를 향한 불가피한 행진이기 때문에……

함께 레지스탕스 진영을 구성한다는 그 생각에는, 스페인 전쟁 동안 말로의 눈앞에서 시험되었던 위성화와 침투 공작이라는 스탈린의 전략을 무시하던 많은 사람들을 유혹하는 무언가가 들어 있었다. 그리고 사실상 그 생각은 그들이 가장 위대한 보물로 간주하던 것, 다시 말해서 아직도 매우 생생한 박애 정신을 수호하려고 했던 국민해방 운동의 수많은 젊은 옛 전사들을 매혹시켰다. 하지만 바로 그 신부는 너무나 아름다웠다. 세력이 정점에 달한 PCF로부터 심하게 통제를 받던 국민전선은 MLN 속에서조차 확실한 지지자들을 소유하고 있었다. 그들은 당의 비밀요원들이었는데, 레지스탕스 활동이 벌어지는 수년 동안 그들은 전쟁 동료들—MLN의 모태인 연합 레지스탕스 운동 내에서 이미 활동하고 있던 유명한 비밀공작원들—에게조차도 그러한 충성심을 감추어왔다.

말로는 20여 년 간에 걸친 정치적 · 문학적 항해를 하는 동안에 이러한 종류의 잠수부들을 여럿 만났다. 이러한 경험으로 인해 그는 MLN과 국민전선의 성급한 통합이 갖는 위험을 누구보다도 잘 예측할 수 있었다. 그래서 그는 반대했고, 기회가 있을 때마다 레지스탕스 세력들을 통합하고는 싶지만 '강도에게 털리고' 싶지는 않다고 여러 곳을 다니며 반복해서 주장했다.

마키들의 전투는 효력을 나타냈다. 오랜 세월 계속해서 크렘린의 신호를 호시탐탐 노려왔던 사람은 더 이상 존재하지 않았다. 남서부의 FTP들이 그에게 가한 보이콧으로 자존심에 상처를 입고, 최근에《희망》에서 찬양했던 '당의 원칙'에 의해 야기된 큰 피해에 당황한 말로는 이제까지 그가 몰랐던 현실, 즉 국가라는 현실을 발견했다. 그는 개인적 야망과 혁명의 강박관념이 너무나 복잡하게 뒤섞여 있는 지난날의 혁명 지상주의적인 방정식들을 덤불 속으로 집어던졌다.

말로의 항변에 따르면, MLN은 레지스탕스 운동가들 대부분을 대표하고 있었다. 그들은 혁명주의자들이 아니라 프랑스식 노동 정책을 꿈꾸는 고귀한 생각을 지니고 있는 애국자들이었다. 그들이 원한 것은 사회 정의이지 개인의 말살이나 전능한 경찰력이 아니었다. 그들은 경제적 원리로서의 공산주의는 거부하지 않았지만, 프랑스 공산주의 속에 들어 있는 러시아적인 것에는 반대했다. 경험 부족이라는 문제는 남아 있었다. 말로는 이들 젊은이들이 과거의 낡은 망령에 여전히 민감하다는 것에 주목했다. 그들은 '파시스트'로 취급당할까 봐 두려워했던 것이다. 그러나 그 문제는 스스로 '파시스트가 아님을 인식하는 것'으로 충분했다. 그들은 또 비난받을까 봐 두려워했지만 자신의 생각을 지키려고 했던 사람들은 결코 비난받지 않았다.

'그것은 프랑스 혁명기의 산악당 회원과 마주친 지롱드 당원의 이야기이거나, 볼셰비키파와 마주친 멘셰비키파의 이야기…… 아니면 코브라와 마주친 사막의 여우 이야기'라고 말로는 결론지었다. 하지만 오늘날엔 누가 여우이고 누가 코브라인가? 청년층인 공제조합 위원들은 말로의 작품을 읽으며 열광했다. 겨우 몇 년의 세월이 흘렀을 뿐이지만 그 세월은 수십 년에 비해서 중요한 세월이었다. 정치 초년생들인 MLN의 이상주의자들은 그의 작품이 부추기고 있는 타협책들을 전부 무시하고자 했다.

누가 이러한 희망을 표현할 말들을 찾아낼 것이고, 미래에 대한 그들의 혼란스런 정열을 사로잡을 것인가? 공산주의 비밀공작원들은 아니었다. 그들의 경쟁자인 사회주의자들도 아니었다. 그들 양자는 아마 신념을 갖고 있긴 하겠지만 분노에 싸인 젊은이들이 자신들의 이미지에 맞는 기수를 요구할 때 그것을 충족시킬 정서는 거의 또는 전혀 갖고 있지 못했다. 동지 이상의 것, 즉 형제가 필요했다.

예를 들면 말로 같은 사람이었다. 비록 요청받은 것은 아니지만 알자스-로렌 여단장인 그는 스스로 MLN의 진정한 목소리이자 양심으로 자처했다. 전선은 조용한 편이었다. 그는 일시적으로 전선을 떠났다. 영원한 여행자인 그에게는 파리로 가는 긴 여정이야말로 심사숙고하는 데 가장 좋은 기회였다. MLN 의장이라……. 못할 것도 없지 않은가? 이처럼 중요한 연단은 마침내 그가 언제나 정착하기를 꿈꾸었던 곳으로 그를 인도할 것이었다. 바로 행동의 중심으로 말이다. 또다시 문학을 버려야 하겠지만…….

"점령 기간 동안에 나는 전쟁이 끝나면 아마도 모든 것으로부터 멀리 떨어져서 조제트와 아이들을 데리고 평범하게 살아갈 거라고 생각했다네."

말로는 그저께도 옛 친구인 마르셀 아를랑에게 이렇게 고백했었다. 아마 이미 오래전부터 품어오던 강박관념, 즉 궁극적으로 위대한 정치적 역할을 맡으리라는 생각에 굴복하며 자기 스스로를 변호하는 말이었을 것이다.

평소보다 뛰어난 실력을 발휘해야 할 때였다. 설복하기보다는 매혹시켜야 했다. 이번 제1차 MLN 국민회의를 양팔로 끌어안고, 그것을 꼼짝 못하게 만들어서 자신의 영향력을 각인시켜야 했다. 궁극적으로는 단느마리의 투사이고, 최종적으로는 몰려온 나치의 군대와 대적하여 간신히 되찾은 스트라스부르의 수호자, 운명의 사자로서의 말로를 빛내야 했다.

공제회관 회의실 안은 소란스러웠다. 말로는 꼭 끼는 대령 제복을 입고 과장된 걸음걸이로 그곳을 가로질렀다. 품이 넉넉한 상의에 승마용 바지, 그리고 각반을 찬 모습이었다. 거대한 유령이, 즉 완강하고 단호한 적을 맞아 싸우다 꽁꽁 얼 정도로 추웠던 그 겨울의 한가운데서 죽어갔던 라트르 부대 병사들의 유령이 그의 곁을 스쳐 지나가는 것 같았다. 대부분의 프랑스인들의 기억에선 벌써 잊혀져 갔지만 전쟁은 계속되고 있었다. 잠시 성체배령의 시간이 있었다. 성체배령으로써 말로는 회의 참가자들로부터 전적인 사면을 받은 셈이었다. 다시 민간인이 된 이들 참석자들 중에서 누가 전선으로부터 직접 도착한 이 연장자 말로에게 레지스탕스에 너무 늦게 참여했다는 것을 감히 상기시킬 수 있을 것인가?

에마뉘엘 다스티에 드라 비쥐리는 아니었다. 그는 기회를 엿보던 시기의 운좋은 증인이었다. 그는 현학적인 이유로 '라 수코'나 '레 카멜리아'에서 쫓겨난 지하운동가들 중 하나였다는 것을 기억해 보라. 국민전선과 너무 가까운 아스티에는 대다수의 온건론자들인 프레네, 아비냉, 비아네, 롤랭, 보멜, 모랑다, 그리고 앙드레 필립에 의해 MLN 의장직에서 막 밀려난 터였다. 그리고 이제, 이미 뜨거워진 회의실의 열기를 몇 단계 더 달아오르게 만든 것은 서스펜스의 대가 말로였다.

논쟁의 가치는 매우 상대적일 수밖에 없었다. 중요한 것은 산출된 결과였다. 회의 연단은 MLN이라는 머릿글자들로 치장되었고 그 앞뒤

로는 두 개의 로렌 십자가가 그려져 있었다. 몹시 창백해진 얼굴로 말
로는 연단에 올라가서 연사들용으로 놓여 있는 기다란 탁자 위에 다섯
줄의 계급 장식이 달린 그의 군모를 올려놓았다. 부동 자세로 서서 그
는 상당히 전문가다운 동작으로 마이크의 높이를 조정했고, 잠시 좌중
을 둘러본 후, 기침을 한번 하고, 거칠게 머리를 뒤로 젖혔다가 마침내
연설을 시작했다. 그의 목소리가 비현실적으로 점점 커져갔다. 매혹당
한 청중들에게 그는 그들이 듣고 싶어했지만 아직까지 들어보지 못한
말들을 내뱉었다.

"처음으로 모두 모인 자리지만, 우리의 존재 이유이자 자존심이고
한때 프랑스에 행사할 수 있었던 영향력이었던 것을 과연 우리가 되찾
게 될 것인가를, 아니면 전쟁을 하고 있었을 때 그토록 경멸했던 시체
들 곁에서 함께 몰락해 가는 일종의 파벌이 될 것인가를 심각하게 알
아봐야 할 필요가 있습니다."

그렇다. 시체들이었다. 평균 나이가 스물다섯 살을 거의 넘지 않는
MLN 간부들은 열광했다. 전쟁 이전 정치 운동의 시체들, 급진적 사회
주의자들 및 그들의 적대자인 성직자들의 시체, 패배를 받아들였던 모
든 사람들의 시체, 두려워하면서도 존경하기도 찬미하기도 하는, 공산
주의 투사들보다 백배 천배 더 사악한 주적 옛 정당의 시체들이었다.

"드골 장군의 정부는 프랑스 정부일 뿐만 아니라 해방과 레지스탕
스의 정부이기도 합니다. 우리로서는 그것을 문제삼을 필요가 없습니
다……"

관례적인 조항이라고는 아무것도 없는 '6월 18일의 인물(드골 장군
을 지칭함—역주)'에게 경의를 표해야 한다. 말로는 그것을 알고 있었
고, 신중하게 게임을 해야만 했다. 이제 막 해방된 프랑스에서는 영국

인들과 레지스탕스 활동을 함께했던 사람들은 페스트 환자로 여겨졌다. 로 지역에서 푸아리에의 분신이었던 조지 힐러 대위에게 마련된 환영의 소문은 이미 모든 사람들이 알고 있었다. 그는 경솔하게도 드골 장군을 영접하기 위해 툴루즈에 왔었다. "당신은 프랑스를 떠나거나 아니면 감옥에 갈 시간이 12시간 남았습니다." 어제까지 말로의 부대에 대해서도 마찬가지였다. SOE와의 접촉이 이제는 주요 약점이 될 수도 있었다.

주사위는 양탄자 위에서 구르고 있었다. 아이러니를 띤 첫번째 눈길이 모리스 크리젤 발리몽을 향했다. 그는 국민 해방 운동을 위해 가장 적극적으로 레지스탕스 운동을 했던 공산주의자였다. 동료들이 'MKV' 라고 불렀던 그는 끊임없이 드골 정부가 취한 조처를 비난했는데, 특히 전면에 나서기보다는 후방 정화에 바빴던 '애국적인 용병들'의 해체를 비난했다. 마르셀 드글리암과 파스칼 코포에게는 공모의 눈길이 보내졌다. 말로가 잘 알고 있듯이 전자는 PCF의 비밀 요원이었고, 후자는 적극적인 동조자였다. 허공에 사각형을 그리는 두 손의 친숙한 움직임이 있었다. 그것은 공산주의의 '사제' 들이 자신들의 교리 속에 스스로를 가두는 표시였다.

연사는 계속해서 말을 이었다.

"······정부가 '전쟁과 혁명은 동시에 일어나지 않는다' 라고 말하는 것은 당연합니다. 우리가 현재 겪고 있는 것만큼 대외적으로 상황이 복잡할 때, 프랑스가 연합군을 먹여살려야 하고 연합군 마음대로 기차를 쓸 수 있도록 해야 할 때, 모든 국력은 우선적으로 군사적 승리를 지향해야 하고 혁명은 그 다음 문제입니다. 이것은 불가피한 일일 뿐만 아니라 필수적이기도 합니다······."

드글리암과 마찬가지로 공산당원이거나 공산당의 친구인, '통합론자' 빅토르 르뒤크와 앙드레 퀴라베에게 강렬한 눈길이 보내졌다. 말로는 '자본주의 금융 체계'의 파괴를 설교했지만 그것은 '프랑스 정부가 요구하는 질서 내에서' 안전하게 행동하는 것이었다. 무엇보다도 도덕주의자들인 MLN의 젊은 레지스탕스 대원들은 일찌감치 이러한 상황 해석에 매료되었다. 그들은 일제히 감동했다. 보다 더 강하게 심금을 울리면서 말로는 먼저 독일에 포로로 잡혀간 두 동생들을 상기시키고 난 뒤, 레지스탕스 그룹들의 바람직한 행동 통일과 국민전선과의 치명적인 통합을 대비시켰다.

"동지들이여, 제 이야기는 끝났습니다. 제게는 레지스탕스 초기의 문제점이 오늘 정확히 예전과 똑같은 형태를 띠고 똑같은 근심거리를 지닌 채 다시 시작되는 것처럼 보입니다. 우리는 현장에서 다시 새로운 일을 시작해야만 합니다. 그렇지 않으면 조용히 타협의 길로 가야 할 겁니다. 이 경우 우리는 과거의 시체들에 새로운 시체들을 더하게 될 것입니다. 우리는 신중하게 처신하기를 원할지도 모르겠습니다. 그렇다면 이제 환상을 버리고 다 같이 외쳐야 할 것입니다. '새로운 레지스탕스가 시작된다!'라고 말입니다. 그리고 과거에 아무것도 갖고 있지 않았을 때도 가장 먼저 레지스탕스 활동을 할 수 있었던 여러분 모두에게 감히 말하건대, 모든 것을 손에 쥐게 되면 여러분들은 레지스탕스를 다시 조직할 수도, 그렇지 않을 수도—저로서는 그럴 것이라고 봅니다—있을 것입니다."

마침내 연설은 끝났다.

"나는 우리의 주제를 철회하고 말로 씨의 주장에 동의하겠습니다." 국민전선과의 통합에 가장 단호하게 반대해 온 사람들 중 하나인 필립

비아네가 선언했다.

그는 힘줄이 드러난 기다란 손가락으로 메모지 몇 장이 놓여 있던 책상을 움켜잡았다. 그에겐 메모지가 더 이상 필요 없었다.

그의 친구인 에티엔 드 롤랭, 일명 '농사꾼 대령'이 소리쳤다.

"'불굴의' 비아네가 옳소! 우리는 우리 주제를 철회하겠습니다. 이제 선택은 두 가지밖에 남지 않는군요. '통합'이냐 '동맹'이냐."

1월 25일 퀴라베, 르뒤크 다스티에 드 라 비쥐리의 동의안이 전체 표의 겨우 3분의 1을 얻은 데 비해 말로의 동의안은 3분의 2를 득표했다.

국민전선과 MLN은 통합되지 않는다……

"벽돌들이 멋지군요. 그리고 마로니에가 심어져 있는 이 길을 보세요. 아름답지 않나요?"

"거액의 돈을 들여 이곳을 수리한다면!"

"아마, 천국같이 될 거예요……."

불로뉴의 빅토르 위고 거리 18-2번지에 말로의 가족을 위해 쉬잔 로케르가 찾아낸 집은 1920년대에 지어진 멋진 저택이었다. 상태는 비록 좋지 않았지만 거의 '특별한 집'이라고 할 만했다. 끝이 뾰족한 높은 지붕, 작은 정원, 집주인들이 아직 살고 있는 1층, 2층과 3층, 여기저기에 있는 후미진 곳, 방 높이를 낮게 보이게 하는 가(假)천장, 장식 미술로 꾸민 내부 난간들, 그리고 커다란 방과 유리벽으로 연결된 넓은 공간이 있는 거실……. 말로는 아무도 흉내낼 수 없는 불규칙한 발걸음으로 저택 곳곳을 둘러보았다. 방 하나는 이중 건반의 플레엘 피아노를 두는 귀중품 보관소 역할을 하도록 흰색으로 칠할 생각이었다.

모던 스타일의 계단 아래로는 아주 낮은 통로가 나 있어 말로의 사무실로 갈 수 있었다. 사실, 그것 역시 서둘러 흰색으로 칠한 일종의 벽감이었다. 채광 환기창을 통해 스며 들어오는 창백한 빛이 그곳의 책무더기와 조그만 작업용 원탁을 비추고 있었다. 아이들 울음소리가 들려와 더 이상 참을 수 없게 될 때면 말로는 최후의 안식처인 그 비밀 장소로 도피할 수 있었다.

그는 가장(家長)이었다! 슬프게도 전쟁에 의해 확대된 가정의 가장이었다. 자신의 아들인 피에르 고티에와 뱅상 외에도 불로뉴의 집에는 마들렌, 롤랑의 아들인 조카 알랭이 살고 있었기 때문이었다. 그의 가정은 또한 고아들의 가정이었다. '빔보'와 뱅상은 어머니를 잃었고 알랭은 아버지를 잃었기 때문이다. 그들이 아직 오르세 가의 작은 아파트에서 살고 있었을 때 제복을 입은 젊은 여자 한 사람이 찾아왔고, 마들렌에게 남편의 부고를 전함으로써 마들렌을 가슴 아프게 만들었다. 그녀의 남편은 다른 많은 강제 이주민들과 마찬가지로 진짜 화물이 무엇인지 알지 못했던 연합군 비행기에 의해 독일 화물선이 난파되면서 물에 빠져 죽었다. 불행한 운명이었다. 막내 클로드와는 반대로 '키주'는 적군의 총탄 아래 죽음을 맞을 특권조차 갖지 못했던 것이다.

앙드레와 마들렌은 이미 서로를 사랑하고 있었지만 그것을 서로에게 고백하기 위해 2년을 더 기다리게 된다. 그사이에 말로는 클라라와 이혼을 하고, 1948년 3월 13일 마침내 그들은 콜마르 근처의 리크비르에서 결혼할 수 있었다. 그 700일이라는 기간 동안에 말로는 발견에 발견을 거듭하게 된다. 그는 즉시 알랭을 양자로 삼았다. 이로써 아들이 셋이 되었다. 어머니가 일하는 식료품점 위의 작은 방에서 외로워 죽을 지경이었던 자존심 강한 봉디의 아이는 죽은 것일까? 40여 년의 세월과 몇 번의 모험이 지난 후 그는 유명한 작가가 되어 적응하고, 익숙해지고, 그리고 과거에 공개적인 모욕을 받았던 가정생활이 풍요로워진 것이다.

말로는 변했다. 예전의 그에게 음악이란 미지의 대륙이었다. 그는 예술에 관한 성찰에서 실제로 음악을 배제했던 것이다. 그러나 이제 그는 마들렌으로부터 음악을 듣는 법을 배웠다. 뛰어난 피아니스트인 마들렌은 집안을 음악으로 가득 채웠고 그 결과로 이어지는 침묵조차도 음악적이었다. 그녀의 기다란 손가락 아래 거실의 플레엘 피아노는 브람스, 드뷔시, 사티(Satie: 프랑스 작곡가. 1866~1925 – 역주)를 살려놓았다.

"그녀는 니체가 작곡한 곡들을 해석할 수 있는 유일한 여성입니다."

말로는 방문객들에게 자랑스럽게 주장하곤 했다.

니체는 지난날의 반향이었다. 말로는 행동으로 되돌아가고 싶었다. 그가 행동을 버린 것이 아니라 행동이 그를 버렸다. 레지스탕스의 모든 환상들처럼 MLN은 현기증이 날 정도로 빠르게 와해되었다. 6개월 만에 구성원들 수가 50만이나 되었던 그 운동이 생명 없는 해골로 바뀌었다. 그사이에 병들었던 과거의 파벌들은 갖가지 일상적인 조정과 타협들로 다시 태어나고 있었다. 때때로 알자스-로렌 여단의 옛 부하 하나가 예전의 대장에게 열성을 기울여 쓴 몇 줄의 글을 보내곤 했다. 말로는 활기찬 필치로 답장을 썼으며, '베르제 대령'이라고 서명했다.

적어도 그들은 에스파냐 전투 비행 중대의 얼마 남지 않은 생존자들처럼 유럽의 이곳저곳에 흩어져 있지는 않았다. 기적적으로 〈시에라 데 테루엘〉의 필름이 나치의 검열을 피했다. 말로는 그 영화에 '희망'이라는 제목을 다시 붙였다. 그러나 시간은 빠르게 흘러갔다. 그 영화는 더 이상 오늘날의 취향에는 맞지 않았다. FFI의 완장들 역시 유행이 지나갔다. 자유 프랑스 지역의 생존자들이 길렀던 영국식 콧수염도 마찬가지였다. 단 한 가지 살아남은 것은 미군들이나 무관심한 듯한 태도, 재즈, 담배, 추잉검, 달러, 지프, GMC, 그리고 비싼 값으로 그들이 되팔고 있는 나일론 양말에 대한 매혹뿐이었다.

말로는 자문해 보았다. 구유럽의 문화와 새롭게 태어나고 있지만 이미 전세계에 퍼진 미국의 문화를 뒤섞어 놓으면서 대양의 양쪽에서 대서양 문화가 태어날 수 있을 것인가? 말로는 10년 전부터 머릿속을 차지하고 있던 《예술 심리학 *Psychologie de l'Art*》에 다시 착수하고 싶었고, 프랑스에서는 아무도 읽지 못했던 《알텐부르크의 호두나무들》을 재출간하고 싶었다. 하지만 그리 쉬운 일이 아니었다. 전쟁 기간에도 출판 활동을 계속했다는 이유로 가스통 갈리마르가 고소당했기 때문이다.

드리외 라 로셸은 자살했다. 그는 해방이 되면서, 그리고 첫번째 자살 시도 이후로 이미 죽은 목숨이었다. 기력을 탕진하고 피곤했던 그는 말로의 제안을, 그러니까 가명으로라도 알자스-로렌 여단에 참여하여 영광스럽게 죽음으로써 속죄의 길을 찾자는 제안을 거절했었다.

"당신은 놀라운 이야기를 아세요?"

어느 날 저녁 영국에서 돌아온 코르니글리옹 몰리니에가 갑자기 웃음을 터뜨리며 말했다. 그는 그곳 자유 프랑스 공군에서 조종간을 잡았던 적이 있고 드골 장군의 조종사를 지냈고 해방 훈장 보유자의 품위에 관한 정보를 수집했다.

"그 이야기를 내게 해준 사람은 장 피에르 레비인데요, 한번 상상해 보세요. 레비가 런던에 도착했을 때가 아마 1943년이었을 겁니다. 첫

날, 얼음처럼 냉랭한 드골 영감이 그에게 '한 시간 동안에 내게 모든 것을 설명하시오'라고 말했습니다. 결국 그는 '내일 오시오'라는 말에 만족했습니다. 2년 동안 항독 지하활동을 벌이면서 레비는 다른 모습들을 보았지만 항상 똑같았습니다. 그 다음날 드골의 기분이 바뀌었습니다. 다정하기까지 했지요. 그는 '내 주변엔 오직 유태인들과 혁명 비밀 행동 위원회 회원들밖에 없다고 말하더군! 내가 찾아낸 사람을 쓰는데 뭐가 어때! 이곳으로 오는 사람들을 쓰는 거지, 안 그런가? 그런데 당신은 자신의 유형을 골랐소?' 하고 레비에게 이야기했다는군요."

말로는 웃다가 어깨를 으쓱했다. 그는 석 달 전 바로 그 코르니글리옹에게 드골에 대해 '그 파시스트'라고 말한 적이 있었던 것이다⋯⋯.

3색 휘장에, 순백색의 차체, 신중한 운전수. 공용 세단은 전속력으로 임시정부 본부가 있는 브리엔 시청을 향해 달렸다. 뒷좌석에서 말로는 스스로에게 물어보았다. 드골 장군이 부관으로 골랐고, 자신이 코르니글리옹과 가스통 팔레프스키를 통해 알게 되었던 젊은 기대위가 그 정도로 스파이 소설들을 좋아하는 것일까? 어제 저녁엔 얼마나 멋진 연출이었던가! 우선 신비스런 냄새가 나는 전화통화가 있었다.

"기 대위입니다. 당신에게 말씀드릴 중요한 일이 있습니다. 한두 시간 후에 저를 만나주실 수 있습니까?"

1945년 더운 한여름이었다. 밤이 되어도 기온이 떨어지지 않았다. 기는 밤 11시경에 빅토르 위고 거리로 갑자기 찾아왔다. 말로는 그에게서 팡토마 같은 모습을 보았다⋯⋯.

"드골 장군께서 당신을 만나고 싶어하십니다. 가시겠습니까?"

그가 물었다.

"무슨 말인지 모르겠군."

알자스-로렌 여단장이었던 말로가 이렇게 응수를 했지만 그는 분명히 이해하고 있었다. '드골 장군께서는 프랑스의 이름으로 당신이 그를 도와줄 것인지를 물어보라고 하셨습니다' 라는 뜻이었고, 이쪽이 훨씬 더 기품이 있어 보였다.

"내일 시간을 알려드리겠습니다."

부관이 말했다.

두 사람은 악수를 나누었고, 기의 차는 센 강 쪽으로 사라졌다.

곧 약속 시간이었다. 약간 일찍 도착하는 것이 더 나을 것 같았다. 하지만 드골은 그에게서 무엇을 바라는 것일까? 장군은 언제나 몇몇 친구들을 자유 프랑스군의 군복 대신에 영국의 군복을 입었다는 죄목으로 추궁하고 있다고 한다. 그렇다면 SOE를 통해서 레지스탕스 활동에 참여했던 사람은……. 크메르 불상들에 대한 사건은 차치하고라도, 트로츠키와의 만남, 지드와의 우정, 공산주의자들과의 회합, 소련 여행, 국제 작가회의, 암스테르담-플레이엘의 논단, 적군(赤軍) 지지 선언들, 수많은 청원들, 선언서들…….

그렇다, 에스파냐 전투 비행 중대! 그리고 공산 스페인에 최초의 비행기들을 공급했던 코! 전쟁중에 인민전선의 전(前) 공군성 장관은 미국으로 도피했었다. 그가 공산주의자들에게 복종했다고 의심하던 드골은 런던에서 그를 부르지 않았다. 다른 한편으로 사실 6월 18일의 인물은 장 물랭을 점령지 프랑스 내의 자신의 개인적인 대표자로 임명했다. 드골의 매력에 사로잡혀 그 곁에서 일하고 있는 코르니글리옹의 주장처럼 드골은 정말 편견이 없는 것일까?

천만의 말씀이었다. 그것은 불가능했다. 드골은 모라스와 악시옹 프랑세즈에게 교육을 받아왔다. 정치적으로 말해서 그는 단지 보수주의자에 불과했다. 불굴의 애국자임엔 틀림없고, 따라서 존경할 만한 사람이었다. 하지만 한편으로는 군인이고, 원칙주의자이고 체제 옹호자였다. 그들의 관계는 이상한 관계가 될 것이다. 왜냐하면 말로 자신은 드골 같은 사람에게는 골칫거리가 될 테니까. 무질서, 전복, 모험, 배덕일 테니까. 물론 그의 소설들이 있긴 하다. 하지만 애국자라 해도 장군들은 문학에 흥미가 없을 것이었다.

그리고 대화를 한다면! 무엇에 관해 그들은 얘기를 나눌 것인가? 도대체 공통의 관심사가 있기는 한 것일까? 거절되리라는 느낌이었다. 좋다. 하지만 다른 것들은? 분명히 말은 해야 할 것이고 두세 가지는 중요한 것을 지적해야 할 것이다. 특히 어색함을 깨뜨려야 할 것이다. 드골은 소심하기 때문에 분명히 먼저 말을 하지는 않을 것이다……

"여깁니다, 대령님. 도착했습니다."

운전수가 말했다.

말로는 차 문을 닫고 계단을 올라갔다. 자신의 제정 양식의 사무실에서 가스통 팔레프스키가 그를 열렬히 환영하며 맞이했다. 반대편 방에는 다른 방문객이 그보다 먼저 와 있었다. 쥐앵 원수였다. 그들은 서로 상투적인 인사를 나누었다. 이 쥐앵이라는 작자는 얼간이는 아니로군, 하지만 결국 그는 군인인걸. 그는 방을 나갔다.

"정리되려면 멀었어요."

장교 하나가 한숨을 쉬며 말했지만 무슨 말인지 의미가 명확하지 않았다.

게다가 이곳에서는 사람들이 별로 말이 없었다. 각자 조용히 분주하게 맡은 일에 열중하고 있었다. 말로의 차례가 왔다. 그는 지도로 가득 찬 참모부의 작업실로 안내되었다. 드골은 그곳에 있었다. 순간 말로는 꿰뚫어보는 듯한 그의 날카로운 시선에 놀랐다.

"우선, 과거를 볼까요……."

특별히 다른 서두도 없이 장군은 곧바로 공격을 가했다.

공보부 장관! 운명에 대한 멋진 복수였다. 그동안 그는 아무런 학위나 재산 없이 혼자서 잘 꾸려왔고, 골드슈미트가에 얹혀살며 자존심에 상처를 받았고, 유산을 탕진했다. 20세기의 대 인간극에서 마침내 중요한 역할을 맡으리라는 희망 속에 사이공에서의 유혹에 마음이 동하기도 했고, 공산주의자들이 조작하는 무관심을 분노에 차서 받아들였으며, 몇 년간에 걸친 기회주의를 용감하지만 뒤죽박죽이었던 몇 달간의 행동주의로써 탁월한 솜씨로 은폐해 왔다. 정말 멋진 복수였다. 겨우 며칠 전만 해도 1941년 이후 알프스 산맥의 동굴 속으로 숨어들었던 유령 기갑연대 이야기를 때맞추어 다시 꺼냄으로써, 혹은 그가 단지 소문으로만 알고 있었던 초기의 항독 지하운동 창설에 대해 이야기하면서 베네수엘라의 작가인 미구엘 오테로 실바에게 허풍을 치지 않을 수 없었다.

새로 칠한 사무실―항상 그렇듯이 흰색이었다―에서 마흔네 살의 나이에, 소설가, 기자, 모험가, 좌파 지식인이고 곧 해방 정부의 동조자가 될(1945년 11월 17일에 이루어지게 된다) 조르주 앙드레 말로는 매우 기뻐했다. 왜냐하면 그는 자신이 권력의 역사와 금줄을 단 경비원들, 군복, 대리석 건물들의 한가운데에 화려하게 서 있다고 느꼈기 때문이다. 더 좋은 것은 드골 장군 곁에 있다는 사실이었다. 장군은 유일한 특권으로 말로를 매우 높이 평가했고, 앞으로 수행해야 할 정치적 행위의 엄격한 범주를 훨씬 벗어나는 대화를 그와 더불어 점점 더 자주 나누게 되었다.

말로는 아직도 말로인 것일까? 생애 처음으로 말로는 다른 사람의 이인자일 뿐인 상황을 받아들였다. 그 사람은 말로가 아무런 유보 없이 그 우월성을 인정한 구세주였다. 갑작스레 사랑에 빠지는 것만큼이나 비합리적이고, 이해할 수 없는 일이었다. 로렌 지방의 농부가 자신의 땅에 집착하듯이 자신의 원칙에 집착하는 푸른 눈의 프랑스 군인을 만나게 되리라 기대했던 말로는 브리엔느 시청에서 정치인과 지식인이 뒤섞인 듯한 한 인물을 발견했다. 그는 더 이상의 시간을 지체하지 않고 그해 1945년 한여름에 새로운 신념을 갖게 되었다.

드골은 폭넓은 시각과 통찰력, 행동력, 그리고 권위를 겸비하고 있었다. 말로가 수년간에 걸쳐 추구했지만 얻지 못했던 것들이었고, 언젠가는 얻게 되리라는 희망을 거의 버리고 있던 것들이었다. 다만 전체의 조화를 깨뜨리는 것 한 가지는 예술에 관한 그의 엄격한 고전주의 정신이었다.

무엇을 덧붙일 것인가? 예기치 않은 사실이 있었다. 공산주의자들이 자신들의 사유 체계에 따라 너무나 불안정하고 너무나 자존심 강한 이 동조자를 소외시키려고 했던 데 비해 임시정부의 수반인 드골은 재빨리 말로에게 책임을 부여하기로 결심했던 것이다.

"구체적인 것을 바라십니까? 당신의 제안을 받아들이겠습니다."

그러고는 기적처럼, 이 최초의 회담이 있은 지 며칠 후 말로는 드골 장군 내각의 기술 자문이 되었고, 그의 임무는 지식인들과의 논쟁을 추진하고, 아직까지 제대로 정착되지 못한 권력에 새로운 아이디어를 제공하는 것이었다. 석 달도 안 되어 말로는 장관직에 올랐다. 일에 열중한 그는 거듭해서 새로운 아이디어를 쏟아내었다. 당시 프랑스에서는 아직 생소했던 여론 조사를 이용하는 것, 가능한 경우 고등학교에서 강의를 자료 필름 상영으로 바꾸는 것, 국가의 수단을 동원함으로써 파리의 격리 지역 및 부자들에게서 문화를 구해 내는 것이 그것들이었다.

"장군님, 프랑스의 문화적 야심은 정치나 군사적 야심과 견줄 수 있어야 합니다. 저는 한 가지 커다란 부서를 생각하고 있습니다만……."

"말하자면 프랑스의 명성을 전파할 수 있는 부서겠군요."

"바로 그렇습니다, 장군님……."

"그럼 당신은 지금 공보부에서는 무엇을 할 생각입니까?"

마티뇽(1721년 장 쿠르통에 의해 지어진 건물. 1935년부터 대통령 관저로 쓰이고 있다—역주)의 인조 대리석 계단을 내려오면서 드골이 물었다.

"공보부라니요, 장군님. 그런 건 없습니다. 6주 후면 끝날 겁니다."

"6주 후라면 나는 떠나 있을 거요."

그 기간은 12년 동안이었다…….

"발롱, 수스텔, 르프랑, 그리고 나 이렇게 네 사람이 하마터면 죽을 뻔했소. 이곳 파리의 자피 체육관 한가운데서 말이오! 스탈린주의자들은 멍키스패너와 송곳이 박힌 손가락 흉기, 칼, 그리고 아마도 권총까지도 갖고 있었던 것 같소. 그들은 연단에다 쇠구슬과 나사못들을 뿌려놓았소. 그 다음은 당신도 아는 바요. 그러니 그들에게 자리를 양보해선 안 되오. 한번 양보하면 모든 것을 양보하게 될 거요. 어떻게 생각하시오, 퐁샤르디에?"

드골파 경비대의 선한 신(神)인 도미니크 퐁샤르디에, 일명 '비비 프리코탱'은 말로의 이러한 말에 열정적으로 동의를 표했다. 그것은 적어도 강경파 중의 강경파이자 레지스탕스의 가장 화려한 집단 탈출 극 중 하나인 아미앵 감옥 탈주의 조직자였던 그가 아무런 어려움 없 이 이해할 수 있는 말이었다.

"그것을 일 주일 후로 연기하는 데 당신과 같은 의견입니다. 그 공 산주의 자식들 어디 두고보라지!"

그가 거칠게 내뱉었다.

"스탈린주의자들은 우리가 약하다고 믿고 있소. 그들은 자신들에 게 저항하는 사람에 대해 두려움을 갖고 있소. 그러니 우리는 저항할 거요. 그리고 전쟁이 나겠지. 자피 전쟁. 이는 곧 우리가 승리하게 될 전쟁이오."

말로가 주장했다. 손가락 사이의 꽁초에 하마터면 그의 손가락이 데일 뻔했다.

'통행 금지'라. 지금으로서는 보다 겸손하게 드골파 운동인 '프랑 스 인민 연합'의 연사들이 전날 공산당의 돌격대에 의해 '강제로' 쫓 겨났던 자피 체육관에서 두번째 회합을 갖는 것이 문제이긴 하지만 마 치 마드리드에 있는 기분이었다.

"퐁샤르디에, 사람들을 몇 명이나 동원할 수 있소?"

말로 '총사령관'이 물었다.

"필요한 만큼이요. 그 문제에 대해서는 뒤몽과 드바르쥬와 상의했 습니다. 모두들 열이 바짝 올라 있습니다. 얻어맞는 데 진력이 나 이제 그들은 가격하고 싶어하지요……"

"나 대신 그들에게 그들 혼자가 아니라고 말하시오! 내가 발언권을 갖게 될 거요. 연설 자체는 그다지 중요하지 않소. 중요한 건 연설이 끝까지 진행되리라는 것이오…….”

1947년 9월 9일, 불로뉴 빌랑쿠르의 별장에는 불이란 불은 모두 켜졌다. 디데이 전야였다. 이번만은 말로도 《예술 심리학》을 보면서 뜬눈으로 밤을 새우지 않았다. 그 결과는 훌륭했다. 그는 평온한 기분으로 깨어났고, 알자스-로렌 여단의 선두에 서서 단느마리를 재점령하는 것이 문제였던 때와 마찬가지로 만반의 준비가 되어 있었다. 밝은 색 넥타이를 맨 말로는 십자군 전쟁을 위해 떠나는 기사인 양 그곳을 떠났다. 그는 운전수를 기다려(말로는 전혀 운전할 줄 몰랐다) 차에 올랐고, 차는 그 즉시 출발했다. 경비대 사람들과 접촉하면서 이 영원한 불만족자 말로는 스페인 전투 혹은 항독 지하단체에서와 마찬가지로 형제애 비슷한 느낌을 받았다. 사람들은 순수하고 열정적이었는데 이는 머릿속에 오직 행동만을 간직하고 있었기 때문이다.

저녁 때에 모든 것이 실행에 옮겨졌다. 자피 체육관과 그 주변 지리를 머릿속에 새긴 뒤 그들은 '분대'를 조직했다. 사태가 악화될 가능성에 대비해서 각 분대장들은 주머니에 권총을 넣어두었다. 암호는 '공산주의자들에게는 단 한치의 땅도 없다'였다.

청중들의 반응이 어떻든지 간에 연사 말로의 태도에는 전혀 변함이 없었다. 제2의 상태(몽유병자와도 같은 의식 분리 상태-역주)에 도달하는 것이 문제였는데, 그것을 넘어서야 모든 과도한 행동이 가능했다. 자기 자신 속에 침잠한 채 말로는 줄담배를 피우며 글자 그대로 체육관 바닥을 갈고 있었다. 외침과 욕설과 야유의 휘파람 소리가 울려 퍼졌다. 그러나 전직 장관인 말로에게는 아무 소리도 들리지 않았다. 입술이 발작적으로 떨렸다.

그가 들어섰다. 양쪽 진영은 한바탕 치고받기 위해 그가 도착하기만을 기다리고 있었다. 공산주의자들에게는 배신의 상징이었고, 그 적들에게는 신뢰의 상징이었던 말로는 단숨에 태풍의 눈 속으로 뛰어들었다. 함성 소리가 커졌지만 그는 사랑과 증오를 동시에 집중시키고 있다는 비할 데 없는 느낌을 받으며 마이크 앞에 자리를 잡았다.

높고 날카로운 목소리로 그가 갑자기 말을 던졌다.

"드골주의는 힘의 원천입니다."

쇠구슬들이 날아다녔고, 서로가 곤봉을 휘두르며 육박전을 벌였다. 말로가 계속해서 연설의 서두를 말하려 하자 10여 명의 공산주의자들이 삼색기로 치장된 연단을 공격하기 시작했다. 연사인 말로는 무관심한 표정으로 공격자들을 뚫어지게 바라보았다. 마치 그들이 존재하지 않는다는 듯한 태도였다. 하지만 그들은 실재하고 있었다. 타격이 가해지고 부상자들이 생겼다. 양쪽 진영의 완력깨나 쓰는 사람들은 너나 없이 흥분했다. 고함 소리가 나고 주먹이 날았다. 공산주의자들이 먼저 굴복하고 물러섰으며 마침내 아우성 속으로 사라졌다.

"보십시오, 여러분, 이 모임에서 파시스트들이 어떻게 쫓겨났는지를 말입니다."

의기양양해진 말로가 외쳤다⋯⋯.

천재적인 문학작품 위작자이자 20년대의 공모자였던 피아는 예전의 모습 그대로였다. 여전히 포동포동 살이 쪘고 냉소적이며 끔찍하게 차려입고 있었다. 알베르 올리비에는 전혀 반대였다. 키가 큰 그 젊은이는 신중하고 거의 말로만큼이나 우아했다. 그들 둘은 레지스탕스 정신을 영원히 간직하려 하고 화려하거나 피상적인 것에 굴복하기를 고집스럽게 거부하는 야심찬 평론지 〈콩바〉 때문에 얼마 전부터 거리를 두고 있는 터였다.

〈콩바〉지에 대해 말로는 언제나 친하다고 느꼈다. MLN 시절에 그는 자신의 공식적인 첫 등장을 레아뮈르 가에서 나오는 신문을 통해 알릴 작정이었다. 말로는 다섯 개의 줄이 그려진 베레모를 쓰고 알베르 카뮈와, 친구인 피아, 검은색 펠트 슬리퍼를 신은 사람, 즉 한때 의대생이었고 항상 파이프를 입에 물고 있는 자크 보멜 앞에서 오랫동안 혼자 이야기를 해나갔다. 선택의 시간이 왔을 때, 즉 드골이 다만 '연합'이라고만 호칭하는 RPF(프랑스 인민 연합—역주)를 조직했을 때, 일간신문 팀은 6월 18일의 인물 뒤에서 허공 속으로 뛰어들고 싶어하지 않았다. 다른 사람들과 마찬가지로 권위주의적인 변화를 두려워했기 때문이었다. 결국 팀은 스스로 물러서는 것을 선택하기 위해 요구 사항을 제시했다.

말로라면 드골 장군의 휘하에서 '레지스탕스적인 미덕의 독재'를 열렬히 받아들였을 것이다. 그와 동시에 말로는 어떤 반공화주의적인 계획에 의해 자유 프랑스의 전 수장이 의심받는 것을 인정하지 않았다.

"그들의 생각을 이해할 수 없군요. 드골이 공화주의자가 아니라면 내가 어떻게 드골주의자가 될 수 있었겠습니까? 스페인 공화국을 위해 싸웠던 내가 말입니다. 공화국이란, 여성들과 군인들에게 투표권을 줌으로써 공화국을 확립한 바로 그 사람입니다. 올리비에, 나는 당신이 생쥐스트를 얼마나 좋아하는지 알고 있습니다. 알아두십시오. 드골이 바로 생쥐스트입니다……. *

---

* 훗날 올리비에는 갈리마르 출판사에서 생쥐스트에 관한 책을 출판하게 되는데, 그 작품의 서문은 말로가 썼다.

그가 로베스피에르의 친구보다 훨씬 더 온건하다는 것은 의심의 여지가 없었다. 하지만 그게 무슨 상관인가! 극단론에 매료된 말로였지만 그 대립된 추론에 의해 자신이 사람들을 미워할 수 없다는 것을 그는 언제나 입증해 주었다. 그가 공격하려 한 것은 체제였고, 그의 기질에 따라 미적지근하다고 의심되는 사람들에게는 단순한 분노의 폭발이 쏟아졌다. 바로 카뮈와 〈콩바〉지 패거리였다…….

미적지근하다는 말은 그에게 있어서 배신의 예감이었다. 세계가 둘로 나뉘어진 시대에 말로는 그 어느 때보다 더 적게 뉘앙스를 다루었다. 다시 말하면 전혀 뉘앙스를 두지 않았다. RPF는 온갖 무기력을 소유한 제4공화국 체제에 반대하여 드골 장군 주변에 모인 대부분의 사람들을 동원하기 위한 단순한 수단만은 아니었다. 그것은 반파시즘 지상주의가 전쟁 전에 그랬던 것만큼이나 강력한 절대적 숭배를 표방하고 있음에 틀림없었다.

모냉? 생쥐스트? 미슐레? 바레스? 조레스? 동시에 이들 인물 모두가 되어야 할 것이었다. 드골 장군에 의해 '연합'의 선전 활동 책임자로 승진한 말로는(실제의 이야기가 상상의 이야기를 마침내 따라잡았다. 가린이 광둥에서 맡은 일이 바로 선전 활동이었다) 오직 자신만이 주어진 임무를 완수할 수 있다고 장담하곤 했다. 오랫동안의 고독한 심사숙고의 결과, 혹은 선전과 삐라, 슬로건들의 수정 회의를 하늘로 올리기 전에 정치적 회합의 경기장으로 내려가는 것은 아무런 문제가 없었다. 가장 명망 있는 지식인들이 그렇게 경멸적으로 드골주의를 멀리하지 않는다면 모든 것이 아주 훌륭하게 진행될 것이었다. 하지만 그들 중 많은 사람들은 공산당이 갖고 있는 힘에 매료되고 이데올로기의 일관성에 콤플렉스를 느끼며 한순간의 망설임도 없이 공산당의 품으로 뛰어들었다.

이러한 지식인들의 불신을 말로는 이해하지 못했고, 그로 인해 언짢았다. 분노에 싸인 말로는 자신과 이야기하고 있던 두 사람에게 주었던 특급 위스키를 한 잔 가득히 마셨다.

"프랑수아 모리악까지도 연합과는 거리를 두고 있습니다. 당신들이 아직 〈콩바〉 지에 있을 때 내가 소개시켜 주었던 레이몽 아롱도요. 어리석은 일입니다. 장군께서 그런 사람들을 받아들이려고만 하니 말입니다."

"그들은 아마도 RPF가 너무 우파라고 생각하는 듯합니다."

연합에 참여하고 있지는 않지만 공공연히 지지를 보내고 있는 올리비에가 신중하게 반론을 제기했다.

"당신이 그것을 그렇게 생각한다면, 나 역시 마찬가지요! 우리는 문제의 핵심에 있는 겁니다……"

말로는 연합의 모순들을 명확하게 하나씩 제시했다.

"첫째, 어느 누구에게도 연합의 투사들이 진정한 레지스탕스 대원들이 아니라고 말할 권리는 없습니다. 브륀발에서 운동의 탄생을 알리기 위해 드골 장군이 처음으로 이야기했을 때, 올리비에, 당신은 당신이 있었던 스트라스부르에서 나만큼이나 그것을 잘 확인할 수 있었습니다. 수많은 동료들이 있었다는 것, 즉 전투에 참여했고, 목숨을 위험에 내맡겼고, SS, 즉 게슈타포에 용감하게 대항했던 사람들이 있었다는 것을 말입니다. 오늘날 공산주의자들을 안달나게 하는 사람들처럼, 단순하지만 신의 있고 용감한 동지들입니다. 나는 그 사실을 알고 있고 그런 사람들을 매일 접촉하고 있습니다.

둘째, 유권자들이 있고, 시민들이 있습니다. 하지만 그들은 인민들입니다. 시 선거에서 연합이 엄청난 성공을 거둔 이후로 여러 당들은 그에 대해 극심한 공포를 느끼고 있습니다. 그들은 우리가 대재앙을 설교하고 있다고 비난합니다. 길을 따라 서 있는 도로 표지들이 사고에 책임이 있다고 말할 수 있습니까? 그들은 우리에게 반동분자라는 꼬리표를 붙이고 싶어합니다. 반동분자라니요. 내가 말입니까? 나는 공산주의가 계속해서 프롤레타리아 혁명을 구현하기를 바라고 있습니다. 하지만 연합을 우파 운동으로 만드는 것은 그런 것이 아닙니다. 드골주의는 우파가 아닙니다. 그것은 프랑스 전체를 대표합니다. 우파건 좌파건 말입니다⋯⋯."

이야기하는 내내 말로는 방 안을 큰 걸음으로 왔다갔다했다. 자신이 얼마나 무기력한지를 알게 됨에 따라 짜증이 났다. 도대체 자신이 숭배하는 인물에 대해 왜 불신하는 것일까? 문학에 대한 취미와 역사에 대한 심오한 의식을 갖고 일체의 타협을 거부한다는 것을 말로 자신이 알고 있으며 그것을 모든 사람에게 자랑하고 있는 그 인물을.

"비극적인 것은⋯⋯."

말로는 진정으로 걱정하며 잠시 말을 멈추고 한숨을 내쉬었다.

"그것은 아마도 내가 장군을 너무 늦게 만났다는 사실일 겁니다. 나를 통해서 많은 좌파 프랑스인들이 그와 만날 수 있었을 테니까요. 하지만 연합은 결코 우파가 아닙니다. 맹세컨대 연합은 반드시 파시즘의 비난들을 극복할 것입니다⋯⋯."

"우리가 그 비난들을 심각하게 생각하더라도 그렇게 되지는 않을 것입니다."

피아가 빈정거리며 말했다.

"물론이지요. 중요한 것은 드골 장군입니다. 그런데 연합의 주간

신문인 〈에탱셀 *L'Étincelle*〉('불티', '광채' 등의 뜻을 갖고 있으며 볼셰비키 당을 구축하기 위한 레닌의 '다림줄' 역할을 함—역주)은 그 이름에 걸맞는 신문이 아닙니다. 차라리 '연합'의 투사들을 대상으로 마련된 일종의 내부 게시판이라고 해야 할 것입니다. 편집인은 자신들이 할 수 있는 한 열심히 일하고 있습니다만, 결국……."

어느 누구도 불가능한 것에 관심을 갖지 않는다는 것을 표시하기 위해 그는 커다랗게 손짓을 했다.

"우리는 연합의 회원이 아닙니다. 그리고 당신도 아시다시피 가입할 의사도 없습니다."

올리비에가 상기시켰다.

"RPF 회원이 아니어도 드골주의자는 충분히 될 수 있습니다. 나는 연합을 예배당처럼 생각한 적이 한 번도 없습니다. 드골 장군도 마찬가지입니다. 당신에게 우리 언론의 책임을 맡기는 것에 나는 상관하지 않겠습니다. 신문의 제목을 바꿀 수도 있고 특히 그 내용을 바꾸셔도 좋습니다. 우선 제목부터 바꾸는 것이 가장 쉽겠지요. 〈연합 *Le Rassemblement*〉이라고 말입니다. 어떻게 생각하시는지요?"

피아와 올리비에가 심사숙고하고 있는 동안 말로는 자신의 세계로 다시 빠져 들어갔다.

"필요한 것은 우리가 스페인에서 혹은 레지스탕스에서 수호했던 것처럼 오늘날에도 옹호하고 있는 자유를 공산주의의 교화와 대비시키는 것입니다. 왜 '드골을 만나고 나서부터 말로는 변했다'고들 합니까? 아무도, 아무것도 변하지 않았습니다. 언제나 똑같은 싸움입니다. 우리의 생각을 펼치기 위해서는 〈연합〉과 같은 고급 민중지가 유용할 것입니다. 하지만 그것만으로 충분하지는 않습니다. 지나치게 스탈린주의적인 공산주의자들로서는 전혀 만들어낼 수 없는 그러한 진정한 논쟁지가 우리에겐 필요합니다. 또한 〈현대 *Les Temps modernes*〉 지와는 전혀 다른 것이지요. 어쨌든 사르트르는 최소한 400쪽에 달하는 기사들을 펴내지는 못할 것이기 때문입니다!"

그는 다시 한 번 크게 손짓을 했다. 이번엔 경멸하는 듯한 손짓이었다. 시몬 드 보부아르가 자신과 사르트르가 1941년에 너무나 은밀해서 레지스탕스 대원들 중 어느 누구도 그 이야기를 들어본 적이 없는 운동에 말로를 끌어들이고자 했다고 주장하기 위해 파리의 전 지식인 계를 드나들고 있다는 것을 모르는 사람이 어디 있는가? 은밀함에 대해서 말하자면, 사람들은 《파리 떼 *des Mouches*》의 저자 사르트르가 파리 해방을 위한 투쟁 말기에 가서야 비로소 다시 모습을 드러내는 것을 보았다. 그때는 더 이상 위험이 크지 않았던 시기였다. 그에게는 재능이 있긴 했지만 그것을 행동으로 옮길 용기는 전혀 없었다. 어떠한 희생을 치르더라도 현실에 몸을 던질 줄 아는 용기가 결정적으로 모자랐던 것이다.

"드골 장군은 그 점을 중시합니다. 우리는 위대한 일을 하게 될 겁니다."

말로가 다시 말을 이었다.

"그러면《예술 심리학》은 어떻게 되는 거지요?"

개인적으로뿐만 아니라 문학적으로도 함께 친분을 쌓고 있는 피아가 이의를 제기했다.

"피해를 입겠지요. 확실히요. 나는 밤마다 그 일을 마무리하려고 애쓰고 있습니다. 하지만 당신에게 지금 말하는 편이 낫겠군요. 드골과 같은 위대한 인물과 함께 있으면 누구든 자신이 원하는 것을 하지 못하게 됩니다……."

매주 수요일 아침이면 콜롱베 레 되 제글리즈의 망명자의 커다란 실루엣이 라 부아스리의 별장을 떠나서 검은색 전륜 구동차를 타고 파리에 가곤 했다. 저녁이면 라 페루즈 호텔의 항상 똑같은 방이 그를 기다렸다. 그 다음날, 솔페리노 가에서 샤를 드골은 운동 본부에서 자신의 주변에 13명의 RPF 실행위원회 위원들을 모아놓았다. 말로에게는 크나큰 행복의 순간이었다. 그는 신부의 오른쪽에 자리를 잡고 앉았다. 기회가 오면 그는 충동적인 측면과 호전적인 열정으로써 자크 수스텔 같은 사람의 보다 정치적이고 보다 사려 깊은 꼼꼼한 구성과는 확연히 구분되는 즉흥 연설에 뛰어들 것이다.

깊은 수렁이 이들 두 드골주의자들, 즉 각자 전쟁 이전의 반파시스트적인 극좌파 출신인 골수 중의 골수들을 갈라놓고 있었다. 신중하고, 계산적이고, 대학 수료증과 학위들을 갖추고 있는 전술의 대가이자 민족학자인 수스텔은 전쟁터에서 전쟁을 해본 적이 없었다. 이 세계적으로 이름난 콜럼버스 발견 이전 문명의 전문가가 '뚱보 수고양이'라는 별명을 얻게 된 것은 우연이 아니었다. 연합 내에서 그의 활기에 찬 지적 능력은 적절하게 평가되었지만 그는 그다지 사랑받지 못했다. 너무나 차갑고, 너무나 지적인 수스텔은 투사들의 육체적인 열정을 불러일으킬 줄 몰랐기 때문이다.

하지만 말로는 얼마나 더 설득력 있고, 그들의 자존심을 얼마나 더 살려주는지! 그가 하려는 말을 잘 이해하지는 못하지만 말로는 그들에게 중요한 인물이었다. 드골파의 하부조직 투사들은 그처럼 유명한 인물, 용기에 빛나는 전쟁 영웅이 자기들 집단에 있다는 것을 자랑스러위했다. 너무나 자랑스러워했기에 그들 중 어느 누구도 말로의 실제 부분과 전설의 몫을 감히 한정하려 들지 않았다. 사람들이 그에 대해 가능한 한 많은 말을 하지 않는 것은 당사자 자신이 그 흔적을 흩뜨리려 애쓰기 때문이었다. 1947년 6월의 〈에탱셀〉 지는 말로의 모순적인 선언들과 반 속내이야기들을 근거로 이미 "22세 때부터 그는 고고학적 임무를 띠고 인도차이나로 갔다"고 주장했다. 말로의 제안에 의해 만들어진 《RPF 연감》의 소개문에는 다음과 같이 적혀 있다.

· 연구 분야: 고고학, 동양학
· 1940년: 부상을 입고 포로가 됨. 최초의 다이너마이트 폭파 작업 (툴루즈) 실행자 가운데 하나.
· 1941년: 태업과 기관 폭파 대장.

무슨 고고학과 동양학인가? 툴루즈의 어떤 폭파 작업인가? 1941년의 어떤 태업인가? 그와 같은 질문들에 대한 대답은 없었지만 그 의도는 다른 곳에 있었다. 한순간의 꿈, 사형 집행인, 해방에 뒤이어 온 정상 상태로의 복귀에 염증이 난 드골파 투사들의 되풀이되는 주제는 그런 것이었다. 말로와 함께 그들은 식사를 했다. 그의 신체적 용기만큼이나 그가 가져다 준 서정적 고양은 '동지들' ―공산주의자들 식으로 '동무'라고 지칭하지 않기 위해 RPF 내에서는 이런 식으로 서로를 불렀다―의 마음을 사로잡았다.

'동지'라는 말은 특히 중세 애호가인 말로의 마음에 들었다. 그는 개인의 공적에 의해 평가되는 프랑스의 귀족적인 옛 전통을, 훌륭한 업적의 뒷맛을 상기했다. 전우애 역시 마찬가지였다. 폭력의 유혹은 지방 유력가들보다도 경비업무를 맡은 정력적인 사람들에 보다 더 가까웠던 《인간의 조건》의 저자를 사로잡고 있었다. 드골(그리고 수스텔)과는 달리 말로는 연합에서 오직 반항적인 형태의 움직임, 즉 힘을 통해서 민중의 권리를 다시 확립하려는 현대적인 공화축제만을 보게 될 것이다.

'아, 정치가들을 쳐부숴라!(프랑스 혁명 당시의 한 유행가의 후렴구 '귀족들을 가로등에 매달아라'에서 따온 표현—역주)' RPF의 당대회는 정확히 1948년 4월에 마르세유에서 열리기로 예정되어 있었다. 로렌 십자가가 각인되었던 지난해 10월 시 선거에서 큰 승리를 거두었으므로 이번 대회는 열광과 재회와 일치의 위대한 순간이 될 것이었다. 일 주일 전부터 말로는 자신이 연합의 거의 모든 게시물을 장식하는 일종의 '로고'로 만든 뤼드(Rude: 프랑스 조각가. 1784~1855—역주)의 작품 〈라 마르세예즈 *La Marseillaise*〉의 타오르는 눈빛 아래 준비를 하고 있었다.

"당신은 그들에게 무슨 말을 할 생각이오?" 빈정거린다기보다는 호기심에 차서 드골이 그에게 물었다. 드골은 말로가 때때로 자신의 갑옷을 열고 속을 보여주는 유일한 인물이었다. 잔인한 말과 빈정거림이 그에게는 대체로 면제되었다.

"그런데 장군님, 제가 그들에게 새로운 기사도를 요구한다면 어떻겠습니까?"

RPF의 의장인 드골은 자신이 임명한 선전부의 대표를 흘겨보았는데, 이번엔 솔직히 빈정거리는 투였다.

"해보시오. 해보면 알게 될 것이오."

이상한 구세주였다! 이제 얼마 전까지만 해도 공산주의자들이 최고의 지위를 차지하고 있었던 도시에서 흥분에 빠져 있는 많은 투사들을 앞에 두고 이야기할 시간이었다. 말로는 가장 극단적인 대담한 연설을 하기로 결심했다. 성당의 정적 속에서 다시 한 번 더 그의 목소리가 높아졌다……. 잘 진행되어 온 '싸움'의 효과를 축하하기 위해서였다.

'나는 여러분 중 대부분이 알고 있는 한 사람을 염두에 두고 가련한 바보들이 그렇게 악담을 하던 이 경비업무를 검토해 보았습니다. 그 한 사람이란 퐁샤르디에라고 하고, 그는 자신의 명령에 따라 일하는 모든 사람들로부터 사랑을 받고 있습니다. 대단히 많은 자금을 쏟고도 탈환하지 못했던 아미앵 감옥에서의 어떤 추억이 있기 때문입니다……."

나는 이곳에 계신 여러분 모두에게 퐁샤르디에의 부하들에게 내가 어떤 말을 하게 되었는지를 말씀드리고 싶습니다. '우리는 기사도라고 불리는 무언가에 대해서 종종 이야기를 들어왔습니다. 기사도란 투구도 아니고 갑옷도 아닙니다. 그것은 자신들이 무엇을 원하는지를 알고 자신들의 의지에 따라 목숨 전체를 희생하는 사람들의 집합입니다.*

일어선 채로 연사에게 환호하고 또 환호하는 극도로 흥분한 청중들 속에는 그 다음날 21개의 생일 촛불을 끄게 될 샤를 파스카부터 자크 포카르까지 다양한 연령대의 드골주의자들이 있었다. 말로는 그들에게 기사도를 이야기하고 있는 것이다! 그리고 그는 기독교 정신에 대해서, 루이 14세, 프랑스 대혁명, 40만의 외국인 용병들과 대적하여 중국을 정복하는 것을 본 3만 명의 장제스 부하들, 마드리드 전선에서의 최초의 국제 여단, 아테네와 콜로세움과 '여러분들 손으로 이루어지고 있는 프랑스'에 대해서 그들에게 이야기했다! 그들, 즉 경비업무를 맡은 사람들은 정신을 차리지 못했다…….

* 1948년 4월 17일, RPF의 국민 대회에서 앙드레 말로가 한 연설.

그리고 연사 말로가 드골 장군이 연단에 도착했음을 알리면서 결론을 이야기했을 때 그에게 돌아온 것은 함성이었다. 내일이면 그들은 그것을 확신하게 될 것이고 상황은 질서가 잡히게 될 것이었다. 공산주의자들은 배경 속으로 사라지고, 정치인들은 배척당하게 되고, 그리고 '큰 샤를(샤를 드골 대통령—역주)'은 엘리제 궁에 들어가게 된다.

어떻게 해서 바람의 방향이 바뀌었을까? 그가 병든 것으로 생각했던 제4공화국이 어떻게 침착함을 되찾았으며 또 드골주의 내부에 붕괴의 조짐을 불러들였던 '정책 연합'이라는 대단히 어려운 선거—산술적인 형식을 어떻게 만들어냈을까? 동지들은, 일부는 드골의 오만한 고독을 따르고 다른 일부는 점점 정권이 제공하는 지위를 체념하고 받아들이면서 어떻게 분열될 수 있었을까?

"그는 우리를 루비콘 강가까지 이끌고 갔다. 하지만 그것은 그곳에서 낚시를 하기 위한 것이었다"라고 말로는 비통하게 유감을 표시했다.

이미 오래전부터 그는 일을 중단했다. 그의 모습은 전보다 덜 눈에 띄었고, 갈수록 더해지더니 마침내는 전혀 볼 수 없게 되었다. 향수가 찾아왔다. 동지들이여! '역사'에게 하기 싫은 일을 억지로 시킬 수 있다고 스스로 믿었을 때의 그 열광의 세월들은 어디로 간 것일까? "골치 아파요, 그 연합 사건은. 그 때문에 글을 쓰지도 못해요"라고 말로는 거드름을 피우며 주장했다. 그리고 모든 사람들이 말로가 문학보다 드골을 더 좋아한다고 생각했는데, 그것은 명분을 위해서는 다행스런 일이었다. 그는 아마 어느 하나를 더 좋아한다기보다 그 둘을 다 좋아하고 싶었을 것이다! 상대방만큼이나 권위가 있지만 훨씬 조직이 덜 된 반공산당과 지식인들이 말로가 꿈꾸었던 효과적인 세력을 구성하는 데 도달하지 못한 것이 말로의 잘못인가? 그들 가운데 극소수가 그를 따라서 드골주의에 이르는 용단을 내린 것이 그의 잘못인가?

드골 장군의 모습이 둔해졌다. 말로 역시 약간 둔해졌지만 심한 정도는 아니었다. 말로는 50줄을 넘어섰다. 불로뉴에 있는 그의 집에서는 마들렌이 치는 피아노 화음뿐만이 아니라 아이들이 배우는 불어, 역사, 지리 공부 소리가 울려나왔다. 때때로 그 집은 플로랑스의 방문으로 활기에 넘치곤 했다. 플로랑스는 벌써 스무 살이 되었고 니체에 대한 논문 하나와 무명 성당들에 관한 저서를 준비하고 있었다.

물론 체면을 잃어서도 솜씨가 나빠져서도 안 되었다. 〈파리-마치 *Paris-Match*〉의 특파원들을 속이는 일은 즐거웠다. 그들은 자신들 생각보다 더 적은 현대적 설비와 예술작품들—마티스의 그림 한 점, 브라크의 작품 하나, 뒤뷔페(Dubuffet: 프랑스 화가. 앵포르멜 미술의 선구자. 1901~1985−역주)의 작품 하나, 피에로 델라 프란체스카의 프레스코 작품 둘, 페르시아 그림 하나, 아프리카의 조각품들과 아메리카의 호피스 인디언들의 수호천사인 카치나(호피스 인디언들의 귀신을 뜻하는 인형들−역주), 그리고 태국의 불상 하나—에 경탄했다. 그는 상상의 모험들에 싸여 있었다. 해군사관학교 교장이나 그 이상의 무엇이 된 할아버지 알퐁스의 방문, 광시와 광둥 지방 국민당 대표(물론 선전부의) 앙드레의 공적들이 그런 것이었다. 사람들은 자질구레한 것들을 내비쳤다. 이야기를 꾸며낼 때는 왜 정확성을 입증하지 않는 것일까? 그리고 사실 〈파리-마치〉 사람들은 실제로 그다지 진부하지 않고 매우 의미심장한 이 무대 앞에서 무너져 내렸다. 말로는 커다란 거실에서 늘 그렇듯이 공들여 차려입고서 손에는 안경을 들고 다음에 낼 책인 《성스런 동굴의 부조들 *Des bas-reliefs aux grottes sacrées*》, 즉 《세계 조각의 가상 박물관 *Musée imaginaire de la sculpture mondiale*》 제2권의 스테로판을 앞에 두고 있었던 것이다.

"나는 4만 점을 모았습니다만, 그 중에서 390점만을 골랐습니다."

또한 역할 계승이 준비되고 있었다. 피에르 드 부아데프르나 앙드레 브랭쿠르 같은 젊은이들을 사람들은 받아들이고 조언을 구하고 부추겼다. 하지만 그것으로 충분하지는 않았다. 드골주의의 모험은 멀어진 것 같았다. 그것은 바로 며칠 전에 마지막 불꽃을 태워버렸다. 며칠 전 드골 장군은 수행원도 없이 단신으로 개선문의 무명 용사 묘에 인사를 하러 갔다. 선두에 선 '비비 프리코탱'과 RPF의 강경파들은 폭력을 고려했었다. 드골은 그곳에서 오직 새로운 환멸 이외에 아무것도 얻지 못했다. 드골 장군은 침울한 모습으로 묵묵히 차에 올라탔다. 그의 전륜 구동차가 질풍처럼 출발했다. 그는 군사 쿠데타를 꿈꾸는 것이 아니라 자신을 권좌에 올려놓게 될, 있을 법하지 않은 민중의 대변혁을 기대했다. 그때까지 그의 머릿속에는 다른 할 일들이 들어 있었다. 문학과 관련된 것도 있었다. 그의 《전시 회고록 *Mémoires de guerre*》 제1권이 곧 출간될 예정이었다.

전전 비밀 공산주의적 반파시즘의 상징과 레지스탕스의 상징이 다시 만난 것은 글을 쓰기 위해서이지 권력을 잡기 위해서가 아니었다. 그 이후로 행동이 결국 아무것에도 이르지 못했기 때문에 소설가 말로는 스스로 수필가와 철학자가 되었지만 마음속 깊은 곳에는 향수를 간직하고 있었다. 아방탱 드 콜롱베로 은퇴한 정치가 드골 역시 작가가 되었다. 펜 역시 하나의 정치적 무기가 아니었던가?

망각 속으로 빠지고 싶지 않으면 그들 두 사람은 각자 글을 써야만 했다. 수많은 비판에도 불구하고―사람들은 그가 위대한 엘리 포르를 표절했다고 비난했다―말로는 자신의 성찰에 깊이를 더하여, 마침내 《예술 심리학》 세 권과 《신들의 변모 *La Métamorphose des Dieux*》를 출판했다. 그는 《가상 박물관》 제2권을 막 끝내놓았으며, 예전에 봉디에 있는 그의 작은 방 혹은 파리의 허름한 방에서 그랬던 것처럼 확실한 운명의 별자리를 엿보며 기다렸다. 당연한 귀결이지만 사람들은 그가 세바스티앵 보탱 가의 갈리마르 출판사에 출현하는 것을 걱정스러운 눈으로 지켜보았다. 그가 한 번 나타날 때마다 앞으로 나올 책에 대해 저자에게 선금을 주어야 하는 오래된 출판사로서는 상당한 금액이 소요되었다. 어마어마한 금액의 불로뉴 집세를 다달이 내고, 아이들 교육비를 확보하고, 혹은 그가 음악회 출연을 그만두라고 요구한 마들렌에게 필요한 돈을 보조하기 위해서는 많은 돈이 필요했던 것이다. 게다가 샤르베사에서 그의 셔츠들이 오고, 랑방사에서 그의 옷들이, 베스통사에서 신발이 올 때, 그리고 그가 좋아하는 두 식당인 로랑과 특히 라세르에서 두 개의 테이블에 화려한 식탁을 차릴 때는 더 많은 돈이 필요했다.

말로도 드골 장군도 스스로를 의심한 적이 한 번도 없었다. 그들에게는 오만함이 결코 모자라지 않았는데, 그것이야말로 그들을 구성하는 일차 재료였다. 하지만 그들의 다른 특성들로는 정세를 감당할 수 없었고, 정세는 그들에게 유리하지 않았다.

말로는 별자리를 믿었다. 하지만 내일의 별자리는 어디에서 솟아날 수 있을 것인가? 세계는 움직이지 않고 있었다. 인도차이나는 프랑스의 패배였다. 또 하나의 전쟁은 아마도 알제리에서 일어나게 될 것이었다……

제11장

장관
Le ministre

1958년 6월 그 화요일의 분위기는 다음과 같았다. 3주 전부터 드골 장군은 콜롱베에서 돌아와서 제4공화국의 마지막 내각을 주재하고 있었다. 그는 곧 자신의 고고한 고독을 엘리제 궁으로 가지고 갈 것이었다. 여름인데도 날씨는 좋았다. 종종 외국인 기자를 포함하여 수십 명의 기자들이 홀 안의 비로드 안락의자에 모여들었다. 다른 사람들은 복도에 서서 잡담을 하고 있었다. 말로 장관은 충분히 사람들의 눈길을 끌 만했다. 문학이나 미술을 좋아하는 사람들만이 아니었다. 소문에 의하면 이번 기자회견은 알제리에 대한 드골파 최초의 정치적 제안을 이루는 것이라 했다.* 그리하여 호기심 많은 사람들, 구

* 1958년 5월 13일, 알제리의 유럽인들과 군인들이 한낮의 폭동이 끝난 후 공안위원회를

경하기 좋아하는 사람들이 모여들었다.

"무대 위에서 그를 못 본 지도 여러 해 되었군요. 자, 마지막이 언제였지요?"

"1952년 2월 벨디브에서였지요. 그날 RPF의 국가평의회가 있었습니다. 그는 리요테와 르클레르에 대해 이야기했었지요."

"군인들이 무척 많군요! 그런데 오늘은 마쉬와 비주아르가 위장복을 입고 있네요……."

낙하산 부대 대원들은 알제리 전쟁의 억압된 공포를 나타내고 있었다. 그들은 사람들의 눈길을 끌고, 불안감을 조성하고, 두려움을 주고 있었다. 당대의 신화인 그들에 비해서 좌파에서는 또 하나의 신화, 양차 대전 사이의 반파시즘이라는 말로의 신화를 탄생시킬 만한 아무것도 창안해 내지 못했다.

프랑스인들은 항상 말을 부풀린다고 영국인 동료 하나가 웃으며 말했다.

"런던에서는 드골을 잘 알고 있지요. 그는 독재자가 아니에요. 기껏해야……."

"저런, 해롤드 킹의 옛 지부로군……."

사람들은 프랑스 주재 로이터 통신사의 사장 주변으로 몰려들었다. 영국인답게 언제나 침착한 그는 냉소적인 언급을 덧붙일 필요를 느끼지 못했다. 다른 사람들이 그를 대신했다.

"말로는 내무부를 원했는데 드골이 거부했군요. 사람들 말에 따르

설립했다. 드골 장군은 내전의 위험을 이용하여 공무에 복귀하게 된다. 6월 1일 그는 하원에 의해 내각의 수반으로 공식 임명되었다.

면 그 자리가 우파적 경향이 뚜렷한 사람에게 돌아가는 것을 피하기 위해서였대요. 그 이야기는 말로에게 절대 하지 마세요. 그는 아직도 자신이 파시즘을 막는 보루라고 생각하고 있으니까요."

이번에 말한 사람은 미국인 동료였다. 진짜 있었던 이야기라고 그는 단언했다.

"어쨌든 이상하군요. 해방이 된 다음에 헤밍웨이와 말로가 리츠 호텔 바에서 서로 만났지요. '당신은 몇 명의 부하들을 지휘했습니까?' 말로가 물었습니다. '열 내지 열둘입니다. 가장 많았을 때가 200명이었지요.' 헤밍웨이는 이렇게 대답했습니다. '나는 2000명을 지휘했지요.' 말로가 어깨를 흔들며 말했습니다. 그러자 헤밍웨이는 시치미를 떼고 농담조로 말했습니다. '우리가 그 작은 파리시를 탈환할 때 당신의 도움을 받지 못한 것이 유감이군요.'"

모두가 웃었다. 1935년에 말로가 아라비아의 로렌스를 알게 된 것도 리츠 호텔에서였는데, 그것은 런던의 리츠 호텔이었던 것 같다고 다른 누군가가 말했다…….

"역시 또 웃기는 이야기예요. 그들은 만난 적이 전혀 없습니다."*

"그는 정말 미친 사람이예요, 마약을 먹는지……."

"……술을 마시죠. 특히, 하루에 1리터의 위스키를 마신대요. 내각에서 부담하는 막대한 생활비는 말할 것도 없지요. 언젠가 라세르 식당에서 그를 지켜보았지요. 돈을 지불하는 사람이 그가 아니라는 것을 금세 알게 돼요."

크렘린을 닮은 회색빛 옷 속에 목을 파묻은 채로 〈프라우다〉 지의

---

* T.E. 로렌스와 말로는 사실 전혀 만난 적이 없었다. 하지만 말로는 그렇게 믿게 만들기 위해서 모든 수단을 사용했고, 때로 성공을 거두기도 했다.

통신원이 마치 유령처럼 슬며시 끼어들었다.

"그가 미하일 콜트소프의 비극적인 운명을 기억하고 있을까요? 아마도 아닐 거예요. 스탈린이 죽은 지 5년이 지나서 후르시초프주의가 절정에 달해 있으니까요."

"중국에서 장제스와 같이, 그리고 마오쩌둥과 같이 싸운 사람인데……. 그런 사람이 제국주의자가 되었다는 것은 이상한 일이군요."

이탈리아 동료 하나가 웃으며 말을 했지만 그가 다른 사람들보다 더 사정에 밝은 것은 아니었다.

전설은 말로를 프랑스 영토 밖에서 알려진 프랑스 작가들 중 한 사람이자 가장 신비스러운 행적을 가진 작가로 만들었다. 그에게는 내밀한 이야기를 적어놓은 수첩도, 비밀 노트도, 확인할 수 있는 속내도 없기 때문이었다.

"제국주의자, 제국주의자라……. 그렇지만 그는 고문에 관한 알레그의 책의 발행 금지에 항의했잖아요!"(앙리 알레그의 《질문》이라는 책에 대해 마르탱 뒤 가르, 모리악, 사르트르와 함께 말로는 르네 코티 대통령에게 항의문을 보냈다—역주)

"《인간의 조건》을 쓴 사람으로서는 특별할 것도 없지요. 말로의 문제는 자신을 메시아로 생각한다는 것, 드골을 하느님 아버지로 생각하고 드골이 입을 열면 곧바로 '아멘'을 외친다는 것이지요."

전문가 한 사람이 단정하듯 말했다.

"조용히들 하세요, 그가 나옵니다……."

과연 말로 장관이 맵시 있는 정장을 입고 강렬한 조명을 받으며 나타났다. 우아한 모습을 보이고 싶은 그의 노력에도 불구하고 계속되는 얼굴 경련은 그의 모습을 추하게 만들 뿐이었다. 그는 경련을 다스릴 만한 모든 희망을 완전히 포기한 것 같았다. 그러나 목소리와 임기응변술은 전혀 달랐다. 공보부 담당 평의회장 대표라는 그의 역할이 정확히 무엇인지에 대한 질문에 예봉을 피해 가는 미묘한 답변과 신랄한 표현이 이어졌고, 알제리의 연대장들 사이에서 유행하고 있는 '심리전'에 관한 이론 혹은 두 개의 프랑스에 관한 이론이 이어졌다. 두 개의 프랑스란, 하나는 드골의 프랑스로서 샹제리제 거리에서 보아왔던 프랑스이고, 다른 하나는 그와는 적대적인 것으로서 바스티유에서 나시옹 광장까지 좌파와 함께 행진을 한 프랑스였다. 국가를 양분한 그 두 개의 반쪽을 화해시키려는 희망을 그는 버리지 않았다.

"오늘날 드골 장군이 없는 공화국을 바라는 사람들이 있고, 또 공화국 없는 드골 장군을 바라는 사람들도 있습니다. 하지만 대부분의 프랑스인들은 공화국과 드골 장군을 동시에 원하고 있습니다."

승리였다! 박수 갈채 소리가 우렁차기까지 했다. 조금만 더 했더라면 말로는 무너지는 느낌이었을 것이다. 그는 너무도 드골 장군을 사랑하기 때문에 콜롱베에서 귀환하는 드골에 관한 모든 공감의 표시는 개인적인 선물인 것처럼 보였고 하늘로부터의 선물인 것 같았다. 비범한 인물에 대한 그의 태도에는 무언가 어린아이 같고 비장한 것이 들어 있었다.

"5월 13일 이후로 알제리에서는 중요한 사건이 일어났습니다. 그 사건에 대해서 여러분은 내게 질문을 하고 있습니다. 화해라고요. 그것이 애초부터 준비되었나요? 충분히 그럴 가능성이 있습니다.* 하지만

---

* 말로는 1958년 5월 16일을 암시하고 있다. 그날 알제리의 유럽인들과 이슬람교도들 사이에 화해의 순간이 있었다. 아랍인들, 특히 삼색기를 흔들던 과거의 전사들은 피에 느 와르(알제리 출신의 프랑스인들—역주)들에게서 박수 갈채를 받았다. 해방의 표시로 회교

나는 발미 전투에 대한 대가를 충분히 치렀다는 것을 여러분께 상기시키고 싶습니다. 당통이 브륀슈빅 공작과 적군의 철수를 협상했다는 것은 오늘날의 역사가라면 누구나 다 알고 있습니다. 당통이 공화국의 '지부들'에 처음으로 신뢰를 보였던 그날 그가 프랑스에 제대로 봉사하지 못했는지의 여부는 확실하지 않습니다. 그리고 발미 전투에 대한 대가를 치렀던 반면에 제마프와 플뢰뤼스는 그렇지 않았습니다. 유럽 전역에서 공화국 군대를 따르는 거대한 춤의 행렬도 없었습니다. 화해가 이뤄지기 시작했다지만 그것이 깨지는 순간이 찾아왔습니다. 5월 16일에 찾아온 것은 화해가 아니었습니다. 드골 장군이 알제리에 있을 때 화해가 찾아왔다고 말하는 것은 우스꽝스러운 일일 것입니다.* 명확한 사실을 부정해 봐야 쓸데없는 일입니다. 당신들 모두는 텔레비전을 통해, 영화를 통해 모든 도시의 군중들을, 모스타가넴(알제리의 항구도시—역주)의 이슬람교 군중을 보았습니다. 150만 명의 이슬람교도들이 드골 장군의 여행 기간중에 이동했습니다. 그리고 이 어마어마한 군중들은 오직 자신의 뜻에 의해 모인 것입니다."

많은 외국 기자들의 얼굴에 의심의 빛이 떠올랐다. 모스크바는 말할 것도 없고, 뉴욕, 런던, 혹은 본에서도 상당수의 일부 알제리인들로 하여금 프랑스 국기를 들고 시위를 벌이게끔 했던 이 운동의 영속성을 그다지 믿지 않았다. 반면에 젊은 이슬람교도들은 알제리의 거리에서 그들의 장막을 제거했다. 하지만 그 에피소드는 말로의 신화에 너무나

도 여성들은 공공연하게 차도르를 벗어던졌다. 드골 정부의 새로운 공보부 장관은 그와 같은 눈부신 장면들에서 문화와 문명을 넘어선 인류애의 꿈이 완성되는 것을 보았다고 생각했다. 하지만 5월 16일의 사건은 일시적인 것이었다.

* 6월 4일에서 7일까지 드골 장군은 알제리를 여행했다. 유럽인들의 환영을 받았던 그는 일부 이슬람교 군중들로부터도 박수 갈채를 받았다.

꼭 달라붙어 있어서 장관은 그것을 자기 것으로 만들기를 주저했다. 삼색기 아래에서의 프랑스인들과 식민지인들의 화해, 말로는 30년 전 사이공에서도 그것을 꿈꾸었었다. 여성들이 이슬람의 전통에서 벗어나서 '드골 만세'를 외치고 있으니 그의 행복감은 절정에 올랐다.

"화해가 일시적인 것이라고 우리에게 말하는 사람들이 있습니다만, 그렇게 단언한 사람들은 어제까지만 해도 화해란 생각할 수 없다고 말하던 사람들이었습니다."

말로는 하늘로 팔을 높이 쳐들고 흥분해서 말했다.

"과연 그다운 일이로군요. 그는 사람들이 거리에서 서로 껴안는다고 해서 전쟁이 끝났다고 생각하나 봐요."

구경꾼들 중 한 사람이 속삭였다.

"하지만 태도는 멋지군요."

젊은 여자가 메모 수첩에 글을 끼적거리며 대답했다.

"그는 진짜 장관같이 보이지 않아요. 미국에서라면 정부에서 저런 유형의 사람을 볼 수 없을 거예요. 드골이 정말 그 정도로 그를 좋아하나요?"

"물론이지요. 헛소리하는 것만 빼면 그는 진짜 위대한 작가니까요."

모두가 침묵하고 있었다. 말로는 모두를 놀라게 할 것이라고 생각하는 극적인 효과를 위해 점점 더 자주 원고를 짧게 끊으며 읽어 내려 갔다.

"여러분, 여러분은 방금 내게 마지막 질문, 즉 고문에 관한 질문을 했습니다. 내가 알기로는, 그리고 여러분들이 알기에도 드골 장군이 알제리에 온 이후로 어떠한 고문 행위도 없었습니다. 더 이상 고문 행위가 있어서는 안 됩니다. 정부의 이름을 걸고 나는 이곳에 세 명의 프랑스 작가들을 초청했습니다. 그들은 노벨상 수상으로 특별한 권위를 부여받았고 이미 고문이라는 문제에 대해 연구했던 사람들입니다. 로제 마르탱 뒤 가르, 프랑수아 모리악, 알베르 카뮈, 이 세 사람이 위원회를 구성하여 알제리로 떠나게 될 것입니다. 나는 그들이 드골 장군을 통해 모든 사람들의 신뢰를 얻게 될 것이라고 단언할 수 있습니다. 신사 숙녀 여러분, 감사합니다."

"장군님……."

"그래요."

"……."

갑자기 말이 막혔다. 말로가 자신의 영역, 즉 보편적인 사상이라는 영역을 떠나서 구체적인 제안이라는 유보된 영역으로 넘어가려 할 때면 언제나 똑같은 마비 증세가 그를 짓눌러 달변의 장관을 감히 말을 못하는 단어들 속에서 꼼짝 못 하게 된 아이로 만들어놓았다. 냉대받을지도 모른다는 두려움, 마음에 들지 않을지도 모른다는 두려움이었다. 처음부터 그러한 두려움들이 그와 드골 장군과의 관계를 불평등으로 얼룩지게 했지만 작가와 장관은 그것을 당혹스러운 즐거움으로 감수했다. 위대한 인물로부터 그의 친구로 인정받고, 그와 더불어 인간의 운명이나 예술이나 역사에 관해 수준 높은 대화를 나누고, 각료회의에서 그의 오른쪽에 자리잡는다는 특권은 모든 자존심의 상처를 감수할 만한 가치가 있는 것 같았다.

"무언가 말하려고 했지요, 말로 씨?"

"저는 텔레비전을 생각하고 있었습니다, 장군님."

"텔레비전이요? 내가 거기에 적응하겠소. 런던에서는 라디오에 적응해야 했지요. 당신은 내가 그것을 전쟁터에서 배웠다고 생각하시오? 당신 말이 맞소. 드골은 텔레비전을 잊어서는 안 된다는 말 말이오. 그것은 가공할 만한 무기요."

말로는 코를 훌쩍이고 나서 그가 대통령 앞에서 펼쳐 보이리라 맹세했던 논거를 속으로 다시 삼켜버렸다. 그가 공보부 장관직을 '뚱보 수고양이' 수스텔에게 넘긴 이후로 그의 새로운 영지가 된 문화 행정에 대해 과장해서 이야기한 지도 15분은 족히 되었다. 문화 행정은 상 퀼로트(프랑스 대혁명 때의 과격 공화파의 별명―역주)들의 서사시에 값하는 동시에 쥘 페리(Jules Ferry: 프랑스 정치가. 제3공화국하에서 파리 시장, 교육부 장관, 수상을 지냈다. 의무 교육을 실현했고 식민지 확대 정책을 시행했다. 1832~1893―역주)에 의한 공교육의 일반화에 어울리는 동원이었다. 국민 총동원, 재정복, 문화의 전당이 될 20세기의 대성당들을 하늘을 향해 만들어 세우는 힘든 작업 같은 것들이었다. 그때까지 드골 장군은 당당한 상대인 말로에게서 오로지 열광만을 느끼고 있었다. 그러다가 '텔레비전'이라는 말 한 마디에 갑자기 물러선 것이다. 정중하지만 확고한 그의 태도는 교류의 경계가 상처를 입었다는 것을 표시했다.

아직까지 비약적인 발전으로 1960년대를 영원히 특징짓게 될 대중적 현상이 되지는 못했지만 텔레비전이 지배하는 시기가 다가왔다. 그것이 흑백 텔레비전이고 크기가 작다고 해서 문제가 달라지는 것은 아니었다. 그 작은 스크린은 프랑스인들의 식당에서 그들의 일상생활, 그들의 대화 속으로 옮겨갔고, 그들의 환상이 되었다. 그의 이름이 말로이고, 그가 《영화 심리학 스케치 *L'Esquisse d'une psychologie du cinéma*》를 쓰고, 전후에 시청각 교육에 의한 교육의 전복을 설파했다면 문제는 특히 첨예하게 제기된다. 그렇게 유망한 커뮤니케이션 방식을 그가 깨닫지 못할 수가 있을까?

"당신이 상상했던 것보다 더 넓고 더 포괄적인 가상 박물관이 여기 있군요." '영상이 나오는 상자' 의 무한한 가능성에 감동받은 〈르 피가로 Le Figaro〉 지의 TV 시평 담당자 앙드레 브랭쿠르는 초심자들이 흔히 보여주는 열정을 담아 말로에게 말했다. "말의 자유, 어조의 자유, 창조의 자유를 내포하고 있는 예술-텔레비전과 엄격하게 정태적인 기능과 관련이 있고 따라서 공보부에 속하는 정보-텔레비전을 분리하십시오……."

유감스럽게도 장관으로서의 말로는 사상가로서의 자기 생각을 방금 전에 결정적으로 지워버린 터였다. '프랑스 사상' 과 국가 문화 유산의 수호라는 이름으로 발루아 가의 장관이 텔레비전의 세계를 통제할 권리를 누려야 한다는 것을 드골 장군에게 납득시키기 위해 칼을 뽑아든 말로는 첫 마디를 나누자마자 공화국 대통령의 퉁명스런 대답에 몸이 굳은 채 칼을 도로 꽂아넣었다.

"당신은 내 친구요. 하지만 텔레비전은 모두 내가 감시하겠소."

말로를 위해 미셸 드브레 수상에게 '문화성이라고 불릴 만한 서비스의 재편성' 조치를 내리도록 명령하면서 드골 장군은 적어도 그에게 충분히 권위 있는 정부의 일을 맡기는 만큼 《신들의 변모》의 저자를 무력화시킬 것을 목표로 했다.

아주 겸손한 자세로 말로가 노리고 있는 주요 장관직들을 그에게 맡기지 않고 교묘하게 회피하면서 그를 붙잡아두는 것, 그것이 바로 문제였다. 내무부? 어느 누구도 그것을 심각하게 생각하지 않았다. 그 자신은 생각해 보았지만 우연히 그런 것은 아니었다. 불가사의한 경찰의 효력이 오래전부터 그를 배척했던 것만큼 그의 관심을 끌었기 때문이었다. 그는 트로츠키와 논쟁중일 때나 혹은 아라비아의 로렌스의 전기인 《절대의 악마 *Démon de l'Absolu*》 서문에서만큼이나 《정복자》(니콜라이예프라는 등장인물)와 《인간의 조건》(쾨니히라는 인물)에서도 그 문제를 걱정했다. 나중에 RPF 시절의 대중 연설은 나치 혹은 소련의 전제적인 체제에 내재하는 경찰을 '제4의 권력'이라고 말하면서 그 효력을 상당히 상기시켰다.

말로는 내무부를 차지하지 못했다. 그리고 그가 꿈꾸었던 군대도 역시 차지하지 못했다. 에스파냐 전투 비행 중대와 항독 지하단체, 그리고 알자스-로렌 여단의 전투 이후로 말로는 자신을 위대한 야전사령관으로 간주했다. 그는 결국 문화성밖에 차지하지 못했다. 좀더 정확히 말하면 그가 얻으려고 했던 것의 반쪽만을 차지했다. 흥미진진하긴 하지만 제한된 영역에서 그는 순진하게도 무한한 공간이 펼쳐지는 것을 보았다.

항변할 것인가? 그런 생각은 결코 떠오르지 않았다. 드골 장군의 아주 사소한 결정도 말로가 보기에는 율법의 석판이 갖고 있는 명령의 가치를 지니고 있었다. 그가 다시 입을 여는 것은 보다 보편적이고 따라서 더 받아들일 수 있고 덜 까다로운 다른 주제들 쪽으로 대화를 돌리기 위한 것일 게다.

텔레비전은 그의 손을 벗어났다. 할 수 없는 일이었다. 중요한 것은 로렌의 십자가가 각인된 삼색기 아래 대모험 속에 머물러 있는 일이었다. 게다가 그가 명예와 사치를, 그리고 평범한 운명에서 화려하게 탈피하게 하는 모든 것을 포기한 적이 있었던가?

"그는 존재하지 않는 장관직을 뒤죽박죽으로 만들어놓으려 애쓰고 있다"고 말로의 친구인 에마뉘엘 베를은 1946년에 조롱의 말을 했었다. 13년이 지난 지금 이 간결한 판단은 완전히 틀린 것도 아니고 완전히 맞는 것도 아니다. 문화성 장관직이 존재하지 않는다는 것을 의심하는 사람은 아무도 없었다. 모든 사안은 정부의 초권력적인 부서들, 국가 교육부와 재무부 및 외무부와 결사적으로 협상을 벌여 만들어야 했는데, 거대 행정 부서들의 운명을 손에 쥐고 있는 사람들과 마주 서면 거의 미신에 가까운 마비의 공포에 압도되는 사람으로서는 쉽지 않은 일인 것이다. 위대한 업적에 관한 한 말로는 1959년 1월에서 1962년 4월까지 수상을 지낸 미셸 드브레도, 그 뒤를 이은 조르주 퐁피두도 믿을 수 없었다. 퐁피두는 그야말로 행정가였지만(그는 말로의 소설에 관해 박식한 소논문을 한 편 썼다) 정치적으로는 불신을 받았다.

그렇다면 우정은? 그들이 오스틴 바에 자주 드나들었던 시절 이후 30년 만에 '말로 일당'은 넥타이 끈을 다시 죄는 것과 동시에 상호 연대를 더욱 긴밀히 했다. 아주 폐쇄적인 일당은 이 미식가 장관의 소그룹을 위해 식사 예약이 된 그랑 브푸르, 라세르, 플로랑스, 퐁티외 가의 이탈리앵 셀렉트 식당에서 '식사'를 했다. 말로는 음식에 관한 다소 구체적인 성찰, 즉 요리의 특징과 양념, 맛, 그리고 '역사'적인 위치를 말하고 난 다음에야 비로소 심각한 문제에 접근했다.

항상 그렇듯이 그가 말하는 그럴듯한 일화들, 하지만 종종 꾸며낸 일화들의 진위 여부에 관하여 서둘러 이의를 제기하는 사람은 아무도 없었다. 부서에서 같이 일하는 사람들은 서정적인 웅변과 통찰력 있는 직관, 엉뚱한 일탈, 은근슬쩍 공모하는 듯한 허풍, 은밀한 조소들이 교묘하게 배합된 혼합물을 있는 그대로 받아들여야 할 것이었다.

"튀르고에서도 그랬어."

고등학교 시절의 옛 친구로서 언론담당관과 놀림감이라는 두 개의 직무를 겸하고 있는 마르셀 브랑댕이 한숨을 쉬듯 말했다.

"그는 언제나 말을 했지. 생각해 봐, 프랑스어 성적은 내가 반에서 일등이었는데 그의 말을 들어야 했다니까!"

"프로뱅에서는 운동 시간이면 덜 수다스러웠지요."

41기갑부대 수용소의 하사관이었고, 한동안 내각의 수반으로서 근엄하게 행동한 알베르 뵈레가 큰소리로 말했다.

슈바송은 영화에 관여하고 있기 때문에 말로의 운명에 관해 이들 증인들과 곧 합류할 것이었다. 반테이 스레이 사원의 불행했던 모험 이후 조역으로 물러선 그는 거의 말을 하지 않았고, 후원자의 신랄한 지적에 가능한 한 모습을 드러내지 않았다.

보다 더 까다롭고 독립적인 탓에 더 좋은 대우를 받았던 '제2세대'의 말로 지지자들은 장관에게 그의 부서를 최고로 만들 것을 설득시키려 애썼다. 가에탕 피콩은 자크 조자르에게서 완전히 재편된 문학과 예술 방침을 계승했다. 또한 보다 덜 관료적인 고문직의 앙드레 브랭쿠르는 필연적으로 일시적일 수밖에 없는 예술 TV국 창설을 목적으로 열심히 활동했다. 사람들은 이 작업에 위대한 작가 프랑수아 모리악의 아들일 뿐만 아니라 전후 드골 장군의 개인 편집자이자 수필가로 1946년에 《말로 혹은 영웅의 고통 *Malraux ou le mal du héros*》을 출판한 클로드 모리악을 영입하기를 희망했다.

기계를 돌리기 위해서는 또한 기사들과 기술자들이 필요했다. 훗날 자크 시라크의 조언자 중 하나가 된 피에르 쥐이예, 드골 장군의 조카딸 즈느비에브의 남편 베르나르 안토니오, 그리고 피에르 무아노,

대단한 위세를 지닌 ENA(국립행정학교) 출신 관료들의 격렬한 비판자인 조르주 엘고지, 비타협주의로 아프리카에서 이름을 떨친 에밀 비아시니 같은 몇 명의 노련한 관리인들이 규정 외의 팀을 보완하러 오게 된다.

'문화 활동'이라는 브랭쿠르의 계획은 특권의 철폐라는 일반적인 공화파의 소망과 동시에 '미개인들(특히 지방 주민들을 의미한다. 미개인이라는 이 끔찍한 말은 새로운 형태의 사원들, 즉 유명한 문화의 집들의 도움으로 사라지게 된다. 그 문화의 집들은 40년이 지난 후 국가에 의한 사회 혁명이라는 환상이 효력을 잃게 되자 폐지된다)'에게 복음을 전하려는 도덕주의적 배려의 성격을 지녔다. 브랭쿠르의 매력적이고 사람을 잘 속이는, 매혹적이며 불완전하며 용감하지만 불안정한 모습은 말로와 닮았다.

그들을 조종하는 사람이 말로라고 할 때, 현혹적인 언어 구사를 뛰어넘는 문제는 무엇인가? 산을 뒤흔들려는 초인적인 시도, 아니면 산문적으로 말해서 근본적인 효과가 전혀 따르지 않는 전복에의 계획, 다시 말해서 칼로 물 베기인가?

"말로는 땅바닥에 떨어져 있는 나를 흙으로 덮고 있다"고 드골 장군은 생각했다. 그럼에도 불구하고 말로는 몇 안 되는 친구들과 더불어 자신의 삶을 꼭 빼다박은 문화적 꿈을 실천하고 있었다. 평균하여 국가 예산의 0.43퍼센트를 가지고 세계를 혁신할 것을 주장하고, 빈약한 자금으로 프랑스 정치 풍경에 새로운 것을 부과하겠다는 것은 에스파냐 전투 비행 중대 때의 영웅적인 '작업'이 갑옷을 두른 채 지옥에서 다시 튀어나온 것과 같았다. 그것은 추상의 내각이었다! 행동하고자 하는 유혹이 적재적소의 몇몇 사람에게서 다시 백일하에 솟아나는 것 같았다. 사실 〈인도차이나〉 지와 〈사슬에 매인 인도차이나〉 지에 이어서 식민지 문제에 대한 최상의 해결책을 제시하겠다는 이 미치광이 같은 꿈을 제외한 다른 무엇이 있었던가?

말로의 일관성 혹은 모순은 이러한 값을 치른 것이었다. 포로가 될까 두려워서, 즉 자기 자신의 품격을 떨어뜨릴까 두려워서 현실을 정면으로 직시하지 못하고 위에서 바라보는 것⋯⋯.

"그들은 스스로를 모험가라고 생각합니다. 왜냐하면 그들은 《버림받은 자들 Les Réprouvés》을 읽고 있기 때문입니다. 그런데 그들이 할 줄 아는 것이란 네 살짜리 여자아이의 신체를 못쓰게 만드는 일입니다."

한 끔찍한 소식을 듣고 말로가 나직한 목소리로 말했다. 불로뉴에 있는 그의 집주인 내외의 딸로서 아래층에 살고 있던 델핀이 OAS (1961년 알제리에서의 군사 폭동 실패 후 주하우드, 살랑 같은 군 장성과 수시니 같은 정치인의 사주에 의해 만들어진 비밀 무장조직으로, 드골의 알제리 정책에 반대하였다—역주)의 '플라스틱 폭탄 테러'에 의해 모습이 흉하게 되었던 것이다.

"폰 살로몬의 책은 이와 같은 젊은 바보들의 애독서 중 하나입니다.* 하지만 그들은 또한 《정복자》나 《인간의 조건》에서 영감을 받았을 수도 있습니다⋯⋯."

"바보 같은 소리요! 이건 장난이오. 홍이나 첸 같은 사람은 아마추

---

* 독일 의용군(제1차 세계 대전 말기에 반쯤은 공식적으로 활동하던 군사 단위 부대)에 자진 참가하여 독일에서 나치 이전의 극우 테러단의 멤버가 된 에른스트 폰 살로몬은 거의 말로와 모습이 비슷하였으며, 그의 자전적 이야기인 《버림받은 자들》을 열심히 읽는 도시 OAS의 젊은 행동주의자들로부터 높은 평가를 받았다.

어의 작업에 만족하지 않았소. 나는 아시아에서 그런 사람들을 만났소. 목숨을 희생할 각오가 되어 있는 그들은 사람을 죽이는 데서 병적인 기쁨을 느꼈지요. 하지만 그 반대로 죽음에 대한 두려움은 전혀 없었습니다. 반복해서 말하건대, 내게 놀라운 것은 OAS의 행동주의자들이 나를 공격했다는 것이 아니라—그들은 드골 장군을 암살하려고 시도했던 것이오, 보잘것없는 인물의 안전을 걱정한 나머지 일으킨 그들의 빌어 먹을 테러리즘에 그 여자아이가 대신 희생을 치렀다는 것이오!"

"좀 심하시군요, 말로 씨……."

"나는 오직 진실을 말할 뿐이오. 당신은 내 문 앞에서 보초를 서고 있는 두 경찰관이 훙이나 첸에게 두려움을 줄 것이라고 생각하십니까? 프레는 자기 부서들을 통해 얻은 모든 자세한 문서들을 갖고 있었습니다. 그가 내게 그것들을 보여주었지요.* 형편없는 탐정소설이었소. 행동주의자들은 실제로는 은퇴한 기사로서 가짜 대령이었으며 '검은 외알안경'이라고 하는 자의 명령에 복종하고 있었소! 그들은 네 사람이었고, 그 중 두 명은 형제였소. 거사 당일에 그들은 포르트 드 생 클루에 있는 트루아 오뷔스 카페에서 만나기로 약속을 했소. 그러고 나서 그들은 불로뉴에 임대해 놓은 '에스타페트'에 도착했소. 그들의 무기인 두 대의 경기관총, 여러 개의 연막탄, 속이 움푹 파인 폭탄 하나, 그리고 뇌관을 들고 말이오. 그것들은 불행을 만들어내는 도구였소. 다만, 그들에겐 쓸 만한 정보가 없었소. 장관을 살해하려는 데 말이오! 그들은 내 집을 찾는 데만도 한 시간이나 걸렸소. 속이 움푹 파인 폭탄과 뇌관을 아래층 창문 가장자리에 설치한 사람은 내 사무실이

---

* 로제 프레는 드골파 역사학자로서 당시에 내무부 장관이었고 반 OAS 투쟁의 중심 인물 중 한 사람이었다.

그곳에 있지 않다는 것을 몰랐던 것이오. 그들의 대장은 담뱃불로 도화선에 불을 붙이고 부리나케 도망쳤습니다. 아마추어들이라고 내가 말했듯이 말이오……."

"당신 생각에는 낙하산 특공대였다면 더 좋았겠습니까?"

"빌어먹을 낙하산 부대! 낙하산 부대가 뭡니까? 나는 남서부 병영으로 가서 그들과 직접 이야기하게 해달라고 드골 장군에게 요구할 생각입니다. 나는 그렇게 할 수 있는 유일한 사람입니다. 당신이 말하는 낙하산 부대원들이 겨우 요람에 누워 있었을 때 나는 프랑코에 대항해서 싸움을 했습니다. OAS 사람들은 내가 1960년 1월에 그들이 쳐놓은 바리케이드를 소탕하러 알제리에 탱크부대를 보내도록 제안했던 것이나, 일 년 후에 내가 샬과 살랑(Salan: 프랑스의 군인. 1956~1958년 알제리 주둔군 제10관구 사령관을 지냈고, 알제리 반란에 연루되었다고 해서 궐석재판으로 사형 선고를 받은 후 1962년 체포되어 복역중 1968년 특별사면으로 출옥했다-역주)과 싸우기 위해 필요하다면 직접 전차에 올라탈 것이라고 말한 것을 용서하지 않고 있습니다.

샬입니다, 아시겠지요! 그 사람은 나를 태우고 시바 여왕의 도시인 마렙 상공을 비행했던 그 사람입니다. 이런, 일이 복잡하게 꼬일까 두렵군요. 그는 원래의 생활로 돌아왔습니다. 차렷, 쉬어, 샬. 코르니글리옹이 조종간을 잡았지요. 그렇습니다. 그들은 나를 미워했습니다. 그래서 어떻다는 겁니까? 그들은 사랑받기를 원했습니다. 그들은 남들이 자기들에게 반대하는 것을 용납하지 않았습니다. 생각해 보세요."

말로는 심중의 말을 토로하기를 그치고, 내란의 조짐을 보이고 있지만 점차 결론에 다다르고 있는 알제리 전쟁을 생각하기 시작했다. 1961년 4월의 봄날 밤, 스페인 전쟁 초기의 날들과 반파시즘의 영광의 시간들이 다시 살아나고 있다고 믿었던 그는 쉰 목소리로 보보 광장에 모인 수백 명의 자원자들에게 연설을 하고 있었다. 자원자들은 무장 폭동군과 맞서 싸우기 위해 무기를 요구하러 왔지만 몇 정의 소구경 권총과 산더미같이 쌓아올린 새 전투복, 군모 그리고 신발만을 받았을 뿐이었다.

죽음? 그는 그것에 개의치 않았다. 몇 달 전부터 죽음은 그를 따라다니고 있었다. 알제리에서의 무장 폭동이 실패한 지 한 달 후인 5월의 어느 날 저녁, 그가 마들렌과 몰리토르 가의 이탈리아 식당인 샌 프란시스코 식당에서 저녁을 먹고 있을 때 전화벨이 울렸다. 걱정에 가득 찬 목소리, 충복인 뵈레의 목소리가 들려왔다.

"고티에와 뱅상이 본 근처에서 자동차 사고를 당했습니다. 부상을 입어 병원으로 후송시켜 놓았습니다. 가능한 한 빨리 정확한 내용을 알려드리겠습니다."

"불로뉴로 전화하게, 우리는 곧 돌아갈 걸세."

정확한 내용은 밤이 되어서야 알려졌다. 터무니없고 두려웠다. 둘 모두 즉사한 것이었다. 페르낭처럼, 클로드처럼, 롤랑처럼, 조제트처럼. 쾌활하고 잘 웃던 말로가 병적인 환상을 끝없이 되씹고 있는 반쯤 허리가 굽은 60대에게, 자신의 강박관념에 둘러싸여 오로지 그것들만을 생각하는 수다쟁이에게 자리를 내주고 몸을 감추기를 그만두는 데에는 그날 밤으로 충분했다.

비극적 사건에 치인 앙드레 말로는 마들렌을 피하기 시작했다. 그는 술을 마셨다. 마들렌은 그가 정부에서 물러나 문학으로 되돌아갈 것을 바랐다. 그리고 이제 OAS에게 증오의 계산서의 값을 치르게 되는 것은 어린 델핀이었다. 행동주의자들은 그를 죽이기만 하면 되었다. 전쟁을 하다가 죽는 것은 결국 결판을 내는 훌륭한 방법이 될 것이었다.

자살? 그는 아직 죽을 준비가 되어 있지 않았다. 살인자들이 찾아오는 날에도 그는 죽는 순간까지 강력하게 버틸 것이다. 원칙의 문제였다. 스페인에서 승무원들은 권총을 들고 다녔는데 모든 총알이 프랑코파들을 향한 것이었지만 마지막 한 발은 아니었다.

작가이자 자유 프랑스의 일원이었던 로맹 가리(Romain Gary: 제2차 세계 대전 때 공군 장교로 활약했던 프랑스 작가. 1956년 《하늘의 뿌리》로 콩쿠르상을 받았다-역주)가 어느 날 말로에게 자신의 아내인 진 시버그를 소개했다. 영화 〈네 멋대로 해라 À bout de souffle〉에서 파트리샤 드 고다르 역으로 나왔던 여자였다. 그녀는 금발에 미국인이고, 순진하고 낭만적이었다. 어느 날 저녁 갑자기 살아난 사람처럼 절망에서 빠져나온 말로는 그녀를 라세르 식당으로 초대했다.

"당신은 OAS 사람들이 무섭지 않으세요?"

진이 어조를 부드럽게 만드는 미국식 액센트의 불어로 물어보았다.

그녀는 짧은 머리를 하고 있었지만, 그녀를 유명하게 만들었던 '뉴욕 헤럴드 트리뷴'이 새겨진 티셔츠를 입고 있지는 않았다.

"OAS요?"

말로는 식탁의 수건을 들어올리면서 미소를 지었다. 그 아래에는 소구경 권총이 있었다. 손잡이가 나전으로 된…….

"이봐요, 나는 아무것도 두려운 것이 없어요. 나를 지키기 위해 필요한 것을 갖고 있으니까요. 그것이 당신 나라 사람들을 놀라게 하지 않았으면 좋겠군요. 그들은 나를 깡패로 생각하고 있거든요. 1947년에 〈타임 매거진 *Time Magazine*〉에서는 내가 손에 무기를 들고 차에서 내리는 듯한 사진을 실었습니다……. 그것은 단순히 내 장갑이었는데 말이에요!"

"1962년의 적자는 70억에 달했습니다."

드골 장군 주변에 전원이 모인 내각 회의에서 발레리 지스카르 데스탱 재무장관이 발표했다.

"경제 성장으로 인해 막대한 세금 징수가 가능했습니다. 가치 상승은 31억에 달했습니다. 4년 후에도 적자는 그 이하이거나 아니면 70억 수준에서 유지될 것입니다……."

"장관들은 아침에 절약을 제안받고, 정오 이전에 그 제안을 수용해야만 합니다. 그것은 이치에 맞지 않습니다. 절약을 해야 한다는 데에는 아무런 이의가 없을 것입니다. 하지만 적어도 장관들에게는 그들이 어쩔 수 없이 받아들일 수밖에 없는 절약의 성격을 제안할 권리가 주어져야 합니다."

성난 말로가 응수했다.

절약이라! 그 말 자체가 그에게는 모욕처럼 느껴졌다. 국가란 절약을 위해 만들어진 것이 아니다! 국가란 지출을 하기 위한 것이다. 지출을 하지 못한다면 정부에 있는 것이 무슨 소용인가?

조르주 퐁피두는 기분이 썩 좋지 않았다. 새로운 수상은 말로식의 영광의 꿈도, 드골파의 무훈을 깃발처럼 흔들면서 언제나 드골 장군 뒤로 몸을 피하는 짜증스런 버릇도 받아들이지 않는 날들이 있었다. 며칠 후에 말로는 〈라 조콩드 La Joconde〉(레오나르도 다 빈치의 그림 〈모나리자 Mona Lisa〉의 프랑스식 이름—역주)를 동반하고 뉴욕으로 갈 것이었다. 〈모나리자〉는 영구 액체 비중계가 달린 특수상자에 넣어져서 대형 여객선 프랑스호를 타고 갈 것 같고, 문화성 장관인 말로는 케네디 대통령 부부 앞에서 프랑스와 미국 간의 우정을 찬양하는 기념비적인 연설을 할 것 같았다. 좋은 일이다. 하지만 그가 자신을 특수한 경우로 계속 간주하기 위해 그 기회를 이용하지 않았으면 좋겠다. 대중에게 잘 알려진 것처럼 베르사유 성의 정원에 있는 이 작은 천국 속에서 위스키 병을 들고 새벽녘까지 밤샘을 하는 그였다. '자신'의 말로에 대해 언제나 친절한 대통령은 불로뉴에서 플라스틱 폭탄 테러가 있었던 이후 그에게 랑테른 별장을 할당했던 것이다.

작가이자 장관인 말로는 청중 역할을 하기 위해 소집된 부하들에게 끝도 없는 이야기를 늘어놓았고, 자신의 횡설수설에 스스로 싫증이날 때면 단번에 그들을 내쫓았고, 한밤중에 그들이 파리로 되돌아가는 수고를 모른 척한 채 자신의 방 속에 틀어박혔고, 느지막이 일어났고, 잠들기 전에 과다 복용했던 진정제의 효과를 중화시키기 위해 자극제를 잔뜩 먹었고, 그리고 가능하면 아침 시간을 문학에 할애했다. 그 결과 발루아 가에 있는 문화성은 하루에도 몇 시간씩 지휘자 없이 오케스트라를 연주했고 그것이 더욱더 퐁피두를 짜증나게 하는 것이었다.

"아침 내내 장관이 사무실에 없으면 어떻게 합니까?"

퐁피두는 빈정거리는 미소를 띠면서 말을 던졌다.

직격탄을 맞은 말로가 응수했다.

"첫번째, 절약을 해야 한다는 것. 그것은 이론의 여지가 없소. 두번째, 긴급 유예기간 역시 논의의 여지가 없습니다. 그러나 세번째, 절약의 분배 문제에 대해서는 우리 각자가 자유로이 그것을 결정하게 되기를 요구하는 바입니다."

친구가 어려움에 처해 있다는 것을 눈치 챈 드골 장군은 서둘러 그를 도우러 왔다.

"예산 범위 내에서 국무장관에게 예산 전용을 허락해 줄 수 있습니까?"

드골이 물었다.

"물론입니다, 모든 장관들에 대해서와 마찬가지로 가능합니다."

지스카르 데스탱이 대답했다.*

자명한 이치를 상기시키기 위해 그렇게 법석을 떨 필요가 없지, 퐁피두는 이렇게 생각했다. 마음이 너그러운 그는 어떤 날엔 말로가 진정한 장관이 되려고 애쓴다는 것을 인정했다. 말로는 주의 깊게 서류들을 읽고, 자신의 요구사항과 질문들을 놀랄 만큼 간결하게 적어놓은 초록색이나 분홍색 혹은 황갈색의 쪽지를 통해 부하들과 연락했다.

역사적 기념물들을 세탁하자는 그의 생각은? 비록 언론의 풍자화가들이 마음껏 즐겁게 그를 조롱하긴 했지만 훌륭한 생각이었다. 그러나 언제나 활발한 말로의 상상력은 몇 가지 편협한 행위는 단연 용서하지 않았다. 예를 들면 문화성 장관에게 보내는 '바람직하지 못한 인사들'이라는 리스트에는 C항에서 시작하여 "클라라 말로, 어떤 일이 있어도 들여보내지 말 것"이라고 씌어져 있었고, 집주인의 기분에 따라 매일 길게 늘어갔다. 죽음의 천사로 승격된 뵈레는 즉시 마들렌에게 그녀 역시 문화성에서 충분히 검토되었다는 것을 알리러 가게 된다. 또다시 뵈레는 비아시니와 가에탕 피콩에게 그들과 장관 사이에 불화가 계속된다면 장관이 그들을 배신자로 간주할 것임을 연속해서 알리게 된다.

팡테옹의 계단 아래서 말로는 책상 뒤에 자리를 잡고 앉아 철해 놓

---

* 알랭 페레피트는 《그는 드골이었다 C'était de Gaulle》(제1권, 드 팔루아/파이야르 출판사, 1994년)에서 이 장면을 자세히 이야기하고 있다.

은 몇 장의 서류를 펼쳐놓고, 안경을 고쳐 쓴 다음 드골 장군 쪽을 향해 시선을 돌렸다. 장군 오른쪽에는 조르주 퐁피두가 왼쪽에는 자크 샤방 델마가 있었다. 살을 에이는 듯한 바람에 때때로 깃이 떨리는 군용 외투를 꼭 여며 입은 공화국 대통령은 무감동한 얼굴로 말로가 연설의 첫머리를 낭독하는 소리를 듣고 있었다. 그 연설은 12개의 스피커를 통해 이웃한 간선도로에 울려 퍼졌다.

예순세 살의 나이에도 말로는 표현력을 전혀 잃지 않았다. 그에겐 오늘 그것이 더욱 필요하게 될 것이다. 1964년 12월 19일, 이날 공화국은 레지스탕스 국가위원회를 창설했던 사람의 유해를 팡테옹으로 옮겼다. 그의 이름은 장 물랭으로, 전 도지사 보좌관, 공군성 장관 민간 비서실장, 스페인 공화파를 돕는 지하조직의 중심인물(말로와 함께), 비시에 의해 파면당한 프랑스 최연소 도지사, 이중의 삶을 살았던 항독 지하운동원, 클라우스 바르비라는 이름으로 SS의 포로였던 인물이었다. 물랭은 말을 하지 않기 위해 삶에 종지부를 찍고자 했고 실제로 말을 하지 않았다. 드골 장군은 자유 프랑스의 무훈을 세운 또 하나의 인물인 피에르 브로솔레트를 뛰어넘어서 물랭을 드골파에 대한 충성심의 상징으로 확립하기로 결심했다.*

---

* 브로솔레트는 고문에 못 이겨 동료들을 배신할 위험에 빠지지 않기 위해 1944년 3월에 스스로 목숨을 끊었다. 1958~1960년까지는 이 레지스탕스와 자유 프랑스의 영웅이 당시에는 거의 알려지지 않았던 물랭보다도 훨씬 더 자주 무대의 전면에 등장했다. 하지만 신랄하고 반항적이었던 브로솔레트보다 샤르트르의 전 도지사였던 물랭이 5공화국의 국가 관리주의적인 드골주의를 더 잘 구현하고 있었다. 그렇기 때문에 물랭을 신성화하기로 선택한 것이다. 브로솔레트를 둘러싼 연구서들의 쟁점에 대해서는 기욤 피케티의 국가 박사학위 논문과 그가 쓴 전기 《피에르 브로솔레트, 레지스탕스의 영웅 *Pierre Brossolette, un héros de la Résistance*》(오딜 자콥 출판사, 1998)을 참조할 수 있을 것이다. 같은 출판사에서 피케티는 《레지스탕스(1927~1943)》라는 제목으로 브로솔레트가 쓴 글을 모아서 주석을 붙여놓았다. 기 페리에는 아셰트 리테라튀르 출판사에서 《피에르 브로솔레트, 레지스탕스의 예언자 *Pierre Brossolette, le visionnaire de la Résistance*》를 펴냈다.

"인간이요? 자질구레한 비밀 덩어리의 불쌍한 존재지요."

《알텐부르크의 호두나무》에서 월터는 이렇게 단언했다. 물랭은 자신이 보유하고 있던 비밀들—거대한—을 간직할 줄 알았기 때문에 죽었다. 그는 아직 레지스탕스가 '용기에 찬 폭동'과 비슷하던 시절에 말로로서는 될 수 없었던 그런 영웅이었다.

문화성 장관인 말로는 공격을 퍼부었다.

"20년 후에 레지스탕스는 조직 속에 전설이 뒤섞이는 주변 세계가 되었습니다. 난해하고 조직적이고 아주 오래된 느낌, 그 이후로 전설의 색조를 띤 느낌으로 나는 그를 만났습니다. 코레즈의 한 마을에서 독일군들은 항독 지하운동의 투사들을 죽였고 시장에게 그들을 새벽에 비밀리에 매장할 것을 명령했습니다. 그 지역에서는 여성들이 자기 가족의 무덤 위에 서서 마을의 모든 죽은 사람들의 장례식에 참석하는 것이 관습이었습니다. 아무도 죽은 그들을 몰랐습니다. 그들은 알자스 사람들이었습니다. 독일군 경기관총의 위협적인 감시를 받으며 우리 측 농부들의 손에 이끌려 그들이 공동묘지에 도착했을 때, 썰물처럼 물러가던 밤이 지나자 상복을 입은 코레즈 여인들의 모습이 드러났습니다. 그들은 산 위에서 아래까지 늘어서서 꼼짝도 하지 않고 각자가 자신들 가족의 묘 위에서 말없이 죽은 프랑스인들의 매장을 기다렸습니다……"

그가 그 이상한 장례식 장면을 직접 목격하지 않았다 해도, 그리고 그의 역할이 그 이야기들을 주워들은 것에 한정되었다 해도 상관없었다. 그는 실제로 그 장면을 따라가보았던 것 같았다. 조명등이 무대를 비추는 동안 침묵 속에서 말들이 솟아올랐다. 바로 그 무대에 대해서 이야기해야 했다. 왜냐하면 그 의식은 거의 예술적인 창조로서 무언가 연극적인 것을 갖고 있기 때문이었다. 장관과 대통령은 그것을 바랐다. 하지만 오직 장관만이 그것의 모든 비밀들을 꿰뚫어보았다. 죄의식이라는 비밀부터 보자. 죄의식은 말로의 연설 모든 구석에서 새어나오고 있었다. 예술에 대한 열정, 공화주의적인 감정, 반파시즘, 역사 속에 이름을 남기고 싶은 소망 등 모든 점에서 그 또래의 남자가 1941년부터 선택한 길에 자신은 너무나 늦게 참여했다는 죄의식이었다. 얼마 떨어지지 않은 곳에서 공식적으로는 니스의 화랑 소유자였던 물랭이 '삶의 회로를 끊기' 전에 얼마간 속임수를 쓰고, 가짜 신분증을 사용해 리옹으로 가서 점령지 프랑스에서 드골 장군의 개인적인 대표가 되었을 때 자신은 '라 수코' 별장의 평온한 주인에 불과했다는 데 대한 죄의식이었다. 포로가 되어 심문을 받았지만 고문은 당하지 않았고, 고통과의 절대적인 대면 속에서 결코 자기 자신의 한계에까지 가보지 못한 데 대한 죄의식이었다.

그는 물랭의 고대 로마식 영웅주의가 내포하고 있는 것에 마음속 깊이 감동을 받았다. 에스파냐 전투 비행 중대 중대장으로서 자신의 전설에 어울리는 모습을 드러내야 했을 때 보였던 자신의 망설임 때문이었다. 팡테옹의 입구를 비추고 있는 조명등 아래 말로의 모습이 환하게 드러났다. 자신을 괴롭히는 죄의식을 짓이긴 후 그것을 말로 이루어진, 박자가 잘 맞는 찬가의 재료로 삼았다. 군악대가 작은 소리로 '유격대원가' 앞 소절을 연주했다.

"프랑스의 젊은이들이여, 우리에게 불행의 노래였던 곡을 들어보시오. 이것은 이곳에 있는 유해들을 위한 장송곡입니다. 프랑스 공화력 2년의 병사들과 함께 묻힌 카르노의 유해와 《레 미제라블 Les Misérables》과 함께 묻힌 빅토르 위고의 유해, 법무부의 경비를 받는 조레스의 유해 곁에서 모습이 일그러진 망령들의 기나긴 행렬과 더불어 영면하게 합시다. 젊은이들이여, 여러분은 오늘 여러분의 손을 마지막 날의 형태가 없는 불쌍한 얼굴에, 그리고 결코 말해 본 적이 없는 입술에 가까이 대듯이 그 인물을 생각할 수 있습니까? 지난날 그의 얼굴은 바로 프랑스의 얼굴이었습니다."

드골이 일흔네 살 생일을 맞은 뒤였다. 하지만 그의 가장 젊은 장관들인 발레리 지스카르 데스탱과 알랭 페르피트는 각기 서른여덟 살, 서른아홉 살에 불과했다. 프랑스에서는 만 스무 살이 되어야 비로소 합법적인 성년의 나이에 도달한다. 화장, 청바지, 그리고 긴 머리카락은 고등학교에 다니는 아이들에게는 금지되어 있었다. 대학은 이미 정체되어 있는 상태였다. 수플로 가 근처의 건물에서 프랑스 최초의 좌파 세력인 UNEF(Union nationale des tudiants de France: 프랑스 전국 학생 연맹 – 역주)의 투사들은 자신들도 모르게 숨을 죽였다. '이 늙은 멍청이'에 대해 처음부터 쏟아졌던 빈정거리는 농담들이 그쳤다. 그의 위엄 있는 말과 목소리에 담긴 끔찍한 신랄함에 사로잡힌 그들 역시 침묵했다……

1965년 8월 3일. 마오쩌둥은 감정이 드러나지 않는 눈으로 상대방을 자세히 관찰했다. 신경성 경련으로 줄무늬가 그려진 얼굴을 한 이 60대의 인물, 그는 바로 앙드레 말로였다. 전성기 때 보로딘과 광둥의 러시아 대표들에게 완전한 상상의 모험 이야기를 무조건 믿게끔 만들었던 그 소설가였다! 어리석은 서양인들 같으니, 확인해 볼 수도 있었을 텐데, 독재자는 이렇게 조소했다.

그는 그렇게 했다. 오늘 아침에 그는 자신의 비밀첩자의 우두머리인 캉성의 노트를 주의 깊게 읽었다. 캉성은 수상인 저우언라이와 외무부 장관인 첸이와 같은 견해를 갖고 있었다. 그 세 사람의 지도자들은 말로가 프랑스 대통령의 귀를 사로잡고 있다고 말했다. 바로 작년에 중화인민공화국을 인정해 준 드골 장군이 보낸 이 밀사와의 짧은 접견의 혜택을 어찌 거절할 것인가? 아직 중국인들은 파리의 드골주의 진영에서 소곤거리고 있는 것을 모르고 있었다. 자기 두 아들의 죽음에 낙담한 말로는 기진맥진해 있었던 것이다. 드골 장군이 북경에서의 공식 임무를 생각해 낸 것은 그가 자살의 유혹을 피하게끔 하기 위한 것이었다.

몇 마디 상투적인 인사말들은 이미 교환되었다.

"당신 이전엔 어느 누구도 농민 혁명에 성공하지 못했습니다."

갑자기 말로가 선언하듯 말하고서 절제하지 못하고 장광설을 늘어놓기 시작했는데, 거기서 그는 중국의 혁명은 혁명 지역에서의 농업 개혁과 대도시의 힘을 지나치게 믿은 장제스의 잘못된 이중 결실이라는 결론을 이끌어냈다.

"농업 개혁이라는 면에서 볼 때 특히 내란에서 승리해야만 했지요." 마오쩌둥이 차갑게 확인했다.

그러자 말로는 마찬가지로 차가운 어조로, 결국 국민당의 통제를 받는 농민이 수적으로 공산주의자들이 차지한 지역의 농민보다 더 많았다고 덧붙여 말했다……*

---

* 중국의 독재자 마오쩌둥과 《인간의 조건》의 저자 말로의 회견은 《반회고록》 속에서는 철저히 환상적이고 부정확하게 전개되어 있다. 실제로 그 회견 내용이 어떠했는지에 대해 알고자 한다면 자크 앙드리외의 주목할 만한 연구 〈그런데 마오와 말로는 서로 무슨 말을 했는가? *Mais que se sont donc dit Mao et Malraux?*〉를 주의 깊게 읽어볼 일이다. 그 연구는 그 만남에 대한 프랑스와 중국의 속기록을 꼼꼼하게 비교하고 있다(《중국의 전망 *Perspectives chinoises*》, 37쪽, 1996년 9~10월).

다른 곳에서도 마찬가지겠지만, 예의범절이 발달한 나라인 중국에서는 교수대에 보내질 수도 있을 만한 말이었다. 하지만 말로는 의전 담당 부서에 의해 마오쩌둥을 설득하도록—정말 획기적인 일이었다!—주어진 얼마 안 되는 시간을 허비해 가면서 완강하게 소련은 더 이상 스탈린적이지 않다고 주장했다. 중국 혁명의 위대한 '지도자'와 대면한 말로는 스스로 선생님에게 결정적인 판정을 애걸하는 학생의 위치로 자신을 낮추었다. 그는 그 자신이 해석한 무장 항독 지하단체에 즐겁게 말려 들어갔다.

작가라는 장관이 그렇게 기괴한 질문을 하다니 이상했다! 마오쩌둥은 중국식의 짧고 날카로운 웃음을 더 이상 참을 수 없었고, 그것은 첸이의 웃음과 함께 이중주를 이루었다. 말로는 자신의 혁명주의적인 환상 때문에 즉각적으로 모욕에 응수하지 않았다. 대신 그는 기운을 내서 본론을 벗어난 이야기에서 제안으로 넘어갔다.

"국내 정치에서 수정주의에 대한 당신의 다음 목표는 무엇입니까?"

"수정주의에 대한 투쟁은 수정주의에 대한 투쟁입니다. 그것은 다른 목표를 포함하고 있지 않습니다."

"당에서는 목표의 차등, 즉 농업에 우선권을 부여하는 차등을 시행하지 않을 것인가요? 산업의 차원에서는 승부에서 이겼는데……."

무슨 승부인가? 마오이즘의 이상에서 가장 많은 사망자가 발생한 1958~1961년의 '대약진'으로 3천만에서 4천만이 죽었는데. 분명히 이 이방인은 자신과 상관없는 일에 끼여드는 재능을 갖고 있었다…….

"산업의 문제도 농업의 문제도 결정되지 않았습니다."

마오쩌둥은 단호하게 말했다.

말로는 중국 산업의 놀랄 만한 건전성을 보여주었던 시안(西安)의 '포템킨' 공장 방문을 논거로 내세웠지만 반면에 농업은 분명히…….

"인민 공사의 수준을 능가하기 위한 운동을 전개하는 것이 당신의 의도에 들어가 있지 않습니까?"

말로가 다시 한 번 암시를 했다.

"인민 공사 내에서는 조직 구조의 차원에서도 생산관계의 차원에서도 변화는 있을 수 없을 것입니다. 기술 측면에서는 변화가 일어나기 시작하고 있습니다만……."

다시 분위기가 차가워졌다. 말로 혼자만이 그것을 깨닫지 못했다. 주중 프랑스 대사인 뤼시앵 페이가 크게 실망하는 가운데 말로는 다시 시도했다.

"오늘날 중국 내의 수정주의자 층은 널리 확산되어 있습니까?"

"아주 넓지요. 수적으로 그런 것이 아니라 그것이 미치는 영향의 측면에서 말입니다. 그들은 지주들과 부농들과 자본주의자들, 지식인들, 언론인들 그리고 그들의 일부 자식들입니다……."

"작가들은 왜 그렇지요?"

"그들의 사상은 반마르크스주의적이기 때문입니다."

그것은 표현의 자유 때문이었다! 또다시 쏟아지는 농업 생산성에 관한 질문으로 마오쩌둥의 인내는 한계에 달했고 그는 회견을 끝내기로 했다.

"당신에게 작별 인사를 하기 전에 드골 장군에게 안부를 전해 달라고 부탁하고 싶습니다……."

말로는 쫓겨난 것이었다. 그것도 가장 거친 방식으로! 다행히 그

'위대한 지도자'는 자신의 짜증이 말로에게 정중함의 한도를 넘게 했다는 것을 깨달았다. 마오쩌둥은 상대에게 체면을 차릴 기회를 주면서 다시 고쳐 말했다. 그는 거의 마음의 짐을 덜기 위해서인 듯 손님을 앞에 두고 최근에 있었던 프랑스 의원들의 북경 방문을 상기시켰다.

"나는 의원들이 무슨 말을 했건 전혀 믿지 않습니다."

말로는 즉시 되받아쳤다. 반의회주의의 표시였는데, 그것은 마오쩌둥과 같은 역량의 독재자와 대면해서 보여준 자신의 배려 같은 것이었다.

"미국에 관한 그들의 입장은 당신처럼 명확하지 않더군요."

마오쩌둥이 이렇게 논평을 했고 말로는 그 알쏭달쏭한 말을 개인적인 공감의 표시로 서둘러 분석했다.

"그 이유는 아마도 내가 이행하고 있는 임무가 그들의 임무보다 더 중요한 것이기 때문일 겁니다."

말로가 거들먹거리며 결론지었다.

말로와 마오쩌둥의 '역사적' 만남은 총체적인 실패로 끝났다. 말로는 그 중국 혁명가에 대한 프랑스 숭배자들과 함께라면 행복할 것인가?

말로는 전화를 전혀 좋아하지 않았다. 그 기계는 예순여섯의 나이에 달한 그가 자신의 말을 듣고 자신을 쳐다보는 사람들에게 계속해서 행사하는 매력의 상당 부분을 무로 돌려버리는 것이었다. 부처간에 전화벨이 울리면 불만은 더 커졌다. 그것은 전화선 한 끝에, 다른 모든 관리들과 마찬가지로 1968년 봄이 시작되면서부터 프랑스를 뒤흔들고 있는 사건들에 대한 합리적인 답변을 찾으려고 애쓰는 정부 내 동료가 있기 때문이었다. 합리적인 답변이라니!

"말로 씨, 내가 하려는 말이 아마 진부할 테지만 그들이 원하는 것이 무엇이던가요?"

"그들 자신도 그것을 알지 못하고 있습니다! 그들의 반항은 그들을 초월해 있습니다. 그들의 반항은 형이상학적이면서 동시에 국제적입니다. 박애의 추구이면서 혼돈 속으로의 도피입니다. 미국뿐만 아니라 중국, 일본 등지에서도 마찬가지입니다……. 우리는 문명의 위기에 처해 있습니다. 이전에 우리가 겪어왔던 것 중에서 아마 가장 심각한 위기일 것입니다. 인간은 역사상 가장 거대한 투쟁에 직면해 있습니다. 케네디 대통령과의 대화가 생각나는군요. '오늘날 진정한 문제가 무엇입니까? 아마도 정치를 기술 혁명에 적응시키는 일일 것입니다'라고 그가 내게 말했습니다."

"케네디라, 하지만 무슨 말인지 잘 모르겠군요……."

"우리는 그 자신과 일치하지 않고, 우주와 조화를 이루며 살지 않는 최초의 문명입니다. 우리는 다른 문명 속으로 들어가고 있습니다. 바로 그 때문에 문화가 그처럼 중요한 역할을 하는 것입니다. 왜냐하면 문화는 가치들을 전해 주기 때문입니다. 반면에 우리가 막 접어들기 시작한 기계 문명은 동시에 환상을 불러일으키는 문명입니다. 영화와 특히 텔레비전이 그렇습니다. 문화란, 문명이 환상을 만들어내는 공장에 대해 투쟁하게 해주는 것, 인간이 더 이상 신에 의거하지 않을 때 인간에게 토대를 제공하는 것입니다. 요컨대 우리는 우주와의 관계에서 조화롭지 못하다는 것을 알고 있는 젊은이들에 직면해 있는 것입니다. 《서양의 유혹》이 말하자면 종말에 달했다는 것입니다."

드골파의 소문에 의하면 드골 장군은 《희망》을 좋아한다고 했다. 하지만 《반회고록》이 1967년 11월에 발간되었을 때 20만 명에 달하는 구매자들이 서점으로 몰려갔고 그 중 많은 사람들이 젊은이들이었다.

"당신은 이 어리석은 젊은이들에게 너무 관대하군요, 말로 씨! 그들이 할 줄 아는 것이라고는 부수는 것뿐인데……."

"희망이 존재하지 않기 때문에, 인류애의 추구가 실패했기 때문에 허무주의가 부활한 것입니다! 이러한 검은 깃발의 복귀에 대해 나도 당신만큼이나 두려워하고 있습니다. 하지만 아마 그 이유는 다를 것입니다. 그것은 내게 영국 노동자들이 기계를 때려부수었던 공장기계 파괴 운동(러다이트 운동)을 생각나게 합니다. '분노한 사람들'이 파괴하려는 것은 바로 문화입니다. 나는 터무니없는 행동이 일어나지 않을까 두렵습니다. 나는 루브르가 공격받을 경우 필요한 조치를 취하기 위해 내게 협조하는 모든 사람들을 모아놓았습니다. 우리는 어쩌면 인류의 영원한 걸작품들을 지키기 위해 죽어야 할지도 모릅니다. 하지만 우리는 어떠한 경우에도 그 걸작들을 포기하지 않을 것입니다. 당신은 흥분해서 날뛰는 사람들이 〈밀로의 비너스 Vénus de Milo〉를 바닥에 팽개치는 것을 상상해 보셨습니까?"

"그럴 수도 있겠군요. 사실, 사람들은 그들을 부추기고 있습니다. 이들 파리의 모든 지식인들이요……. 이렇게 말해서 미안한데, 당신 자신도 그렇습니다. 당신은 프랑스 극장에서 바로(Barrault: 프랑스의 배우 겸 연출가. 1910~1994-역주)가 쥬네(Genet: 프랑스 작가. 1910~1986. 〈발코니〉, 〈하녀들〉 등의 극작품이 있다-역주)의 그 더러운 작품을 무대에 올리게끔 했으니까요. 그가 당신에게 얼마나 감사하고 있는지 보세요. 그는 당신을 부르주아로 취급하고 있잖아요……."

"제발 좀 신중하십시오! 나는 부르주아가 아니고 바로는 나를 그런 식으로 취급하지 않을 것입니다. 오데옹의 시위자들이 그의 극장에 침입해서 지나는 길에 그를 부르주아라고 했지만 그 자신은 그렇지 않습니다. 우리는 자신이 무엇을 원하는지 알고 있다고 생각하는 사람들과 대면하고 있다는 것을 잊지 마십시오. 그것은 이미 자신을 부르주아화하기 시작했음을 의미합니다! 바로는 냉정함을 잃고 아무 말이나 막했습니다. 하지만 그런 이야기를 《병풍 Paravents》 이야기와 혼동하지 마십시오. 주네의 그 작품은 실제로 논쟁의 여지가 있었습니다. 사람들이 말하는 것처럼 '반프랑스적'인 것은 아니지만 비인간적이고 모든 것에 반대만 하는 것이었습니다. 그것은 그 작품을 반대할 만한 이유가 아니었습니다. 그와 유사한 느낌이 많은 걸작품들을 낳았으니까요. 하지만 프랑스 극장을 라디오와 혼동하지 마십시오. 라디오에서는 표를 구입할 필요가 없으니까요. 나는 바로의 독립을 금지시켰던 것과, 의회에서 더러운 손으로 얻었을지라도 자유는 언제나 자유라는 것과, 창밖으로 자유를 던져버리기 전에 그것을 재고해 봐야 한다고 말했던 것을 후회하지 않습니다. 내가 유감스럽게 생각하는 것은 현재 바로가 보여주고 있는 태도입니다. 나는 해를 끼칠 수 있는 모든 선언을 자제하고, 프랑스 극장을 점령하고 있는 선동자들의 전화선과 전기를 끊게 할 것을 그에게 요청했습니다. 하지만 그는 그 반대로 하는 것이 좋다고 생각했습니다. 나는 그를 해임했습니다."

"아주 좋은 생각이었소……."

"나를 칭찬하지 마십시오. 드골 장군과 공화국의 권위를 자유롭게 공격할 수 있는 것이 문제가 아니었습니다. 다른 한편으로 장관이라는 내 직책 때문에 무슨 일이 벌어지고 있는지 현장에 보러 갈 수 없는 것이 유감입니다. 우리는 모든 것으로부터 차단되었습니다. 조종간은 더 이상 작동하지 않고 있습니다."

말로는 코를 훌쩍이며 한숨을 쉬었다. 모든 것이 차단되었다는 것은 사실이었다. 문화성 관리들은 물론이고, 게다가 변화하는 것으로부터도 그는 차단되어 있었다. 드골 장군과 젊은이들 사이의 분열, 혹은 적어도 상당수의 젊은이들 사이의 분열로 인한 걱정으로 그는 얼어붙었다. 중요한 것은 그것이었지, 엄밀히 말해 적응할 수도 있는 수많은 걱정거리가 아니었다. 피로에 지치고, 방향감을 상실한 드골 장군은 점점 더 사태를 명확히 보기 어려워져 갔다. 중대한 위기가 닥칠 때면 명철함이 언제나 최대의 강점이었던 드골이었다. 어떤 운명으로 인해 언제나 변함없는 이 기성질서의 비판자 편에 서야 했을 사람들이 6월 18일의 인물에게 적대적이 된 것일까? 그리고 그에 비해서, 드골파의 젊은 투사들은 비록 헌신적이고 용감하긴 하지만 얼마나 근면하고 합리적이고 순응주의적이고 시대에 뒤처져 버렸는지……

그가 보기에 가장 놀라운 것은 그 학생 운동의 국제적 성격이 아니었다. 그것은 그가 함께 공유할 수도 있는 것이었다. 놀라운 것은 그것이 없으면 프랑스가 더 이상 존재할 수 없는 만큼 영향력이 큰 그 임무를 프랑스에 부여하기를 완강하게 거부한다는 사실이었다. 쿠바나 베트남의 사건인 경우 그 사건을 찬양하는 이들 좌파주의자들은 국가적인 사건이 20세기의 심오한 원동력을 이루고 있다는 것을 깨달을 수 없었던 것일까?

그들은 소련에 대해서만큼 미국에 대해서도 적대적이고자 했다. 하지만 드골 장군 역시 그 두 블록들의 주도권 장악에 반대했다! 그의 프놈펜 연설은 그들의 베트콩에 우호적인 시위 가운데 가장 혼란스러운 것보다도 훨씬 더 강하게 아시아에서의 미국의 목표를 정면에서 거부했다. 산출된 것은 똑같은 모순이었다. 알제리 전쟁 때 고문에 대항해서 싸우기 위해서는 카페 되 마고 거리를 차지하는 것이 더 나았던 가, 아니면 내각에 들어가는 것이 더 나았던가? 얄타 협정으로 태어난 세계의 분할을 타파하기 위해서는 좌파에 참여해서 분주히 움직여야 하는 것인가 아니면 드골 장군의 행동을 지지해야 하는 것인가?

"당신은 아직도 그 자리군요, 말로 씨, 나는 당신 말은 더 이상 듣 지 않겠소. 관계가 좋지 않아요. 아무것도 진척되는 것이 없지 않소, 정말이지……."

"물론입니다! 나는 여전히 그 자리입니다! 나는 심사숙고해 왔습 니다. 당신은 내가 당신에게 더 이상 무엇을 말하기를 원하십니까? 이 번 사건은 보잘것없는 희극에 불과합니다. 죽은 사람들도 없습니다(다 시 한 번 코를 훌쩍거렸다. 그는 이것을 유감스럽게 여겼다. 죽은 사람 의 수가 겨우 한 손에 꼽을 수 있을 때 그것은 진정으로 '역사'에 속하 는 것이 아니었다). 각자는 해야 할 일과 반대되는 것을 했습니다. 사 람들은 서투른 흉내 속에서 헤엄친 것입니다. 대학생들이 바리케이드 를 쳤지만 1968년의 그 바리케이드들은 아무런 의미가 없었습니다. 사 람들이 기사도의 임무에 제동을 걸기 위해 바리케이드를 쳤을 때 그것 들은 19세기에 속하는 것들이었습니다. 그것들로서는 전차들을 멈추 게 할 수 없습니다. 힘을 갖는 것은 조직화된 힘이지 꿈이 아닙니다. 하지만 그와 동시에 그것은 무엇인가의 종말이었습니다. 한 시대가 끝 나가고 있는 것이지요……."

"그러면 공산주의자들은요?"

"완전히 무력해졌습니다(그는 세번째 한숨을 쉬었다. 냉전의 시대 에 그들은 어디에 있습니까? 최악의 상대를 잃어도 얻는 것은 별것이 없습니다). 그들은 더 이상 관계가 없습니다. 그들이 벗어던진 그 짐을 그들의 등에 지우는 것은 잘못이라 생각합니다. 콘 벤디트(1968년 당시 학생 지도부의 한 사람이었던 독일 출신의 학생. 현재는 유럽의회 의원으로 활동하고 있다—역주)가 그들이 잠들지 못하게 막았지, 나는 아닙니다. 적어도 그들은 여전히 존재하고 있습니다. 좌파 연맹에 대해서는 그렇게 말할 수 없습니다. 푸우…… 900만 명의 파업주의자들이 생기자마자 좌파는 어디론가 종적을 감추었습니다. 미테랑은 드골 장군을 계승하여 대통령에 출마했습니다. 아무도 그에게 무엇을 요구하지 않았고, 어느 누구도 그를 따르지 않을 것입니다. 망데스는 샤를레티의 그 기괴한 회합으로 스스로를 웃음거리로 전락시켰습니다. 유감입니다. 빈 자리가 끔찍합니다. 우리는 그 빈 자리를 어떤 희생을 치르더라도 채워야 합니다……"

"그렇게 하는 것이 점점 더 문제가 되고 있습니다. 포카르, 퐁샤르디에, 그리고 시민 행동대는 잔이 가득 차 있다고, 즉 한 달 뒤 사람들은 이 모든 혼란을 지겨워하고 있다고 믿고 있습니다. 그들은 오늘 저녁, 드골 장군이 텔레비전에서 연설을 할 때 행동하려 합니다. 샹제리제 가에서의 대규모 시위지요……"

"그렇다면 내가 그곳에 가겠습니다. 하지만 드골 장군 없이는 아무것도 해서는 안 됩니다. 드골 없이는 드골주의도 없는 것입니다. 나는 항상 말해 왔습니다. 그가 엘리제 궁을 떠나는 날 나 역시 내 장관직에서 떠나겠노라고……"

제12장

고아

L'orphelin

사람은 언젠가는 죽음에 익숙해지는 것인가? 죽음은 술과 마약에 절어 있는 이 70줄에 접어든 행동적인 인물, 마치 무한의 것을 탐색하기라도 하듯이 그 시선이 상대방을 넘어서는 듯한 인물의 주변을 배회하고 있었다. 모험가, 작가, 전투원, 투사, 그리고 전직 장관인 앙드레 말로는 약속대로 1969년 4월 말에 장관직을 사임했다. 드골 장군이 콜롱베로 떠난 직후였다.

그의 목은 굵어졌고 거동은 무거워졌다. 가슴에 분노를 품고 인도차이나에서 돌아왔던 그 호리호리한 젊은이의 모습은 더 이상 남아 있지 않았다. 아마도 손은 여전히 희고 신경질적이며 그 어느 때보다도 더 많은 것을 표현하고 있을지 모르겠다. 목소리도. 하지만 겉모습들이 무슨 가치가 있는가? 자신의 전설에 파묻혀 있는 공인된 금자탑, 그것이 자기 자신과 마주하고 있는 말로, 모델 없는 말로였다. 그것은 고아 말로였다.

빌모랭 가의 영지인 베리에르 르 뷔송 성에서 1969년 6월부터 함께 살아왔던 루이즈도 죽었다. 루이즈와 그가 첫번째 모험을 한 지 30년 후에 우연히 다시 만났고 그 즉시 그는 그녀와 사랑에 빠졌었다. 그 두 연인은 함께 베리에르 공원의 숲길을 걷곤 했다. 말로는 살롱 옆, 예전에 흡연실이었던 곳에 자신의 개인 사무실을 차렸고 방문객들을 푸른 색 살롱에서 맞이하곤 했다. 문에는 그가 키우는 세 마리의 고양이 에쉬 플륌, 푸뤼르, 뤼스트레를 위해 작은 출입 구멍을 만들어놓았다.

그처럼 열정의 세월을 보낸 후 그는 행복했을까? 어쨌거나 평온했다. 루이즈는 그를 겁먹게 할 수 있는 유일한 여자, 그를 심각하게 생각하지 않는 유일한 여성이었다. 그는 웃을 수 없게 되었고, 그녀는 웃기만 했다. 하지만 1969년 12월 크리스마스 직후의 어느 날 루이즈는 심장병으로 죽음을 맞이했고 그의 연인에게 더욱더 큰 고통만을, 덧붙여 척추의 노쇠와 마치 50년 전 골드슈미트가의 별장이 그랬던 것처럼 최후의 날까지 뻐꾸기 시계 소리만이 변함없이 남겨질 빌모랭 가의 화려한 처소를 남겨놓았다.

루이즈는 공원에 매장되었다. 이틀 후 말로는 그가 생전에 두 번 사랑했던 여인의 조카딸 소피에게 자신과 함께 루이즈의 원고 목록을 작성하자고 부탁했다. 그는 그녀의 가장 훌륭한 작품들을 선별해서 한 권의 선집으로 묶고 싶었던 것이다.

1970년 9월 9일에 다시 비극적인 사건이 있었다. 드골 장군이 죽은 것이다. 엘리제 궁에서 작별을 한 지 18개월 만에 동맥 파열로 쓰러진

이 거목은 자신의 친구를 홀로 남겨두었다. 사반세기 동안 공동 노선을 취해 오면서 RPF의 옛 투사는 모든 것을 용납했었다. 심지어는 그의 삶의 위인이 프랑코 장군을 방문하는 것까지도 말이다! 이제 말로는 혼자라고 느꼈다. 드골 장군의 장례식 때 말로는 콜롱베로 달려갔다. 로맹 가리와 함께 간 그는 얼이 빠지고 절망한 듯한 모습이었으며 낡아빠진 자유 프랑스 군대의 조종사 점퍼를 입고 있었다.

드골로부터 고아가 된 말로는 자신의 스페인 모험담을 개작하는 수고를 다른 어느 누구에게도 맡기지 않는다. 1971년 3월 말에 유럽에서는 동양의 벵골에서 일어난 끔찍스런 탄압의 반향이 최초로 도달했다. 1947년 파키스탄에 합병된 이 지역에서 무수히 많은 사람이 죽었던 것이다. 방글라데시 인민공화국의 깃발 아래 해방군 게릴라 요원들은 파키스탄 정규군과 치열한 전투를 벌이고 있었다. 인도 연합의 수상 인디라 간디는 그들의 명분을 지지했다. 1958년에 뉴델리 공식 방문으로 다시 관계 정상화가 이루어지기 이전인, 1930년대에도 이 여수상은 말로가 자기 아버지인 자와하르랄 네루와 애매하게 친교를 유지했다는 것을 잘 기억하고, 주 프랑스 대사인 스리 드와르카 나트 챠테르제를 베리에르로 급파해서 전직 프랑스 장관으로 하여금 방글라데시 독립에 관한 지식인들의 원탁회의에 참석하도록 설득하게 했다.

점점 더 현실로부터 멀어져 있던 말로는 머리를 낮추고 올가미 속으로 뛰어들었다. 그는 인디라 간디 수상에게 편지를 한 통 보냈는데, 그것은 그가 얼마나 자신의 환상이라는 미로 속에 갇혀 있는지를 보여주는 것이었다. "벵골인들을 말로써 수호할 권리를 갖고 있는 유일한 지식인들은 그들을 위해 싸울 준비가 되어 있는 사람들이다"라고 말로가 자랑스럽게 선언했을 때, 인도의 언론은 그것을 이렇게 이해하고자 했다. "스페인 전쟁 때처럼 나는 파키스탄인들에 대항해서 싸우러 가는 국제 여단의 선두에 설 것이다……."

딜레마였다. 그가 이러한 전쟁 게임이 더 이상 그의 나이에 맞지 않는다고(두 달 후면 그는 일흔 살이었다) 정직하게 고백한다면 모든 사람들은 "그럼 그렇지, 말로가 겁을 먹었군" 하고 말을 할 것이었다. 하지만 그가 계속해서 진실과 숨바꼭질을 벌인다면 상황은 오래지 않아 걷잡을 수 없게 될 것이었다.

"지금으로서는 나는 궁지에서 벗어날 수 없구나."

말로는 자존심이 상한 채 소피 드 빌모랭에게 고백했다.*

자신의 됨됨이에 맞게 말로는 앞으로 달아나기를 선택했다. RPF에서 말로와 친분을 맺기 전, 그리고 1958~1959년 사이에 말로의 사무실에서 일하기 전에 레지스탕스에서 처음으로 전투에 나갔던 작가이자 신문기자인 브리지트 프리앙이 조직되고 있는 '외국인 용병'의 언론 책임자로 선발되었다.

베리에르에는 외교관들의 자동차 행렬이 전보다 더욱더 잦아졌다. 말로가 '백신 때문에'라고 핑계를 대며 습관적으로 마시던 위스키 잔을 거부할 때까지 그랬다. 방글라데시로의 출발은 12월 15일로 결정되었다고, 말로는 소피에게 단언했다. 그녀에게 말로는 반해 있었고 그녀 역시 그러한 감정을 공유하고 있었다. 《정복자》의 저자는 그 정해진 날짜보다 며칠 앞서서 인디라 간디의 군대가 방글라데시에서 파키스탄 병력에게 군사 작전―곧 승리를 거두게 된다―을 전개하게 되었을 때 가장 먼저 놀라게 된다. 요컨대 반세기 동안 두번째로 아시아는 말로에게 그의 봉사를 필요로 하지 않는다는 것을 알려주었던 것이다…….

---

* 소피 드 빌모랭, 《더욱더 사랑해 Aimer encore》, 갈리마르 출판사, 1999.

1972년 10월 어느 저녁에 그는 한 번 더 죽음에 가까이 다가갔다. 불편하고, 현기증이 나고, 뇌출혈의 위험이 있었다. 긴급히 베리에르를 떠나야 했다. 소피는 그를 살페트리에르 병원에 입원시켰다. 그는 그곳에서 '회복되기'까지 30일간을 머무르게 된다.

"나는 연옥에서 되돌아왔네. 자네는 내가 그곳에 머무를 생각을 하지 않았는지 물어보겠지. 그래, 그것은 대답하기에 그리 쉽지 않네."

말로는 병원으로 그를 찾아온 친구 앙드레 브랭쿠르에게 이렇게 말했다.

자기 자신의 끝으로의 여행에서 새로운 책《라자르 *Lazare*》가 태어나게 된다.

사랑이 찾아왔다. 말로와 소피는 가식 없이 그것을 베리에르의 식구들에게 알렸고, 그들은 여행을 떠났다. 소피는 그의 곁에서 아시아를 발견했다. 그들은 인도, 방글라데시, 네팔을 여행했다. 일본에서 말로는 16세기 가마쿠라 시대의 작가 미상의 그림인 유명한 〈나시 폭포 Cascade de Nachi〉 앞에서 황홀경에 빠졌다. 그는 1974년에 다시 인도를 방문해서 네루 상을 받았다. 그 다음해에는 아이티를 방문했다…….

그러나 암, 수술, 화학요법, 열, 고통 따위로 그의 신체 조직들은 그 힘을 잃어갔으며, 투병하면서 체력은 소진되어 갔다. 오랜 동반자인 죽음은 자신이 애착을 갖고 있던 사람들을 그리 쉽사리 놓아주지 않았다. 1976년 10월 말 말로는 자신의 철학적 유언인《불안정한 인간과 문학 *L'Homme précaire et la littérature*》을 끝마쳤다. 원치는 않았지만 이제는 마지막 결산을 할 시간이었다. 그의 삶의 필름을 거꾸로 돌릴 것인가? 그는 이미 그의 첫번째 전기 작가들, 프랑스인 라쿠튀르와 미국인 매드슨과 함께―혹은 반대해서―필름을 거꾸로 돌려보았다. 그러고 나서 베리에르 성의 고고한 고독 속에서 그에게 남은 일이라곤 죽음이라는 과제 앞에서 자기 자신과 싸우는 일뿐이었다. 낡은 벽 뒤에서 울려나오는 낮고 둔중한 메아리 소리가 자신의 대답을 돌려주었다……

행동과 속임수와 질문, 사랑, 우정, 그리고 문학으로 가득 찬 삶의 끝에서 아름다운 죽음 이상을 꿈꿀 수 있는 것일까? 소피에게 자신이 직접 쓴 문장, "다르게 될 수도 있었을 텐데"라는 마지막 글을 남긴 채 말로는 11월 23일 크레테유의 앙리 몽도르 병원에서 숨을 거두었다.

우리는 무엇이 '다르게' 될 수도 있었을지는 결코 알 수 없을 것이다. 자신의 생애를 기나긴 일련의 크고 작은 신비의 연속으로 만들었던 그가 이러한 수수께끼를 남기고 죽었다는 것은 정말이지 조르주 앙드레 말로다운 일이었다……

　　　이 책은 앙드레 말로의 전기를 표방하고 있지만 사실 엄밀한 의미에서 전기라고 말하기는 어렵다. 저자인 코페르가 서문에서 말하고 있듯이 앙드레 말로의 삶을 소설의 형식으로 재구성한 것이고, 따라서 이렇게 말할 수 있다면, 앙드레 말로의 전기 소설이라고 할 수 있을 것이다.

　　앙드레 말로는 1901년 11월 3일 파리 몽마르트르의 유복한 집안에서 태어나서 1976년 11월 23일 크레테이유의 앙리-몽도르 병원에서 삶을 마감했으며, 짧지 않은 삶을 살아가는 동안에 항상 역사의 전면에 나서서 활동하면서 우리에게 잘 알려진 《정복자》, 《인간의 조건》, 《왕도》, 《희망》 등의 소설들을 썼다. 그 자신이 말했다고 하는 것처럼 말로의 가장 훌륭한 소설은 바로 그 자신의 삶이었다는 것을 우리는 이 책을 읽으면서 확인할 수 있을 것이다. 말로는 무엇보다도 현재 진행중인 역사를 자기 소설의 골자로 삼고 있다. 중국에서 일어나고 있는 사건에서 착상하여 《정복자》와 《인간의 조건》을 썼고, 그 자신이 인도차이나에서 경험한 사건을 토대로 《왕도》를 썼으며, 스페인 내란을 무대로 《희망》을, 그리고 제2차 세계 대전에서 얻은 착상으로 《알텐부르크의 호두나무》를 썼던 것이다.

말로가 이들 소설 속에서 그리고 있는 인물들은 세계의 부조리와 인간의 운명에 맞서 행동으로 대처하는 인물들이다. 말로는 비록 절망적인 것이라 하더라도 부정과 타락의 원천인 무질서와 싸우기 위해 우리가 해야 할 일은 행동하려는 노력이라는 것을 작품을 통해 보여준다. 그가 맹목적인 우주와 불공정한 사회의 온갖 사악한 힘에 굴복하기를 거부하며 그에 반항하고, 쉴새없이 싸우는 인물들을 제시하는 까닭은 오직 그것만이 삶에 의미와 존엄성을 부여해 주는 것으로 비쳐지기 때문이다. 그에게는 행동으로 옮겨지지 않는 사상은 비겁한 도피에 불과한 것이다. 행동화하려는 노력 속에서 인간은 인간으로서의 명예를 회복할 수 있을 것이다. 말로는 자신의 실제 삶을 그런 식으로 살았다. 그렇기 때문에 우리가 알고 있는 말로는 그의 작품 속 주인공들의 영웅적인 모습과 겹쳐지는 경우가 많은 것이다.

　그러나 이 책에서는 말로의 영웅적인 모습뿐만 아니라 스스로를 신화의 주인공이자 전설적인 인물로 만들기 위해 진실(사실)을 왜곡하고 외면했던, 경우에 따라서는 이기주의자에 기회주의자라는 말까지 들을 수 있는 모습까지도 숨기지 않고 낱낱이 드러내고 있다. 그러한 모습이 위대한 영웅 말로의 모습을 훼손시키게 될 것인가? 그렇지는 않은 것 같다. 그에겐 언제나 지켜야 할 원칙, 혹은 대의명분이 먼저였고 그 외의 것은 지엽적인 것이었다. 자신의 전설과 신화와 관련된 사항에 대해서도 그는 적극적인 거짓말쟁이가 아니라 소극적인 거짓말쟁이였을 뿐이다. 자신이 드러내놓고 거짓 사실을 말했다기보다는 자신에 대해 알려진 사실들에 대한 진위 여부를 스스로 확인해 주지 않았을 뿐이다. 그의 전설은 그가 만들어낸 것이 아니라 그를 둘러싼 사람들, 대중들이 만들어낸 것이었다. 그것을 거부하지 않음으로써 그는 자신을 속이고 대중을 속였다고 할 수 있다. 그러나 그로 인해 영웅을 갈망하는 대중의 마음속에 '희망'을 불러일으켰다. 제1, 2차 세계 대전, 스페인 내전, 혁명 등의 혼란한 시기에 정말 필요했던 것은 그것이 아니었을까?

코페르의 책을 보면서 얼마 전에 읽었던 슈테판 츠바이크의 《발자크 평전》이 생각났다. 한 사람의 전기를 소설보다 더 재미있게 읽은 것은 그것이 처음이었다. 그리고 츠바이크의 능력에 내심 탄복했었다. 발자크의 생애 자체가 드라마틱한 면이 있기는 하지만 그것을 독자들로 하여금 흥미의 끈을 놓지 않고 따라가게 만든 것은 분명 츠바이크의 재능이었다. 코페르의 책에도 그런 요소가 다분히 들어 있긴 하지만 대체적으로 그의 눈은 말로에 대해서 일정한 거리를 두고 있는 듯하다. 다시 말해서 말로의 일거수 일투족에 스스로 감동을 한다든지 독자를 감동하게 만들기 위해 격앙된 어조를 사용하지 않는다는 말이다. 어찌 보면 오히려 냉담한 측면이 없지 않다. 아마 말로를 객관적으로 보고자 했고, 독자에게 그것을 전달하려다 보니 그런 것이 아니었을까 하고 짐작해 본다. 역사학자이면서 기자인 그의 직업 탓인지 이 책의 문체는 상당히 특이했다. 마치 전보문과도 같이 명사로만 이루어진 문장들이 그것이었는데, 그것을 우리말로 옮기기 위해서는 그가 생략했던 말들을 되살려 채워넣어야 했다. 그렇지 않고서는 비약이 너무 심해서 읽기에 혼란스러울 것 같았기 때문이다.

번역을 끝내고는 언제나 마음 한구석에 미진함이 자리잡는다. 좀더 성실하게 번역을 했어야 했는데 그렇지 못했다는 생각에 책을 읽을 독자들에게 먼저 미안한 마음이 들고, 좋은 번역을 기대했을 출판사 여러분께도 미안한 마음이 든다. 그러나 어쩌랴, 시간은 한정되어 있고 능력은 그에 미치지 못하는 것을. 다음 기회에는 더 잘하겠다는 다짐을 하는 수밖에……

1901. 11. 3 파리의 몽마르트르에서 탄생. 할아버지의 자살.

1919. 기메 박물관과 루브르 학교에서 강의를 들음. 모리악과 알게 됨.

1920. 막스 자콥, 드랭, 레제 등과 알게 됨. 첫 논문 〈입체파 시의 기원에 관하여〉를 《지식》지에 씀.

1921. 이탈리아 여행. 클라라 골드슈미트와 결혼. 《종이 달》(갈르리 시몽 출판사).

1922. 피카소와 알게 됨. 《신프랑스 평론》지에 협력.

1923. 인도차이나의 반테이-스레이 사원 원정. 프놈펜에서 체포되어 재판을 받음.

1924. 집행유예로 프랑스로 돌아옴.

1925. 인도차이나로 돌아가서 '젊은 안남' 운동에 참여하고, 폴 모냉과 함께 신문 〈인도차이나〉를 발행함.

1926. 《서양의 유혹》(그라세 출판사).

1927. 프랑스로 귀국. 《에크리》지에 〈유럽의 젊은이들에 대하여〉 기고.

1928. 페르시아 여행. 《정복자》(그라세 출판사—처음에는 NRF에서 출판됨), 《이상한 왕국》(갈리마르 출판사).

1930. 아프가니스탄, 인도 여행. 폴 발레리와 알게 됨. 아버지의 자살. 《왕도》(그라세 출판사).

1931. 미국, 일본 여행.

1932. 폴 클로델, 하이데거를 알게 됨.

1933. 딸 플로랑스가 태어남. 예멘의 다나 사막 상공 비행. 《인간의 조건》이 공쿠르상 수상.

1934. 세계 작가 회의에 참석하기 위해 모스크바에 가서 "예술은 정복이다"라는 제목의 연설을 함. 괴벨스를 만나 탈만(Thaelmann)을 위한

청원을 하기 위해 베를린 방문.

1935. 《모멸의 시대》(갈리마르 출판사).

1936. 스페인 내란 발발. 에스파냐 전투 비행 중대를 창설하고 지휘함.

1937. 에스파냐 공화파를 옹호하기 위해 미국 방문. 헤밍웨이, 아인슈타인
       오펜하이머, 베르나노스와 알게 됨.《희망》(갈리마르 출판사).

1938. 《희망》을 영화로 만듦─〈시에라 델 테루엘〉.

1939. 스페인 내란 종식. 제2차 세계 대전 발발. 전차 부대에 입대함.

1940. 포로가 되었다가 이복 동생 롤랑의 도움으로 자유 지역으로 탈출.

1942. 게슈타포에 의해《천사와의 투쟁》원고 소실. 그러나 그중 1부는 남
       아 있어서《알텐부르크의 호두나무》(로잔 출판사, 1943)라는 제목으
       로 출판됨.

1943. 《알텐부르크의 호두나무》(로잔 출판사).

1944. '베르제 대령'이라는 이름으로 로 지방의 프랑스 국내 항독군을 지
       휘. 그라마에서 부상을 입고 생미셸에서 포로 생활을 함. 두 이복 동
       생이 죽고, 두 아이를 낳아준 조제트 클로티스가 사망함. 알자스-로
       렌 여단 창설. 프랑스 동부와 스트라스부르에 이르는 지역에서 전투
       에 참여함.

1945. 레지옹 도뇌르 훈장을 받음. 드골 장군과 만남. 공보부 장관이 됨.

1946. 《오직 그것뿐이었던가?》(에디시옹 뒤 파부아 출판사),《영화 심리학
       초고》(갈리마르 출판사).

1947. 프랑스인민연합(RPF)에 가입.《가상 박물관》(스키라 출판사). 플레
       이아드 총서에서 말로의 작품 출판.

1948. 미망인이 된 제수 마들렌 리우와 결혼.《예술의 창조》(스키라 출판
       사),《알텐부르크의 호두나무》(갈리마르 출판사).

1949. 《절대 화폐》(스키라 출판사).

1950. 《사튀른, 고야에 관한 시론》(갈리마르 출판사).

1951. 프랑스 박물관 협회 회원.《침묵의 목소리》(갈리마르 출판사).

1954. 뉴욕에서 연설. 알제리 전쟁 발발.《세계 조각의 가상 박물관》의 제2
       권《신성한 동굴의 부조들》(갈리마르 출판사).

1955. 《세계 조각의 가상 박물관》의 제3권《기독교 세계》.

1957.   《신들의 변신》 제1권.

1958.   네루와 접견.

1959.   문화부 장관. 생-존 페르스와 만남.

1960.   멕시코 방문.

1961.   사고로 인해 두 아들 사망.

1962.   OAS의 말로 살해 기도. 알제리 전쟁 종식.

1963.   〈모나리자〉와 함께 워싱턴 방문. 캐나다 방문.

1964.   부르주에 문화의 집 건립.

1965.   중국 방문. 마오쩌둥과 저우언 라이 접견. 인도를 통해 귀국.

1967.   《반회고록》(갈리마르 출판사).

1968.   소련 방문.

1969.   드골 장군 사임. 루이즈 드 빌모랭 사망.

1970.   드골 장군 사망. 《검은 삼각형》(갈리마르 출판사). 루이즈 빌모랭 시
　　　　집 서문을 씀.

1971.   《추도사》(갈리마르 출판사), 《쓰러지는 떡갈나무……》(갈리마르 출
　　　　판사).

1972.   워싱턴 방문. 《반회고록》의 새판본 출판.

1973.   인도, 방글라데시 여행. 《왕이시여, 바빌론에서 당신을 기다리나이
　　　　다》(스키라 출판사).

1974.   뉴델리 여행. 네루 평화상 수상. 《라자르》(갈리마르 출판사), 《비현
　　　　실적인 것》(《신들의 변신》 제2권, 갈리마르 출판사).

1975.   《임시 주인》(갈리마르 출판사).

1976.   앙리 몽도르 병원에서 사망. 《줄과 생쥐》(갈리마르 출판사), 《변경의
　　　　거울》(갈리마르, 플레이아드 총서), 《초시간적인 것》(《신들의 변신》
　　　　제3권, 갈리마르 출판사).